勇者不惧

别在异乡哭泣 ②

易胜华　著

知者不惑　仁者不忧　勇者不惧

《论语·子罕》

中国人民大学出版社
·北京·

本书版税收入

作者将全部捐献给江西省庐山市红十字会

用于支持家乡的文化教育事业

序言

想哭就哭

李映红

2018 年的夏天，天气有些燥热。中国青年政治学院校园里的知了叫个不停，复习考试的学生坐满了自习室。翻书声、轻读声、知了声，扰得人心绪不宁。那一年，我作为备考大军中的一员，正在备考号称"天下第一考"的法律职业资格考试。

浩如烟海的备考资料、枯燥乏味的法条、漫长的复习周期和即将到来的就业压力，让我喘不过气来，感觉自己在这个炎热的夏天，将要耗尽体内的最后一丝元气。晚上回到寝室，我总是躺在床上默默地流泪。就在这个时候，我无意中看到了一本书，书名是《别在异乡哭泣》，作者易胜华。

从打开这本书的那一刻开始，我的人生进入了一个新的时期。

面对"法考"这个难题，我在书里找到了化解之道。原来，赫赫有名的易律师在准备司法考试的时候，居然用的是抄书的"笨"办法。不仅如此，他还将生活中的场景与法律紧密结合，这种复习方法给我提供了新的学习思路。为了激励自己，我严格把握复习的进度，全身心地投入。每当学得精疲力竭的时候，我就将读书里的故事作为对自己的奖励。每读完一篇，我就好像吃了一顿美味的大餐，顿时浑身充满了力量。

我和易律师一样，也是一个漂泊在外的异乡人。易律师从庐山脚下的一个小县城出发，背井离乡来到北京，从刚开始的四处碰壁，到最终成长为大律师。他一路成长的故事就像是一束光，指引着处于黑暗中的我前行，为我提供了巨大的精神动力。

靠着《别在异乡哭泣》这份精神食粮，我通过了法考。法考一结束，我就马上搜索和易律师相关的信息，了解到易律师早在 2014 年就创办了"易辩网校"。这是一个旨在提高年轻法律人实务操作技能的免费学习平台，吸引了全国各地上千名法律人加入，大家亲切地称易律师为"校长"。当时，"易辩网校"正在实施训练口头表达能力的"辩手计划"，于是我立即申请加入，并坚持按时完成易律师布置的"作业"。不管我们这些学员"作业"完成的质量如何，易律师都会亲自转发并留言鼓励。对于还是在校学生的我而言，名师的指点让我收获满满，名师的肯定让我备感荣幸。

2019 年 5 月，易律师在"易辩"学习群里放出了两个可以参加北京勇者律师事务所开业仪式的名额。我眼疾手快，立刻报名，参加了"青年律师的突围"现场活动，第一次线下见到了自己的偶像易律师。他比我想象中的还要和蔼可亲、谦逊有礼。那次活动之后，易律师又发布了勇者律师事务所的"律师练习生"招募公告，于是我毫不犹豫地投递简历并成功入选。

刚毕业我就选择成为"律师练习生"，身边的亲戚、朋友、同学都很不理解。"练习生"周期长达一年，还要缴纳五千元保证金，每天的补贴只有一两百元。大家觉得这样做太冒险，不如去公司做法务或者考公务员稳妥。

易胜华律师推出的"律师练习生""收费实习"，一直饱受争议。有人说这其实是打着"培训学生"的名义在免费使用劳动力，薅年轻人的羊毛，这种做法会把律师行业带得越来越内卷，导致青年律师的生存变得异常艰难。

我并不这样认为。"收费实习"本身是一个双向选择的过程，对实习生和指导老师都是一个约束。同时，这也是一个能够亲自向国内顶级律师学习取经的机会，当机会来临的时候，就必须要抓住。易律师能够从江西的一个小县城走出来，走到今天的位置，一定有不寻常之处。阅读他写的书，观察他办理的案件，从中我看到的他，是一个敢作敢为、秉持公平正义、有胆识、有谋略的大律师。在优秀的人身边学习，一定是会有所收获的，尽管眼前可能不会有很高的收入，但是从长远来看，付出就一定会有回报。

事实证明，我的选择是正确的。在实习期间，易律师挤出时间，耗费大量精力，不厌其烦地向我们传授律师技能；让我们参与大案要案的办理；带着我们全国各地出差、见世面，为我们引荐资源；推荐我们去电视台录制节目；指导我们拍摄普法微电影；自掏腰包让我们参加团队的出国旅游；过节的时候给我们发大红包；考核通过后，退回所有保证金并按照承诺发放奖学金；在我们犯错后，严厉批评的同时又谆谆教诲……

初出茅庐，我的身上有太多毛病，好几次差点酿成大祸，经常把易律师气得捶胸顿足、仰天长叹，我也被他骂哭过无数次。

现在回想起来，他更多的是"恨铁不成钢"，就像学生时期的班主任那样对我们"爱之深，责之切"。在我刚入行的时候，他苦口婆心地给我说过很多道理，但以我当时的认知，实在是难以理解，基本上属于"左耳进、右耳出"。随着年龄的增长、社会阅历的增加，再重温他对我的那些教导，就更能够理解他的良苦用心。

都说"父母之爱子，则为之计深远"，这句话放在师父的身上也同样适用。易律师经常为手下的年轻人长远谋划，事无巨细，从工作到生活，以至于我们私底下都将他的管理称为"家长式的管理"。刚毕业那会儿，我遇到过租房被黑中介诈骗、遇到过复杂的人际关系、面临过办理案件的压力、有过要放弃一切逃离北京的绝望，易律师总是在黑暗中给我点燃光亮。他教我"示弱"、教我"借力"、教我"永不言弃"。在律师职业的这条赛道上，有梦想的人很多，但是有勇气、有毅力的人很少，正是他对我们各方面的严格要求，才让我们穿上了"铠甲"，在这条充满荆棘的路上勇往直前。

如今，我已经成长为一名独立执业的律师。因为《别在异乡哭泣》这本书的缘分，我认识了易律师，遇到了生命中的伯乐，是他一直毫无保留的付出指引着我前进。当他推荐我为《别在异乡哭泣》续篇写序言的时候，我简直难以置信。这种荣幸原本应该是法律界前辈大咖才有的，居然交给了我这个默默无闻的律界小白。我们都知道易律师喜欢创新出奇，也知道他总是把最好的机会留给身边的年轻人。跟着这样的前辈学习和工作，真是人生幸事。

我看过这本新书的部分章节，深知每一篇文字都是源于生活的精心创作，都是易律师的心血和经验总结，在一些故事中仿佛能看到我和小伙伴们的身影。这些年在易律师身边，看到过他的风光，也见到了他的低落。他开心过，愤怒过，悲伤过，苦闷过，但我没见他哭过。也许在我们看不到的时候，他也会偷偷流泪吧。

在北京这座异乡的大都市，我哭过的次数已经数不清了。虽然想哭就哭，但哭完了还是要继续前行。我很幸运，身边有前辈的指引，所以不会害怕。希望这本新书传递我的幸运和感恩，当你翻开这本书，也许就开启了新的人生际遇。希望你通过这本书，认识一个人，了解律师这个职业，汲取无尽的力量，去面对人生的种种。

（李映红：北京勇者律师事务所执业律师、党支部书记，曾获得"勇者杯"全国青年律师"辩手计划"第一名。）

目 录

勇者不惧

第一章

冷 板 凳

热闹是别人的。我初来乍到，什么都没有。

———易胜华

很多年以后，我还会经常想起自己在北京第一天上班的情景。

艳阳高照，我拎着电脑包，西装革履却狼狈不堪地钻出拥挤的公交车，跟着步履匆匆的上班人流，穿过桥洞，走向百子湾路南侧的大成国际中心。电梯里满是陌生的面孔，他们热情洋溢、彬彬有礼，互相打招呼问候，但是没人瞅我一眼。律所前台值班的小姑娘礼节性地冲我点头微笑，然后很快就将目光转向了其他人。

与老家的那些律所相比，这家律所的面积很大，还有新的办公区正在装修。之前媳妇陪我过来面试，在律所转了一圈。面试结束后，我去楼下的肯德基找她，她得知我面试通过，果断地说："就这家，不用再考虑其他律所了。"我问她原因，她说："这家律所给人蓄势待发的感觉。"

我穿过长长的走廊和拥挤的工位，走进自己的办公室，放下电脑包，看着空荡荡的桌面，坐在椅子上发呆。墙上石英钟的指针滴答滴答地转动着，我的脑子一片空白，就像电脑屏幕上打开很久的 Word 文档，不知道自己该做些什么。

这是我第一次拥有属于自己的独立办公室。虽然它不到十平方米，只能放下一张办公桌、两把椅子、一个小小的书柜，但每年的租金就要三万块钱。我本来想，刚到北京，律所给一个免费的工位就行了，但媳妇说我必须要有自己的办公室，态度非常坚决。媳妇说："你不是普通的律师，不能从工位律师做起。只有坐进办公室里，别人才能注意到你。"但这样一来，我们的经济压力就很大了，房租、饭费、交通费用、电话费，每天早上一睁眼，各项开支就要三四百块。北京的消费水平很高，在家门口的超市里买两根胡萝卜都要七八块钱。我必须在最短的时间里有收入，否则，只靠前几年在老家攒下的那点钱，很快就会坐吃山空。

来北京之前，舅舅告诉我，乡下的姨妈有个孙子在北京做律师很多年了，而且是在国内顶级互联网B公司担任法务总监。亲戚们聚在一起聊天的时候，表哥表嫂经常将他挂在嘴边，眉飞色舞，引以为傲。舅舅将表侄的电话号码给了我，叮嘱我到北京后联系他，亲戚之间多联系、多走动，互相照应。表侄年纪跟我差不多，我去乡下姨妈家拜年的时候见过他几次。我当时主要跟姨妈和表哥表嫂们在一起聊天，和晚辈没什么交流，跟他也只是点头示意一下。

我拨通了表侄的电话，介绍自己的身份，告诉他，我来北京做律师了。他在电话里淡淡地"哦"了一声，并没有接话。我问他在哪个单位上班，他支支吾吾了半天，似乎不愿意回答这个问题。我说："是不是在B公司？"他说："差不多是吧。"我说："我给你寄一些我的个人资料，告诉我一下你的地址吧。"他不知所云地说了一些话，最终还是没有告诉我他的地址。我明白了他的意思，于是客气地挂了电话。

打完电话，我很长时间没有回过神来，心里有种说不出的失落。虽然我俩不是很近的血缘关系，但他是我在北京唯一的亲戚。作为顶级互联网 B 公司的法务总监，他在北京的法律界应该有不错的资源，可以给刚来北京的我很大帮助。但是，从他电话里的语气，我感受到了冷淡和疏远。连一句假惺惺的客套话都没有，那我就没有必要硬往上凑了。我默默地从手机通讯录里将他的号码删除，从此再也没有联系过他。通讯录里还有几个北京同学和朋友，我本打算一一联系，可是自己家的亲戚都这样，就不要再去给这些同学和朋友添麻烦了。既然放弃了老家安逸舒适的生活来到北京，那就从零开始，白手起家吧！

直到现在，这位亲戚一直没有联系过我。这么多年来，我们就像陌生人一样，再没有任何交集。随着我在北京工作时间久了，也开始理解他的做法。一个平时接触很少的亲戚、长辈、同行，突然打来电话，确实让他不知如何是好。如果表现得热情了，我向他提出一些比较过分的要求，他不知道该怎么拒绝，怕我给他的工作和生活带来很大的困扰。他这样冷淡应对，虽然礼数上不够周全，但可以省却很多的烦恼。只是初到北京的我有一种孤立无援的沮丧。

当我在北京慢慢站稳了脚跟，遇到刚来北京的老乡或者朋友向我求助，总是会想起自己当年的经历。我会尽最大努力，提供机会、创造条件去帮他们，不让他们有我当年那样的感受。在陌生的城市里，一个人向来自老家的乡亲求助，一定是碰到了不小的困难，才会鼓起很大的勇气开这个口。哪怕是请他吃个饭，帮他出出主意，也会让他感到温暖，一辈子铭记在心。如果只是举手之劳，那就大方一点吧，帮助别人也是一件快乐的事情。

办公室外的走廊上人来人往，大家都步履匆匆，隔壁办公室不时传来一阵阵欢快的笑声。热闹是别人的，我初来乍到，什么都没有。自从换了北京的号码，我的手机一天到晚难得响一两次，垃圾短信都收不到几条，骚扰电话都没有一个。我的办公室就像一座与世隔绝的孤岛，四面是海，人迹罕至。

突然，一个壮硕的光头男子出现在我办公室门口。他先是有点迟疑地探头看了看，见我办公室没其他人，就眉开眼笑地走了进来，跟我打招呼。我赶紧起身迎接。他也毫不见外，一屁股坐在我对面的椅子上，跟我聊了起来。

他是我办公室对门的屠律师，山东枣庄人，年纪比我大几岁，执业时间比我长几年，来北京也比我早几年。老屠长得像寺庙里的金刚，演李逵基本上不用化妆，性格大大咧咧，总是一副笑眯眯、乐呵呵的样子。他跟我一样，也是名义上的合伙人律师，业务比较杂，什么案子都做。

我和老屠聊天的话题很广，海阔天空，从家庭背景到成长经历，从时政新闻到律所八卦。渐渐地，我们聊到了自己办过的案子，探讨怎样开拓业务。我说："我刚入行的时候，在老家编写过各类法律手册，分发到各个单位和社区。"老屠听了一敲桌子，说："这个主意好！北京有些律师专门做交通事故案子，听说收益很不错，我们也可以试试。"

说做就做，我们很快就弄出《交通事故法律知识100问》，上面留了我俩的简介和电话号码，送到打印店去印制。当印好的资料送到老屠办公室的时候，我顿时傻了眼。老屠一口气印了五千册，整包整包的印刷品把他的办公室塞得满满的。我试探着问老屠："该不是我俩站在马路边，像发小广告的一样，给来往的司机发这些资料吧？"老屠龇牙一笑，说："咱们律师是体面人，哪能干那种遭罪的事儿啊！"

但是，我们接下来干的事情，并不比站在马路边发小广告体面。每天一上班，老屠就拉着我，各自背着一个巨大的双肩包，里面塞满了《交通事故法律知识100问》。我们坐公交、挤地铁，去北京郊外的各个客运站、货运站、物流公司分发这些资料。烈日炎炎，我们汗流浃背，气喘吁吁，头晕眼花，腰酸腿疼。老屠的块头比较大，面相比较凶，又是光头，即使穿衬衫打领带，也经常被人当作讨债公司请来的大汉，容易引起误会和恐慌。所以，每次他都是站得远远的，由我出面去跟那些货车司机和物流公司老板沟通。知道我们的来意后，对方大多是爱搭不理，让我们把宣传资料放在一边，也不招呼我们喝口水。我跟他们尬聊几句，然后默默地告辞。

累了的时候，我和老屠坐在树荫下的马路牙子上乘凉。我说："老屠，这么操作好像不对，搞得咱们像推销员似的，这些人也没个好脸啊。"老屠笑着说："律师的工作就是销售。你成天待在办公室也是闲着，出来跑跑，熟悉一下北京的环境，还能解解闷、透透气。"我说："这哪里是透气，简直是受气啊！"老屠说："那咱们去肯德基凉快一下，喝杯可乐，我请你。"

老屠后来也觉得这种上门推销的宣传效果不好，我们只零零星星接过几个咨询电话，一次都没有形成委托。一旦发生交通事故，那些蹲守在交警队、保险公司和医院附近的律师助理早就像饿狼一样扑上去，免除一切前期费用，把单给签下来了，哪还轮得到我们啊。在北京这样的大城市，代理交通事故案件的律师团队已经形成了流水作业，有的负责接单，有的负责办理手续，有的负责整理证据，有的负责出庭，各司其职，既专业又高效。单凭这种原始的推广方法，我们根本不是他们的对手。

老屠接了几个医疗纠纷的案子，派送宣传资料的事情就暂时搁置下来了。每次坐在他的办公室里聊天，看到成堆的《交通事故法律知识 100 问》，我就将目光移到其他地方，生怕他再拉着我一起去郊外送资料。没过多久，他办公室里的这些资料就消失了。我终于松了一口气，也就不跟他打听这些资料的去向了。

老屠兴趣广泛，喜欢运动，尤其爱打乒乓球，经常穿着运动背心和大裤衩在律所四处晃悠。行政人员委婉地提醒过他多次，他笑嘻嘻地满口答应，最后还是我行我素。他的业务一直做得不温不火，但是人缘挺好，特别热心帮助年轻人。有一次，他参加律所合伙人聚餐，饭桌上律所负责人之一的老太太随口说起这段时间工作挺忙，没时间去录制中央电视台的《法律讲堂》。老屠当即向老太太推荐律所一位实习律师，说这小伙子各方面条件都非常合适。正是经由他向老太太的这次引荐，这位实习律师从此在电视台的各档法制节目中频频出镜，一发而不可收，成为国内知名度很高的律师，业务发展迅猛。我担任律所部门主任后，老屠向我推荐他的一位山东老乡，也是刚到北京的律师，让我收留这位兄弟一块干。老屠推荐过来的人，我当然没得说。几年之后，老屠的这位山东老乡也成了律所某个专业部门的负责人、高级合伙人，业绩超出老屠很多。而老屠还是经常穿着背心裤衩，乐呵呵地在律所各个办公室串门，见人就凑上前去打招呼。

　　刚刚出道的律师如果能遇到老屠这种热心的前辈拉扯一把，真是上辈子修来的福气。虽然老屠的能力不是很大，但这种古道热肠却带给年轻人坚持下去的力量。这些年来我和老屠一直保持着紧密的联系，有合适的业务，我也会推荐给老屠承办。办公室里有了好烟、好酒、好茶，我都会喊他过来共享，临别时再让他带走一些，他也从不跟我客气，照单全收。有时候他觉得我什么事做得不对，会到我办公室来打听情况，说到激动之处会站起来指着我的鼻子教训几句，我也只能笑脸相迎。他是我来北京之后认识的第一个好同事、好朋友、好大哥，我怎么舍得跟他吵架呢！如果不是他主动走进我的办公室找我聊天，我不知要多久才能走出自己的孤岛，融入北京。

　　我虽然刚来北京，却不是律师行业的新人。我已经有比较丰富的办案经验，身为合伙人律师，不能像那些实习律师一样从零起步。我要在北京获得较快的发展，首先要得到律所前辈和同行的提携。我要走出自己的办公室，跟更多人接触和交往，让他们知道我的工作能力。

　　来北京之前，我特地印刷了几百册个人作品专辑《止戈为武》，专辑里有我写的散文、办案手记、法律评论和法律文书等，还配上了一些照片。虽然印制得不是很精美，但可以充分展示出我的执业理念和办案风格，相当于我的"大名片"。在北京这么大的城市做律师，想通过向公众宣传自己获得办案机会，就像大海捞针，《交通事故法律知识100问》一事的失利证明了这一点。最直接有效的方法，就是向律所的同事宣传自己，寻求合作机会。每天上班的时候，我都带上几本《止戈为武》去其他律师的办公室拜访，我不仅把书送给合伙人律师，也送给坐在工位上的年轻律师、实习律师和助理。通过这本个人专辑，律所的同事们逐渐对我有所了解，有合适的案子也开始找我合作。一些年轻人经常到我办公室来聊天，请教案子上的问题。

一天上午，一位叫田宇的女助理到我办公室来，说要请我吃饭。我感到有点莫名其妙，她是刑事部的工薪助理，我是普通的合伙人律师，她请我干吗呢？她说："别问那么多了，我就是想找个人聊聊天，您就说想吃什么吧。"我说："吃什么无所谓，但有一个前提，必须是我买单。"田宇说："那哪行啊，是我请您吃饭。"我说："如果不让我买单，我就不去了。"田宇说："那好吧。"

虽然说好了是我请客，但我也舍不得太破费，于是就在律所楼下的肯德基，每人要了一份套餐，坐在大厅里边吃边聊。田宇情绪低落地说："从今天开始，我'断奶'了。"原来，律所刚刚颁布一项新政策，凡是已经取得了执业证的律师助理，一律转为提成律师，律所不再发放固定薪水。田宇原本是律所刑事部的工薪助理，每月有三四千元的工资，转为提成律师后，就没有了固定收入，要靠自己去找业务做才行。

我说："这是好事啊，有什么难过的。在北京生活，一个月三四千块钱哪够用啊，还不如早点自己单干呢。"田宇说："我家就在北京，这些钱还是够用的。"我说："你既然是北京本地人，那就不应该只是这点收入，每年至少得有十万块以上收入啊。"田宇一听乐了："您就别安慰我了，就我这点本事，怎么可能挣到十万块钱呢。"我很严肃地说:"真不是跟你瞎说,我们可以打赌。从今天开始,到明年的这个时候,如果你的收入不到十万块,差额部分我来补齐。如果超过十万块,超出部分你得分给我一半。"田宇笑着说:"超出部分全给您我也乐意啊。"我说:"那就一言为定啊。"

田宇迟疑了半天,说:"其实我今天是想跟您商量,希望您能让我给您做助理。"我愣住了,说:"给我做助理?我刚来北京,律师证都不知道能不能转过来,我现在也没什么案子做,哪里请得起助理啊!"田宇说:"我不要钱,白给您干助理。真的。"我连连摇头:"那怎么行,绝对不行,哪有请助理不给工资的。"

田宇满脸诚恳地对我说:"易律师,您来律所的第一天我就注意到您了。无论是形象还是谈吐,您和所里其他的律师不一样。您写的那本《止戈为武》,我看了好几遍,写得太好了。您非常适合北京,今后一定会有很好的发展。您放心,我家就我一个孩子,爸妈都是有工作单位的,养我几年不是问题。挣不挣钱没什么关系,我就是想跟个好师父学点东西。不管您答应不答应,反正从今往后我就赖上您了。"

看着她热切的目光,我知道自己无法拒绝。于是我说:"这样好不好,以后咱俩互相帮助、互相合作,我有需要你帮忙的,喊你一声,你有啥不懂的,也可以来找我。业务上的收入,咱俩按比例分配,怎样?"田宇开心地笑了:"您是我老板,您说怎样就怎样。"

就这样,到北京没多久,我就有了自己的助理,而且是不花钱的。

那次聊天之后，田宇就跟打了鸡血一样，每天一上班就在工位上找那些无所事事的助理们聊天，主动帮别的律师做一些杂事，很快在律所有了良好的人缘。她还利用自己本地人的优势，和以前的同学联络，下班后参加亲朋好友的各种聚会，性格变得开朗了很多。田宇每天在同事和同学面前替我宣传，树立我高大的形象，推荐他们找我合作，几乎把她的整个人脉圈子都给了我。作为一个刚来北京的外地律师，我迫切需要这样的资源。

田宇每天从北京郊区的昌平到律所上班，坐公交车来回要花几个小时。为了工作方便，她让爸妈给她买了一辆车，每天专门开车绕到我家楼下接我上班。后来她干脆在律所附近租了房子，这样就节省了很多通勤时间。我不但有了免费的助理，还有免费的专车接送，真是太好了。

田宇的状态感染了我，我开始振作起来，主动参加律所和民革支部组织的各项活动，与同事们进行交流，同时开始组织在北京的老乡聚会，逐步建立起了自己在北京的社交圈。我们的业务量逐渐多了起来。

刚来北京的时候，我听得最多的一首歌就是《北京欢迎你》，用来给自己打气。没错，这里有开放的怀抱，有浓浓的情谊，欢迎每一个有梦想、有勇气、想创造奇迹的人。我刚来没多久，就已经爱上了这里。

第二章

初露锋芒

年轻人有什么好怕的，有什么输不起的？

不要错过任何一个发展的好机会！

——易胜华

　　在北京，付出的努力都不会白费。除了跟律所同事合作办理的案件，我们很快就接到了几单属于自己的业务。

　　第一单是我一个老乡的执行案件。老乡陈哥是做装修工程的包工头。北京一家公司拖欠他的装修工程款，之前他委托别的律师起诉，案件已经胜诉，判决也生效了，但对方迟迟不履行判决。现在这家公司已经被吊销执照，账上没有一分钱。在一次老乡聚会的饭局上，陈哥正好坐在我边上，听说我是律师，一脸无奈地跟我提起这件事。我建议他不要放弃，死马当活马医，也许还有希望。陈哥就将案件执行的事情委托给我来处理，前期费用只有一千块钱，但执行回来的款项可以给我很大一部分作为律师费。

　　这个案子的承办法院在昌平，离田宇家很近，我让她协助我申请法院执行。田宇花了很多时间认真研究案卷材料，查阅被执行人的工商登记资料，发现这家公司的股东之一是北京的一位资深律师，公司成立的时候他没有实缴出资。我们马上向法院申请执行几位股东的财产，执行申请交到法院没有多久，那位律师主动给我们打来电话，提出和解的意愿。在法官的协调下，我们就执行款项达成了一致。几天后，我们陪同陈哥去法院领回了执行款。陈哥喜出望外，按照我们约定的风险代理方案，当场拿出几沓现金支付我们的律师费。

在回律所的出租车上，田宇像个没见过世面的孩子，几次从袋子里将那几沓钞票拿出来，捧在手里翻来覆去地抚摸、端详，时不时抬起头来，冲着车窗外发出嘿嘿的傻笑，把我也逗乐了。这笔律师费来得很及时，不但缓解了我们的经济压力，也让我们对未来充满信心。

另一个案子是田宇高中同学家的交通事故，案件过程有些离奇，北京电视台法制栏目也高度关注，对该案进行了跟踪报道。大致案情是：田宇那位同学家里是开货运公司的，他家雇用的司机驾驶满载货物的大货车，在北京郊外的一处十字路口，与右方驶来的一辆小型面包车相撞。大货车被撞后侧翻，货物散落了一地。面包车在马路中间原地旋转一百八十度，紧接着冒出了滚滚浓烟。大货车司机从自己的车里爬出来，手忙脚乱地拿出灭火器去给面包车灭火，但面包车的车头被撞瘪了，货车司机想尽办法也打不开门。火苗很快就蹿起来了，面包车开始熊熊燃烧，小小的车载灭火器根本无济于事。大货车司机束手无策，只好闪到一边，眼睁睁地看着面包车司机被活活烧死。

这个案件的争议点在于：事故现场的十字路口虽然有红绿灯，却没有安装电子监控设备，交警无法判断是哪辆车闯了红灯，所以没有对事故责任进行划分。死者家属起诉大货车车主和司机要求赔偿，把这个难题交给了法院。大货车司机坚称自己没有闯红灯，不应该承担赔偿责任。

我接受委托之后的第一件事，就是和田宇一起去看事故现场。虽然交警出具了现场勘查报告，但报告写得不够具体。只有身临其境，才能找到最真实的感觉。在我办理的案件中，只要条件允许，我都会去案发现场看看，即使没有新的发现，也可以对案件有更直观的体验，从而形成自己的判断。

事故现场已经恢复如常，除了马路中间的柏油路面有几处火烧过的痕迹。新修的马路很通畅，周边是广袤的农田，来往的车辆很少，视野非常开阔。交通事故发生的时间是夏天的下午三四点钟，光线很好。十字路口边上有个水果摊，我们特地过去询问摊主，有没有看到那天事故发生的经过。摊主说，两车相撞之后她才注意到，没看到是哪一方闯了红灯。

我们又去了修车厂，看到了两辆已报废的车。大货车的车架已经扭曲变形，可以看出撞击时的受力点为车厢右侧中部。车头受损并不严重，有一些凹陷和擦痕，挡风玻璃只破了一小部分，估计是被撞翻在地时造成的。面包车则烧成了废铁，只剩下框架。从车辆残骸可以看出，面包车受损最严重的是车辆左侧的驾驶位，被挤压得完全变形，如果不采用切割的方式，司机根本没有逃生机会。

从残留的物证来看，这两辆车相撞的瞬间，是面包车的左侧驾驶位与大货车右侧中部车架部位发生接触。这个撞击位置比较奇怪，两车并非同向行驶，分别是南北、东西方向行驶。撞击部位说明：在两车接触的瞬间，面包车司机紧急向右侧打方向盘，试图与大货车同向行驶，以避开撞击，但因为车速过快，仍然撞在大货车的中间部位。大货车被撞翻后，面包车因为惯性继续向右转弯，原地打转。

我的脑海里浮现出那惊心动魄的一幕：面包车冒出浓烟，司机被卡在驾驶位上动弹不得。施救者赶过来，拼尽全力也打不开车门，火苗迅速蹿出，司机奋力挣扎，发出撕心裂肺的惨嚎，最终被烧成了黑炭……

我摇摇头，长叹一声。到底是哪辆车的司机，要对这起严重的交通事故承担责任呢？事故发生后，现场有几辆路过的车停下来参与救援，这些司机在交警调查时出具证言，都说是面包车司机闯红灯。他们的证言虽然对我方有利，但真实性能否得到法庭确认，还不好说。如何证明事故发生的时候，这些司机就在现场，不是事后才到达的？如何证明事故发生的瞬间，这些司机注意到了红绿灯的变化？没有监控录像，这些事情都无法证实，否则，交警早就根据这些证言直接作出责任认定了。

我们查找到了类似判例，如果交警无法认定当事双方的责任，法院会根据双方的举证情况来认定。如果双方都不能举出确切的有利证据，法院会根据"优者危险负担"原则来确定责任。也就是说，在事故发生之时，哪一方具有体积、质量、躲避危险的优势，就由哪一方来承担全部或大部分责任。从本案来看，面包车更具有躲避危险的优势。然而，面包车司机在事故中身亡，留下年幼的孩子和白发苍苍的老母亲，法官自由裁量的时候忍心作出这样的认定吗？必须找到更多的有利证据，才能确保我方在诉讼中占据优势。

案件证据中有现场勘验笔录，其中一个细节引起了我的注意：在事故现场找到一部手机，经确认是死者的。为什么面包车烧成一堆废铁，司机的手机却能完好无损？很显然，着火的时候这部手机不在面包车内。手机为什么不在车内？必然是两车撞击时飞出了车窗。那么，撞击的时候手机在什么位置，才能飞出车窗呢？最有可能的是，手机当时在司机的手中。他是在打电话，还是在收发短信？要不然，他为何没看到前方的大货车？这只是一种推测，手机也有可能是放在驾驶台上，但大热天的，一般人不会将手机放在驾驶台上曝晒。为了证明我的判断，我向法官申请调取这部手机的通话记录，如果事故发生时，死者的手机正处于通话状态或者收发过短信，那就证明我的分析是正确的。

这些证据还是比较单薄。为了强化我的判断，我们去交警队调取了双方司机的交通违章信息。证据显示：大货车司机及事故车辆没有任何违章记录，面包车司机在最近三个月内有两次违章，一次是违规停车，一次是未听交警指挥行驶，该面包车至今仍处于"违章未处理"的状态。面包车司机的住处距事故现场不远，意味着面包车司机对周边路况很熟悉，可能知道这个十字路口没有安装电子监控。

我觉得我们的证据还是不够充分，需要进一步深挖。根据案卷里的《车辆技术鉴定结论》，事故发生时大货车时速为六十五公里，面包车时速是三十八公里以上。乍一看，大货车的速度比面包车几乎快一倍，但鉴定结论的表述是三十八公里"以上"，因为路面被烧毁，无法鉴定出面包车的瞬间速度。一辆空载的七座面包车，以怎样的速度才能将一辆满载的大货车撞翻，将车架撞弯？一粒小小的子弹能击穿厚厚的木板，靠的是极快的速度。

面包车的时速至少不会低于大货车，根据双方车辆受损的程度，应该可以计算出事故发生时面包车的瞬间速度。但田宇认为，鉴定车速的难度很大，重点还是应放在谁闯了红灯上。

我又冒出一个想法。面包车司机不是被撞死的，是被烧死的。两车相撞的交通事故有很多，但相撞之后起火的却比较少。会不会是面包车的质量原因？我立即上网查询，发现这款面包车存在严重的质量缺陷，有大量驾驶过程中自燃的案例。这款面包车正常行驶情况下都有可能自燃，如果无法及时打开车门，车里的人就会被活活烧死。我将这些案例打印出来，作为参考资料提交给了法院。

开庭那天，我和田宇早早地来到法庭门口，当事人满脸愁容地等着我们。死者家属一大群人披麻戴孝，怀抱遗像哭喊着进了法庭，法警没有阻止他们。我在故意杀人案的庭审中见过这种场面，所以并不感到意外，但毫无疑问法官面临着很大的压力。

法庭里架了几台摄像机，旁听席的第一排摆了几台电脑，几个工作人员在调试设备。书记员说，"中国法院网"正在图文直播，北京电视台法制栏目也要报道这起案件。这对我方是有利的，庭审向全社会公开，我方的观点可以让公众知晓，法院的压力可以小一些了。

开庭时间是上午9点，原告代理律师9点30分才匆匆忙忙进入法庭。他解释说从城里赶过来，路上很堵，但我们也是从城里赶过来的啊。法官没有说什么，宣布开庭。

庭审中，我逐一反驳原告的诉求，向法庭出示我们的证据，建议原告另行起诉面包车生产厂家。原告代理律师认为，我方货车司机违反了交通法规，理由是：货车在行驶中不能"附载作业人员"，但大货车的驾驶室里除了司机，还坐了两名搬运工人。我顿时蒙了。货车驾驶室不能坐人？那么副驾驶的座位是干吗用的？原告代理律师的这个观点很奇特，我耐心地向对方解释：所谓的"附载"，是指作业人员出现在行驶中车辆的车厢及其他部位（例如站在车门处），坐在驾驶室里是没有问题的。我一边说，一边想："这么简单的道理，还用解释吗？"

中间休庭的时候，死者母亲颤颤巍巍地从旁听席走到我跟前，哭着说："易律师，我儿子被活活烧死了，我找对方赔钱，不过分吧？"我站起来，温和地对她说："应该，应该，咱们先把道理说清楚，看法院怎么判吧。"

原告代理律师突然从对面冲了过来，激动地挥舞着拳头，大声吼道："人家儿子都被烧死了，你还说你们没有责任，你是人吗？你还是人吗？"他义愤填膺，目露凶光，不停地拍打我面前的桌子。

我一脸淡定地看着他，没作任何回应。开庭迟到半小时，导致所有人都在等他，死者家属可能已经对他有意见了。庭审中，我发表的观点和提交的证据，让他节节败退，颜面尽失，他只好通过这种方式来化解当事人对他的不满。我完全理解，让他去表演吧，没必要搭理他。

主审法官是一个三十岁左右的小伙子，庭审中他一直很认真地倾听和记录我的观点。我知道，我的观点虽然有充足的法律依据和事实根据，但如果驳回原告的全部诉求，有违人之常情，不太现实。面包车司机为自己的过失行为付出了生命的代价，而且死得极其惨烈，留下了两个年幼的孩子、两位老人和年轻的妻子。出于人道主义考虑，我的当事人愿意给他们一些补偿。

征得当事人同意后，我给法官写了一封很长的信，阐述我们的立场，建议法官不要轻易作出判决，在打消原告不切实际的要求的前提下，尽可能做双方的调解工作。法官虽然没有给我任何回复，实际上还是采纳了我的建议。最终，这个案件调解结案，我的当事人给了死者家属一部分补偿，对方撤回起诉。我们的代理也算获得了成功。

几个月后，律所管理层突然对刑事部的创收任务作出大幅调整，创收任务是之前的两倍，管理费也提高了百分之十五。刑事部主任刘律师拒绝接受，提出辞去主任职务。律所负责人接受了他的辞职，并让全所律师公开竞聘主任职位。

一天深夜，我接到刘律师的电话，他建议我竞聘主任职位。刘律师说："通过跟你合作的几个案子，看出来你有很强的能力，你是刑事部主任最合适的人选。"我谦虚地说："我刚来北京几个月，哪有那个本事，比我强的同事多了。"刘律师说："易律师，请你相信我，虽然现在你还没有做起来，但你的潜力很大。最多三年，你一定是律所创收的前三名。我不会看错的。"

刘律师的一番话让我心潮澎湃、热血沸腾。虽然田宇也说过类似的话，但从部门主任嘴里说出来，分量更重。我很想试一把，冲一下，可还是底气不足。我的资历太浅了。我决定打电话问问老家几位师父的意见。第一位师父接通电话后说："我正在外面吃饭，晚点再说吧。"我知道他又在外面应酬，喝多了也没法聊，于是拨通了另一位师父的电话。师父听我介绍完情况，沉默了一会儿，说："胜华，你到北京才几个月，脚跟还没站稳，现在就去竞聘刑事部主任，是不是太快了？会不会有些浮躁？北京有能力的律师很多，竞聘成功的希望大不大？你慎重考虑一下。"

打完电话，我陷入了沉思。师父说得有道理，每年几百万元的创收任务，对我来说简直是个天文数字。完不成怎么办？我的律师证至今没有转到北京，自己还是个"黑律师"呢。不但竞聘成功的希望极其渺茫，恐怕还会被人笑话自不量力。我决定放弃报名，旁听刑事部主任竞聘大会，学习一下他们的经验。

最终律所只有两位律师报名参加刑事部主任竞聘，其中一位是刑事部的骨干，另一位也是从外地刚转到北京的律师。他们的气场和竞聘演讲水平很一般，没有我想象的那么厉害。我大失所望，追悔莫及。如果我参加竞聘，表现肯定会比他们好很多。

竞聘会结束后，我鼓足勇气走进律所老板的办公室，提出我要竞聘刑事部主任。老板仔细询问了我的个人情况、工作规划和创收目标后，笑着说："我们都是律师，还是遵守游戏规则。竞聘会已经开过了，你现在报名也晚了，对别的律师不公平。下次还有机会，好好干吧！"

我无比懊恼地走出老板的办公室，靠在走廊的墙上仰天长叹。这么好的一个机会摆在面前，我却因为怯懦、不自信而失之交臂，实在是痛心不已！前辈的建议当然要参考，但主意是自己拿的，路是自己走的。我赤手空拳来到北京，就是来打天下，有什么可失去的，有什么可害怕的呢？这个机会对我弥足珍贵，我却眼睁睁地让它溜走了，实在是遗憾！

这件事给了我一个巨大的教训。不能错过任何一个机会，还要自己去创造机会。后来，每当有年轻人在面临选择的时候犹豫不决，向我征求意见时，我总是给他们打气，鼓励他们向前冲，别等待、别观望，如果有困难，我可以给他们兜底。年轻人有什么好怕的，有什么输不起的，不要错过任何一个发展的好机会！

经过七个月望眼欲穿的等待，我终于领到了北京的律师证。当律所的行政小妹将崭新的律师证递给我时，我欣喜若狂，这本律师证离开我实在太久太久了。我这段时间"偷偷摸摸"地做一些业务，跟客户谈事都没有底气，生怕他们要看我的律师证。同事推送来一些不错的业务，因为没有律师证，我只能放弃参与。现在终于解脱了！我揣着律师证飞奔下楼，到附近的超市里疯狂采购，买了满满两大袋子的零食拎回律所，见人就发。我要让所有人知道，我现在是正儿八经的北京律师了！

有了北京律师的身份，我的业务很快打开了局面，接连办理了几起重大案件，包括河北唐山的吕某故意杀人案、江西省国土厅贪腐窝案等。在办理这些案件时，我全心投入，不放过证据的任何一个细节，很快就找到了感觉。

吕某故意杀人案在唐山市中级人民法院开庭的时候，旁听席坐了上百名穿着制服的警察，据说都是唐山各区县的一线办案刑警。我在庭前与承办法官沟通时，对这起杀人案的证据提出了大量质疑，法官将我的意见反馈给侦查机关，市公安局决定组织刑侦民警观摩庭审，听听北京律师如何分析这些证据，提高侦查工作的质量。

庭审中，我对公诉人出示的证据提出质疑，对其观点进行针锋相对的反驳。法官让公诉人进行回应，公诉人总是以"辩护人的观点不值一驳"作答，没有任何实质内容。公诉人不厌其烦地重复了几十遍这句话，一直撑到整个庭审结束。这种碾压式的对庭，让我觉得很没劲，同时又信心倍增。

我办理江西省国土厅贪腐窝案的过程中，检察官多次拒绝我会见在押当事人的申请。我趁上班高峰时间避开大门口的保安，随着上班的人群混入省检察院办公大楼，敲开某局长的办公室，要求保障律师的会见权。这位局长看着我进来，先是一脸惊讶，接着又慢吞吞地跟我打官腔。我见状转身出门，去敲省检察长办公室的门，一位检察官赶紧一把将我拽回来，答应马上批准我会见。

案件到了法院，12月30日我才复制到四十多本案卷的证据材料，第二天法官就电话通知我1月3日开庭。我在电话里向法官解释说："三四天的时间，肯定来不及看案卷，我们要求至少延迟十天开庭。"法官有点傲慢地说："开庭日期已经确定，不能更改了。"我勃然大怒道："只有三四天时间，我们怎么准备辩护意见？你这是变相剥夺律师辩护权。你们想开庭就开吧，反正我们不会出庭！"随后我挂掉了电话。

法官又马上打电话过来，说："易律师，不好意思，刚才我这边信号不好，电话断线了。"我冷冷地说："不是你的信号不好，是我挂掉的。"法官愣了一两秒，接着说："易律师，我们再商量一下开庭日期。你们需要多长时间看案卷？"四十多本案卷，近万页的证据材料，加班加点至少十天时间才能看完，还要认真梳理，写质证意见、辩护词，这些准备工作也要五六天的时间。于是我说："我需要二十天的时间来准备。"法官沉吟了一下，说："易律师，二十天后就快到过年了，安排开庭有些困难。这样吧，你们慢慢看卷，过完年我们再确定开庭时间吧。"

尽管大多数案件都办得顺风顺水，得到了委托人和办案单位的认可，但我还是不满意。我只是挂名的合伙人律师，得不到律所的资源扶持，不能代表律所参加社会活动、接受媒体采访、到高校讲课，也得不到高质量的案源。看着所里其他律师风风光光地出现在各个场合，自己难免感到失落。我必须借助平台的力量，让自己走得更快些。

年底的时候，我总结了这一年的收获。虽然一大半时间没有北京律师证，但我还是做到了收支平衡且略有盈余。田宇也超额完成了我给她定下的小目标，对我佩服得五体投地，每次见到我都笑得合不拢嘴。但我来到北京，忍受压力和拥堵，不是为了挣点小钱，而是为了实现自己的梦想。时间对我是非常宝贵的，如果按部就班地发展，我怕来不及。我要鼓起勇气，创造机会，实现跨越式发展。

过完年回到北京，第一天上班我就向律所执行主任提交了设立职务犯罪部的申请。经过近一年的接触，律所管理层对我已经有了充分了解，律所正处在快速发展阶段，需要提拔一批骨干律师建立各个专业部门。我的想法与管理层的思路不谋而合，申请很快得到了批准。到北京不满一年，我已经是一家大型律师事务所的专业部门主任。

这就是北京，有勇气就会有奇迹！

第三章

亮　剑

该斗狠的时候，不能过于心慈手软；该妥协的时候，不能一直盛气凌人。

——易胜华

升任律所的专业部门主任，我的内心充满了喜悦，同时也感到很大的压力。律所给我下达的年度创收任务高达几百万元，而且逐年递增。虽然我进入律师行业已有六七年，办理过几百起各种类型的案件，但不知道怎么树立自己的专业形象，怎么在北京获得更多的办案机会，只能慢慢摸索。

我尝试在一些网站做付费推广，但收效甚微。绝大多数人询问的是一些简单的法律常识，我说得口干舌燥，最后只得到一句"谢谢"，再无下文。百度竞价的关键词服务收费高得吓人，用户点击一下我就要付出几十、上百块钱。我设定了每天一千块钱的限额，上线一两个小时就用完了，可能是被同行恶意点击了吧。我咬牙坚持了两三个月，实在撑不住了，只好退出竞价排名。

唯一能做且不用花钱的，只有写作。在老家做律师的时候，我就开始在网上发表文章，还开通了博客，经常更新内容。为了突出自己的专业形象，我忍痛删除了博客上与刑事无关的文章，重新在各个比较火的网站注册，每天在论坛上针对刑事类的法律新闻进行评论，阅读量还不错。

2010 年 3 月，福建南平发生一起惨案。歹徒持刀在一所小学门口疯狂砍杀学生，造成八人死亡、五人受伤，这起惨案引起公众的强烈愤慨。看到这则新闻，我的心情非常沉重。针对校园犯罪，我写了一系列评论发布在网上，呼吁关注校园安全，保护我们的孩子。几天后，我接到云南卫视《民生大议》节目组编导的电话，邀请我作为"中小学校园实行全职驻校警察"提案人，在北京的录影棚参加节目录制。

在老家的时候，我经常去市电视台录节目，多次接受省电视台法制节目采访，还参加过几次辩论赛。有了这些经历，我面对摄像机和观众不会紧张。但这是我到北京之后第一次在电视节目中亮相，主持人是大名鼎鼎的倪萍，参与节目的嘉宾是各个领域的精英。我查阅了大量资料，精心准备发言稿，从多个角度阐述自己的观点。

录制节目那天，下着霏霏细雨，田宇开车送我到798艺术区的录影棚。我在休息室见到了遇害学生之一周某的父母，他们面容悲戚，有气无力地向旁边的人诉说孩子遇害当天的情形。工作人员为了防止他们情绪激动，带他们离开了休息室，我们几个嘉宾也沉默了。

根据节目组的安排，我在第二部分出场。蜡烛点亮，音乐声响起，主持人动情地诉说，观众泪如雨下。我突然觉得，这样一次次揭开死者亲属的伤口，会不会有些残忍？孩子妈妈早已哭干了眼泪。但愿这种诉说可以排解他们的痛苦，唤起全社会对校园安全的重视。

音乐声再次响起，轮到我上场提出议案。这个话题太沉重，出场时我的情绪有些低落。我发表完自己的提案后，现场担任嘉宾的心理学家、知名演员、外籍教师纷纷支持我的提议。

与法庭辩论不同，电视辩论节目需要抢话。我身边的嘉宾争先恐后，我尽量表现出绅士风度，让其他人充分发表意见。也许是为了激发嘉宾们对主题的争论，主持人隐隐约约地表露出不支持我的观点。在法庭辩论中，法官如果带有明显的倾向，律师可以提出抗议。主持人的倾向性观点，必然影响到观众的投票。然而这不是在法庭上，主持人有自己的看法也正常，而且还要考虑节目效果。

节目最后，现场响起郑智化的《别哭，我最爱的人》，全场观众走向舞台中间投票，将代表支持和反对的砝码放在天平的两侧。我默默地看着观众投票，最后一刻天平终于向我方倾斜，我松了一口气。

社会热点频频出现，为我提供了源源不断的写作素材。2010年5月，山木培训总裁宋山木因涉嫌强奸罪被刑事拘留，瞬间成为公众热议的焦点。仔细阅读宋山木案件的新闻报道后，我发现这个案子存在不少疑点，于是着手分析，在办公室从下午两点一直写到晚上八点，浑然不觉饥饿。反复修改后，我将这篇《宋山木强奸案九大疑点待解》发布在各个网站。

在舆论一边倒地谴责宋山木的形势下，我从专业角度的理性分析引起了公愤。很多人用恶毒、下流的语言对我进行辱骂，一些人对我进行人肉搜索，公布我的私人信息。一天之内，这篇文章在某知名法律论坛的阅读量突破了一百万，跟帖数千条，我接到了几百个骚扰电话和辱骂短信。律所老板在外地参加会议，与会的几位律师向他表达了强烈不满，建议他将我辞退。他特地安排律所执行主任向我了解情况，我将这篇文章发给执行主任，他看后说："写得没问题啊，你是从专业角度发表的观点嘛。"我这才松了一口气。

这是我第一次遭遇大规模的网络暴力，但我并不畏惧，一鼓作气又写了《宋山木批捕之后何去何从？》《宋山木案件的 7 个与 n 个》两篇文章，预测案件的走向和结果，并对新闻报道中存在的问题提出批评。这几篇文章发布之后，有人打电话给我，自称是宋山木的亲属，随后发来一些证据材料，希望听取我的意见，并问我是否愿意担任宋山木的再审辩护律师。我怀疑有人假冒宋的亲属给我设套，于是婉言谢绝了。

2011 年 5 月，刑法修正案（八）施行，"醉酒驾驶"构成危险驾驶罪。各地交警部门一窝蜂地抢抓"醉驾第一人"，司法机关抢办"醉驾第一案"。媒体争先报道，"醉驾入刑"成为网络热词。没多久，最高人民法院的一位副院长在内部会议上提出，"醉驾入刑"要区别对待，慎重稳妥。如何正确看待"醉驾入刑"，一时间成为舆论关注的热点。

我接受几家媒体采访，谈了对"醉驾入刑"的一些看法，认同这位副院长的意见。我的观点引起了凤凰卫视《一虎一席谈》编导的注意，他们邀请我参与《一虎一席谈》节目录制，就"醉驾该不该一律入刑"与其他几位嘉宾展开辩论，其中包括"醉驾入刑"提案人、全国政协委员施杰律师。

我在媒体上的活跃表现引起了律所领导的关注。这一年，中央电视台举办首届"全国公诉人与律师电视辩论大赛"，律所推荐我和几位同事去参加北京市朝阳区律协的选拔赛，但我的内心是犹豫的。

我刚入行时参加过"九江市公诉人与律师对抗赛"。由于当时缺少比赛经验，发挥得不太好，最终获得第十一名，与"九江市十佳辩护人"失之交臂。在别人看来，刚出道就取得这样的成绩，算是表现不俗。我来北京的前一年，江西省人民检察院和江西省律师协会联合举办"全省公诉人与律师对抗赛"，我代表九江市律师参赛，最终不辱使命，获得第四名，因此获得"江西省十佳辩护人"称号，这个奖项是我来北京闯荡的底气。

我之前看过央视的全国律师辩论赛，选手们一个个能说会道，气度不凡。跟他们相比，我觉得自己还有很大差距。参加这种比赛，每天神经都绷得紧紧的，晚上都会做噩梦。如果表现不佳，会很没面子的。

我老家的师父黄汉国律师曾经获得江西省律师辩论赛的第一名。我给他打电话征求意见，他认为这是一个很好的机会，可以锻炼和展示自己。师父说："你很有希望打入决赛。就算被淘汰也不丢人，你刚到北京没多久，见见世面也是好的。"师父这么说了，那就试试吧，反正在北京也没几个人认识我，被淘汰了也无所谓。

朝阳区报名参加海选的律师有近百人，律协从中选拔出12名律师进行集训。我有多次比赛经验，所以轻松进入集训名单。

集训结束后，我们组成朝阳一队和二队参加北京赛区的选拔赛，我是朝阳一队的一辩。

选拔赛在清华大学法学院礼堂进行。评委包括刑法学界权威、著名刑辩律师、法制媒体负责人、司法机关领导和北京律协领导，观众是北京各个区县的律师同行、法学院校的老师和学生。这是我第一次在北京参加这类辩论赛，只能用凌厉的攻势来化解紧张的情绪。

点评环节中，评委陈卫东教授对我在比赛中的表现大加赞扬，说刑辩律师的风格就应该是这样，声音洪亮，语气坚定，目光如炬，气势如虹。北京市律协的张学兵会长在随后的点评中却给我泼了一桶冷水，他对我的表现非常不满，说我的目光太犀利，言语咄咄逼人，让人很不舒服。张会长认为，辩论应当是温和的，辩论人应彬彬有礼，面带笑容。我对他的点评很不服气。他是非诉律师，从未做过刑事辩护。商务谈判确实需要温和谦恭，但刑事辩护是背水一战，不能输了气势。

随着时间的推移和阅历的增长，我渐渐理解了张会长的观点。每个人都有自己的风格，或温和，或霸气。律师在办案中不能由着自己的性子，要根据案件的情况和情势选择最适当的处理方式。该斗狠的时候，不能过于心慈手软；该妥协的时候，不能一直盛气凌人。

我所在的朝阳一队最终获得北京赛区的团体第一名，我和另一位队友同时获得了"最佳风采奖"。全场"最佳辩手"由两位年轻的女实习律师获得，她们伶牙俐齿，能言善辩，面对比自己年纪大、资历深的对方辩友，也能从容不迫地回应，展现出良好的心理素质。果然是英雄出少年，想想自己之前的怯场，我感到有点羞愧。

几天后，我主持律所的刑辩论坛，嘉宾之一是《民主与法制》杂志社总编刘桂明老师，他也是辩论赛北京赛区的评委之一。刘总编在发言的时候，突然向大家宣布了一个喜讯：经过评委们的认真评议，易律师入选北京律师代表队，即将参加在央视举办的首届"全国公诉人与律师电视辩论大赛"总决赛。这个消息非常突然，刘总编在公开场合宣布这个消息，应该是靠谱的。

然而，我一直没有接到集训的通知。和我一起获得"最佳风采奖"的队友入选北京代表队，参加了央视的决赛。在央视现场彩排的时候，他被央视法制频道的制片人相中，从此成为央视法制频道的常客。参加决赛的各地律师代表队共有六支，北京队在比赛中获得第五名。队友们说："老易，你要来了，我们不可能是这样的成绩。"我笑而不语，心想我要去了，兴许就是最后一名呢……

随着影响力的不断扩大，委托我的客户渐渐多了起来。

有一天，客户老庞来律所向我咨询，说起一件挺让人挠头的事情。老庞是外地人，他家亲戚因为虚开增值税发票被公安机关刑事拘留，托了很多关系都没"捞"出来。后来，他拐弯抹角找到北京一个"大人物"，那个人要了他三百万元，说很快就能放人。然而事情没办成，现在人都被判刑入狱了。他想要回这笔钱，又怕得罪这个"大人物"，不要又觉得不甘心，都是借的高利贷呢。

我一听就知道怎么回事了。真正的大人物都是谨小慎微的，哪会这样胆大包天地收钱"铲事儿"！肯定是骗子打着领导的旗号，在外面故弄玄虚、招摇撞骗。对付这号人，就得给他来点硬的。

老庞决定委托我来处理这件事情，但他心里还是有点发虚。老庞说："易律师，我知道你胆大，什么都不怕，但这个人的来头真的很大，大得吓人呢。"我笑着说："那就让我开开眼吧。"

老庞带着我来到东四环边上的一座写字楼，有很多家中小公司在这办公。坐电梯上楼后，老庞指着一扇玻璃门说："就是这里。"他在门口犹豫了半天，我一把推开房门，大步流星走了进去。

办公室大概有三百平方米，用办公桌和柜子隔成了不同的区域。最东边是一张老板桌，边上摆着一圈沙发，中间是工位。几个小姑娘在整理资料。最西边是展示区，挂了一些字画和照片。我们要找的"大人物"没在，老庞跟他电话联系，他说一会儿就过来。于是，我仔细打量起整个办公室。

老庞悄悄提示我注意，大门正上方有一块挂着大红绸子的玻璃牌匾，写着"国内动态调查委员会"几个毛笔字，落款是前某领导。边上几幅字画的落款也是如此。墙上还有一幅组织机构图，最高层级是"顾问团"，下面是主任、秘书长，往下分为"直属局""管理中心""各省市分会"。"直属局"包括"机要处""秘书局""内参编辑部""社会动态调查局"等机构。文件柜里的盒子上写着"执行局""机要处""内参部"等字样。宣传栏有一幅标语："掌握一线资料，做好内参编辑，及时上报首长。"办公室挂着不少照片，照片上的人我一个都不认识，文字介绍却都是大有来头。我一边看，一边用手机拍照。

看完这一圈，我心里更有数了。我算不上见多识广，但这套拙劣的把戏还是一眼就能看穿。越有能耐的人越低调，越没本事的人越张扬。拿这些东西唬谁呢。

"大人物"终于出现了，六十岁左右，戴着金边眼镜，一副儒雅、深不可测的样子。他一边皱起眉头打量我，一边跟我握手。他的手很粗糙，手心有汗。老庞介绍说："这是李主任，这是易大哥。"我纠正他："我是易律师。"李主任淡淡地"哦"了一声，然后招呼我们坐下。

我单刀直入地说："李主任，看得出来您很忙，我们就不绕弯子了。老庞的事情您没办好，钱是要退回给他的吧？"

李主任转头看着老庞说："你们是来要钱的啊。"

老庞搓着手，不好意思地说："李主任，确实是家里遇到了难事，花了不少钱，都是借的高利贷。您看……。"

李主任说："你的事情，我找了好几位领导，他们都给下面打过招呼了。"

我问："您找的是哪些领导？给谁打的招呼？招呼是怎么打的啊？"

李主任推了推眼镜，傲慢地说："这个不方便告诉你们。"

我说："老庞给你几百万元，你就给这么一句话？"

李主任目光炯炯地看着我，问道："小伙子，你叫什么名字？哪个律师事务所的？我认识不少大律师呢。"

我掏出名片递给他，说道："你既然认识很多律师，那就好办了。你可以问问这些律师，你的行为是什么性质。"

李主任认真看了我的名片，转头问老庞："你们今天来，是什么意思呢？"

老庞支支吾吾不敢开口，我直截了当地回答："刚才已经说过了，我们是来要你退钱的。"

李主任阴森森的眼睛盯着我："我要是不给呢？"

我一拍茶几："你敢！"

李主任看着我说："小伙子，不要太激动，免得哪天都不知道自己是怎么死的。"

我火冒三丈，站起来指着他吼道："那我就先弄死你！"

空气瞬间凝固了。老庞目瞪口呆地看着我，李主任也愣住了。办公室的其他人都坐在位子上一动不动，不敢发出声响，似乎我接下来就要从衣兜里掏出凶器。我也感到吃惊，自己怎么会说出这种话。我是个律师，说话的口气却像黑老大。但是，对方已经在赤裸裸地威胁，跟他讲法律有用吗？只能以暴制暴、以毒攻毒了。狭路相逢勇者胜！

李主任将目光转向别处，一言不发。

我平复了一下心情，问道："你想好了吗？还不还钱？"

李主任说："你不是律师吗，可以去法院起诉我啊。"

我笑着说："我不会去法院起诉你。我要报警，让警察来抓你。"

李主任故作轻松地说："警察凭什么抓我呀？"

我指着墙上的牌匾和照片说："你这里摆着的东西，也就只能骗骗老庞。你要是不还钱，我立马报警，告你诈骗。"

李主任干笑了几声，说："我是有批文的，你懂什么啊？"

我说："什么批文，拿来看看啊。"

李主任不屑一顾地说："那就不能给你看了。"

我说："不给我看，那就给警察看吧。"

我掏出手机拨打110。在我报警的过程中，办公室有几个年龄较大的人收拾东西，悄无声息地离开了，只剩下几个一脸茫然的小姑娘坐在工位上。

李主任悠闲地说："小伙子，得罪我，你可没有什么好果子吃。"

我淡淡一笑："做律师这些年，我得罪人太多了，早就麻木了。"

警察很快就赶到了。听完我的陈述，警察问李主任："怎么回事，你说说吧？"李主任说："我给您看一样东西。"

他将警察带到老板桌跟前，从保险柜里拿出一个文件袋。我凑上前去，李主任说："这份材料我只给警察看。"我坚持要看。警察说："你上外面等着吧。"我只好退到一边，远远地观察。

李主任拿出一份文件，递给警察。警察看完之后将文件还给了他。

我走了过去，对警察说："他就是个骗子。"

警察说："咱们有事说事。你们是让他还钱对不对？"

我说："但他不肯还钱啊。"

警察转过身对李主任说："你能把钱还给他吗？"

李主任说："数额有点大，今天肯定没法还，银行都下班了。"

警察说："那就明天还，能做到吗？"

李主任点点头说："可以。"

警察对我们说："明天上午你们还来这儿，找他要钱吧。"

我正想说话，老庞抢过话头说："好好好，谢谢警官。"我只能作罢，和老庞一起离开了。

第二天，老庞打来电话，说已经收到了一半的钱款，剩下的半年内付清，他也认了。这事就过去了。

两年后，我在微博热搜上看到一则新闻，中国动态调查委员会主任兼党组书记李某某包养十八岁小情妇，还有两人的艳照。我一看照片就乐了，这不是那个骗子李主任吗？我在微博上讲述了那段自己的亲身经历，媒体记者纷纷采访我，想了解有关情况。凤凰网邀请我做了一期视频访谈，某电视栏目的记者也特地找到我进行深度采访。

但是，那一期的节目一直没有播出。过了一段时间，我问记者怎么回事，记者说："稿子没通过。"我上网搜索相关新闻，发现大部分网页都找不到了。我在凤凰网做的那期访谈节目，所有视频也被删了。

也许，事情不是我想象的那么简单。

第四章

雪碧清白

趋利避害是人的本能，但信任是最珍贵的东西。

——易胜华

　　进入律师行业的第一天我就认识到，律师圈子是"人精"扎堆的地方，一个个都非常聪明。我的脑子不够用，无论是在同事面前还是客户那里，总是慢人家半拍，想得不如人家周全，干得不如人家漂亮，疲于应对，心力交瘁。后来我想明白了，既然大家都比我聪明，我的花花肠子迟早会被人识破，还不如老老实实做事，诚诚恳恳做人，虽然可能会吃一些亏，但至少没有那么累。我轻装上阵，反而获得了很多机会，交到了很多好朋友。尤其是到了北京，这里的聪明人更多，我只有用最笨的方法，才能获得最大的收获。

　　根据律所制定的政策，每个律师向律所交纳的管理费比例存在差别，合伙人是百分之五，提成律师是百分之十，部门主任是百分之二十。由于部门主任交的管理费比例最高，律所在公共案源和宣传等方面的扶持力度也很大，这正是我迫切需要的东西。没想到的是，在全所几十个专业部门里，我领导的部门的创收居然名列前茅。这是刚成立的小部门，我来北京时间也短，怎么可能超过那些成立时间长、案件数量多、收费高的民商业务部门呢？据说，有的业务部门一年创收才二三十万元，老板气得摔了杯子，破口大骂："一个部门的创收还不如一个普通的提成律师，还当什么部门主任，丢不丢人？"

趋利避害是人的本能，但信任是最珍贵的东西。我虽然非常急切地需要多挣一些钱，但挣钱不是我来北京做律师的唯一目的，也不是排在第一位的需求。我两手空空来到北京，需要更多的机会、更多的资源。部门主任这个职位给了我需要的东西，如果我不遵守约定，即使获得了一些眼前的利益，也会失去律所管理层的信任，导致我失去更多更好的机会和资源，得不偿失，我当然要目光长远一些。

我的诚实付出得到了回报。律所对我加大了扶持力度，把大量的公共案源安排给我接待，一些对外活动和媒体采访优先推送给我。我如鱼得水，如虎添翼，开始承办一些有影响的案件。

2009 年 11 月，北京小伙马可和朋友在北京西单"豆捞坊"吃饭，从听装雪碧中喝出了水银。事件发生后，媒体高度关注，可口可乐公司陷入舆论旋涡。两个月后，通州一名中学生也因为喝的雪碧含汞被送往医院急救，可口可乐公司雪上加霜，焦头烂额。距离 2010 年的"3·15 消费者权益保护日"没多少时间了，该公司面临危机，很可能被央视"3·15 晚会"曝光。3·15 晚会的前一周，情势突然发生大逆转，警方宣布侦破"雪碧汞中毒"案件，该案系马可的情人投毒，而马可为了索取高额赔偿故意隐瞒真相，被警方刑事拘留。

一位记者通过律所的文化品牌专员找到我，让我对马可涉嫌的"损害商业信誉、商品声誉罪"进行解读。这是一个刚设立不久的罪名，公众对它还很陌生，我从理论和实践的角度对这个罪名作了详细说明。马可的父亲看了新闻后，来律所聘请我担任马可的辩护人。从接受委托到开庭，只有十天时间，我向法庭申请延期审理，但没有获得准许。在有限的时间里，我有大量的工作要完成。

可口可乐公司的态度是影响案件结果的重要因素，公司在这起事件里遭受的重大损失可想而知，但挽回影响、重新树立企业形象才是关键。可口可乐作为百年品牌，应该有气度包容犯错的年轻人吧。我与可口可乐公司公关部李经理取得联系，表示我们愿意以各种方式向可口可乐公司道歉，取得公司的原谅。李经理对我的立场表示欢迎，说他会向公司高层汇报。几天后我再次致电，可口可乐公司高层还没给出答复。

会见马可的时候，我让他签署了道歉信，然后第三次联系可口可乐公司，表示将与马可的亲属一起将道歉信送到公司。李经理回复："为了不影响法院的审理，公司决定暂不表态。"我很失望。可口可乐公司的态度当然会影响到法院的审理，但这种"影响"不是对司法的干预，而是法律鼓励的行为。在刑事案件中，"被害人谅解"是酌定量刑情节，在轻微刑事案件中甚至可以决定罪与非罪。被害人的态度，在量刑上会有所体现。如果犯罪情节显著轻微，法院可以不作为犯罪处理。

我知道可口可乐公司对马可一肚子怨气。在真相不明的时候，媒体狂轰滥炸、连篇累牍地报道，使得公司声誉严重受损，销量急转直下。事件发生后，马可的亲属在媒体面前咄咄逼人，也让公司焦头烂额。

对危机的公关处置方式，可以体现出一家公司的格局。"得饶人处且饶人"是中国传统观念，如果可口可乐公司对这件事情豁达一些，可以展示出与它的辉煌历史相匹配的雅量。作为世界五百强企业、消费群体主要为年轻人的饮料公司，"以德服人"才是王道。原以为可口可乐公司胸怀宽广、高瞻远瞩，会接受马可的道歉，原谅马可的过失，但我的美好愿望没有得到回应。马可当然失去了酌定量刑情节，可口可乐公司也失去了很好的公关机会。

马可出生于1988年，当过兵，入了党，脸上还有青春痘。我见过很多80后、90后的犯罪嫌疑人，但还是第一次见到这么心态健康、性格单纯的。在媒体的描述中，马可是一个贪恋女色和钱财的坏人。为了满足个人欲望，他和有夫之妇保持情人关系；为了向可口可乐公司索赔，他不惜喝下含有水银的雪碧。即使在查明是情人投毒之后，媒体也说"马可明知是情人投毒，为了索赔而故意隐瞒，捏造事实"。我面前的马可神态轻松、谈笑自若，对外界的污蔑浑然不觉。他告诉我，同监室的犯人老拿他的事取笑，他跟着大家一块乐。

马可说，最开始柳筱提出要跟他发展情人关系，说好了不影响各自的生活。他觉得自己不吃亏，就答应了。后来，他打算结束这段不道德的恋情，正儿八经开始自己的生活，柳筱妒火中烧，认为马可对自己"不忠"，于是着手毁灭他。当他要柳筱介绍表妹给自己做女朋友时，已经勾起了柳筱的杀心。柳筱向偶遇的保安邢远倾吐了内心的苦闷与仇恨。略懂一些化学知识的邢远教她用水银投毒，这样可以让马可不知不觉中毒身亡。柳筱从药店买来五十支温度计，取出其中的水银，短短几天内三次投入马可的食物中。第一次，马可认为食物口感不好，没有继续吃；第二次，马可发现外卖盒饭里的异物，还上饭馆找老板理论，要回了五十元饭钱；第三次他没有逃过。他当时一点都没有怀疑柳筱，因为此前新闻中出现了大量食品安全事件，他的第一反应是雪碧存在质量问题。

马可说的应该是真话。在那种突发情况下，谁会怀疑与自己有肌肤之亲的女人？食品安全事件频发，从三聚氰胺奶粉到地沟油，从苏丹红到漂白剂，消费者已经是惊弓之鸟，不知道该吃什么。

我问马可："你为什么要说雪碧是你自己打开的呢？"

马可苦笑着说："警察问我的时候，我告诉他记不清了，警察非要我好好想想。我想雪碧里面有毒，跟谁打开的有什么关系啊，就随便说了一句是我打开的。如果说雪碧是柳筱打开的，警察还得去问她，那我们的关系可能就暴露了。"

马可的说法合乎常理。如果雪碧有质量问题，谁打开的不重要。马可先入为主地排除了其他可能性，认定雪碧存在质量问题。在警方的一再追问下，马可作出了不真实的陈述，换了其他人，可能也会作出同样的回答。他这么随口一说，给自己带来了巨大的麻烦，从被害人变成了阶下囚。

我问马可："你对你和柳筱的关系后悔吗？"

马可点点头说："后悔。"

我接着问："你恨柳筱吗？"

马可摇摇头："不恨，真的不恨她。这事我也有责任。我听说，她在看守所有两次自杀，一次是拿头撞墙，一次是用塑料片割腕，都没成功。"

看着马可一脸担忧的表情，我感慨万分。

接下来的几天，我认真研读案卷材料，确立了辩护思路，着手撰写辩护意见。期间，各路媒体得知我担任马可的辩护人，开始对我狂轰滥炸。对于媒体，我的态度始终是友好的。但律师是为当事人提供服务，应当对案情保密，以免媒体介入损害当事人利益。这种时候，律师与记者是对立的。

在这起案件中，我需要媒体配合。案件从一开始媒体就充当了重要的角色。各路媒体对这个案子推波助澜，让可口可乐公司招架不住，所以起诉书认为"马可向警方和媒体散布了捏造的事实"。马可被警方拘留后，媒体又一窝蜂地跟上，马可被描述成一个好色、贪婪的犯罪分子。这个案子要想得到公正判决，就必须告诉大家真相，还马可一个清白，让公众对是非作出评判。

我耐心回答记者提出的每一个问题，经常是应接不暇，手机打得发烫，刚接完一个电话，又一个电话打进来，说到嗓子冒烟，手机没电。遗憾的是，媒体的兴奋点大多在马可与柳筱的情人关系上，我努力将话题引向案件背后的问题：食品安全与消费者维权。我请求记者务必客观、真实地报道，在还可口可乐公司清白的同时，不要抹黑马可，尽量提升报道的品位。这些记者信守承诺，在后续报道中大多还原了事情真相。

案件开庭的那天，寒风刺骨，法院门口围了很多记者。

马可被法警带进法庭。与会见时相比，他憔悴了一些，神情也有点不自然。公诉人宣读完起诉书，马可承认自己有错，但不知道自己是不是有罪。公诉人开始咄咄逼人地发问，马可很无助，我举手反对，要求审判长制止公诉人这种发问。审判长认为公诉人的语气没问题，可以继续发问。于是，公诉人的诘问更加严厉，审判长也看不下去了，提醒公诉人注意发问的语气。

我注意到马可一直站着受审，时间长了腿有点哆嗦。我向审判长提出："出于人性化的考虑，请准许被告人坐着受审。"审判长笑着说："您都上升到人性化的高度了，我能不答应吗？"马可马上坐了下来，说："谢谢审判长。"审判长说："别谢我，谢你的律师吧，我开庭一般是不让被告人坐的。"

轮到我发问。为了缓和法庭的紧张气氛，更是为了向可口可乐公司示好，我抛出了第一个问题："你以后还会喝雪碧吗？"马可回答："喝啊，干吗不喝，它不是没毒吗？我一直都喜欢喝的。"这句话把法庭上所有人都逗乐了。

合议庭的组成人员有两位人民陪审员。一般情况下人民陪审员很少对被告人发问，那天的法庭上，人民陪审员听得非常认真和投入，其中一位陪审员还向马可提出了很多问题。

公诉方在举证中出示了一组英文证据，证明可口可乐公司遭受了重大损失，我对此提出质疑。根据法律规定，应该使用本民族语言文字进行诉讼。马可看不懂这些证据，无法质证，我要求公诉方提交中文版翻译件。审判长让公诉人考虑是否提交该组证据，公诉人表示回去研究后回复法庭。审判长询问公诉人，是从"重大损失"角度还是"造成恶劣影响"角度来指控被告人行为，公诉人心领神会，当即表示是从"造成恶劣影响"角度进行指控。我感到案子有些棘手了。

我为马可做无罪辩护设置了三道"防护墙"，只要守住了任何一道，马可都应当被宣告无罪。

第一道防护墙：公诉人指控马可捏造了"亲手打开雪碧"这一虚假事实，导致可口可乐公司声誉受损。我的观点是：马可这句话是在警方再三追问下脱口而出的，目的不在于损害可口可乐公司声誉，而是掩盖他和柳筱的不正当关系。这句话只是影响了警方侦破案件，没有损害可口可乐公司声誉，不能认定为捏造事实。

第二道防护墙：公诉人指控马可对警方和媒体散布了虚假事实。我的观点是：讯问笔录属于侦查机密，不能对外公布。马可在警方调查时的不实陈述，不构成"散布"。在马可被警方拘留之前，新闻中没有出现"亲手打开雪碧"的说法，马可显然没有"散布"虚假事实。

我最有力的辩护观点，在第三道防护墙"重大损失"。"损害商业信誉、商品声誉罪"的立案标准是"造成直接经济损失五十万元"，可口可乐公司提出了二百三十万元的损失数据，绝大部分都是间接经济损失。公诉人指出可口可乐公司的直接经济损失为五十多万元，但在马可之后的"学生喝雪碧汞中毒"事件，也导致了可口可乐公司经济上受损，不能让马可承担全部责任。

经济损失数额是刚性标准，需要根据客观证据认定，这是我最有说服力的辩护观点。"造成恶劣影响"是弹性的主观认定标准，公诉人没必要再提交翻译后的损失数据了。虽然法官会对案件独立思考，我仍然担心案外因素会影响案件的最后结果。

庭审结束后，案件迟迟没有宣判，我的心渐渐凉了。我接受委托介入案件的时候，马可已经被关押了将近十个月，这对我们非常不利。"损害商业信誉、商品声誉罪"的最高量刑只有两年有期徒刑，根据马可的实际情况，顶格判处的可能性不大。

法院迟迟没有宣判，也许是出于慎重考虑，案件可能会出现对马可有利的结果。我无法要求法院马上作出判决，只能申请取保候审。我将申请提交给法官的时候，法官叹了口气说："易律师，您为什么没在侦查阶段申请取保候审？"

我明白法官的意思。在马可刚被关押的时候，如果律师申请取保候审，不但理由充分（马可因汞中毒需要住院治疗，符合取保候审条件），对案件的后续处理也非常有利，但马可刚被羁押时我还没介入这起案件。马可的关押时间是这起案件获得最佳结果的障碍，如果判决无罪，谁来为错误关押承担责任？

尽管如此，我还是提交了申请，并建议法院尽快作出判决。在等待判决的日子里，我必须借助一切力量，为马可争取最好的结果。

我和马可的父亲一起来到中国消费者协会（简称中消协），请求他们关注此案。接待我们的大姐非常热情，她说早就注意到这个案子了，也认为马可是无辜的。但她又说，中消协不方便干预法院的审理工作，此前著名的"华硕案"被告人黄静的家属也曾找到中消协，要求他们介入案件，他们是同样的态度。

我不由得苦笑。无论是中消协还是可口可乐公司，都以"不干预法院审理案件"为由，拒绝了我们提出的要求。

　　法院确定了宣判的日子，那一天又是记者云集。当法官念出
"有期徒刑一年"的判决结果时，我心情沉重，马可则高声喊冤。
不过就算是一年的刑期，他也还有几天就要被释放了。

　　宣判之后，我收拾东西准备离开法庭，法官让我单独留下，
问我对这个案件的结果怎么看。我面带微笑说："不能接受，能
够理解。"

　　法官沉默了一会，说："我对这个案件也有不同观点，但是
没办法。如果是其他饮料品牌，可能不是这个结果；如果在侦查
阶段就取保候审了，也不会是这个结果。"

　　我点点头说："明白。"

　　法官说："您作为辩护律师已经尽力了。您的表现非常优秀，
给我留下了很深的印象。如果对这个结果不满意，你们可以上
诉，也许二审法院会有不同的处理。"

　　虽然得到了法官的肯定，我并不感到高兴。法官主动善意地
建议当事人上诉，我还是第一次遇到。我们当然要上诉，但对结
果不抱希望。

　　几天后马可刑满释放，我和他父亲去看守所接他。此前我已
经和马可商量好，释放之后直接去可口可乐公司登门道歉。尽管
法院判决马可有罪，他也服完了刑，但我们的认错态度还是要有
始有终。

　　接到马可后，我们直接驱车前往亦庄的可口可乐公司北京
总部。此时已经是中午 12 点多，我们饿着肚子在公司门口的传
达室等候公司负责人。等了很久，来了两位小姑娘，她们说：

"公司领导都出差了，派我们来接待。"我说："能不能找个会议室？"她们说："就在这吧。"

在简陋的传达室，马可当着记者的面，向两位小姑娘鞠躬，为自己的过失给可口可乐公司造成的损害表达歉意。两位小姑娘表示接受马可的道歉，说："事情都已经过去了，我们尊重法院的判决。"

对可口可乐公司，我们做到了仁至义尽，不但写了道歉信，还在法庭上为雪碧做了一次免费广告，马可出狱后第一件事就是登门道歉。后来可口可乐公司没有向马可提出民事索赔，大概是基于这个原因吧。

被释放之前马可就向中级法院提起了上诉。我们不抱指望，但不放弃努力。马可本来是受害者，结果却成了被告人，有罪判决会对他产生很大的影响，包括开除党籍和公职。马可说，公职倒还无所谓，最舍不得的是党员身份，他在部队里拼命表现才入党的。

二审法官约谈的时候，我对法官说，这个案子不仅关系到马可的权利，也关系到每一位消费者的切身利益，希望法官站在保护消费者权益的角度，作出公正的处理。二审法官说："这个案子影响很大，我们非常重视，一定会谨慎处理。"很快我们就收到了"维持原判"的裁定书，马可的情绪非常低落。我说："你没必要难过，你这个案子无论最后是怎样的判决结果，都会成为一个经典案例。以后还会出现类似的事件，迟早有一天，他们会证明你是无辜的。"

冰冻三尺，非一日之寒。"雪碧汞中毒"事件引起媒体高度关注，是因为公众对食品安全的关心。地沟油、苏丹红、瘦肉精、毒酱油、漂白剂，一次次拉响食品安全的警报，消费者防不胜防。在如此严峻的食品安全形势下，消费者难免草木皆兵。"雪碧汞中毒"事件发生后，在真相尚未查明的那段时间，法律专家也提出了多种可能性，饱受伤害的公众仍然"宁信其有，不信其无"，对雪碧的安全性持有怀疑，从而导致可口可乐公司蒙受了惨重的损失。

作为"雪碧汞中毒"事件的受害者，在真相查明之前，马可有权对雪碧的质量提出怀疑。如果不是食品安全面临信任危机，马可就算喊破了嗓子，也没人搭理他，一个普普通通的小人物，凭什么无中生有，和世界五百强公司叫板呢？柳筱选择雪碧作为向马可下毒的载体，客观上导致雪碧蒙受不白之冤。可口可乐公司损失惨重的根本原因，在于一系列食品安全事件削弱了公众的心理承受能力。让马可承担"食品安全信任危机"对可口可乐公司造成的损害，显然是不公平的。

作为普通消费者，马可无法判断雪碧中的汞来自何处，也不能预知亲密的人会在饮料中下毒。我们在消费者权益受到损害的时候，不能要求他对损害发生原因作出准确判断，也不能苛求他的陈述与事实完全相符。"雪碧无辜"不需要通过"马可有罪"来证明；维护企业声誉，不能以牺牲消费者权益为代价。消费者历来是弱势一方，在受到损害之后，维权的道路曲折又漫长。如果对消费者的处罚过于严厉，维权将变得更加艰难。

外国产品要获得中国消费者认可，除了质量过硬，还应当融入中国文化。无论古今中外，宽容都是公认的美德。经过风波的洗礼，可口可乐公司向中国消费者证明了雪碧是值得信赖的产品，如果对马可表现得大度一些，更能赢得中国消费者的认可。也许在公司的某些决策者看来，为了避免今后出现类似事情影响产品声誉，必须"杀一儆百"，让试图损害其声誉的人望而却步。

雪碧是清白的，马可也应该是无罪的。

第五章

送你一朵小红花

听媳妇话的男人，运气必然也会超级好的。

——易胜华

　　随着知名度的提升，认识我的人越来越多，每天到我办公室来咨询的客户和串门的同事一拨接着一拨，络绎不绝，需要提前预约。刚来北京时的那间与老屠对门的办公室已经显得小了，坐不下那么多客人。于是，我让律所的行政人员给我调换了一间更大的办公室，租金是以前的四倍，我却没有太大的经济压力，因为我的收费也水涨船高，很快就赚回来了。我不由得佩服媳妇的先见之明。刚到北京的时候，她逼着我在律所拿办公室，现在我的办公室越来越大，收入也越来越多了。古龙说"爱笑的女孩运气不会差"，听媳妇话的男人，运气必然也会超级好，我可以证明。

　　有些律师不惜重金买豪车、买名表，却舍不得在律师事务所租一个好点的办公室。在他们看来，一年几万元、几十万元的办公室租金是很不合算的。同样的面积，律所外面的写字楼只要三分之一甚至更低的租金，律所老板赚得太狠了。而且律师经常在外面出差、开庭，一年到头难得在律所待上几天，即使有客户来律所谈事情，也可以免费使用律所的接待室或会议室，办公室的利用率太低，这么大一笔钱完全可以省下来。我最初也是这么算账的，但很快就转变了观念。

　　跟其他单位一样，律师事务所内也有等级。律师表面上分为合伙人律师、提成律师和工薪律师，实际上却分为"办公室律师"和"工位律师"。律师在律所有独立办公室，不但与人谈事有较好的私密性，还可以通过办公室的布置，向客户和同事展示自己的品位。在外人看来，律师的办公室越大，窗外的风景越好，越说明这位律师有实力、有能力。总不能为了展示自己的实力，把客户或者同事带到地下车库的豪车里谈事吧，一副鬼鬼祟祟的样子，人家还以为你要偷偷给他塞钱呢。

"有恒产者有恒心"，在律所有独立办公室的律师，客户和同事对他更有信心。有办公室的律师是装备精良的"正规军"，没有办公室的就是打一枪换一个地方的"游击队"，再怎么吹嘘自己的本事，人家也觉得不太靠谱。在生活中，我是一个非常抠门的人，袜子有破洞舍不得扔，鞋子坏了也要凑合着再穿几天。在外人看来，如果我是"工位律师"，袜子上的破洞展示出来的是寒酸、失意，但是如果坐在宽敞的办公室里，体现的却是节俭、不拘小节。奢侈品可以不买，别的钱可以省，工作成本绝对是不能省的。一分耕耘一分收获，一分投入十分回报。

换了大办公室之后，我的团队也开始扩容。我和律所几位业务较少的律师形成了比较稳固的合作关系，外地也有几位年轻律师慕名来投奔我，加入我的队伍。为了不让自己承受太大的经济压力，同时也为了让小伙伴们不要对我形成依赖，我只给实习期不能正常执业的助手发放固定工资，其他人都是按照每个案件的收费和工作量来确定分成比例，不搞一刀切。

具体分成比例是一件比较令人头疼的事情，每个人对自己在案件中发挥的作用大小有不同看法。律所经常有人为此闹得不愉快，甚至反目成仇。我对小伙伴们说："我有时候可能会考虑不周。你觉得我分给你的钱少了，不要藏着掖着，直接告诉我，我马上按照你要求的数额给你。但如果你的要求太过分，这就是最后一次合作了。"小伙伴们从没有对我的分配方案提出异议，也许是他们对自己的收入还算满意。也许他们不满意，但为了后面的长期合作，只能接受我提出的方案。

有一次参加饭局，一位熟悉的朋友带了个女孩，向我介绍说这个女孩是外地某学校大二的学生。朋友说："她想在北京找份工作，你能不能帮帮忙？"我随口说道："好的，我试试。"

几天后，朋友打来电话，问帮忙找工作的事情进展如何。我已经忘了这件事，于是告诉他，女孩学的不是法律专业，我这边用不上。朋友说："你认识的人多，看看他们的公司是不是招人，做个前台文员也行。"

我团队的人手足够用了，行政方面的事情也不多，无非就是去前台拿个快递，去财务室送报销单，给客户引个路、倒杯水，现在的几个助理随手就干了，没必要特地安排人。既然朋友开了口，想必有他的难处，我就帮他一下，先让这个女孩在我这里待一段时间，到时候再推荐给认识的客户吧。

这个女孩叫小飞，因为还是在校学生，没法在律所办理入职手续，也缴不了社保。我跟她商定，社保折算成现金，和工资一块发给她。她的工作内容除了端茶倒水、给客户带路，主要是帮我整理老乡会的通讯录，偶尔组织一下老乡聚会，工作很清闲，大部分时间都是坐在工位上跟人聊天。

过了几天，田宇到我办公室来讨论案件。谈完工作后，我问她："小飞跟大家相处得如何？"田宇笑着说："这小孩可能说了。"我问："都说啥了？"田宇说："说她男朋友家是开大公司的，公司每年的法律顾问费都有五百万元，说您为了拿下这个法律顾问，才要求她来咱们这上班的。还说她男朋友的哥哥是北京一家律所的主任，每年收入好几千万元。"我笑了："这个逻辑说不通啊。"田宇说："嗨，我们都知道她是吹牛呢，也没人拆穿。"

我理解小飞这么说的原因。她刚从外地来北京，人生地不熟，周围都是气度不凡的律师，连小助理都是名校毕业。她学的不是法律，甚至大学都还没毕业，内心应该是惶恐和卑微的，需要一些伪装来保护自己。好在律所的同事们对她都挺和善，没人难为她。她很快跟大家熟悉起来，每天中午都和律所不同的人一起用餐，聊得还挺热乎。后来，田宇因为生病需要休养，很长时间不能来律所上班，她手里的一些行政事务移交给小飞来处理。既然小飞已经熟悉了律所的工作环境，我就没将她介绍到别处去。

一段时间后，小飞告诉我，她已经大学毕业。我觉得好奇，但也没有多问，提醒她去律所人力资源部办入职手续。小飞说，她可能不会一直在北京工作，希望还和从前一样，将社保部分折成现金给她，我同意了。她工资不高，在北京开销也大，多拿点钱在手里总是好的。律所人力专员向我提示了风险，我觉得不会有问题，人力专员要求小飞写个"情况说明"存档，内容是她在其他地方已经办理了社保，因此不在律所缴了。

这时，我隔壁办公室的女律师找到我，说她的助理辞职了，能不能让小飞平时也帮她做点事情，比如送送材料，给鱼缸换水之类的，由她负责给小飞缴社保。我觉得挺好，反正小飞在我这里经常闲着，隔壁女律师也没太多事，顺带着帮帮忙，还可以多拿一份钱，便欣然同意。我没有因此减少小飞的工资，女律师给小飞的也是现金。小飞对收入还是挺满意的，她报了自学考试学习法律，看来以后也想参加司法考试。

有一天，小飞来上班的时候满脸焦虑，见我办公室没人，说要向我咨询个事。她住的是群租房里的一个单间，头天上班忘了锁房门，晚上回家发现自己放在床头柜抽屉里的手表不见了。她怀疑是被室友偷走了，室友坚决否认，她们大吵了一架。小飞想报警，特地听听我的意见。

我说："你的房间没有监控，又没有撬锁的痕迹，要认定有人盗窃是很难的，报警也没用。你还是再仔细找找吧，也许掉在哪个角落里了。就一块手表嘛，谁会偷呢？丢了就丢了，以后再买一块吧。"

小飞连忙摇头说："不行不行，我找遍了整个屋子都没找到。这块手表很贵的，是朋友送我的进口金表，差不多要五六万元呢。肯定是我室友偷的，我给她看过这块手表，她知道很贵。"

我惊呆了。五六万块钱的金表？我为了上电视节目，才买了一块两万多块钱的欧米茄手表充门面。我还以为她丢的手表最多值一两千块钱，没想到这么贵。我说："那你还是赶快报警吧，虽然很可能没有用，看看能不能让警察'吓唬吓唬'你室友，如果真是她偷的，也许就交出来了。"

但我转念一想，证明被盗物品的价值，需要提供购物凭证，小飞的工资收入不高，不容易说清楚这块手表的来历，事情可能会越搞越复杂。如果确定手表能找回来，那倒也值得，如果最终还是找不回来，就不必搞出这么多事情了。小飞听从我的建议，打消了报警的念头，当天晚上就搬家了。

我的业务越来越忙，经常在外地出差，小飞的工作也越来越轻松。我从微博上看到，她开了网店卖衣服，好像生意还不错，每天都有发单。有一天她微博的内容是和男朋友的幸福时光，其中一张照片是她男朋友躺在我办公室的沙发上休息。小飞说她可能快要结婚了，男朋友是清华大学的教授，每年收入过百万，学校已经分了两套一百多平方米的大房子，他们还打算在望京买一套面积小点的。

出差途中，我接到律所行政人员的电话，说我之前办理的很多案件都没有结案归档，希望我抓紧时间，否则有些款项不能提出来。这项工作是小飞负责的，回到北京我想找她了解具体情况，但她一直没有来律所。我看着办公桌上的灰尘和自己杯子里长满绿毛的茶叶渣，心里乱成一团麻。我给小飞打电话，问她怎么还没来上班，她说身体不舒服去医院了。快到中午，小飞才出现在办公室，我问起案件归档的情况，她淡淡地"哦"了一下，说："我知道了。"然后就转身离开了。

我独自坐在办公室里生闷气。看来我这里的工作对她已经不重要，她有自己的网店，有条件不错的男朋友，不再像刚来北京时那么窘迫，这些打杂的事情已经不适合她，她不需要我的帮助了，那就到此为止吧。

我当即发出招聘助理的公告，很快就收到了不少求职简历。经过简单的面试，我确定了新助理的人选，让小飞跟她做交接。做完交接后，小飞来到我的办公室，问我是不是不要她了。我委婉地说："你先专心准备自学考试，等你以后通过了司法考试，我还是希望你到我这里上班。"然后给她结清了当月的工资。

小飞眼里含着泪水，对我说："易律师，感谢您当年收留了我。"接着，她弯下腰来向我鞠了一躬。我叹了口气，摇摇头说："只要你过得好就行了，以后有什么困难，跟我说一声。"

小飞离开之后，我一个人坐在办公室发呆。她在我身边工作了两年多，虽然业务上不能替我分担什么，但相处时间久了，总是有点不舍。现在换了新助理，很多事情需要慢慢磨合，还是不太习惯的。我拿出手机打开她的微博，脑子里都是我们共事的时光。然而，我看到了她刚刚发布的一条状态："终于离开这个让我感到恶心的地方了。"我不敢相信自己的眼睛，赶紧发消息问她："这是怎么回事？"但她一直没有回复我。

当天晚上，小飞给我发来消息，问我："易律师，这两年你都没给我缴社保，是不是要补偿我一部分钱啊？"

我呆住了。不是早就说好的吗，社保部分的钱我都折现给她了，更何况是隔壁女律师负责给她缴社保，不应该找我啊。

小飞回复道："你说的这些有证据吗？就算你有证据，这样的约定有效吗？你还是律师呢。嘿嘿！"我气得说不出话来。小飞又"补了一刀"："这些东西，我都是从你那里学到的。谢谢你啊，易律师，嘿嘿！"

我用颤抖的手回复她："你有多大的本事，竟然自不量力挑衅我。最终你什么都得不到，还要付出更多。"

我们的沟通不欢而散。介绍小飞给我的那位朋友知道情况后，给我打来电话，说他劝了小飞很久，小飞不听，非要我给她补偿这两年的社保费用。朋友说，他想给小飞一些钱，小飞坚决不要，非要易律师亲自出这个钱。朋友说这个钱他来出，由我交给小飞。我冷冷地说："社保的钱我已经给过她了，她还找我要这个钱，是敲诈我，我绝对不会同意，一定跟她斗到底。"

小飞接下来的做法让我更加焦头烂额。她通过律所邮箱给全所同事群发了邮件，说我恐吓、威胁女助理，并将我这几天和她争吵的聊天记录截图附在后面，同时，她还将这些聊天记录发在了微博上，并 @ 了很多大 V 和媒体账号。一时间，律所的领导和同事纷纷给我打电话了解情况，网上舆论一边倒地谴责我，说我仗势欺人。我百口莫辩，万箭穿心。

这是一场完全不对等的较量。我是大型律师事务所的部门主任、资深律师，在电视节目中经常可以看到我的身影。她是刚从学校毕业没多久的小姑娘，北漂女孩。很多事情我不能做，很多话我不能说，否则与我的身份不符。在公众看来，她是弱者，我是强者，无论我怎么有理，都是以大欺小、恃强凌弱。我如果输给了她，颜面无存。我即使打赢了她，也是胜之不武，还会影响律所的声誉。这一仗，我无论如何都是惨败。我不能回击，但也不想认输，只能保持沉默。

小飞向社保局举报律所没给她缴社保。律所提交了她亲笔书写的"情况说明"也没用，社保是强制缴纳的，即使劳动者自愿放弃，用人单位不予缴纳也属于违法。社保局让律所补缴了小飞的社保，同时对律所作出了罚款和缴滞纳金的处罚。当然，律所要从我的账上划走这些钱。但小飞没有从社保局拿到钱，而且她还要向社保局缴纳个人承担的部分。我和她聊天中说的"最终你什么都得不到，还要付出更多"就是这个意思，并不是威胁。我宁可补缴社保，接受罚款，也不会再给她钱，而她不但拿不到钱，还要向社保局交钱。

原以为这事就结束了，没想到小飞又申请了劳动仲裁，将律所告到了仲裁委员会，理由是支付未签订劳动合同期间的双倍工资差额和辞退的经济补偿金。我有点莫名其妙，不是签了合同吗？看了她的申请书，我才明白过来。她刚来我这里的时候还是在校学生，不能办入职手续，律所没法跟她签劳动合同。她就读的学校是三年制，我以为是四年，所以她毕业的时候没及时办理入职，她跟我说起自己已经毕业了，我才让她去律所行政部门办入职、签劳动合同，这中间确实有几个月的空档期。既然如此，那就认栽吧。劳动仲裁裁决律所败诉，需要支付经济补偿金和未签书面劳动合同期间的双倍工资差额，这个钱当然还是由我来出。

劳动仲裁开庭的那天我没去，由律所的人力专员代表律所应诉。开完庭回到律所，人力专员笑着对我说："小飞今天还问我，易律师怎么没来。她好像有点失落呢。"我倒是想去啊，但怕自己控制不住暴躁脾气，强忍着没去。

　　事情总算尘埃落定，小飞从此彻底消失在我的世界里，再也没有她的任何消息。她在网上发布的那些东西没有删除，每隔一段时间就会被人翻出来，作为我的"罪证"用来攻击我。我想忘了她，但总有人提醒我这件事情。无论是法律层面还是舆论层面，我都输在了小飞手里，当然心有不甘。这件事就像一根刺扎在我的胸口，隐隐作痛却无法根除，伤口处时不时还会发炎。

　　随着时间越来越久远，我已经习惯了这根刺的存在，它也开始变得柔软起来，似乎已经融入了我的身体。我渐渐明白，这件事情从一开始就是我错了。我的错误不是接收她到我这里工作，而是将收留她当作了恩惠。小飞虽然学的不是法律专业，但也在努力自学法律，希望跟上大家的脚步，在讨论案子时不至于被冷落。我没有注意到她的变化，也没有给过她鼓励。在她离职后向我提出补偿要求时，我火冒三丈，言辞激烈，认为她恩将仇报。我以"恩人"自居，她在我这里工作期间，我有点高高在上，对她漠不关心，她大概没有感受过来自我的温暖。帮助他人，并不意味着自己比他人高贵，自己已经收获了快乐，为什么还想要更多呢？这样的善良，不过是伪善罢了。

　　我突然辞退小飞，也做得不对。年轻人哪些工作没有做好，可以指出来，让他们去改正，而不是记在心里，到时候算总账。我年轻时也偷过懒、摸过鱼，骗过领导、薅过单位羊毛，为什么现在不能容忍年轻人的毛病呢？我认为小飞已经在北京稳定下来了，不需要我的帮助了，然而所谓的"清华教授""两套大房子""百万元年收入"一定是真的吗？我早就知道小飞有虚荣心，为了面子可以编造一些事情，为什么这次就相信了呢？如果她当时需要用钱，却突然被辞退，一点思想准备都没有，心里怎会不恼怒？

我自己也打过工，在异乡的街头漂泊过，知道工作和收入对打工者是多么重要。就算她不适合继续干下去，我也应该给她一点准备的时间，给她必要的补偿。毕竟她为我做过不少事情，在我喝醉酒的时候，她送我回家过；在我生病的时候，她给我买过药、烧过热水。在我眼里，她是个"小透明"，是可有可无的存在。在她眼里，我是一脸严肃的老板，也是给她带来安全感的大树。当她被我辞退，走出律所的大楼，走在寒风刺骨的北京街头，可能感受到的是悲伤和无助，也许她已经泪流满面。内心的倔强让她在微博上写下"终于离开这个让我感到恶心的地方了"，这是可以理解的，我为什么还要质问她呢？

我最大的错误在于，身为法律工作者，无视法律的规定。就算出于好意，想让她手里多点现金，也不能知法违法啊。在她向我主张权利的时候，我应该立即醒悟过来，而不是怒火中烧，失去理智。如果心平气和地跟她讲道理，尽量给她一些补偿，不是那种凶巴巴的口气，她也不至于把事情做得那么绝。劳动仲裁开庭的那天，她期待我的出现，大概是想跟我好好聊聊。那是我们挽回的最后机会，也许事情可以圆满解决呢……

时隔多年，这件事情对我产生的负面影响一直存在。如果现在有人翻出这段往事，我不会感到委屈，而是当成又一次敲响的警钟。从那以后，在我这里入职的助手，第一件事就是签合同、缴社保，后来也有小伙伴向我提出不缴社保，都被我断然拒绝。

工作过程中，发现小伙伴有什么不足之处，我会马上指出来，屡教不改的，严厉批评。空闲的时候，我会跟小伙伴们一起吃饭、聊天，了解他们的情绪，关注他们的生活状况。更重要的是，无论我为他们做了什么，都不会再以恩人自居，期待他们的回报。我提醒自己，这些年轻人就是当年的我，独自在异乡承受着巨大的压力，有时候会崩溃到哭泣。几句鼓励的话，一个温暖的笑容，都会带给他们莫大的勇气。对我来说，这些只是举手之劳，对他们却是雪中送炭。善待这些年轻人，就是善待当年的自己。

小飞现在应该结婚了，可能做了妈妈，也许离开了北京。很抱歉，在她漂泊异乡的时候，我没能带给她温暖和安全。希望她过上了自己描述的那种生活，不会再遇到像我这种冷酷、暴躁的人。如果有机会见到她，我会真诚地对她说："当年确实是我做得不好，我向你道歉。谢谢你，教会了我很多东西。"

第六章

与狼共舞

如果自己就是一头威武雄壮、没有弱点的狮子，又怎会害怕与狼共舞呢？

——易胜华

　　刑事案件中最难应对的，不是办案单位的工作人员。无论他们是蛮横还是冷漠，毕竟有公职身份的约束，言行受到很大的限制，不能逾越红线，做出特别出格的事情。律师只要给予他们必要的尊重，同时严格按照律师执业纪律办理案件，就不会有什么风险。但刑事案件的当事人就不一样了。他们已经陷入极大的人生困境，面临着严厉的法律制裁，非常焦灼、惶恐、烦躁，律师是他们的救命稻草，也是他们情绪的出口。如果律师在办案中有令他们不满意的地方，他们可能不敢跟公权部门叫板，但折腾律师还是没有什么顾虑的。就像医院经常出现医患纠纷，律师和当事人的纠纷也时有发生，由于刑事业务的特殊性，当事人和律师之间的矛盾更复杂、更激烈。我处理这类矛盾的原则是：有理，有节。

　　"有理"指的是：在接受委托和办理案件过程中，一定不能有任何违反执业纪律的言行。刑事案件的当事人就像惊弓之鸟，他们为了最佳的案件效果，可能会不惜血本委托律师，对律师言听计从。但为了自我保护，避免上当受骗、人财两空，他们也会对律师的言行取证。如果律师利用当事人的焦虑心态，吹嘘自己的资源，承诺办案的结果，趁火打劫，收取高额费用，那就是刀口上舔血，押上了自己的职业生涯。当事人如果醒悟过来，必然不会罢休，违规的律师轻则受罚，重则入狱。

"有节"指的是：律师在当事人面前是服务者，接受了委托就要尽心尽责。我们收取的费用，实际上包含了"精神损失费"，听取当事人唠叨、忍受当事人抱怨、接受当事人指责，都属于服务内容。无论当事人怎样对待我们，除非是肉体伤害和人格侮辱，否则，从职业道德的角度，我们都不能以同样的方式回应。有些律师收了钱不好好办事，还在当事人面前一脸不耐烦，跟当事人说话跟训孙子一样。真是岂有此理！如果案件结果不理想，当事人怎么可能没有怨气？

我也遇到过一些不好相处的当事人。如果确实是自己工作上存在疏漏，那就坦率承认，快速解决，不要让小事搞大，影响自己的工作状态和声誉；如果自己没有任何问题，当事人确实处境困难，也可以作出让步，就当是做了公益；如果自己在办案过程中尽心尽力，当事人跟我要无赖，各种诬告陷害，那就决不退让，奉陪到底。

我办理过一起"白领女子坠楼"案。那是某年冬天的一个深夜，在北京某高档小区，漂亮的白领女子陈慧从几十层楼的窗台坠落身亡。死者哥哥陈华从外地赶来北京了解情况，认为妹妹的男朋友有重大作案嫌疑，希望我代理死者家属督促公安机关刑事立案，和我办理了委托手续。

我认为这个案子存在很大问题。当天晚上，陈慧发现男友刘伟另有情人并生了孩子，打电话给刘伟说要自杀。刘伟赶到陈慧住处，用自带的钥匙打开了陈慧的屋门。据刘伟说，他进门后发现陈慧服了迷药，精神恍惚，手里有刀，情绪非常激动，不但割了腕，还说要跳楼。刘伟没有留在陈慧身边安抚其情绪，也没有拨打110控制局面，而是转身离去，将陈慧独自留在房间内。第二天凌晨，刘伟给陈慧的哥哥陈华发短信，说陈慧要自杀。身在外地的陈华收到短信后心急如焚，多次要求刘伟报警，被刘伟拒绝。第二天清早，陈慧的遗体在楼下被人发现。公安机关认为陈慧是自杀，不作为刑事案件处理。

这个案子的疑点在于：一是刘伟说陈慧服用迷药，但现场没有找到任何药品包装，如果是刘伟离开时带走了，那他为什么要这么做？二是房间里有明显的打斗痕迹，床单凌乱不堪，陈慧的耳环和眼镜出现在床底下，当时房间里发生了什么？三是如何确定刘伟在陈慧坠楼前就已经离开？四是如果是自杀，为什么陈慧坠楼前没有留下只言片语？

我认为刘伟有作案嫌疑，警方应深入调查。即使没有亲手杀害陈慧，刘伟也应当对陈慧之死承担刑事责任。刘伟是陈慧公司的老板，谎称单身，与陈慧发展为男女朋友关系，陈慧多次为其做人流手术。即使陈慧系自杀，也是因刘伟而起。陈慧通知刘伟到家中，刘伟既然知道陈慧有明显自杀倾向，就应当阻止悲剧发生。陈华一再要求刘伟报警，刘伟却没有采取任何行动，对陈慧的死亡听之任之，以不作为的方式造成了陈慧死亡。我查找到大量相似案例，最终都以间接故意杀人罪追究刑事责任。我向办案单位提交了律师意见，要求对这起案件刑事立案侦查，并提交了相关法律规定和类似案例。

几天后，公安机关还是作出了"不予立案"的决定。我向承办民警提出，刘伟至少构成间接故意杀人。承办民警振振有词地说："间接故意只限于夫妻之间。"不知他的观点是怎么得来的。根据我提供的案例，姐夫调戏姨妹致其落水，姐夫见死不救也构成间接故意。刘伟导致陈慧流产多次，陈慧自杀前刘伟就在现场，怎么不构成间接故意呢？

我立即向检察院和上级公安机关提交了《立案监督申请》，指出办案单位存在以下问题：第一，未提取案发现场的死者遗物；第二，未采取保护措施，导致现场被破坏；第三，未对现场痕迹进行详细勘验，导致重要证据灭失；第四，未提取现场监控视频，继续拖延必将导致证据灭失；第五，尸检报告没有确定陈慧死亡的准确时间，也没有检查死者是否曾遭性侵、是否怀孕等情形。鉴于办案民警在调查过程中极端不负责任，在申请书中我要求上级公安机关和检察院进行立案监督，更换承办民警，重新勘查现场，尽快调取证据，重新进行尸检。同时，我还要求追究原办案民警玩忽职守的责任。

申请书交上去没几天，死者的哥哥陈华又来到我的办公室，提出跟我解除委托合同，退还全部律师费。我有点莫名其妙。陈华说，多家媒体已经报道了这起案件，采访了某位著名的刑法学教授，专家说这起案件不构成犯罪。陈华认为，是我工作不力，导致了这样的结果，不想让我代理这个案子了。

我一脸茫然。这是什么逻辑？专家说这个案子不构成犯罪，就是我工作不力？我还能堵住专家的嘴吗？专家所说的只是个人观点，不能代表办案单位，更不能代表法律。我提交的那么多生效判例，都能说明这个案子属于间接故意杀人。签订委托协议时，我也没承诺一定能刑事立案。基于对死者的同情，我按照最低标准收费，为了这个案子，风里来雨里去，奔走在各个机关，嗓子都快说哑了，怎能用"工作不力"来抹杀我的付出？解除委托可以，但我绝不同意退费。

陈华胸有成竹地笑了笑，说道："你收了我的律师费，但没有开发票。"

这是不可能的。我的工作流程是：就委托事项达成一致后，由助理带着当事人去律所行政部门给合同盖章，去财务室交钱开发票，我没有收过当事人的钱。律师收费不开发票是硬伤，当事人如果向律协投诉，一告一个准，不但要退费，还要受到行业纪律处分，我不会冒那个风险。看着陈华那么有把握的样子，我又有点怀疑。莫非我的助理胆大包天，私下收了律师费，赖在我身上？这丫头不至于吧？这可是职务侵占罪啊，要坐牢的，我不由得出了一身冷汗。

陈华从口袋里拿出一张纸递给我。我仔细一看，是一张收据的复印件，上面有律所的公章。我松了一口气，把助理叫过来了解情况。助理说，当天她带陈华去律所财务部门交费，不巧律所的发票刚用完，临时用收据来收款，财务人员提示说第二天拿收据过来换正式发票。她认为这事没问题，就没向我报告。

陈华笑眯眯地看着我，我也笑眯眯地看着他。向助理了解情况之后，我的心里踏实了很多。我没有私下收费，助理也没侵吞款项，律所是因为客观原因临时使用收据，并告知了他可以换正式发票。我们没有任何毛病，有什么好担心的呢？当事人就是想赖账而已，签约的时候考虑到他来得匆忙，没带多少钱，我在最低收费标准的基础上同意他分三期支付，第二笔款的支付时间已经过了很多天，我没有催他，继续认真工作。他现在闭口不谈第二笔款，还要求退还之前交的律师费，这就很不地道了。

我说："我考虑到你家里条件不太好，又遭遇了这么大的变故，所以也没收太高费用。第二笔款的支付时间还可以再推迟几天。"

陈华笑着摇摇头说："你说没有高收费，但对我们普通人家，这已经是很大一笔钱了。事情办成现在这个样子，你必须退钱。"

看来继续沟通也不会有结果，我只好下逐客令："这样吧，你再跟家里人商量一下。我马上要出去办事，下次再谈吧。"

陈华笑着起身离去。当初他来找我的时候，一脸的悲戚和愤懑，得知我按最低标准收费，感激不尽，千恩万谢。这一次过来，他的脸上却挂着狡黠的笑容，完全变了一个人。

几天之后，律所风控部负责人小刘到我办公室，专门跟我谈这件事，说陈华已经向律协投诉了。

我说："让他投诉吧，我们没有违规。"

小刘皱着眉说："您当然没有违规，但律所可能会因为这件事情受到处罚。当时确实是发票用完了，才临时开收据作为收款凭证，也告知了当事人凭收据更换发票，但那天交钱的人比较多，后来却没几个人来换发票。"

这很正常，只有企业当事人才需要发票做账，一般当事人有收据证明自己交了钱就行，换发票太麻烦，也没地方报销。没开发票，意味着钱进了律所账上，但没有交税。一旦事情闹大了，税务局上门查账，律所会有不小的麻烦。

小刘说："我刚才跟领导汇报了这件事情。领导让我跟您商量，能不能跟当事人和解。"

我沉默了。领导没直接跟我说这件事，而是让小刘来跟我"商量"，这是给我面子。委托合同是当事人跟律所签的，我是律所指派的办案律师。如果领导不经我同意，直接将费用退给当事人，我也只能接受。律所正处在快速发展时期，口碑很重要，为此竭尽全力打造品牌。我是律所的业务骨干，又是部门负责人，必须收敛个性，舍弃私利，顾全大局，跟领导保持一致。

想明白了这个道理，我豁然开朗，笑着对小刘说："领导既然有指示，我当然要支持。但我不想再跟这个当事人见面，你就说我出差了，代表我去处理吧。"

小刘如释重负地展颜一笑，说："好的，谢谢易主任！我马上跟领导汇报，再把当事人约过来面谈。"

这个案子我是白干了。但我明白，领导不会让我吃亏，会在其他的地方给我补足，甚至给我更多。就算我后面什么都没得到，也不要紧，至少没给律所带来麻烦。大河有水小河满，只要律所获得发展，我必然是受益者。

我不是在所有的事情上都会无原则地让步。我曾经代理一起状告政府工作人员强制征地的案件，带着团队远赴东北某地，付出了大量艰苦的努力，助手还差点被当地警方扣押。案件进入关键时刻，委托我的几个村民代表都被抓了。他们的亲属来到律所找我，要求解除委托，退回全部费用。考虑到他们的艰难处境，我同意了他们的要求，签订了解除委托的协议。

没过多久，那几个村民代表被放了出来，他们又来北京找到我，说退回的费用没有给到他们手里，他们不承认，必须再给一次。我万万没想到，当初这几个可怜兮兮、老实巴交的村民，转眼就变成无赖了。我当然不吃这套，懒得搭理他们。但没想到的是，他们突然在我面前跪下来，一个劲地磕头，说几天没吃饭了，让我可怜可怜他们。我于心不忍，就说："我私人给你们每人一千块钱，你们买点东西吃，赶紧坐火车回家去吧。"有的村民代表拿了钱，转身就走了。有的村民代表嫌钱少，要我再加点。我瞪起眼睛说："不要拉倒。"他们迟疑了半天，还是没要，离开了我的办公室。

第二天，这些人又来了，说想清楚了，一千块钱他们也要。我说："晚了，我现在不给了。"他们又要给我跪下，我从办公桌边上拿出一根棍子，指着他们大吼："给我滚！"他们赶紧站了起来，默默地离开了我的办公室，从此再也没有来过。

有一年冬天，我在办公室接待了几个客户，他们说慕名而来，有一个刑事案件想委托我。他家的孩子是公职人员，因为性侵幼女被公安机关刑事拘留。

当事人的母亲张姐问我："易律师，这个案子能不能'打'成无罪？"我说："这要看证据情况，尤其是你儿子是否明知她是幼女。"张姐又问："如果我儿子被屈打成招呢？"我说："北京的警察还是很文明的，真要有这种情况，我们可以向上级机关控告。"张姐接着问："他们要是不理睬你的控告呢？"我说：

"不会的，如果有这种情况，我可以直接找他们领导投诉。"

我说的"找领导"，是指司法人员有违法行为时的投诉渠道，不是"捞人"的黑色通道。这些年我结识了一些司法机关的朋友，他们希望我对单位的工作作风进行监督。我在办案中遇到司法人员违法违纪的情况，一般不在网上投诉，而是先向他们的上级反映。

我在接待客户的时候有几条铁律：绝不承诺案件结果，绝不吹嘘自己的人脉资源。即使客户开出诱人的条件，或者一再恳求，也坚守原则。为此我失去了很多收益丰厚、影响重大的案件，但我并不在意。套着枷锁、带着风险去办案，最终会得不偿失。无论案件最后结果如何，我要靠自己的能力去做到极致。通过高风险的手段拿到业务，我是不敢的。

我和当事人家属就公检法三阶段的收费数额达成了一致。我同时建议，本案能否做成无罪辩护，关键是侦查阶段，所以侦查阶段收费要高一些。如果在侦查阶段没有突破，到后面阶段我就不参与了。

接受委托后，我带着助手去郊区看守所会见当事人，了解到的情况令我很失望。这个案子的证据非常充分，情节比较严重。会见中，当事人多次问我怎么翻供，我告诉他有大量客观证据，翻供毫无意义，也没有充分理由。根据当事人的要求，我们向公安机关提出了取保候审申请，还去了当事人的工作单位，建议单位领导跟侦查机关沟通，充分保障在押人员的权利。

虽然这个案件的情况很糟糕，我们并没有放弃。在后来的多次会见中，我们仔细和当事人核对每一个细节，希望找到案件的突破口。我们还希望在侦查阶段与被害人家属达成刑事和解，但侦查人员拒绝提供相关信息。张姐希望我们找到被害人，让被害人改变证言，我们向委托人讲述了这样做的严重后果，拒绝了她的要求。侦查阶段结束后，张姐想继续委托我辩护，我知道自己无法在这个案子里发挥作用，当事人和家属老是提一些不合理的要求，所以我找个借口推辞了。

案件进入审判阶段后，张姐再次到我办公室，要求委托我，我仍然拒绝。张姐说："易律师您没空，可以安排手下的律师，您抽时间指导就行。"我见她态度诚恳，就接受了这个方案，报了一个相对较低的价格。张姐要求支付这个价格的四倍，被我拒绝了。

这就有意思了，客户想多给律师费，律师反而不要。小伙伴问我何故，我的回答是："四倍是我的收费标准，不是你们的，这个案子委托人的期望值很高，如果你们收多了，后面会有麻烦的。"

在小伙伴的努力下，一审判决为五年有期徒刑，这是能争取到的最好结果。张姐希望我们继续提供二审辩护，并表示可以出更高的律师费。小伙伴们有些心动，但我一口拒绝了。

二审维持原判后，张姐夫妇到律所找我要求退费。理由有两点：一是我之前答应了"找关系"，后来没找，导致她儿子被冤枉了；二是我的收费超出了司法局规定的标准，必须退还。

我的答复是：第一，我从未承诺过找关系把人"捞"出来，办案人员没有违纪行为，我为什么要去诬告他们？第二，司法局的规定只是指导价，其中刑事案件收费标准太低，大家早就不按那个标准收费了。

张姐多次到律所吵闹，其中有一次还带了一个老律师过来。

老律师说:"如果是大律师这么收费也就算了,你凭什么收费这么高?"我没法跟他们聊了,建议他们走法律途径解决。我后来才知道,在这几次交涉中,他们偷偷录音录像了。这个我倒不怕,我说的都是实话,没什么可担心的。

过了一段时间,我收到了律协的立案通知,让我提交有关材料,说明情况,并召开了听证会。我问心无愧,接案时没对案件结果作出任何承诺,所有费用都交到律所,开具了发票。委托人基于案件已经结束,想毁约拿回大部分律师费,我是坚决不能答应的。律协驳回了委托人的投诉。张姐又向法院起诉,我决定斗争到底。期间她向我发来信息希望和解,被我断然拒绝。经过几次开庭,法院判决驳回她的诉讼请求。

我最后赢了,但一点都不高兴。这件事情我是完全占理的,但与客户对簿公堂,也要找自己的原因。当我了解到案件的真实情况,尤其是当事人及其父母向我提出不合理要求,我非常反感,无论他们怎样出价,都不应再参与这个案件。我应该早点退出,而不是等到侦查阶段结束。

我现在有条件选择案件和当事人了。我认为自己发挥不了作用、当事人不好相处的案子,当事人出价再高我也不接。收费越高,后面的麻烦越大。我认为能发挥重要作用的案子,当事人能给予充分的尊重和信任,收费再少、压力再大我也乐意。

律师的风险并不是来自当事人,而是来自律师本身。如果自己就是一头威武雄壮、没有弱点的狮子,又怎会害怕与狼共舞呢?

第七章

刺　青

谁的身上没有无形的刺青呢？

——易胜华

　　做律师这些年，我接触的当事人不计其数，很多人过后就忘了，有些人一辈子都会记得。

　　燕儿是我的一个当事人。她在网上找到我的联系方式，然后打电话来，说有一个法律问题要向我请教，我约她到律师事务所见面。放下电话没多久，她就出现在我办公室。

　　当时已经是深冬。燕儿穿着一件长长的蓝色薄毛衣，袖子很长，里面穿得很少。她长长的、白皙的脖颈露在外面，嘴唇上涂着亮亮的荧光唇膏，睫毛也是长长弯弯的，明显刷了睫毛膏。这身打扮，让我对她的职业产生了猜想，在酒吧和夜总会里，经常会看到这样的女孩子。

　　燕儿似乎有点紧张，语无伦次。也许是我锐利的眼光令她不安，于是我让助理给她倒了一杯水，面带微笑对她说："别着急，慢慢讲。"

　　燕儿说："我想告一个男人。他是我以前的男朋友。我和他是在网上认识的，他是一个离过婚的男人，我和他同居了有一年多。现在他又要跟前妻复婚，我觉得自己上当受骗了。我想告他，易律师你能不能帮我？"

　　我心想，典型的始乱终弃啊。我问道："他是做什么的？你想告他什么呢？”

燕儿说："他是这里的一个公务员。我要他赔偿我。我为了他从深圳来到北京，没想到他竟然骗了我。我要让他承受和我一样的痛苦！"

我说："你们同居的时候，如果他没有离婚，那只是道德问题，法律没有办法追究他的责任。如果他当时已经离了婚，你和他同居是双方自愿的，他现在选择和前妻复婚，也是他的自由，没有办法要求他赔偿。你们同居期间，有没有共同的财产呢？"

燕儿说："没有。他曾经向我借过十万块钱，不过他答应还给我，我相信他会还给我。易律师，难道我真的没有办法了吗？我就该忍受这个痛苦吗？"

我说："要惩罚一个人，办法有很多。比如你可以找人把他打一顿，出出气啊。当然，我是不赞成你这么做的。"

燕儿说："我知道打人是犯法的，我不想做犯法的事情，我要用合法的手段来惩罚他。易律师你帮我想想办法好不好？"

我说："这样吧，你仔细回忆一下你们在一起的经过，发一封电子邮件给我，尽可能写得详细一点，你先把咨询费交了。对了，你是做什么的啊？"

燕儿说："我是做美容行业的，开了一个店。"

我说："原来你是做化妆品的啊，在哪条路上开店啊？"

燕儿说："我在你们律师事务所附近开了一家刺青店，是给人做文身的。"

我对刺青有一种比较顽固的偏见。在我的认知中，有刺青的男人，不是黑道枭雄就是地痞烂仔。有刺青的女人，更是令我毛骨悚然，唯恐避之不及。在我看来，刺青就像一个符号，代表着暴力和堕落。我办理的暴力犯罪案件中，不少当事人身上都有拙劣丑陋的刺青。不过，对眼前这个专门为别人做刺青的年轻女孩儿，我却有一点点好感。

当天晚上，我收到了燕儿的电子邮件。在邮件中，燕儿说：她和那个男人是在一个QQ群里认识的。那时她在深圳开刺青店，闲着的时候就在QQ群泡着。刚开始那个男人找她聊天，她也没有当真，他比她大了差不多十岁。聊着聊着，她慢慢地对他有了一些感觉，但她也明白，像他那种有家室的公务员，不可能会和她在一起。

可是那个男人告诉她，他很不快乐。他老婆对他不好，很苛刻，他一点也不幸福，成天生活在痛苦之中。他说，跟燕儿在一起聊天很快乐，可以忘记很多烦恼。他愿意为了燕儿放弃一切。

这些鬼话骗不了见多识广的燕儿。但是有一次燕儿生病了，好几天没有上网，这个男人疯狂地打电话给她，甚至坐了一夜火车赶到深圳看望她。在深圳的那几天，他天天做饭给燕儿吃，坐在床前削苹果喂她，每天都买回一大束玫瑰，房间里成了花的海洋。燕儿躺在床上，就像是漂浮在花海中的一条小船。

燕儿病好以后，那个男人就回家了。没过几天，他又来到深圳，带来了他的离婚证。他告诉燕儿，自己跟单位请了长假，决定留在深圳陪着燕儿。燕儿终于相信了他的真心，两个人同居了。

那段日子是燕儿有生以来最幸福快乐的时光。白天，她在店里欢快地忙碌，他在一家公司打工。晚上，他们一起做饭、看电视、上网，然后拥抱着入睡。有时候他们会骑车去海边，或者去体育馆打羽毛球，去电影院通宵看电影。

快乐的时光往往是短暂的。后来那个男人说，他接到单位的通知，必须回去上班，否则就要被开除。男人说，他回北京一段时间，把事情处理好了再过来。男人这一走，就再也没有回深圳。

燕儿关掉了深圳的店，来北京开了一家新的刺青店。那个男人依然和她生活在一起。但是渐渐地，男人来的次数越来越少。终于有一天，他打电话给燕儿说，家里人让他复婚，他没有办法，对不起燕儿。

燕儿如遭晴天霹雳，跑到他单位去找他，他避而不见。他的朋友对燕儿说："你们两个不合适，他是公务员，你开刺青店，你们两个在一起，对他的前途有影响。"

燕儿不死心，不停地给那个男人打电话。男人在电话里除了说对不起，没有任何解释，任凭燕儿号啕大哭或者破口大骂，他都是一言不发。这些日子，燕儿吃不下睡不着，心如刀绞，眼泪都哭干了。她想不通，怎么会是这样一个结局。她不知道这个男人是不是真的爱过她，为什么对她如此狠心，如此绝情？

燕儿说："我要报复！易律师你帮帮我！"

我回复邮件说："你可以告他强奸，但是显然你手里没有证据，告了也白搭，他到派出所录一个口供就出来了，你反而是诬告，还要承担法律责任。你也可以到他单位去闹。公务员最怕的就是这类丑闻。不过这样一来，他原本对你还有愧疚，你的做法只会让他心安理得，甚至是仇恨你、报复你。冤冤相报何时了，燕儿，算了吧。"

燕儿说："我要让他身败名裂，我什么都不怕，我现在活着也没有什么意义了！"

我说："你要想清楚。毕竟你们曾经有过那么快乐的日子，何必搞到最后大家连一点儿美好回忆都没有了呢？"

我的邮件发出之后，好几天都没有燕儿的回复。那段时间我也忙，渐渐地把这件事情忘掉了。

十几天后的一个下午，我接到燕儿的电话，问我晚上有没有空，想请我吃饭，有件事要我帮忙。我如约而至。在律所附近的一个小饭馆里，我们点了几瓶啤酒。

燕儿说，这几天她没在城里，去了郊区的一个寺庙。她说："我想通了，易律师你说得对，虽然我恨他，但是我以前爱过他，我相信他也爱过我。我没有必要把他搞得那么惨。是我命苦，也怪不了他。"

我笑笑说："对，看开点。"

燕儿的眼神迷蒙，眼里似乎有一层水雾："我这几天住在寺庙里，睡得很好，感觉非常舒服。回来的时候，我还从寺庙买了一大堆佛乐光碟和经书。易律师，你能不能帮我联系一间寺庙出家？"

我说："可以试试，我有个朋友在佛教协会工作。"

燕儿笑着说："那就说定了喔。什么时候把我介绍过去啊？"

我说："随时都行，只要你考虑清楚了就好。你要是出家，那个寺庙的香火一定旺啊，我都要经常去看看你。"

燕儿说："好啊，你一定要经常去看我。在北京，除了他，我只认识你。"

我说:"你再考虑几天,我这段时间比较忙,好几个案子要开庭。忙完这阵子我就带你去。"

几天之后,我和几个朋友在律所边上的一个饭馆吃饭。想到燕儿就在附近,于是打电话叫她过来坐坐。

燕儿说:"好喔,我马上关店门过去。"

不一会燕儿就赶到了。从庙里回来以后,燕儿就不施粉黛,素面朝天,更显得清秀动人。看到有其他人在场,燕儿有点意外。

我说:"几个朋友过来玩,我怕他们灌我酒,让你帮忙助阵。"

燕儿说:"我也不大能喝酒啊。"

我说:"没关系,等会我喝醉了,你负责把我送回办公室就行了。"

朋友们看见燕儿,一个个跃跃欲试,不但轮流灌我,甚至开始向燕儿发起攻势。

燕儿说:"我出去接个电话。"这一走,她就没再回来。

燕儿走了,我们的酒喝得索然无味。好不容易把那帮朋友打发走,我回到办公室给燕儿打电话。

我说:"你怎么招呼都不打就走了呢?"

燕儿说:"你那些朋友喝酒那么猛,我不走怎么行啊?"

我说:"你把我扔下不管,我都找不到回家的路了。"

燕儿笑着说:"你今天也没喝多少吧,还知道打我的电话呢。"

我说："你走了没多久，大家都散了，我还没喝够呢。"

燕儿说："那好啊，你到我这里来喝，让你喝个够。"

我走出大楼，燕儿已经在马路边上等我了。她笑吟吟地看着我说："我已经买好了一箱啤酒，还有一些小吃，都放在店里了。"

燕儿的店离我的办公室很近，走路几分钟就到了。

走进店里，燕儿拉上卷帘门，房间顿时温暖如春。墙壁上张贴着各式各样的刺青图案，比起我以前见过的那些丑陋粗糙的刺青，图画上的刺青更像人体彩绘，浓墨重彩，栩栩如生。

我们吃着燕儿买来的花生米、鸡翅、鸭脖子，一杯接一杯地喝。燕儿开了音乐，悠扬的梵乐顿时回荡在房间里："南无观世音菩萨，南无观世音菩萨……"

我说："听这种音乐吃肉喝酒，感觉在犯罪啊。"

于是燕儿把音乐换成了"你身上有她的香水味，是我鼻子犯的罪……"

听着歌声，燕儿的眼睛红了。我们一杯又一杯地喝酒，转眼就是三四瓶啤酒下肚。她的话开始多了起来。

燕儿说："易律师，你见过的事情多，你告诉我，为什么老天要这样对我，我到底做错了什么？"

我说："人总是要学着慢慢长大，你这点痛不算什么。"

燕儿端起酒杯摇摇头，说道："易律师，你不了解我的经历，我真的很命苦。你知道吗，我十三岁之前最大的愿望，就是能有自己的一双鞋子。"

我说:"不可能吧,家里再穷,给你买双鞋子的钱应该还是有的。"

燕儿擦了一下眼泪,说:"易律师,我家在湖北山区。从我们家那个村子到县城,坐车要五六个小时。我小时候经常挨饿,总盼着能吃饱。我们去上学要爬两座山,每天早上四五点钟就要起来赶路,光着脚走在山路上。就算是下雪天,我也没有鞋子穿。我每天都要上山砍柴,下地做农活。"

燕儿接着说:"我很喜欢读书,我的成绩也很好,一直是班上的前几名。才读到小学三年级,我妈妈就不让我读书了。我一个人跑到山上,哭到天黑才回家。"

我说:"你读书的时候应该是 90 年代中期,不可能那么穷,也不可能不让你读书的啊!你爸爸妈妈怎么忍心呢?"

燕儿说:"我爸爸在我很小的时候就坐牢了,家里还有一个哥哥,因为跟妈妈吵架,赌气出走了。我妈妈经常打我,她打起来劈头盖脸,手里拿柴棍、拿剪刀往我身上扎。"

我瞪大眼睛说:"不至于吧?虎毒不食子呢!"

燕儿卷起袖子给我看,她的手臂上有几道疤痕:"我身上到处都是这样的疤痕,肚子上都有,那是我妈妈用剪刀扎我,我闪躲的时候留下的。如果不是躲得快,我早就死在她手里了。"

我摇摇头说:"这是虐待啊!你是她亲生的吗?"

燕儿说:"我是她亲生的。我妈妈没有读过书,在我们山区,有些女孩子就是这样挨打的。有一次妈妈打我,我拼命跑,她在后面追,我跑到山顶上,边跑边哭。那会儿我很害怕,很绝望,我怕自己会被妈妈打死。跑到一个山崖边上，已经没有路可以跑了。我转过身捡起一块大石头，对着追过来的妈妈说，你别过来，你过来我就砸死你！我妈妈还是拿着剪刀往前走，我举起石头朝她砸过去，石头砸在她的脚背上，流了很多血。我又举起一块石头，对她说，你再过来我们就一起死掉！妈妈这才离开。"

我吃惊地看着燕儿，她咬着牙齿，不让眼泪流出来。

燕儿说："在那之后没多久，我跟着村里的几个女孩子一起离开了村子，再也没有回去过。那年我才十三岁。走出大山之后，我才有了一双自己的鞋子。"

我问："你爸爸还在坐牢吗？你后来有没有见过你爸爸？"

燕儿说："我出来之后，每年都会去监狱看他。每次他都问我要钱，前段时间我还给他寄了几千块钱。"

我说："你不像是才读到小学三年级的样子啊。"

燕儿笑笑说："是啊，别人都认为我起码是高中毕业呢。我出来之后在工厂做了几年工，很多东西都是从电视电影里面学的，还在网上学了好多东西呢。"

我好奇地问："你为什么学刺青呢？"

燕儿说："我身上有很多疤痕，很难看，在深圳的时候看到刺青店，就去做刺青来遮盖这些疤痕。后来我觉得这个很有意思，我喜欢画画，就到一个美容学校报名去学做刺青了。"

燕儿站了起来，对我说："给你看看我身上的刺青。"

我赶紧拦住她，说："看看你手臂上的吧。"

燕儿把袖子卷了起来。在她手臂上，有几只黑色的蝴蝶。细细端详，蝴蝶下面确实有几道浅浅的疤痕。

我叹了口气，举起酒杯，一饮而尽。

燕儿笑着看着我说："易律师，你没有见过比我更命苦的女人吧？"

我点点头，说："电影和小说里见过。"

不知道喝了多少酒。一箱啤酒差不多空了。燕儿脸色绯红，眼波流转。音箱里面正播放着"任时光匆匆流去我只在乎你，心甘情愿感染你的气息……"

燕儿站起来抱着双臂，随着音乐慢慢摇摆，哼着："所以我求求你，别让我离开你，除了你我不能感到一丝丝情意……"两行眼泪滑过她的脸颊。

燕儿醉意朦胧地说："我学会做刺青后，很想在自己身上刺一只凤凰，但是他反对，我就一直没有做。现在没人管了。这几天，我刚刚让刺青师傅在我背上刺了一只凤凰。"

燕儿说："做刺青很痛的，我这几天睡觉都是趴着。做刺青的时候，我一点也不觉得痛，因为我的心里更痛！我就是想让刺青的痛盖住我心里的痛啊。"

燕儿梦呓一般地说："我一直想要有一个温暖的家，从小时候开始，我就想要一个爱我的人，我和他一起快乐地生活。每次在街上看见那些乞讨的小孩，我总会给他们一些钱，一看见他们，我就想起自己小时候的事情。昨天看电视，里面说有个小女孩得了白血病，家里没有钱治疗，我看了以后哭了好久。我想给那个孩子寄点钱过去……"

我们坐在沙发上，大口喝酒。越喝越清醒。

我说："燕儿，你真的要出家吗？只要心中有佛，出家与在家都是一样的。"

燕儿笑了笑说："我这一辈子都是在受苦，可能是前世注定了。我对以后的生活不抱希望了，但又不想死。前几天在庙里住的时候我想了很多很多，我现在只想一个人清静地生活下去。"

我说："你只是一时冲动，多给自己一些时间想清楚。以后你还是会遇到幸福的。"

燕儿说："在他出现之前，我对生活的要求不高，只要有饭吃、有鞋子穿，我就很满意了。他让我知道，原来我是那么渴望过上温暖的生活。他给了我，又让我失去，还不如一开始就不要让我拥有。你知道那种感觉吗？很痛很痛的。易律师，你说这个世界上有公平吗？生活为什么对我这么不公平啊？"

燕儿的眼泪像珍珠般一颗颗地滑落。

我说："这个世界上没有绝对的公平。你所经历的痛苦，确实是大多数同龄人都不敢想象的。苦难也是一笔难得的财富，你不要想这些问题了。"

燕儿的眼神迷离，独坐在沙发的一角，抱着双臂陷入沉思。

我说："很晚了，早点休息吧。"

走出刺青店，夜空中已经飘起了雪花。走在空无一人的街道上，昏黄的灯光将我的身影拉得很长，很长。伤心的往事，残酷的人生，哭红的眼睛。我只是律师，帮不了她什么。

后来，燕儿一直没有找过我，我也没有再和她联系。

每次路过燕儿的刺青店，发现那里总是大门紧闭。晚上偶尔经过，可以看见里面亮着灯，有人影晃动，不知道是不是她。我也想进去坐坐，考虑半天，还是算了。

几个月后，我从外地出差回来，发现刺青店的牌子已经摘掉了，换成了一家休闲屋，有几个浓妆艳抹的年轻女孩坐在玻璃门后面的沙发上，等待着客人的惠顾。我拨打燕儿的手机，提示对方电话已经停机。

看着玻璃门后面的女孩子们，我想，她们身上可能也有刺青。

是啊，谁的身上没有无形的刺青呢？

第八章

潜　伏

在敌人的心脏工作，神态自若地与魔鬼周旋，关键时刻送出情报挽救国家命运，那种从容不迫、坚贞不屈，令人心驰神往。

——易胜华

这年春天，我应邀给清华大学法学院的研究生讲授"法律谈判技巧"。清华毕业的同事对我说："易律师你可要小心点啊，清华的学生在课堂上经常让老师难堪。他们的提问千奇百怪，很多老师都招架不住。"我笑着说："那太好了，我就怕讲课的时候学生打瞌睡呢。"

为了让课堂更加生动有趣，除了精心准备课件内容，上课之前我特地让助理买了一箱啤酒、一箱橙汁带到讲课的阶梯教室。我对同学们说："只要回答我的提问，无论答案对错，男生奖励一罐啤酒，女生奖励一瓶橙汁。"同学们发出一阵欢呼。他们大概第一次见到老师带着啤酒、橙汁进教室。为了获得奖品，学生们争先恐后举手回答问题，课堂气氛十分活跃。有位坐在前排的女生经常抢答，两节课下来，她的课桌上已经有了三四瓶橙汁。

课间休息的时候，我在教室外的走廊上接电话。这位女生一直站在边上等我打完电话，然后过来问我："易老师，能不能耽误您两分钟，想请教您一个问题。"我说："好呀。"

女生问道："律师事务所对求职者的学历和学校是不是看得很重要？如果求职者毕业的学校和学历一般，律所会不会接收呢？"

我笑着说："你都是清华大学的研究生了，需要考虑这个问题吗？"

女生有点不好意思地说:"我是替老家的同学问的。"

我说:"有些律所对学历和毕业学校要求挺高的,主要是为了提升律所和团队的品位。从工作角度,律所更注重求职者的人品和实际工作能力。但是考察这些需要一个过程,为了节省时间成本,招聘时就只能根据学历和学校来筛选。"

女生点头道谢,一副若有所思的样子。临走时,她向我要了一张名片。

几天之后,我收到一封很长的电子邮件。发件人是那位向我提问的女生,她叫林琪。在邮件中,她首先向我道歉,说自己其实是西北一所三本院校法律专业的毕业生,还没有通过司法考试。她不甘心回到偏远落后的家乡工作,因此毕业后独自来到北京,每天在北大、清华这些名校蹭课,听各位大师的讲座,圆自己的名校梦。她知道自己的毕业学校和学历都一般,很难被北京的律所录用,希望我能给一个考察她的机会。

我的邮箱经常收到求职邮件。我已经有了好几个助理,目前也没有招聘的需求,所以都是将邮件转发给律所同事或者人力资源部。但是这封邮件,我迟迟没有转发,也没有回复。

这段时间,我手里有一个比较棘手的案子,一位客户因为涉嫌强奸被刑事拘留。客户黄总是一家科技公司的老板,他的太太崔总将我约到公司见面,吞吞吐吐地将这件事情告诉我,我惊呆了。黄总看上去是一个老实木讷的技术员,平时话不多,总是在公司的机房里埋头研究、调试新产品,里里外外都是崔总做主。

他俩是大学同学，崔总知性、温婉，长得也挺好看。两人妇唱夫随，白手起家，将公司经营得红红火火。他怎么可能去强奸呢？

崔总在我面前尽量保持平静，维持她作为女人的尊严。说着说着，她还是忍不住哽咽，泪珠滑下脸庞。她掏出纸巾擦拭眼泪，对我说："他哪怕是有了外遇，我也能坦然面对。竟然是强奸，我怎么接受得了。我真的不想管了！他是罪有应得，让他坐牢吧！"

我说："以我对黄总的了解，事情可能没有那么简单。"

崔总捶着胸口说："易律师，我不甘心啊！我们认识快二十年了，从大学到现在，那么困难的日子都过来了，好不容易公司走上了正轨，他却往我心头扎了这么一刀！"

我安慰崔总道："还是听听黄总怎么解释吧。"

在看守所的律师会见室，我见到了黄总，他满脸羞愧，低头不语。我告诉他，是崔总让我过来见他的，他这才抬起头来对我说："你一定要告诉我媳妇，我不是强奸，我是酒后一时糊涂，我对不住她……"

黄总告诉我，女方是一家培训公司的销售员，名叫刘玉。这家公司为民营企业老板提供企业管理培训课程，他试听过，是刘玉跟他对接的。两人互相留了手机号码。刘玉经常给他发消息，邀请他去公司听课，向他推荐高收费的培训课程，他一直没有表态。

案发那天下午，他再次应刘玉的邀请去试听课程。听课结束后，他在附近一家饭馆请刘玉吃晚饭。他喝了一斤多白酒，刘玉喝了两瓶啤酒，喝到第三瓶的时候，刘玉当场吐了，秽物沾在胸口的衣服上。他拿出纸巾给刘玉擦拭胸口，刘玉没有拒绝。吃完饭，他打出租车让刘玉跟他一起走。刘玉说要回家，但他让司机开到了一家酒店。

在酒店办好入住手续，刘玉跟他一起进了房间。关上房门，他借着酒劲抱住刘玉亲吻，刘玉将他推开，独自躺到了床上。他想看会儿电视，发现收不到信号，于是打电话给前台。服务员来到房间，把电视机调试好了。服务员离开后，他躺到刘玉身边，解开她的衣服，刘玉没有明显的反抗。他的酒劲上来了，感觉自己有心无力，又发现刘玉内裤上有血，应该是来了例假，所以就放弃了。两人并肩躺在床上，很长时间没有说话。

后来，刘玉默默穿上衣服离开了，他继续在酒店休息。一两个小时后，有个陌生电话打过来，他没接。电话打了两三次就没打了。他隐隐感到不安，于是退掉房间回家。在路上，他给刘玉发了一条短信，问她是否到家，并向她道歉。刘玉没有回他的短信。第二天一早，他接到派出所的电话，说他的汽车有严重违章，需要他过去处理。他去了派出所，当场就被警察戴上手铐。

在黄总讲述的过程中，我脑子里不停蹦出"仙人跳"三个字。会不会是刘玉为了推销高价课程，以色相引诱呢？黄总的讲述又有多少真实的成分？房间里发生了什么，只有他俩知道，房间外面发生的事，应该会留下一些证据。

我立即提交申请，要求警察调取酒店当天的监控录像，并对那位进房间调试电视信号的服务员取证。通过酒店大堂和走廊上的监控，可以看到刘玉进出房间时的动作、神态。她有没有醉到不省人事？是黄总将她硬拽进去的，还是她主动跟着黄总进房间的？服务员进房间调试电视机的时候，看到了怎样的一幕？如果当时刘玉是清醒的，她可以趁着服务员进来的机会离开。作为成年女性，应该知道男人跟自己开房意味着什么，尤其是喝了酒之后会发生什么。如果她有机会却未离开，那就说明后来发生的事情并不违背她的意愿。

几天后，办案民警答复我："酒店的监控资料找不到了，那名服务员是临时工，已经辞职回老家，联系不上了。"

我大失所望。怎么会这么巧呢，难道有什么猫腻？我把这个坏消息告诉崔总。崔总顿时慌了，她急切地问我："易律师，你还有没有其他办法？"我无奈地摇摇头。还能有什么办法？在我看来强奸罪是对男人非常不利的罪名，只要有性行为，只要女方事后说她不自愿，即使夫妻之间都有可能构成强奸。

崔总默默地擦眼泪。看着她憔悴的脸庞，我为她感到惋惜。本来这是一个非常幸福的家庭，夫妻俩踏实勤奋，事业有成，孩子聪明伶俐，妻子美貌与智慧并存。现在，这个家庭被毁掉了。

突然，我脑子里灵光乍现，眼睛一亮。崔总捕捉到了我表情的瞬间变化，马上问我："易律师，你是不是想到了什么办法？"

我说："也不是什么好办法，但可以尝试一下。"

崔总说："只要有一线希望，我们就要努力去做。"

我说："如果黄总是被女方陷害的，那他应该不是第一个，也不会是最后一个。如果我们能拿到之前对方陷害别人的证据，或者之后又去陷害别人的证据，那他们就是犯罪团伙，黄总就是受害者了。"

崔总问："我们怎样才能拿到这些证据呢？"

我说："如果这家培训公司的员工愿意出来作证，并提供一些有力的证据，那就好办了。但是按照法律规定，没有办案单位同意，我们不能向被害方的证人调查取证。如果取得了办案单位同意，那又会打草惊蛇了，不可能拿到我们想要的证据。"

崔总的眼神变得暗淡："那就是没有办法了？我们只能坐以待毙。"

我说："还有一个办法。我们可以安排一个人到这家公司去应聘，取得证据后，直接报警。这个人选很重要，脑子要灵活，要细心，不能太显眼，不能露了马脚。一旦被人识破，事情就麻烦了。"

崔总目光炯炯地看着我说："上哪儿找这样的人呢？"

我说："有一个人选，我不知道她能不能胜任，也不知道她会不会答应，但实在找不到更合适的人了。"

我想到的是林琪。她的身材比较瘦小，外貌也不太引人注目。在课堂上，她的表现十分活跃，反应很快。我竟然没有看出来她不是清华大学的学生，说明她善于隐藏自己的真实身份。在给我的邮件中，她展示出细心、严谨的一面。她是一个合适的人选，但她会接受这个任务吗？

崔总说："我来跟她谈谈吧。"

我给林琪回了电子邮件，让她第二天到律师事务所找我。十分钟后，我就收到了她回复的邮件，能够感觉到她在回邮件时的满心欢喜。我的心情却有点沉重。

第二天，林琪准时来到了律师事务所，崔总也来了。林琪表现得有些拘谨，不像在清华大学的课堂上那样活跃。

我对林琪说："崔总是我的客户，是一家科技公司的老总。"林琪马上站起来向崔总伸出双手，说道："崔总，您好！"崔总握住她的手，微笑着示意她坐下。我对林琪说："我收到你的邮件了。对你那天在清华上课时的表现，我印象很深刻。不过我现在已经有了助理，手里的事情也不多，所以暂时不能聘用你。"

林琪的脸上露出失望的表情。

我接着说："崔总那边现在法律方面的事务比较多，我一个人忙不过来，需要助手专门在她那边工作。不知道你愿不愿意过去？待遇还是不错的。"

林琪说："我当然愿意啊，只是我没这方面的经验，怕自己做不来。"

我说："经验方面不是问题，你虽然在崔总那边上班，业务还是由我指导的。等崔总那边的事情处理好了，你就可以到我这里来上班了。"

林琪高兴地说："好呀，谢谢易律师，谢谢崔总。"

崔总向我点点头。我对林琪说："我去前台接待一个客户，崔总跟你单独聊聊。"

我坐在律所楼下的肯德基，捧着一杯咖啡发呆。

林琪会不会同意崔总的要求？即使同意了，如何确保她成功应聘进入那家培训公司？如果那家公司不招新人呢？如果林琪顺利进入了那家公司，如何保证她的人身安全？

还有一个非常重要的问题。我的做法有没有违反律师执业纪律？安排人员进入被害人一方的公司秘密调查取证，好像有些不合适。转念一想，有些深度调查记者为了查明真相，不也是到采访对象所在的单位卧底很长时间，以取得第一手资料吗？如果这家培训公司真的是"仙人跳"犯罪团伙，我们也算是为民除害了。更何况林琪不是律师身份，她是崔总聘请的员工，接受崔总的指令，我是为客户单位的员工提出工作建议，纵使有些不妥，也没有违反执业纪律。那家公司就算发现林琪有不对劲的地方，最多把她辞退，应该不会伤害她吧。

我从小就爱看谍战片。潜伏人员在敌人的心脏工作，神态自若地与魔鬼周旋，关键时刻送出情报挽救国家命运，那种从容不迫、坚贞不屈，令人心驰神往。但在和平年代不能亲身体验这种刺激的工作。这一次的行动，也算是圆一下我的谍战梦吧。我将咖啡一饮而尽，回到了办公室。

崔总和林琪正在办公室等着我，两人有说有笑。见我回来，崔总说："我和小林已经说好了，小姑娘非常聪明，我很喜欢。"

我问林琪："你知道自己要做什么吗？"

林琪抑制不住兴奋地说："知道，潜伏到对手的公司去，刺探情报，搜集犯罪证据，然后交给您。我可喜欢看《潜伏》了。"

我说："这种事情可能会有一定的危险性。"

林琪说："没事，我会隐藏起来，保护好自己的，您放心。"说着，她掏出一块手表给我看："这是崔总给我买的装备，里面藏了个针孔摄像头，我已经学会怎么用了。"

看来我的担心是多余的。现在的年轻人，可能都喜欢体验这种卧底的角色吧，惊心动魄，新鲜刺激。要不是律师身份限制，我也很想玩一把。

我向林琪详细讲述了案件的情况，给她交代了一些注意事项，让她回去准备。当天晚上，我就收到了她发来的电子邮件。她根据我提供的一些信息，在网上搜集整理了这家培训公司和刘玉的大量资料。她的这种资料检索能力还是非常不错的，看来我选对了人。

几天之后，林琪给我发来邮件，告诉我：她已经成功应聘到那家公司，为了保密起见，她申请了新的 QQ 号码，另外买了一张手机卡，并将我和崔总的手机联系人名字改成了"李哥""李嫂"。林琪说，以后尽量不打电话，她会每天给我发一封电子邮件，汇报工作情况。这小丫头工作效率还是挺高的。只是，将我和崔总配成一对，这是什么意思……

每天晚上十点，我都会打开电脑查看来自林琪的邮件。她描述的情况很详细，无所不包，公司的组织架构、人员背景、工作内容、作息情况等，甚至连午餐在哪里吃、吃的什么都写进来了。而且，她已经想办法接近了刘玉。

根据林琪的描述，这家培训公司的效益不佳，大老板几乎不过问事务了，是一个小股东在负责管理。公司分成几个部门，她在市场部工作，每天要背诵一大堆产品资料和客户资料。刘玉是市场部总监，教了她很多销售方面的技巧，并以自己的亲身经历来启发她。刘玉对她比对其他人要好，她觉得刘玉不像是品行有问题的人。刘玉对林琪谈得很多，包括自己的家庭和感情经历。刘玉在多年前不顾家人的阻挠，和丈夫结了婚，丈夫却并不十分爱她，两人的关系经常处于危机状态，但她还是无怨无悔，愿意为丈夫付出。在公司里，几位老总对刘玉非常赏识，所以尽管有很多公司在挖她，她依然在这家公司干着。

林琪反馈回来的，大多是没有价值的信息。但她作为刚刚进入公司的新人，还不能接触到核心机密，目前的工作只是铺垫。距离开庭还有几个月的时间，我有足够的耐心来等待我需要的证据。

林琪的邮件一开始每天一封，后来变成了两三天一封、四五天一封。刚开始的时候事无巨细，到后来简约了很多。估计她也知道，我对培训公司的产品介绍、课程设置、讲师情况并没有什么兴趣。这家培训公司对员工的考核很严，经常有员工被辞退。为了保住自己在公司的工作，她还是要花费不少工夫。虽然培训公司的工资不高，但她还有崔总给的一份丰厚的薪水，生活应该过得去。

林琪在邮件中说，有一天她向公司请假，刘玉问她什么事情，她说是搬家，结果去了好几个同事帮她，搞得她惴惴不安。自己的住处被人知道了，可能不好吧。还有一次她迟到了，按照公司的规定要罚款，她提出来请大家吃饭，刘玉让她唱首歌冲抵处罚。她唱完歌之后，大家都夸她唱得很好，一些人开始关注她了。这让她觉得很不自在。

看来，林琪已经完全融入了这家公司，取得了大家的信任。她的邮件越来越少、越来越短，但我也没有在意。狡猾的狐狸总会露出尾巴的，我就像一个猎人，趴在雪地里一动不动，等待猎物的出现。

一天深夜，我在外地出差，手机突然响了。看到是林琪的号码，我心中一阵窃喜。这是她第一次给我打电话，肯定是有重要的事情，来不及发邮件了。我接通电话，里面先是长时间的沉默，后又传来女孩嘤嘤的哭声，最后电话挂断了。我顿时吓出一身冷汗。我的天，出了什么大事？林琪是不是遇到了危险？

我立即回拨电话，林琪一直未接，最后她的手机关机了。我马上联系崔总，告知她这个突发情况，让她派人去找一下林琪。崔总也吓坏了，但她不知道林琪的住处，只能开车去培训公司找找。我心急如焚。千万不要闹出人命啊！否则我们罪过太大了。我追悔莫及，自己一时糊涂，想出这么个损招。要不要报警呢？但是，这没头没脑的，怎么跟警察说呢？

就在我坐立不安的时候，我收到了林琪发来的短信："易律师，我没事，刚才打错了。我一会儿给您发邮件。晚安。"看完这条短信，我才安下心来。人没事就好，其他的什么都不重要了。

我彻夜未眠，一次次打开邮箱。凌晨四点左右，我终于收到了邮件。林琪说，这个任务她没法继续了。

在邮件里，林琪讲述了这段时间以来内心的煎熬。公司的同事对她很好，尤其是刘玉，不但在工作上悉心指导她，在生活上也给她很多的关心，像姐姐一样。前几天她生了一场急病，刘玉送她去医院，在病床前照顾了她几天。想起自己来这家公司的目

113

的，是拿到对她不利的证据，林琪顿时情绪失控，放声大哭。刘玉不知道她为什么哭，一直在边上安慰她。刘玉越这样，她心里越难受，接近崩溃。

林琪说，根据她这段时间的观察，我们的猜测很可能是错误的。这就是一家普通的小公司，对员工的考核激励，对客户的拜访和维系，都是正规的。她相信我的直觉和经验，但亲身体验却告诉她，这些同事都是好人。她既不能辜负我和崔总交办的任务，又无法面对刘玉和公司其他同事的友善，感觉到自己被撕裂成两半，精神非常痛苦，经常会莫名其妙流泪。她实在是撑不住了。

在邮件的最后，林琪说，她没有完成任务，感到非常羞愧，无法面对我和崔总，她已经决定辞职回老家，去小地方做一个普通的女人。北京不适合她，律师这个职业更不适合她。发完这封邮件，这个邮箱她将不再启用，电话号码也会更换，让我们不要找她。

看完邮件，我呆坐在桌前。过了好久，我回复了四个字："任务结束。"

这一切都是我的错。谍战片都是骗人的，现实中的卧底都经过专门的培训。让一个刚刚毕业的小姑娘去做这种常人无法忍受的工作，不但不可能完成任务，还会给她造成极大的心理伤害。我之前只担心她的人身安全，却未曾考虑过她的心理煎熬。我太残忍了。

我给崔总打电话，她说她也收到了林琪的邮件，手表也寄出来了。崔总满怀疲惫地问我："易律师，还有没有别的办法？"我说："只能争取刑事和解了。"

经过办案单位同意，我和刘玉取得了联系。她知道我是黄总的辩护律师，表现得非常警惕。我说明了来意，她说委托一个朋友跟我协商。刘玉委托的人，是她的上司张总。通过林琪发来的资料，我对这家公司的情况和每个人的性格已经非常了解，所以我们的协商进展顺利，很快就赔偿数额达成了一致意见，签订了谅解书。这份谅解书提交给法院，黄总可以获得较轻的处理。

签完谅解书，我和张总一边喝茶，一边聊天。

张总说，案发那天晚上，刘玉告诉他，自己被人欺负了，他给黄总打电话，黄总一直没接，他就建议刘玉报警了。

我问张总："如果那天晚上黄总接了您的电话，您会对他说些什么呢？"

张总说："当然是骂他一顿，揍他一顿，应该不会是现在这个结果吧。我们一直把小玉当妹妹看待，她受人欺负了，我们肯定要替她出气啊。"

我本来还想向张总了解林琪的一些情况，最终还是忍住了。

后来我一直没有林琪的消息，她彻底消失在茫茫人海。每次我去高校讲课，看着课堂上那一张张青春洋溢的面孔，我会想到林琪。她在哪里，在做什么呢？或许有一天，她还是会联系我的吧？

第九章

梦醒时分

我只是一名律师，力量很小很小，微不足道，所以我请求你们，就像奶奶救我一样，救救他们的未来。

——易胜华

　　一个春风沉醉的夜晚。北京市海淀区五道口某酒吧里，音乐声震耳欲聋，灯光令人目眩神迷。在一个昏暗的卡座上，六个大学生围在一起玩骰子喝酒。他们玩得很嗨，不时发出一阵尖叫和欢呼。

　　有个叫小琴的女孩输了好多局，已经喝得晕晕乎乎，于是同伴给她换成"长岛冰茶"，告诉她这是饮料，其他人相视一笑。小琴又连输了几局，喝了不少"冰茶"，感觉头更晕，就让另一个女生小丹陪她去洗手间。刚走出洗手间，小琴的酒劲上来了，独自躺在洗手间门口的沙发上呼呼大睡。小丹喊来男友小超和另外三个男生，大家打车送小琴回宾馆。

　　小琴醉得不省人事，在车上吐得一塌糊涂。因为学校大门已经关闭，同伴们把小琴扛进宾馆房间。四个男生另开了一间房打牌。小丹帮小琴脱掉衣服盖好被子，就去隔壁看男生们斗地主。她离开的时候，房门是虚掩的。小丹看了一会儿男生打牌，就躺在房间的床上睡着了。凌晨四点多的时候，其他人都回了学校，男友小超钻进小丹的被窝，两人发生了关系。

　　第二天一早，小超离开了宾馆，小丹去小琴房间接着睡。中午的时候小琴醒来，发现自己全身赤裸。小丹解释说，怕她半夜呕吐弄脏衣服，所以帮她脱光了。小琴洗完澡，找不到自己的手机和手镯。手镯很珍贵，是奶奶去世前送给她的，苹果手机也是新买的。小丹记得昨晚帮她脱衣服的时候还看到了，两人在房间里找了半天没找着，就去宾馆前台看监控。

宾馆走廊的监控画面显示，头天晚上，四个男生先后单独进出过小琴的房间，停留时间最短的十几分钟，最长的超过半个小时。小琴看得脸色惨白，放声大哭。小丹也惊呆了，哭着跪下求小琴原谅。小琴狠狠地扇了她一记耳光，然后报警。

我在看守所见到小刚，已经是一周之后。据小刚讲述，当天晚上他原本是和另一伙人在酒吧玩，看到小超他们那桌挺热闹，就凑过去一起玩骰子。他们四个男生是附近某大学的同班同学，小丹是北京一所艺术学校的学生，小琴刚从山西某艺术学院毕业。小丹和小琴一起做过几次电视节目，从此结为好友。小琴最近刚刚失恋，特地来北京找小丹散心。小丹和男友小超请她吃饭，小超喊上了同寝室的两个男生，有给小琴介绍男友的意思。

那天小琴情绪很低落，喝酒很爽快。喝醉之后，小刚把她扛回宾馆。四个男生在另外一间房，三个人斗地主，输掉的人在边上观战。小丹睡着之后，他们轮流出去过，回来之后都没说什么。

小刚说："我在她的房间里就洗了个澡，什么都没做，一下都没碰她。"

我问："你怎么会跑她房间去洗澡呢？"

小刚说："宾馆的卫生间是玻璃隔断，隐隐约约能看到里面。我们房间人多，小丹也在，洗澡不方便。小琴喝醉酒睡着了，所以就去她房间洗。"

我不置可否："监控显示你进房间两次，都是去洗澡吗？"

小刚低下头说："我开始确实是想占便宜，但进去之后发现，房间里的酒味儿很大，小琴吐了一地，头发都弄脏了，挺恶心的。我站在床边犹豫了很久，后来外面有人敲门，他们几个问我怎么还没回去，就赶紧离开了。回到房间后，我有点不甘心，就又过去了一趟，还是没动她。"

我问："你们轮流去小琴的房间，是之前商量好的吗？"

小刚说："我们没有商量过，只是猜想其他人进去做了什么。警察在审讯的时候打了我好几个耳光，逼我承认是商量好的，还摸过小琴。听说另外三个男生也挨打了。"

我一愣。自从前几年最高司法机关出台了"非法证据排除"的规定，刑讯逼供得到了有效的遏制，尤其是在北京，警察打人的事情已经很少发生了。虽然这个案件的情节比较恶劣，警察也不能刑讯逼供啊。

会见结束后，我立即向检察院提交书面申请，要求对这起案件进行侦查监督，排除非法取得的口供。承办检察官对我反映的问题很重视，调查之后答复我说："目前没有证据证明警察在提审时采用了非法手段，为了稳妥起见，我们要求公安机关重新制作讯问笔录，制作同步录音录像，之前的笔录不作为证据。"

虽然初战告捷，我的内心却非常纠结。小琴是无辜的受害者。在她喝醉酒毫无知觉的时候，四个男生可能对她实施了下流的行为。现有证据无法证明犯罪事实，但根据经验推断，在房间里很可能发生了一些不好的事。作为辩护律师，我当然要对委托事项负责，为当事人争取最好的结果。有没有可能，既不违背良心，又可以实现最好的辩护效果呢？

我来到检察院，要求与承办检察官沟通。涉案被告人都是未满二十五周岁的在校学生，因此承办案件的是未成年人检察部的两位检察官，其中一位是女处长，我们在别的案件里打过交道。她说："这个案子的性质很恶劣。我们会严格监督办案程序，请易律师放心。"

我点点头说："非常感谢。"

处长严肃地说："就算是重新提审，事实也是明摆着的。尤其是那个叫小丹的女孩，协助几个男生把小琴灌醉，还故意不锁门，方便他们进去祸害小琴。一个十六岁的小姑娘，心眼太坏了。"

我试探着说："您是不是把成年人的思维模式，套在了未成年人身上？"

处长一脸疑惑地看着我。

我说："您办理了很多未成年人案件，比我更了解他们。正因为他们的心智跟成年人有很大区别，所以法律对他们作出特殊规定。我们知道女孩子在外面喝多酒是危险的，在酒店睡觉不锁门也是很不安全的，但十六岁的孩子没有社会经验，不一定知道这些啊。"

处长笑笑说："易律师，您小看现在的孩子了。"

我说："也可能是您高看他们了。我觉得小丹的头脑很简单，在酒吧的时候，她认为是朋友之间的聚会，那么多人都在，喝醉了也没什么，所以给小琴喝长岛冰茶。在宾馆的时候，她可能觉得用钥匙锁门、开门太麻烦，不方便她随时进出照看小琴。她信任这些男生，才会放心睡觉。"

处长翻了翻我提交的委托手续，问道："易律师，您好像不是小丹的律师吧？"

我笑着说："这是一起涉嫌共同犯罪的案件。如果小丹被认定为有犯罪故意，对我的当事人也是不利的。"

处长点点头，说："我们肯定会全案审查，您放心。"

我说："我建议你们在审查案件的时候，将心智未成熟作为考虑的重点。法律关于未成年人保护的规定，不只是体现在程序和量刑方面，我们在分析事实的时候，也要充分考虑未成年人的特点。"

处长收起面前的材料，板着脸说："易律师，您很负责任，但我们肯定也会对案件高度负责的。"

送我出门的时候，处长问我："易律师，以您的经验判断，这几个男生有没有侵犯小琴呢？"

我的回答很官方："当然是要看证据啊。"

案件移送到检察院审查起诉之后，我查阅了全部证据材料。虽然各当事人对某些细节的描述存在很大差异，但在最关键的地方却是一致的：没有证据证明小琴受到了实质的侵犯。

那天晚上回到宾馆后，小琴处于烂醉之中，对周围的事情一无所知，直到第二天看监控才反应过来。小丹当时已经睡着了，不清楚几个男生做了什么。那几个男生都是独自进入小琴房间，他们都说没做成。迄今为止，没有任何证据证明发生了侵害事实，小琴体内没有提取到他人的液体。由于她在报警之前洗过澡，体表可能存在的痕迹也灭失了。

无论那天晚上真实的情况如何，证据体现出来的事实就是如此。承办案件的警察和检察官不接受这个结论，他们根据自己的经验，认为那天晚上必然发生了可怕的事情，这四个男生应当受到严惩。

承办检察官在一定程度上接受了我的观点，认为小丹对四个男生的行为一无所知，没有参与他们的行动，将她取保候审，最终作出了不起诉决定。虽然我不是小丹的辩护律师，对这个结果也感到欣慰。检察院释放出来的信号，对我的当事人是有利的，至少说明检察院认为在小丹入睡之前，四个男生之间没有形成共同故意，否则小丹就是知情者，构成共同犯罪。

小丹获释，使我对这个案子信心倍增。要想这个案子获得最佳效果，必须取得被害人小琴的谅解。小刚的父母知道自己的孩子犯下了大错，愿意对小琴作出赔偿。征得承办检察官同意后，我开始联系小琴。

我在案卷材料里找到了小琴的联系电话。但如果贸然打过去被挂断，可能就再也没有打通的希望了，于是我给她发了一条很长的短信。

我首先亮明自己的身份，同时表示，虽然我是小刚的辩护律师，但我确认小刚的行为给她造成了巨大的伤害，小刚对自己的行为感到羞愧和后悔，愿意接受法律的惩罚。其次，小刚父母对小琴受到的伤害感到万分歉疚，希望对她进行经济补偿，弥补孩子犯下的严重过错，请求她接受，建议她提出一个数额。最后，我表示理解她作出的任何决定。

短信发出去后，小琴一直没有回复。这是意料之中的。对于这样的信息，对方肯定抱有高度的警惕，甚至是反感和抗拒。只有打消她的疑虑，我们才有协商的可能。后来我又给她发了几条内容差不多的信息，传递我的善意和诚意。

铺垫了几天后，我拨通了小琴的电话。接听电话的是一位中年男子，自称是小琴的父亲。他在电话里态度很冷漠，让我不要再发消息，他们不要任何赔偿，坚决不会原谅伤害女儿的坏蛋。随后，他挂断了电话。

放下电话，我不但没有沮丧，反而感到兴奋。能接听我的电话，说明有跟我接触的意愿。在通话中，小琴父亲虽然表达了对这几个男生的痛恨，但没有流露出对我这个律师的反感，说明之前发的几条信息对他产生了作用，他感受到了我的善意。如果他不愿意接受赔偿，就不会接我的电话，通话中也不会那么冷静。

于是，我又给他发了几条信息，表达的意思是：我认为这几个男生只受到刑事处罚是不够的，还应当让他们付出经济代价，否则不足以弥补小琴受到的伤害。作为被害人，为什么要拒绝接受赔偿呢？

几条短信发出去后，小琴的父亲主动给我打来了电话。他的语气很温和，对我表示感谢，但还是拒绝接受赔偿。我建议跟他当面沟通，他委婉地回绝了，说有机会到北京约我喝茶，交我这个朋友。

和解的希望越来越大，我向小刚父母通报了工作进展。小刚

125

父母告诉我，其他三名被告人的家属也愿意对小琴予以赔偿，拜托我帮忙一起协调。我立即启程前往山西。在酒店住下来之后，我打电话给小琴父亲，说我已经到了太原，希望跟他见面聊聊。小琴父亲很意外，说他在外地出差。我知道他是推托之词，于是说我可以等到他回来。小琴父亲说，他在外地做一个项目，不确定什么时候能结束。

我决定留下来等他，但这时接到老家打来的电话，父亲病危。我立即收拾行李赶回老家。几天后，父亲去世，我沉浸在巨大的悲痛之中。在处理丧事的间隙，我跟小琴父亲保持着联系。尽管父亲的丧事尚未处理完毕，但我实在放心不下这个案子，于是将家里的事情托付给亲友，再次来到太原。在酒店住下后，我发短信给小琴父亲，希望跟他见一面。等了很长时间，他也没有回复我。当天傍晚，我才接到他的电话，说自己从外地回来了，问我有没有空，晚上请我吃个饭，有些事情要咨询我。挂断电话，我立刻穿上衣服出门。

我俩在酒店附近的一家火锅店见面。小琴父亲带来了一瓶白酒，说是要跟我好好唠唠。我酒量很差，为了表明诚意，只有硬着头皮一杯接一杯地干。

小琴父亲说，接到女儿出事的电话，他立即赶到北京，陪女儿报案，把她接回家。回来之后，小琴情绪很糟糕，一直闭门不出，整天以泪洗面，多次流露出轻生的念头。他对那几个坏蛋恨之入骨，但对我这个律师是认可的。

他问我："案子什么时候能出结果？他们会判多久？"

我说："案子刚到检察院，暂时没有证据证明小琴受到了侵犯，可能还要退回公安机关补充侦查。什么时候出结果，会判多久，现在不好说。"

小琴父亲眼睛一瞪，说："怎么可能没有证据，这不是明摆着的事吗？"

我说："那几个男生都说自己没做，小琴当时喝醉了什么都不知道，警察也没有找到相关的物证。"

小琴父亲气愤地说："他们当然不会承认了。"

我端起一杯酒干掉，说："大哥，我有点想不明白，你为什么一定要认为自己的孩子被人祸害了？"

小琴父亲一时语塞，茫然地看着我。

我说："没有证据证明小琴受到了实质侵害，你非要把事情往最坏的地方去想，这不是折磨自己吗？如果小琴知道自己没有受到侵害，状态会不会好起来呢？"

小琴父亲痛心疾首地说："老弟，我也希望孩子没受到伤害。可咱们都是男人，能想到当时发生了什么事情。"

我摇摇头说："那倒未必。我看了那几个男生的口供，他们刚开始确实有犯罪的打算，但当时房间的酒味儿特别大，小琴吐了一地，床上、身上、头发都弄脏了，挺恶心的，他们什么都没做。我觉得他们的说法符合常理。"

小琴父亲脸上闪过一丝如释重负的表情，随即又咬牙切齿地说："不管怎样，我都饶不了这几个畜生！"

我说："他们一定会为自己的行为付出代价。如果只是坐牢，代价还不够。"

小琴父亲摇摇头说:"我们家不差钱。"

我说:"这是对他们的经济惩罚,是你应得的,为什么不要呢?"

小琴父亲沉默了一下,问:"是不是我们收了这个钱,他们就不用坐牢了?"

我说:"这只是悔罪表现,不能抵消他们的罪过。"

小琴父亲问:"如果法院最后判得很重,他们能不能把钱要回去?"

我说:"这是他们自愿给的,不管最后是怎样的结果,他们都不能要回去。"

我一直在说话,没怎么吃菜,却喝下去了半斤多白酒,头昏脑涨,天旋地转,胃里翻江倒海,我尽量克制自己,保持清醒。

小琴父亲看出我状态很差,赶紧结账,扶我回酒店休息。路上的风很凉,刚走到酒店门口,我实在忍不住,扶着墙弯下腰哇哇大吐,把鞋子都弄脏了。小琴父亲一边轻轻地拍着我的背,一边说:"老弟,冲你这番苦心,老哥我答应你了。"

我陪着几位被告人的家属第三次来到太原。我们在酒店开了几间房。被告人的家属在走廊尽头的房间里等候,我和小琴父女在电梯口边上的房间商量谅解协议的措辞。小琴拒绝跟他们见面,我拿着打印好的材料在各个房间穿梭,征求双方的意见。

赔偿数额之前就已经说好了,四家人的赔偿加在一起将近百万元。对于强奸案,这是很高的赔偿,如果是法院判决,最多赔几万元,甚至分文没有。双方分别在谅解协议上签字之后,被告人的家属去银行转款，协议由我保管。直到小琴父亲收到了银行的短信通知，我才把协议分别拿给他们。

小琴果然长得非常漂亮，斯文乖巧，楚楚动人。很难想象在酒吧的那个晚上，她喝酒有那么疯狂。整个过程中，她一直沉默不语，只是按我的指点签字。

我对小琴说："事情已经过去了。我看过证据材料，那天晚上什么都没发生。"看到小琴眼神里有一丝疑问，我接着说："最糟糕的结果没有发生，没有证据证明你受到了侵害，不要胡思乱想，折磨自己。以后在外面不要喝那么多酒了，下次可能没这么幸运。"

小琴默默地点头。临走的时候，小琴父亲用力地握着我的手，说："老弟，辛苦你了，下次有机会来太原，一定要告诉我，我请你坐坐。"小琴弯下腰，朝我深深地鞠了个躬，说："易叔叔，谢谢您。"

回到北京后，我立即前往检察院，向承办检察官提交谅解协议。检察官一直关注和解的进展，知道这几份谅解协议来之不易。但在对那四个男生取保候审的问题上，检察官仍然犹豫不决。强奸是情节严重的暴力犯罪，本案涉嫌轮奸，被害人谅解只是从轻量刑情节，没有达到取保候审的法定条件，此类案件的取保没有先例可循。

取保候审是刑事案件很重要的风向标，虽然并不意味着最终的处理结果一定是无罪或者缓刑，但如果办案人员认为涉案当事人有可能不被批捕、不被起诉、无罪或者可能被判处缓刑，为了避免后续被动，多数情况下会变更强制措施为取保候审。

从介入这个案子开始，我以书信方式与承办检察官、分管检察长沟通多达七八次。书信比正式的律师意见书要灵活很多，既可以表达我的法律观点，还可以融入个人情感，更能打动和说服承办人。司法人员不是冰冷的法律机器，他们并不排斥有血有肉的交流方式。在给检察官的书信中，我从现有证据、法律规定的角度，阐述了对这个案件的看法；同时，我还从刑法学界对"轮奸未遂"是否构成轮奸的不同意见、立法机关对未成年人的保护趋势、未成年人检察部成立的意义等方面，提出本案如何达到最佳社会效果的处理建议。在给检察官的信里，我写道：

> "通过与被害人的沟通，我已经帮她打开了心结，让她相信自己没有受到很严重的侵犯，从而可以自信地面对今后的生活。在证据明显不足的情形下，如果司法机关执意推定轮奸既遂，导致被害人终生蒙上心理阴影，这又何必呢？"

我还以自己的亲身经历，写了篇一万多字的文章，讲述自己在青少年时期因头脑发热而铸下大错，在对方采取报复行动时，我的奶奶因为受到惊吓猝然离世，双方为此达成和解，互不追究责任。我从此幡然悔悟，发奋读书，终于出人头地。我在写这篇文章的时候，想起奶奶和刚刚去世的父亲，禁不住泪如泉涌。我在给检察官的信里写道：

"在办理未成年人犯罪案件的时候，我经常会想起当年
的自己。如果不是奶奶救了我，我的一生都会活在黑暗和耻
辱之中，永远不见天日。每当想到这一点，我都痛彻心扉。
这些孩子不像我，没有可以用生命来救他们的奶奶，但国家
的法律在进步，有人性化的制度救他们。既然有了好的制度，
还需要你们用爱心把制度用活、用足，挽救这几个孩子的一
生。我只是一名律师，力量很小很小，微不足道，所以我请
求你们，就像奶奶救我一样，救救他们的未来。"

也许是我的这些信发挥了作用，没过多久，检察院对四位男
生变更强制措施为取保候审。得到这个消息，我欣喜万分。半年
多的努力终于得到了回报，可以预见这个案子的最终处理结果不
会太差。

家长们带着四个男生来到律所给我送锦旗。他们向我跪下表
示感谢，我赶紧把他们拉起来，反复告诫他们：取保候审期间要
尽可能多做公益来赎罪，一定不能有任何违规行为，否则马上就
会被收监，而且会被重判。

家长和男生们听从了我的建议。取保候审期间他们捐助灾区
和失学儿童，春节前还去敬老院看望孤寡老人，给敬老院打扫卫
生。我将他们做公益的照片和视频发给检察官，检察官对此感到
很满意。胜利在望，就等最终的捷报了。

春节后的某天，我和以往一样在网上浏览新闻。当看到铺天
盖地的"李某某涉嫌轮奸"的新闻，我顿时呆若木鸡。同样是轮

奸，同样是未成年人，承办案件的警察和检察官还是同一拨人，出事的酒吧也是同一家，这也太巧了吧……

毫无疑问，李某某案件对我正在办理的案件会产生重大影响，我密切关注这起案件的消息。因为涉及名人子女，又是性犯罪，各路媒体一窝蜂地扑上去报道。李某某一方见舆情对孩子极为不利，通过辩护律师在网上发声，展开舆论反击。各界人士纷纷登场，一些毫不相干的人赤膊上阵，杀入重围。一时之间，舆论沸腾，谣言满天，乱成一团。我本指望李某某案能推动我的案子朝好的方向发展，结果大失所望，一波高过一波的舆论风浪，令我心惊肉跳。某些同行趁火打劫，不断突破法律底线，大概是想一夜成名。

李家聘请了一位律师作为法律顾问，这位律师曾经是报社记者，取得律师资格后成为我的同事。刚进律所的时候，他还特地来我办公室拜访江西老乡。担任李家的法律顾问之后，他非常忙碌，经常接受媒体采访，发表一些观点。他做律师时间不长，将记者的工作模式用在这个案子上。我觉得有些不妥，给他打电话他不接，发消息他也不回，于是在网上表达了我的不同看法。这位同事很不高兴，给我打来电话，责怪我不该站在他的对立面。我提醒他："你这样做是很危险的。"没等我说完，他就气鼓鼓地挂掉了电话。

李某某案件引发了媒体和法律界大规模的混战，开庭的时候，有位女律师甚至举着被害人隐私部位的图片，站在法院门口向记者和围观群众详细讲解，发表自己关于李某某无罪的观点。我忧心如焚，坐立不安。试图通过打舆论战来扭转案件的不利形势，这是错误的，涉及未成年人和个人隐私的案件，绝对不能公开讨论。除非有过硬的证据证明当事人没有实施犯罪行为，或者办案人员存在严重违法行为，否则就是飞蛾扑火。既然有这样的证据，就没必要公开发布，直接跟案件承办人沟通就能取得很好的效果。

在强奸案发生之前，李某某因为打架斗殴犯过错，已经给公众留下了花花公子的印象，当其涉嫌轮奸的消息传出，公众自然会作出有罪推定。公众不是训练有素的法律专家，不具备无罪推定的思维。李某某一方的任何辩解，都会被认为是狡辩和袒护，从而引起公众强烈反感。公众对于真相没有兴趣，他们要的是李某某家属的态度。

在强奸案的消息刚刚传出时，如果李家第一时间出来道歉、自责，可以争取到一部分公众的同情。道歉并不意味着承认案件事实，而是对家庭教育的失败感到内疚。公众人物的一举一动都有强烈的示范效应，他们承担着更多的社会责任。

我不认同李某某一方的做法。"死磕"的前提是己方证据足够充分，在道义上处于绝对优势，或者办案单位有重大、明显的违法行为。本案中，李某某一方一直声称有"颠覆性证据"，最终却只是夺人眼球的噱头，舆论方面更是处在极为不利的地位。如果在案发之后，李家放下身段，克制内心的猜疑，主动与被害人一方接触，诚恳道歉，尽量满足其赔偿要求，取得谅解，最终的处理结果肯定会好很多。真相当然重要，在真相水落石出之前，这么处理也可以先锁定一些阶段性成果。只是这起案件的很多参与者想火中取栗，他们谁又在乎当事人的死活呢？

　　案件结束后，律师协会对严重违纪的部分律师作出处罚。我这位同事也收到了律协的听证通知书。作为刑事部主任，我受律所领导指派，先在律所召开内部研讨会，就这位同事办理该案是否存在违纪进行自查，最终形成意见作为律所的态度，提交给律师协会作为答辩。这位同事有点紧张，以为我会利用职权落井下石，报他挂断我电话的一箭之仇。我对他当然有很大意见，这个案件引起社会广泛关注，他没什么办案经验，如果事先在律所进行内部讨论，就不会出现这么多的问题，造成如此严重的后果。律所中对这位同事有看法的不只是我，如果律所最终形成的意见对他不利，可能会导致律协作出比较严厉的行业处分。然而，年轻律师在重大案件中头脑发热、把持不住也是正常的，何必因此影响他的职业生涯呢？

　　在律所内部研讨会上，我作为主持人率先发言，指出：这位同事在案件办理过程中，确实存在不规范的地方，但只是因为缺乏办案经验，在媒体的聚焦之下，工作上的一些失误被无限放大，任何律师都架不住这种审视。我的意见是：这位同事要从中吸取教训，今后注意提升自己的业务水平，多向经验丰富的老律师请教，但他没有违反律师执业纪律，不应当受到行业处分。

　　在我发言的时候，这位同事一直低着头。当我表明自己的态度，他抬起头看着我，一脸难以置信的表情。由于我是第一个发言，给这件事情定了基调，其他同事也都表示认可我的意见。律所最终的结论是他没有违纪。

　　会议结束后，这位同事送我走出律所，给我打了一辆出租车。一路上，他欲言又止。我知道他想说什么，不说出来也没关系的。

几个月后，李某某案尘埃落定。同案其他被告人亡羊补牢，对被害人进行赔偿，得到了谅解，获得了轻判，但李某某最终被判处十年有期徒刑。我的心情一下跌落到谷底。

李某某案终审结束后，我代理的案件也进入了庭审，主审法官跟李某某案是同一人。检察院根据案件的证据情况和几位被告人归案后的表现，变更了起诉书内容，提起了相对较轻的指控。庭审中，法官态度和善，几位被告人真诚悔罪，泣不成声。虽然我经历过无数次庭审，还是受到触动，忍不住掉下了眼泪。为了挽救这几个男生，我付出了很大的努力，如果他们迷途知返，我的付出就值得了。

过了一段时间，案件的一审判决出来，法院比照李某某案的处理结果，几位被告人获得了较重的处罚。

功败垂成。小刚父母无法接受这个结果，希望我二审继续为孩子辩护。我知道自己无力回天，如果没有李某某案的影响，我的辩护很可能会获得成功，我已经穷尽了一切努力，没有更好的办法了。我推荐了一位刑辩经验非常丰富的同行，由她来接替我做二审辩护律师，但我清楚，无论谁来辩护，结局都无法改变了。

第十章

少年杀人事件

是法律给了他活命的机会。

——易胜华

在参加一次朋友聚会的时候，我认识了陈璐。她是一家外企的高管，衣着得体，仪态动人，普通话很标准，聊天时偶尔会夹杂几个英文单词，品起红酒来头头是道，一看就受过良好的教育。陈璐当时坐在我的边上，听说我是大型律所的专业部门主任，经常办理刑事案件，她表现出浓厚的兴趣，让我讲讲自己办过的那些经典案件，还主动和我交换了名片。

几天后的一个上午，陈璐给我打电话，问我是否在办公室，说是正好路过，想上来坐坐。我想，她找我能有什么事呢？难道是向我推荐投资移民？经常有一些新认识的朋友，高估了我的经济实力，热情地向我推荐投资理财或者留学移民，让我头大如斗。

陈璐给我带了两瓶红酒，说是法国朋友送给她的，几千块钱一瓶呢。初次见面，就送这么贵重的礼物，看来她不是要向我推销什么。我暗自松了一口气。

闲聊了半天，一壶茶快喝完了，陈璐才转入正题。

陈璐捧着茶杯对我说："易律师，我今天过来是想拜托您一件事，给我弟弟陈星当辩护律师。"

我问："堂弟还是表弟？犯了什么事？"

陈璐迟疑了一下，说："算是亲弟弟吧，他杀人了。"

我有点奇怪。什么叫"算是亲弟弟"？弟弟杀人了，姐姐这么淡定，心理素质还是蛮不错的。

陈璐放下茶杯，捋了捋头发，开始向我讲述她弟弟的事情。原来，陈璐家在河南农村，父母接连生了七个女儿、交了多次罚款之后，终于绝望了，于是抱养了一个小男孩，当亲儿子看待。可能是从小过于宠溺，这个弟弟不好好读书，初中没毕业就去当兵。退伍之后他没到安置的单位上班，去了外地一家酒楼学厨师。前段时间，陈璐接到家里电话，说弟弟跟着师父杀了几个人，现在被关在看守所。

我问："杀了几个？杀的什么人？为什么要杀人？"

陈璐犹豫了一下，说："先后杀了三个，都是歌厅里的小姐，为了抢钱。"

我追问道："有证据吗？"

陈璐说："他们在杀最后一个小姐时被人发现，被警察当场抓住，他们都招供了。"

我斩钉截铁地说："那就必死无疑了。"

陈璐深深地叹了一口气，说："我知道他罪有应得，该死。但他毕竟那么小，不懂事。我爸妈把他当亲儿子养了十几年，小时候我带他最多，把他当成自己的亲弟弟。我们没有别的要求，只要能保住他的一条命就行。"

我有点激动，口无遮拦地说："他还小？已经是成年人了。那些歌厅小姐的命就不是命吗？她们也是有父母、有兄弟姐妹的！"

做律师这些年，虽然很多时候是为犯罪嫌疑人、被告人辩护，但我越来越痛恨犯罪，经常怀疑自己是犯罪分子的"帮凶"。如果可以选择，有些案子我是不想辩护的。

气氛有些尴尬，陈璐的眼睛红了。我知道自己有些失态，但说出去的话收不回来了。

陈璐深呼吸了几口，缓缓地说："易律师，我和您一样，也恨我弟弟，他确实该死。没钱用可以跟我说，不应该去抢劫，更不应该杀人。这些年我在外面读书、工作，对他的关心不够，他犯下这样的死罪，我这个姐姐有很大的责任……"她一边说，一边泪如泉涌。

我心有不忍，递给她一张纸巾，说道："这事也不怪你，他已经是大人了，要为自己做的事情承担后果。"

陈璐抬起头，说道："但他还没有成年啊。"

我瞪大眼睛看着她。

陈璐说："他的身份证年龄是假的，抱来我家后过了几年才去上户口。为了送他去当兵，家里又把年龄改大了一岁。"

我说："那也不至于退伍了还没有成年啊。"

陈璐说："他的年龄，我们家里人最清楚，抱养他的时候，我正在读高中，放学后天天带他。案发的时候，他还没满18岁。我来找您，就是希望您向法院说明这个情况，保住他的命。"

这个案子引起了我的好奇心。陈璐有没有说谎？她弟弟陈星的真实年龄到底是多大？

接受委托后，我从检察院复制了全部案卷材料，看完之后顿时心凉了。三条人命，都是先奸后杀，用自行车刹车线中的钢丝绳勒死后分尸掩埋，手段极其残忍，社会影响恶劣。两名被告人中，陈星排在前面，如果不能力挽狂澜，他绝对是死路一条。三名死者有两名无法查明身份，可能因为从事的是特殊职业，用的是假身份证，名字可能也是假的，所以无法查找家属。其中一名死者是本地人，有一个两岁的孩子，她的父母和丈夫痛不欲生，坚决不接受任何赔偿，强烈要求对两名凶手处以极刑。

在看守所会见陈星的时候，我问他："你为什么要对歌厅里的小姐下手？"

陈星戴着沉重的脚镣，身材单薄，脸色苍白。他说："师父告诉我，歌厅里的小姐都挺有钱的，而且她们的钱来得容易，抢起来不费事，抢完后她们也不敢报警。"

陈星说，他退伍之后进了一家酒楼当学徒，工资很低，买烟都不够。他的师父喜欢赌博，在外面欠了很多高利贷，经常跟他商量怎么去弄钱，后来决定找歌厅的小姐下手。师父开车去歌厅把小姐约出来，他在郊外的野地里等着。师父到了以后，让他把小姐捆起来，蒙住嘴，强奸之后用钢丝绳勒死。为了避免被人发现，师父从汽车的后备箱拿出剁骨刀，两人一起把尸体砍成碎块，用黑色塑料袋分别装起来，一部分扔到河里，一部分挖坑掩埋。最后一次作案的时候，那个小姐拼命挣扎，大声呼救，路上正好有一辆车开过，他们扔下作案工具就跑，最后被警察抓住了。

我冷冷地说："那些小姐跟你姐姐一样的年纪吧？你下得了手？"

陈星低下头，说："我没想过这些。师父让我做什么，我就做什么。"

我说："在口供里，你说是你提议去抢小姐的，也是你提议杀人灭口的。"

陈星说："师父对我很好。警察告诉我，师父说是我提议的，我就承认了。"

在办案单位的指控中，将陈星排在他师父前面，我觉得不可思议。一个十几岁的小孩，指挥四十多岁的大人？徒弟教师父作案？除非这个小孩是天生的恶魔，或者是骄横的"太子爷"。但是纠结于这一点的意义不大，三条人命，手段极其残忍，两个人极有可能都被判处死刑，谁排在前面不重要。

陈星说，第一次作案时，师父让他捆绑小姐，他不知道最后会杀了她，还跟小姐开玩笑，说只是玩个游戏，别害怕。小姐拼命挣扎，泪流满面，他还拿出纸巾帮她擦眼泪，给她讲笑话。强奸完了之后，师父让他看着小姐，自己去后备箱拿钢丝绳。那个小姐凑到他身边，一个劲地亲吻他全身，一副讨好的样子。当师父将钢丝绳递给他时，小姐的眼睛里充满了惊恐和哀求，钻进他的怀里求饶，发出呜呜的悲鸣……

我听不下去了。如果不是隔着铁栅栏，我真想冲上去暴打他一顿！简直是禽兽不如！我竟然在为这种人辩护！

我尽量克制自己的愤怒，转移话题："你今年多大年纪？"

陈星说："二十二岁。"

我迟疑了一下，问他："你知道自己不是父母亲生的吗？"

陈星一脸疑惑。

我说："你姐姐告诉我，你是抱养的孩子，不是你父母亲生的。"

陈星呆呆地看着我。

我问他："你不知道吗？"

陈星摇摇头："不可能。他们对我很好，从来没有人告诉过我这个。"

我淡淡地说："他们确实对你很好，为了救你的命，把家里的房子都卖了。"

陈星低下头，一言不发。这个消息很突然，他还没有反应过来。

我问他："你要不要做亲子鉴定？"

陈星默默地说："姐姐既然这么讲，那就是真的了。"

走出看守所，我立即向办案单位申请对陈星做亲子鉴定和骨龄鉴定。办案单位的答复是："亲子鉴定与案件无关，不予批准；骨龄鉴定对成年人意义不大，且本案被告人姓名、住址、年龄都是明确的，不符合鉴定条件，予以驳回。"看来，办案单位执意要判处两名被告人死刑，我只有另辟蹊径了。

我首先需要证明陈星的身份证年龄不真实。根据陈璐的说法，当年给弟弟报户口的时候，为了让他提前上学、早点在村里分地，父母特地虚报了几岁，这在农村是非常普遍的。那么，他的户籍年龄又是怎么来的呢？

在陈璐的陪同下，我们去了她的老家，河南的一个偏远农村。低矮的房屋，空旷的田野，刚刚下过一场大雪，我们深一脚浅一脚地走在村里的小路上，衣着洋气的陈璐不停地跟路过的乡

144

亲打招呼，散发出浓浓的乡土味儿，不再是写字楼里那个白领精英。陈璐的父母是老实巴交的农民，他们一脸的焦虑，叽里咕噜说着一大堆方言，我一句都没听懂，陈璐在边上给我翻译。

陈璐带着我和助理去乡里的派出所，我在陈星的户籍档案中查到了他的出生证明，上面的时间与身份证上的时间是一致的。如果陈星是抱养的孩子，那么这份出生证明肯定是假的。我们找到了开具这份出生证明的乡卫生院，看看能不能让在上面签字的接生医生出具证言。

那位医生正好在值班，还有几天就要退休了。为了以防万一，我让助理和陈璐在一边偷偷地用手机拍视频，然后我过去跟医生交谈。医生承认这份出生证明上她的签字是真实的，但陈星不是她接生的。因为陈星是超生人员，只要家里交了罚款，卫生院见到乡里的罚款单就可以开出生证明，出生时间是根据家长报的年龄填写的。

我问医生："是不是要把孩子抱过来看一下，才可以开出生证明？"医生说："不用，只要交了罚款，家长说是什么时候生的，就填什么时间。"我问医生："能不能给我们做一个笔录？"医生断然拒绝。好在我们两部手机同时在偷偷地拍摄视频，不做笔录也没关系了。

初战告捷，我们已经有证据推翻陈星的身份证年龄，然而，一份证据显得太单薄了。我们开始在村里调查取证，找了很多上了年纪的老人做笔录。每次做笔录的时候，我都让其他人退出去，只留下我和助理与证人交谈，助理同时负责拍摄视频，记录取证的过程。在交谈之前，我反复告诫证人要实事求是，不能说假话，否则要承担法律责任。

很多人认为，律师在刑事案件中调查取证是有风险的。尤其是在重大刑事案件中，如果律师提交的证据对案件的定性和量刑产生影响，办案单位会怀疑律师存在违规行为。很多律师为了避免风险，在办案过程中绝不取证。但调查取证是律师一项重要的权利，因为害怕风险而放弃取证，那是自废武功，会使得刑事辩护苍白无力，沦为"形式辩护"。只要我们不急功近利，在取证中客观公正，严格遵守执业规范，那就不会招致风险。

根据村里这些老人的证言，陈星的身份证年龄确实是假的。他们都提到，超生孩子的出生年龄，由家长随口报给乡卫生院的医生，想填怎样的年纪都行，大多数人为了让孩子早点上学，都会虚报年龄。跟陈星一般大的孩子，有的现在还在读中学呢。

我决定再去陈星读过书的小学和中学调取一些证据材料。经过努力，我们拿到了陈星小学和初中的新生花名册，上面的年龄也是不一样的。

现在，陈星一共有五个不同的年龄：《现役军人登记表》上的出生年龄是 1988 年；身份证上的出生年龄是 1989 年；"初中新生花名册"上的出生年龄是 1991 年；"小学新生花名册"上的出生年龄是 1992 年；养父母在证言中说，抱养他的时候是 1994 年。一个人同时拥有五个不同的年龄，暴露出某些地方的户籍管理相当混乱。

开庭那天，我早早赶到了法院。法院门口围了很多人，这个案子在当地影响很大，群情激愤。我坐在空荡荡的法庭里等待法官和公诉人的到来，思绪万千。被告人罪大恶极，作为他的辩护律师，我该怎样阐述观点，才能既符合职业道德，又不违背我的价值观？

外面的声音越来越大，我走到窗前，看到一大群人强行突破了法警设置的警戒线，冲进了院子里面，一边追打被告人的亲属，一边发出怒吼。几名法警势单力薄，难以阻拦，情况有些危急。法院可能没料到会出现这种情况，警力配置不够。过了一会儿，书记员匆匆走进法庭，对我说："今天的庭审取消，开庭时间另行通知。"我赶紧收拾东西，跟着书记员从法官通道下楼。为了保障律师的安全，法官安排警车送我们离开法院。

无论是刑事案件还是民事案件，律师在法院里挨打的不在少数。我的一位同事，六十多岁的老律师，在深圳为一起集资诈骗案的首犯出庭辩护。庭审结束后，他不慌不忙地整理桌上的材料，还笑眯眯地给一拥而上的众多被害人讲法律，结果被人当场扇了两个大耳光，眼镜都被打飞了。他只好扔下手里的材料，狼狈地躲进法官办公室，半天不敢出来。

幸运的是，我做律师以来虽然也是险象环生，但都化险为夷。这主要是因为，我在法庭上的发言不会过分偏袒自己的当事人，同时会考虑到对方当事人的心理承受能力。我们是当事人聘请的律师，但发表的言论也要有尺度，不能强词夺理、毫无底线。在庭审中，律师要注意观察各方的反应，及时作出一些调整，不能一味蛮干。在与对方当事人接触的时候，既要忠于自己的职责，又要传递出友善的信号。如果感觉到形势不妙，那就要预先做好准备，跟随法院工作人员一起退出法庭，不要落单。做律师既要有一往无前的勇气，也要有圆融通达的智慧，减少自己的执业风险，避免受到人身伤害。

后来，这个案子的庭审改在了市区的中级法院。这里戒备森严，法警一个个虎虎生威，如临大敌，让人不敢轻举妄动。庭审中，我充分发表了自己的观点，主要是三个方面的意见：被告人年龄存疑；两名被告人存在主从犯关系；我们愿意赔偿。几个月后一审宣判，我们没有实现保命的目标，两位被告人都被判处了死刑，陈星仍然是第一被告人。

这个结果在意料之中。尽管如此，陈璐仍然决定继续委托我担任二审辩护律师。我们从一审判决中也看到了一线希望。判决书没有认定陈星身份证上 1989 年的出生时间，而是选择了 1992 年。这个年龄来自陈星曾就读小学的新生花名册，没有其他的证据可以印证这个年龄是否真实，判决书也没有提到其他几份关于年龄的证据，一审法官显然心虚，极力回避年龄问题。

二审开庭的时候，争议焦点是陈星的年龄。法官和公诉人变换角度向陈星提问，试图证明他犯罪时的年龄已经达到了 18 周岁，却一无所获。

一位经验丰富的老法官突然向陈星抛出一个问题："你当兵的时候要体检，部队征兵的人没看出来你的年龄吗？"

陈星回答道："入伍体检的时候，给我做检查的医生还取笑我，说我毛都没长出来，就来当兵了。"

我顿时精神一振，这句话太重要了。法官随机提出的这个问题，恰恰印证了我们对陈星年龄的观点。入伍体检需要脱光衣服，按照陈星的讲述，医生的意思是陈星当时没有出现第二性征（阴毛）。正常男性一般在十二周岁左右就会出现第二性征，有些人甚至更早。陈星在体检时还没有出现第二性征，恰恰说明他入伍时的年龄低于十四周岁，从而可以推断出，他在作案时没有成年。

果然，公诉人和法官再也没向陈星提问了。不久，二审法院作出裁定：本案发回重审。这个案子出现了曙光，我们振奋不已。

想要查明陈星的真实年龄，找到他的亲生父母才是关键。我约了陈璐见面，向她详细了解抱养的情况。

陈璐吞吞吐吐地说："当年村里一个老太太在火车站厕所捡到了我弟弟，抱回村里后我妈看到了，就找老太太要过来了。那老太太已经去世好几年了。"

我顿时明白了，陈星也许是被拐卖的孩子。陈璐家里生的都是女儿，很可能从人贩子手里买了个男孩。当年那户丢了儿子的人家，想必是伤心欲绝吧？如果他们知道自己丢失的儿子现在犯了死罪，又该是怎样的五雷轰顶？这对夫妻上辈子造了什么孽，老天要这样惩罚他们，让他们经历如此惨痛的人生？想到这些，我的心都碎了。

我呆呆地看着陈璐，脑子里浮现出那几个被杀害的歌厅小姐。她们都是农村长大的女孩，区别在于陈璐考上了大学，留在了大城市，有一份体面的工作。那几个女孩却堕入红尘，用笑脸和肉体谋生，小心翼翼地伺候着每一位客人，提心吊胆地挣着屈辱的钱，最终她们被残忍地杀害。

149

　　陈星固然可恨，但他的命运也是悲惨的：从小就被拐卖，离开了亲生父母，所幸的是养父母对其视如己出。这种溺爱却害了他，让他缺失了管教，没有了约束。他小小年纪就步入社会，却跟了一个心狠手辣的师父，被带上了不归路。

　　只有亲生父母证明陈星的真实年龄，才能救他一命。我根据陈璐提供的信息，拟好了寻亲启事，让她在周边几个城市登报，在车站、商场张贴。尽管希望极其渺茫，我也要试一试，让这对夫妻知道孩子的下落，哪怕是看他最后一眼呢？为了防止法院匆忙作出判决，我将发布寻人启事的事情通报给了承办法官，让他多给我们一点时间。

　　寻亲启事发布之后，有一些反馈回来的信息，陈璐仔细核对，发现与当时的情况都不吻合。过了一两年，重审的结果下来：陈星被改判为死缓，他的师父被判处死刑立即执行。判决书再次否定了我对陈星年龄提出的质疑，但我知道，改变量刑的原因，就是陈星的年龄存疑，法院出于慎重和负责，对结果作出了调整。但是，如果在判决书里对此进行表述，将会引发一系列后遗症，这一点只能意会，不能言传。

　　在法院领判决书的时候，法官笑着对我说："易律师，陈星真应该好好感谢你，你救了他一条命啊。"

　　我淡淡地说："我没有救他，是法律给了他活命的机会。"

第十一章

徐　娘

你这小伙子不错。人长得帅，脑子也灵活。大家对你评价都很高啊。

——易胜华

夏日的午后，我在办公室写材料，助理领着一对中年夫妇和一位年轻女孩来到我的办公室。中年夫妇虽然穿着干净的衬衫，但黝黑粗糙的皮肤和局促不安的举止表明了他们的身份。年轻女孩有十七八岁，秀发披肩，皮肤白净，衣着时尚，戴着一副墨镜，一看就没怎么吃过苦。

中年夫妇向我讲述了事情经过。女孩是他们的女儿，在一家足道馆上班。有一天，足道馆的两个女孩不知为啥争吵了起来，女儿从边上经过，冲她们嘟囔了一句，其中一个女孩脱下高跟鞋冲她砸了过来，她闪躲不及，鞋跟正好砸在左眼上，顿时血流满面。送往医院后左眼已经保不住了，被迫摘除。那个扔高跟鞋的女孩被关进了看守所，案件现在已经到了检察院，检察官让她家请个律师，提交附带民事诉状，熟人向他们推荐了我。

我问："那个扔高跟鞋的女孩家里经济条件怎样？"

村妇一脸愁苦地说："她家也是农村的，我女儿从住院到出院，她家一次都没有来看过，听说也是非常困难。家里条件好的话，谁会把女儿送到外面给人洗脚啊。"

我说："这就有点麻烦了。你女儿住院的钱都是自己垫付的吗？"

村妇说："我们哪有那么多钱啊，都是足道馆的老板娘垫的。"

我灵机一动，问村妇的女儿："你受伤的时候正在干吗？"

女孩回答："我受伤之前在给客人洗脚，从房间里出来拿毛巾，看见她们在吵架。"

我问女孩："你们老板娘有没有跟你们签劳动合同？"女孩摇摇头。

我说："好了，我知道该怎么办了。我们把老板娘一块告上去。"

女孩有点迟疑，问道："这样合适吗？又不是她弄坏了我的眼睛。当时老板娘也不在店里，还是出事之后才赶回来的呢。"

我理直气壮地说："怎么不合适？你是她的员工，你在她的店里受了伤，对方又赔不起，不找老板娘找谁啊？"

村妇说："好吧，我们听律师的，你说怎样就怎样。"

办完委托手续，村妇出去了一趟，很快就回来了，手里拎着一个破旧的蛇皮袋，袋子里的东西还在一动一动的，发出咕咕的声音。

村妇说："易律师，我们乡下没什么好东西。这只鸡是自己家里养的，刚才怕弄脏您的办公室，放在走廊上了，您别嫌弃。"

我笑着说："你们带回去吧，我自己又不开伙，也不会弄。"

村妇说："我们带回去也麻烦，您就收下吧，送给别人也是好的，这是正宗的土鸡。"

我只有收下。她们走了之后，我转手把这只鸡送给了律所的同事。

附带民事诉状提交上去之后没几天，村妇两口子又来到我的办公室，说老板娘让他们到店里去一趟。于是，我陪着他们来到了足道馆。

足道馆坐落在水边，闹中取静，装修典雅，过道和楼梯口挂着各界名流题绘的字画。乍一看，还以为是一家高档茶楼。

老板娘仪态万方，面带微笑站在楼梯口迎接我们。我们在会客室坐下后，店里的小妹立即端来茶水和果盘。

我递上名片。老板娘双手接过，微笑着说："真不好意思，我一个女人做点小生意，也没有印名片，我姓徐。"

老板娘一边打量我一边接着说："易律师好年轻啊，多大年纪了？"

我哈哈一笑，说道："谢谢夸奖，不年轻了，做律师都好多年了。"

老板娘坐在村妇身边，拉着她的手，关切地问："苹果出院后身体还好吧？"

"苹果"就是村妇的女儿。这家足道馆的每个女孩都以水果命名，葡萄、香蕉、菠萝、樱桃，等等，这是老板娘的要求。老板娘的名字是雪梨。

村妇擦擦眼泪说："还能好到哪去啊，医生建议她赶快安装义眼，时间拖长了就没办法了。可家里哪有钱呢？孩子天天在家发脾气，我们也不敢说什么。真不知道以后怎么办啊。"

老板娘收敛起笑容，脸色变得凝重。她目光炯炯地看着我说："苹果现在这个样子，我也很难过。这些小女孩在我这里，我把她们当作自己的小孩一样看待，平时管得也很严。没事的时

155

候，我还带她们去敬老院，给那些老人免费做做足疗，培养她们的爱心。没想到，我不在店里，会出这样的大事。我这辈子，第一次进公安局做笔录，也是第一次收到法院的状纸。"

我看着她，微笑不语。即使是在昏暗的灯光下，也可以看得出老板娘的皮肤保养得很好，白白净净。岁月已经在她脸上留下了一些痕迹，但可以肯定，十多年前她绝对是一位风华绝代、倾国倾城的美女。好一个"半老徐娘"啊。

老板娘说："冤有头，债有主。苹果的伤是谁造成的，你们就找谁赔钱，找我是没有道理的。苹果受伤后，我把她送进医院，垫了住院费，还在医院陪护了整整一天，直到你们赶过来。她住院的时候，我还从店里炖鸡汤送过去给她。你们现在把我告到了法院，太没良心了。"

老板娘的眼中充满了愤懑。村妇两口子在一旁坐立不安，十分尴尬。

我清了清嗓子，微笑着对老板娘说："徐总，我理解您的心情，换了我是您，也接受不了这个现实。我听苹果和她父母说过，您对苹果非常体贴，苹果住院的时候您照顾得很好。他们一直是非常感激的。"

老板娘说："那你们还告我？真是好心没有好报啊。还要我赔几十万块钱，我看到你们的状纸后，气得一晚上没有睡着。"

我说："徐总……"

老板娘打断我说："别叫徐总，听着怪怪的。就叫我老板娘吧，她们都叫我大姐。"

我说："徐姐，如果那个女孩能够赔付全部费用，我们肯定不会把您扯进来。可是她赔不起，我只好把您加在诉状里了。"

老板娘眼睛一瞪："菠萝家没钱，你就找上了我？要是我没钱呢，你们找谁？"

我笑着说："徐姐，我把您写进诉状，是有原因的。您是这个店的老板，苹果是在工作时间、工作场合受的伤。按照法律规定，您作为老板是负有一定责任的。"

老板娘沉着脸说："我虽然读的书没有你多，但也认识不少朋友。该不该我赔这个钱，易律师你说了不算。"

我语气坚定地说："徐总，希望您咨询一下其他的律师或法官。我相信您的活动能量，上楼时我也注意到了您这里挂的字画和照片。苹果的父母虽然是乡下人，但他们不会眼睁睁看着女儿没有钱治病。苹果才十七岁，以后还要嫁人。这个官司哪怕是打到最高法院，我们也不会放弃。"

临别的时候，村妇两口子满脸愧疚，不敢正视老板娘。老板娘一脸严肃，伸出手来和我握别。我象征性地握了握她的手，感觉到她的手是冰凉的。

几天后的一个晚上，我跟朋友们在外面喝酒，突然接到一位认识的领导打来的电话。领导亲切地问："小易，现在是否有空啊，能不能抽时间见个面？"这还用说，必须有空啊。领导说："我在足道馆的包厢等你。"

我顿时明白了。坐在车上，我琢磨领导会对我提出怎样的要求，我又该如何应对呢？

足道馆门前停满了车，客人络绎不绝。前台小妹见我到来，立即通报老板娘。老板娘满面春风地出来跟我打招呼，拉着我的手，领着我进了一间包厢，轻轻地带上门后飘然离开。

一位小妹正在给领导捏脚。领导热情地招呼我坐下，吩咐小妹让老板娘再安排一个手艺好的技师过来。

老板娘领着一个小妹，端着果盘和茶水进来。领导说："你先出去吧，我跟易律师聊聊天。"

领导笑着说："我这脚啊，一直都不太好，小妹你给我使点劲，用力揉揉。"

我说："是啊，捏脚有利于身体健康呢，足底对应着身体的各个器官，多捏捏是有好处的。"

领导问："小易，最近业务怎么样啊？忙不忙啊？"

我说："还好，瞎忙。"

领导爽朗地笑着，说："忙就好啊，你这小伙子不错。人长得帅，脑子也灵活。大家对你评价都很高啊。"

我赶紧说："哪里哪里，我经验还是很不足的，需要多学习，多向您请教。"

领导说："今天叫你来呢，也没有什么事。我路过这里，进来捏个脚，听小徐说起你，所以就叫你一起坐坐。"

我说："呵呵，我前几天还找徐姐的麻烦呢。"

领导摇摇头，说："不能说是找麻烦，那是你的工作职责嘛。我跟小徐说了，人家律师就是做这个的嘛，肯定要为当事人考虑问题。小伙子，你是对的。"

我说："其实，这个事情徐姐也挺委屈的。"

领导说："你就按照法律规定，该怎么办就怎么办，不要为难。如果有可能的话呢，看看能不能从中协调一下，怎么把这个事情处理得更好。"

我说："那是当然，我也在想，这个事情协商解决最好，打起官司来很麻烦的。那个小女孩家里也急等着钱做手术呢。"

领导笑着说："小易，我一直很看好你，我相信你有这个能力，呵呵。"

说着说着，领导的睡意上来了，发出了轻微的鼾声。两个洗脚小妹蹑手蹑脚地退了出去，我靠在沙发上沉思。

过了十几分钟，响起敲门的声音，老板娘风情万种地走了进来，手里拿着把葫芦丝，我连忙起身。领导也睁开了眼睛，微笑着对老板娘点点头。

老板娘端了个凳子，坐在我们对面，轻声问道："这两个小妹的手法怎样？"

领导说："蛮好，蛮好。"

老板娘说："我前段时间陪同李区长去泰国考察，特意到那边的足道馆里去参观。过阵子打算从那边挖一个技师过来，给我们的小妹培训一下。"

领导说："喔，你去泰国了啊。我说怎么好几次过来都没看到你呢。"

老板娘笑着说："是啊。市里组织一批企业家去泰国考察，李区长非要我也参加，跟他们住在同一个酒店。这些男人啊，一到外面真是不会照顾自己，我还帮他们洗过衣服呢。"领导听了哈哈大笑。

领导转过头来，对我说："小徐跟我妹妹是小学同学。小时候经常到我家里去玩。我认识她的时候，她还是个小丫头，梳着羊角辫呢。"

老板娘笑着对我说："是啊，他家里房子很大，好吃的东西多，我那时候可喜欢去他家里了。他爸爸也很喜欢我，说是要认我做干女儿呢。"

我说："原来是这样啊，那交情是很深的。"

领导说："我刚才跟易律师说了，这个事情呢，也不能让他为难。你呢，要多理解一下他的工作，要多配合。该赔的还是要赔。"

老板娘说："哥哥你发了话，小妹我肯定是要听的。易律师这小伙子不错，我见他第一眼就看出来了，他跟别的律师不一样。我也说不出来哪里不一样，就是感觉很好。"

我笑着说："徐姐您又夸我了。我倒是觉得您很让我佩服呢，一个女人撑起这么大的场子，不容易啊。"

领导说："好了，你们先聊着，我有点事情要先走。今天洗脚算小徐请客。"

我赶紧说："应该我来买单。"

领导摆摆手说："不用，就让小徐破费一次吧。"

老板娘笑吟吟地在一边说："哥哥你放心，今天当然是小妹请客了。"

送走领导，我们重新回到包厢里。

老板娘给我换过了茶水。我看着她手中的葫芦丝，问："徐

160

姐，您会吹葫芦丝？"

老板娘笑着说："是啊，闷的时候一个人吹着玩。有时候熟悉的客人来了，我也吹给他们听。我给您来一段吧？"我连忙摆摆手说："不用了，下次吧。我们说说事情。"

我把茶杯端在手中，看着杯中漂浮的茶叶和缓缓冒出的热气，说："今天接到领导电话，他约我在这里见面，我就知道怎么回事了。"

老板娘看着我说："我也没有特意找他，今天他来我这洗脚，我跟他说起这个事，他说跟您认识，就给您打了电话。"

我说："领导出面了，这个事情我会更加慎重。其实，介绍我来办理这个案子的也是位领导。苹果家一个亲戚跟这位领导关系很好，找他帮忙，他就让我来操办了。"

老板娘说："我不是要您为难。那天您来过之后，我对您印象不错。大家认识一下，以后就是朋友了。"

我说："今天来的这位领导，对解决这个事情可以起很大作用。您最好跟菠萝家里联系一下，告诉他们，如果不赔钱的话，他女儿肯定要坐很长时间的牢。如果赔钱，我们可以建议法院从轻发落，有可能判缓刑。"

老板娘眼睛一亮。

我接着说："另外我建议您，如果有时间，去苹果家走走，看望一下苹果。人心都是肉长的，您如果感动了苹果的家人，他们可能会放弃一些要求，这样一来，您的担子也轻了很多。"

老板娘似乎想说什么，我没等她说出口，先说了出来："除非苹果家自愿，我是不会主动让步的，更不会去劝说他们。如果我是您的律师，也不会出卖您的利益。之所以向您提出这两点建议，主要是我希望这个事情尽早解决。如果法院判了一个很大的数额，苹果家过很长时间才能拿到钱，延误了治疗，那也是得不偿失。"

老板娘点点头说："我理解，易律师您是个好人，是个负责任的律师。今天您能给我指一条路，我已经很感谢了。等这个事情处理好了，我一定会找您做我的律师。今天我给您吹一段葫芦丝吧。"

困意袭来，悠扬的葫芦丝声在空气中飘荡。老板娘虽然上了点年纪，但在昏暗的灯光下别有一番成熟女性的味道，比起青涩懵懂的小女孩，这种历尽沧桑的风韵更有杀伤力。我赶忙起身告辞。

第二天一早，我接到苹果母亲的电话。她说，老板娘来电话了，正在赶往她家的途中，说来看望苹果，问我怎么办。我说："这是好事啊，你们尽地主之谊吧。"

傍晚，苹果的母亲又打电话告诉我，老板娘一行来了三四个人，买了好多营养品，还送来了一万块钱。老板娘说，要认苹果做干女儿。等苹果治疗结束之后，让苹果回她店里做收银员。

苹果的母亲说："易律师，我实在是过意不去啊，这一天我都不敢看老板娘的眼睛。要不，咱们就不要告她吧？"

我说："好啊，但你孩子的眼睛怎么办？总不能放弃治疗吧？"

苹果的母亲顿时语塞，在电话里抽泣了起来。

我说:"该要的还得要,总会有解决的办法,你先别着急作决定。"

苹果的母亲说:"好吧,易律师,我听您的,我知道您是为我们好。"

不一会儿,老板娘的电话也打了过来。

老板娘说:"易律师,谢谢您的建议。今天我去了苹果家里,确实很可怜。乡下人,家里很穷、很破。"

我问:"沟通得还好吧?"

老板娘说:"苹果家里很客气,买了好多菜来招待我们,还带我们到附近的景区转了转。"

我说:"乡下人是很朴实的。"

老板娘说:"易律师,我有个想法,想听听您的建议。苹果的眼睛肯定是要治疗的,否则姑娘年纪轻轻的就废掉了。她家里那么穷,拿不出来钱。菠萝家里更穷,现在人又关进去了。如果我替菠萝垫付这个费用,她能不能早点放出来?菠萝可以到我店里打工,来还我的钱。"

我笑着说:"徐姐,您的主意很高明。建议您和领导沟通一下这个想法。"

老板娘哈哈大笑:"易律师,您就别装了。我是非常信任您的,您就告诉我这样操作行不行,菠萝能不能早点出来。苹果家会不会在这个赔偿的基础上,另外还要店里赔偿?"

我说:"徐姐,按照法律规定和我以往的经验,您的思路是可行的,当然,还需要和法院进一步沟通,取得法官的支持。法官会从被害人及时得到治疗的角度,灵活处理这个案件。至于苹果家的态度，我只能说，精诚所至，金石为开。您应该明白我的意思。"

老板娘说："这两个孩子都挺可怜的。我们还是一起想想办法帮她们吧。"

我说："徐姐，您放心，我会想办法的。"

几天后，我陪着苹果和她的父母再次来到足道馆。在会客室，我们见到了菠萝的父母。他们一看就是最底层的穷苦人，满脸憔悴，面容愁苦。夫妻俩见到苹果的父母，双双跪倒在地上，泣不成声："对不起啊！大哥大姐，我们对不起你们啊！"苹果父母蹲下来，和他们抱在一起放声大哭。

小妹端上茶水和果盘。等他们的情绪渐渐平复，老板娘让小妹把他们扶到沙发上坐下。

老板娘一脸严肃地对菠萝的父母说："你们家孩子，给我惹了很大的麻烦。"听到这话，菠萝的父母又要起身给老板娘跪下。

老板娘摆摆手说："坐下吧，现在说这个也没用了。好在苹果家里是通情达理的人，特别是他们找了一位好律师。为了这个案子，易律师费了很多的时间精力，做了很多的事情。"

我笑笑说："这是我的工作职责。"

老板娘接着说："我这几天咨询了很多人。法官说了，如果苹果能原谅菠萝，是可以从轻判处的。"

苹果的母亲忙不迭地说："原谅！我们原谅！都是孩子，我们知道她不是故意的。"

眼看要坏事，我赶紧插话："苹果家的意思是，如果菠萝能够赔偿苹果的治疗费用，是可以原谅的。"

菠萝的母亲哭丧着脸说："我们是真的赔不起啊。"

老板娘冷冷地说："这是关系到你家孩子的大事，赔不起也要想办法。"

菠萝的父亲擦着眼泪说："我知道孩子闯了大祸。我们回去卖房子、卖地也要赔这个钱，救我家闺女。可是，这点钱也不够啊。"

老板娘说："你们能筹到多少钱？"

菠萝的父亲咬咬牙说："应该能有三四万块钱。"

老板娘沉默了一阵子，问苹果父母："治疗这个眼睛，大概需要多少钱？"

苹果的父亲说："我们问过医院的大夫，他们说，各项费用算在一起，大概要十几万块。我们自己家里也能凑两三万块钱。"

我清了清嗓子，说："这个钱只是最基本的治疗费用，还不包括营养费、护理费、误工费、精神抚慰金等。"

苹果的父亲转过身对我说："易律师，其他的钱我们不要了。乡下孩子，没那么金贵。"我顿时哑口无言。

老板娘冲我微微一乐，接着说："如果这个钱我先借给菠萝家里，他们赔你们钱，你们还会找我要赔偿吗？"

苹果的母亲说："哪里会，我们一开始就没想过找老板娘的麻烦，是易律师……"

我尴尬地端起茶杯，喝了口茶。

老板娘似笑非笑地看着我说："易律师是为了你们好，我能理解。他是一个负责任的律师。"

苹果的母亲点着头说："对对对，易律师是为我们好。"

老板娘说："这十几万元的治疗费，菠萝家里出四万元，苹果家里出三万元，剩下的钱，我借给菠萝家。你们要给我打借条，菠萝出来之后继续在我这里打工，用工资来还我的钱，你们同意吗？"

菠萝的父母忙不迭地点头说："同意，同意，谢谢老板娘。"

苹果的父母也说："同意，这样就好了。"

老板娘说："为了这个事情，我可不只花了这些钱，没法跟你们说。"

菠萝的父母说："老板娘，不用说，我们都懂。"

老板娘转过头对我说："易律师，麻烦您帮我们起草一个协议好吗？"

我说："没问题，我现在就写。"

签完协议，老板娘的钱很快到账，还替菠萝家垫付了四万元。拿到钱后，苹果父母立即带苹果去医院做手术。

一个月后，我接到老板娘的电话。

老板娘说："易律师，还好吗？这么长时间，您也不来我的小店里坐坐。"

我笑着说："我是劳碌命啊，一天到晚忙昏了头。"

老板娘说："再怎么忙，也要注意身体啊。您工作很辛苦，累的时候到我店里捏个脚，放松放松，我又不收您的钱。"

我说："好呀，有您这句话，我以后会常去的。"

老板娘说："欢迎您来呀，我这可不是客套话。咱俩是不打不相识，通过这个事情，我看出来您很优秀，人长得好，脑子也灵活，还坚持原则。"

我笑着说："徐姐，您再夸我几句，我都不好意思去您那做足疗了。"

老板娘说："我说的是真的啊。我见过的律师很多，您是唯一让我又爱又恨的呢。哈哈，我大哥果然没看错人啊。"

我说："惭愧惭愧，帮我给领导带个好。"

老板娘说："我刚才把菠萝从看守所里接了回来，她被判了缓刑。真是谢谢您啊，这下子功德圆满了。"

我说："您可得好好管教她啊。"

老板娘说："是啊，再要出事，我可是救不了她了。您是她的恩人，过段时间我让她登门向您道谢啊。"

我说："不用，不用，徐姐您才是她的恩人啊。"

老板娘说："说好了啊，有空就上徐姐这里来坐坐，聊聊天，徐姐吹葫芦丝给您听。"

我说："好啊。"

后来，我再也没有进过那家足道馆，尽管老板娘多次来电邀请，我都以各种理由婉拒。每次坐车路过那家足道馆，我总会隔着车窗看一眼，想着：老板娘这会儿在干吗，是陪客人聊天，还是在吹葫芦丝呢？苹果和菠萝那两个小姑娘，现在都还好吧？

第十二章

满 天 星

站在车来车往的马路上，一时间我不知该
往哪里去。

——易胜华

学生时代，我也追星，床头贴满了明星的海报，还给某位女明星写过信，表达我对她的喜爱，希望她来大陆演出。女明星是台湾人，我怕她看不懂简体字，搬出《新华字典》，用繁体字逐字逐句地写。小县城没有明星来开演唱会，我只能在电视里、杂志上仰望他们。他们就像天上的星星闪耀着光芒，陪伴了我的青春岁月。

到北京做律师之后，我的主要业务是刑事领域，有时候也会代理娱乐圈的一些法律事务，我的客户中有不少家喻户晓的明星。我年轻时非常喜欢的那位女明星，后来也成了我的当事人，但她说从来就没有收到过我写的信。

离开家乡来到首都北京闯荡，我的事业开辟了新的天地，而且在北京我还有机会遇到名人，甚至有可能和他们深入交往，成为朋友。这些明星、名人跟普通人一样有喜怒哀乐，他们与普通人最大的区别是有长远的眼光、博大的胸襟和谦逊真诚的品格。我接触的名人中，很少有夸夸其谈、蛮横霸道的，他们绝非浪得虚名，他们的成功也绝非偶然。跟他们在一起，能学到很多东西。

在我的童年时代，郑渊洁老师的童话故事是我非常重要的精神食粮，我经常读得如痴如醉，放学路上都拿着《童话大王》看，

171

好几次差点摔跤。皮皮鲁、鲁西西、舒克和贝塔这些经典的形象伴随我成长。郑老师的童话故事不仅为我这个小县城长大的孩子打开了一个充满想象的世界，也给了我文学的启蒙。能与郑老师近距离接触，并成为他的代理律师，是我以前无论如何都不敢想象的。

与郑老师的相识，缘于《法制日报》编辑向我约稿，说报社面向全国法律工作者举办"非虚构写作大赛"，由著名作家担任评委，邀请我参与。我手里正好有几篇尚未发表的办案手记，于是提交了过去。年底的时候得到通知，我的一篇文章获得了写作大赛三等奖，报社有一个简单的颁奖仪式，评委们将现场点评这些获奖作品，获奖者要发表感言。听说郑渊洁老师作为评委也会到场，我怦然心动。但颁奖仪式时间与我已经安排好的在山东的讲座时间冲突，我只好委托助理小陈出席，代替我宣读获奖感言。在提前写好的感言中，我表达了对郑老师的仰慕，感谢郑老师的童话帮我树立了正确的人生观和价值观，引领我爱上了文学创作。我还让助理带了一本我写的《别在异乡哭泣》送给郑老师，请他批评指正。

颁奖仪式后，我和郑老师取得了联系。郑老师约我见面，我非常激动，将这个消息告诉了身边所有人。我的孩子也是郑老师童话的读者，他特地创作了一幅国画，一定要我带给郑爷爷。郑老师收到画后很开心，给孩子回赠了一本签名书，让孩子有了在同学们面前骄傲的资本。

郑老师很健谈，他已经看过我的书，跟我聊起书中的一些细节，讲了自己的一些故事。郑老师说："咱俩有很多相同的地方。"我说："那是因为从小就看您的书，我的人生观受您很大影响。"

在交流过程中，郑老师提出，希望聘请我代理他的一系列商标案件。我顿时愣住了。他明明知道我是刑事领域律师，为什么还要让我来代理他的商标案件呢？郑老师说，这些年他为了维权打了不少官司，已经心力交瘁，无心创作。为了维护自己的权益，郑老师深入研究各项法律规定和司法判例，"久病成良医"，已经成了商标法领域的专家，相关的法条都烂熟于心、倒背如流。但是，针对郑渊洁童话人物的侵权行为愈演愈烈，而部分处理结果让他失望。郑老师说，从我身上看到了与其他律师不一样的地方，希望我能接受他的委托，参与推动商标维权案件的进程。

作为郑老师作品长期的忠实读者，能为自己景仰的作家效力，维护我喜爱的童话作品的权益，当然是我万分乐意的事情，但我也产生了巨大的心理压力。我此前成功办理过一些知识产权案件，但那都是著作权方面的，在商标法领域的司法实践完全是空白。郑老师在多年的维权过程中身经百战，无论是相关的法律知识还是诉讼经验，都超越了一般的商标法学者和商标法律师，做我的指导老师绰绰有余。代理他的案件，我简直是班门弄斧啊。但这又是难得的向郑老师学习的机会，我必须消除内心的恐惧，竭尽全力去争取胜利！

为了不负郑老师的重托，我和王小艳律师一起，拿出大量时间认真研究商标法的相应规定和司法判例，从知识产权保护的纲领性文件中寻找对我们有利的政策导向，并对某些焦点问题展开了热烈的讨论。我认为，国家对知识产权保护高度重视，保护力度也在不断加大，但实践当中有关部门的一些做法还是趋于保守，这就导致商标侵权者有恃无恐，"搭便车""打擦边球"，牟取非法利益。郑渊洁童话的影响力巨大，受众极为广泛，因此成了很多侵权者眼里的"唐僧肉"，郑老师深受其苦，疲于应对。郑老师无奈之下，宣布《童话大王》停刊，不再创作新的作品，以表达自己强烈的愤慨。郑老师的境遇引起了媒体和有关部门的关注。这种现象如果不通过司法手段加以遏制和惩戒，会极大地损害作者的创作热情，阻碍优秀作品的出现。我们需要站在一定的高度，突破僵化的思维模式，用一个个鲜活的案件，来推动知识产权保护的进步。

为了让我们放开手干，没有思想负担，我和王小艳律师代理的"皮皮鲁""鲁西西""舒克和贝塔"一系列商标维权案，郑老师大多没有亲自参与庭审。开庭之前郑老师跟我们交流办案思路，也是以"您"来称呼我们，使用商榷的口吻。郑老师对待我这个学生和后辈的谦逊姿态，令我很受感动。好在我们不辱使命，获得了绝大多数案件的胜利。郑老师对我和王小艳律师公开给予高度赞扬，我却非常清楚，这一切都归功于郑老师的悉心指导和郑渊洁童话的巨大影响力。对我而言，整个办案过程都是在向郑老师学习商标法知识，感悟他的人生智慧和人格魅力。

我和王小艳律师还替著名表演艺术家蓝天野老师处理过一点小小的法律事务，因此有幸与他结缘。蓝老爷子不仅是表演艺术家，在书画领域也颇有造诣，享有盛名。初次相见的时候，他虽已年逾九旬，仍然精神矍铄，思路清晰，谈吐谦和，让人肃然起敬。我们为蓝老爷子做的些微事情不值一提，但他过后一直念念不忘，更将自己书画作品制成的挂历赠送给我和王小艳律师，我们受宠若惊，感动万分。勇者律师事务所成立之前，我请蓝老题写几幅字，他欣然同意，挥毫写下"勇者无惧"和"狭路相逢勇者胜"。勇者律师事务所的所名和"庐山市小人物公益图书馆"也是请他题写的，真的是有求必应。

2021 年 6 月，蓝老爷子获得中央授予的"七一勋章"，我们深深为他感到高兴，这份殊荣他当之无愧。公共卫生危机期间，蓝老爷子居住的天通苑小区因为有人感染而封闭，我多次发消息问候，并寄去苹果慰问。看到他发在朋友圈的近照已经形销骨立，我开始有些担心，毕竟是风烛之年，怕是很难抵挡得住病毒的侵扰。当老爷子仙逝的消息传来，我不禁黯然神伤。蓝老爷子虽然驾鹤西去，但他崇高的品格和他塑造的艺术形象，一定会延续下去，永不磨灭。

之前我对女明星的印象，来自影视剧和演唱会，来自杂志封面和各种广告。她们穿着华美的衣服，戴着璀璨的珠宝，光鲜亮丽，青春无敌，过着让普通女性艳羡的、遥不可及的奢华生活。与她们近距离接触之后，我才知道，她们也是普通女性，在明星光环下她们要承受比一般人更大的压力，付出更大的代价。

我曾经为女明星小奇代理刑事自诉，控告在微博上诽谤她的某个娱乐八卦账号。刚开始的时候，我通过微博私信跟对方沟通，要求对方公开赔礼道歉，但对方态度非常嚣张，说他们不怕，让我们去告。小奇很生气，本来打算对方公开道歉这事就过去了，没想到对方态度如此强硬，于是决定提起刑事自诉。对方收到法院传票后立刻就服软了，找了很多中间人来向我们说情求饶。在征得小奇同意后，我方予以谅解。对方向我们支付了高额的赔偿，并在微博公开赔礼道歉，这起案件以我们大获全胜而告终。据媒体报道，这是全国第一起明星以刑事自诉方式控告诽谤者获胜的案例。

我也给女明星代理过离婚案。我代理的女明星小青虽然知名度不高，但她的丈夫却是鼎鼎有名的主持人。小青之所以要离婚，是因为在她看来夫妻生活存在严重问题，男方的性格很偏执，于是小青带孩子去了美国。我向小青推荐了我的好友易轶律师代理这个案子。易轶律师介入一段时间后，小青要求我也加入进来。男方的气场非常强大，社会经验极其丰富，小青认为我的年龄和刑事办案经验可以与之抗衡。

我参与这起案件后，希望通过协商方式妥善解决问题。于是我和这位主持人取得联系，约好时间见面沟通。这位主持人霸气十足，说起话来不容置疑，毫无商量余地，言语之间隐隐有一些威胁意味，我则不卑不亢、有理有节地回应，并不因为他是名人而退让。虽然他看上去比电视里要高大魁梧很多，但我就把他当作和我一样的普通人。我们的沟通毫无效果，只能不欢而散。没多久，我接到了律师界某位大佬的电话，说这位主持人投诉我造谣诽谤，有领导安排他找我了解情况。这位在电视屏幕上充满正能量的主持人，在现实中竟然试图通过告黑状的方式逼我退出代理，我对他的好感顿时荡然无存。在向这位大佬如实说明情况之后，我们立即着手推动离婚诉讼进程。

在诉讼过程中，我明显感觉到有一只无形的手在影响案件审理的进度。立案之后，案件很长时间未能开庭，开庭之后又迟迟不出判决。最终，由于对方不同意离婚，法院判决驳回我们的诉求。一审判决出来后，主持人随即提出上诉，我的脑子一时间转不过弯来："你不同意离婚，法院支持你了，你还上诉，这是什么逻辑？"根据法律规定，判决驳回离婚的诉请后，只能在判决生效半年后再起诉离婚。如果提起上诉，判决就还没有生效，可以拖延更长的时间。这招有点低级，尤其是由这位形象高大的主持人做出来，更显得无聊。

然而，后面的操作再次让我大跌眼镜。二审法院驳回上诉后，主持人随即在另一个区的法院提起诉讼，要求判决他和小青离婚。我顿时蒙圈了。女方提起离婚，你不同意离婚，法院也判决驳回了女方的请求。判决刚生效，你又要求法院判决离婚？这是什么意思啊？我觉得自己的脑子不够用了。

没多久，我就明白了主持人另行起诉离婚的用意所在。小青告诉我，她得到消息，由于原告的申请，她已经被法院限制出境了。她因工作需要经常出国，这样一来她没法正常工作，收入骤减。原来这个主持人并不是真的想离婚，只是为了向法院申请限制被告出境，让女方生活陷入困境，从而接受他的条件。这可真有点狠了。

万般无奈之下，女方只好在国外申请离婚。虽然最终拿到了准予离婚的法院判决，但这份文书是否能得到我国司法机关的认可，还存在很大的问题。后来，每当我在电视屏幕上看到那位主持人，总是默默地换台。

我还代理过一起女明星被强奸案。明星小雨是这起强奸案的被害人。初次见面，我的眼前一亮，小雨确实是位大美女，身材高挑，气质高雅，肤白貌美，明眸善睐。

小雨告诉我，她前几年就已经淡出娱乐圈，自己开了一家公司。在参加一次培训活动的时候，经人介绍认识了某上市公司负责人王总。王总告诉她，自己是单身，并对她大献殷勤。相识几天后，小雨因公出差，返回北京时王总亲自去机场接她回家，从而得知了她的家庭住址，不过小雨没有让他上楼。第二天晚上，小雨在家中接到王总的电话，王总说是路过，想上楼来坐会儿喝杯茶。出于礼貌，小雨同意了。王总醉醺醺地来到小雨家中，小雨正在沙发上做面膜。没聊上几句，王总便强行将小雨抱到卧室，尽管小雨一直哭喊、挣扎、反抗，王总仍然强行与她发生了关系。事后，王总简单安慰了哭泣中的小雨几句，便匆匆离开了。

对小雨的讲述，我将信将疑——外界对娱乐圈的女星有着种种传言，潜规则盛行也是众所周知的。我连续提出了几个疑问："如何证明他跟你发生了关系？当时他有没有戴套？如何证明你有过反抗？你是什么时候报案的？"

小雨说，遭到王总强暴后，她感到万分耻辱，而且担心怀孕，第一件事就是到卫生间冲洗。在王总离开后，她给外地的父母打电话，告知了此事，父母非常愤怒，建议她报警。她在事后一个多小时就已经报警。警方带她做了妇科检查，并提取了分泌物。检查报告表明，其隐私部位有新鲜的撕裂伤，她的衣物也有撕扯的痕迹。警方已经刑事立案，但立案后半个多月，迟迟没有对王总采取抓捕措施，甚至都没有传唤。

根据我的办案经验，被害人在发生关系后的第一时间报案，警方一般会以此作为"违背妇女意志"的重要依据。隐私部位的新鲜撕裂伤，说明性行为的粗暴。衣物的撕扯痕迹，间接说明被害人在性行为中的不配合。这些证据能够初步证明该行为涉嫌强奸，警方据此刑事立案，没有任何问题。但是，为什么警方迟迟不传唤嫌疑人，开展侦查工作呢？

在强奸案件中，女性心理是特别重要的因素，决定了罪与非罪。但"女人心，海底针"，有些女性上一秒钟还温婉可人、柔情似水，下一秒钟可能就冷若冰霜、暴跳如雷。侵犯女人的男人，不应该有好下场。娱乐圈的女人可能更情绪化，小雨是一时恼怒，还是真的决定追究王总的刑事责任呢？

我问小雨："您和王总之间，是不是已经确定了恋爱关系？他怎么知道您的行程安排呢？你们有没有可能发展为恋人？"

小雨说："我刚刚失恋，还没有走出阴影，暂时不想和任何人发展恋情。王总是朋友介绍认识的，想到他也是单身，而且是有一定身份的人，觉得先互相了解一下再作决定比较好。如果真的觉得合适，也是可以考虑的。他问了我一些情况，我基于礼貌告诉了他我的行程，他主动提出去机场接我，我也不好拒绝。但我并不想这么快确定关系。我年龄不小了，玩不起感情游戏了，只想找个合适的人认真相处，结婚过日子。他这种行为是对我的极度不尊重，我不可能和这种自以为是的男人在一起。他以为自己有钱，把我当成可以随便玩弄的女人了！"

我小心翼翼地问："如果，他可以赔偿您呢？"

小雨说："易律师，我虽然不是很红的明星，但我不缺钱。

179

这件事情关系到我的尊严，再多的钱也无法抚平我受到的伤害！我要他受到惩罚，让他知道，不是所有的女人都是他想象的那样！娱乐圈的女人也有尊严！"

我说："我理解您的感受，我也支持您的决定。只是，我有个建议，如果他愿意赔偿，这个钱不要白不要，而且他也是要承担刑事责任的。对他来说，赔偿也是一种惩罚。"

小雨说："易律师，您说得有道理。如果他赔偿的话，一定不能少，而且这个钱我会全部捐给公益机构，我一分钱也不要。拿这个钱，我觉得屈辱！"

我懂了。她是一个想过普通生活的女性，所以离开了娱乐圈。她刚刚经历失恋的痛苦，却又遭受来自另一个霸道男人的侵害。社会上有太多对女人的误解和不公。一些自以为成功的男人，在对女人的征服中，满足自己的欲望，体验征服的快感。有多少男人真正做到了尊重女人，考虑她们的内心感受？娱乐圈的有些女人虽然获得了很多的光环，但是谁又知道，她们承受了多少误解与伤害呢？

我说："好，我帮您讨回公道。我们需要给您做一个笔录，详细了解事情经过，以便我们分析案件。询问的过程中，会涉及一些您的隐私，可能会勾起您不愉快的回忆。您可以让您的亲友陪同，也可以拒绝回答我们的问题，或者停止做笔录。"

小雨说："没问题，我可以做到。"

我还是无法克服心理障碍，不方便当面询问她那天晚上发生的特别细节的隐私问题，于是做了一个询问提纲，让两名助手代替我完成了这项工作。

我打电话联系办案民警，承办民警说："现在是侦查阶段，我们不接待律师。"我说："我代表被害人了解案件进展，这是被害人的权利。"承办民警说："我们有规定，不接待律师。"我问："哪条规定，什么文件？"承办民警说："我没有义务告诉你。"我说："如果你是这样的态度，我可就投诉你了。"承办民警沉默了一会儿，然后挂断了电话。

强奸案件刑事立案后，如果迟迟不传唤嫌疑人，会导致嫌疑人有充足时间销毁证据、串供，甚至可能对被害人构成人身威胁。侦查机关的不作为，可能是案外因素在干扰。我立即向上级公安机关和检察院提交材料，申请侦查监督。

半个月后传来消息，嫌疑人王总在家中被蹲守的警察抓获。当晚我接到一位律师的来电，自称受王总家属委托，询问我方有何诉求。我说没有任何要求，让司法机关走法律程序。对方律师说，王总愿意赔偿和解，希望知道我们的意愿。我说，小雨已经明确表示，不需要任何赔偿，如果王总想对自己的行为忏悔，主动向公益组织捐款一百万元，在此基础上，我们可以建议司法机关从轻处罚。

王总被关押后，我接到了来自各个方面的说情电话。律所领导也找到我，说律协某会长专门为此事给他打电话，这位会长是王总公司的法律顾问，他希望我不要盯得太紧。我顿时无语。作为律师界的大腕，这位会长应该知道律师的工作职责和执业纪律，这通电话虽然不是直接打给我，但其中蕴含的压力，我当然是懂的。但是，在工作中我一向六亲不认，别说是会长，就是再高级别的人为这个案子给我打电话，我也不会搭理。我告知律所领导，我只是执行委托人的指示，没有权利对案件作出妥协。领导表示理解并支持我的决定，只是提醒我注意分寸，他帮我跟会长解释。领导的话让我踏实了很多。

王总刑事拘留期满，按程序报检察院批准逮捕。但是几天后，传来令我震惊的消息：检察院不批准逮捕，王总被取保候审。我办理的强奸案件不在少数，像这种证据充分、强奸既遂、未达成和解的案件，嫌疑人必然被逮捕，绝对不可能被取保候审，检察院可能受到了外界干扰。

我来到检察院，要求面见检察长控告承办检察官的渎职行为。在我的坚持下，检察长安排案件承办人及相关处室负责人接待了我。交流过程中，我发现自己错怪了检察院，因为侦查机关没有向检察院提交一些重要证据，检察院根据现有证据作出了不批准逮捕的决定。我拍案而起，要求检察官立即追究办案民警的渎职责任，否则我一定会向更高级别的部门控告。

刚走出检察院的大门，我就接到了小雨的电话。小雨哭着说："易律师，算了算了，我受不了啦！这些日子，太多太多的人来找我，让我不要再折腾这个事情，他们甚至找到我爸妈，找到我身边所有的人，我实在受不了啦。我还是想安安静静过日子，我就当被狗咬了一口吧。谢谢您易律师，给您添麻烦了……"

站在车来车往的马路上，一时间我不知该往哪里去。

第十三章

左　手

同是天涯沦落人，相逢一笑泯恩仇。

　　　　　　　　　　——易胜华

"美不美，乡中水。亲不亲，故乡人。"对于在外地工作和生活的人，"老乡"是一个亲切的字眼。相同的口音、同样的口味、共同的熟人，瞬间就能拉近距离、消除隔阂。老乡是我们在陌生城市的基本盘，是我们的底气，有老乡在，遇到事情就不会害怕。老乡们经常一起聚聚，不仅能排解乡愁，还可以互通有无，互相帮助。而老乡们在外地两眼一抹黑，遇到的法律问题比在家乡更多，也需要靠谱的律师来帮助解决。对于刚到异地执业的律师而言，老乡更是迅速融入当地圈子、获得案源的重要途径。"老乡"这层身份，可以让律师和当事人快速建立信任，省去很多沟通成本，达成委托的概率也要高很多。我到北京的最初几个案件，基本上来自老乡，虽然收费不高，但让我度过了最艰难的时期。

我来北京之后，组织了几次大范围的庐山市老乡聚会，更新和扩大了在京的老乡通讯录，免费帮助过很多老乡，很快在北京的老乡圈里打开了自己的知名度，获得了很多老乡的认可。我担任了庐山市商会副会长和九江市商会副会长，跟在京的各阶层、各行业的老乡都有比较密切的联系。

这一年的年底，在北京工作的十几个老乡相约一起聚餐，提前互相拜年。我处理完工作赶到聚会的酒店时，大家正在三五成群地打牌、聊天，其中有一张似曾相识的面孔，头发油光锃亮，满脸横肉，目光锐利，嘴里叼着一支大号的雪茄，右手捏了几张牌，左手食指上戴着一枚硕大的绿宝石戒指，面前堆了一叠大钞，一副暴发户的样子。我一时间想不起来在哪里见过这个人。

饭局开始后，大家轮流敬酒。这位老乡醉醺醺地端着满满一杯酒，摇摇晃晃地走到我面前，我赶紧端着酒杯站起来。身边的老乡看我一脸茫然的样子，介绍说："这是杨总，搞装修工程的大老板，这是易律师。"我们目光相对的一刹那认出了对方，于是哈哈大笑，举杯一饮而尽。

他叫阿荣，是我童年的阴影，挥之不去的噩梦。他和我是小学同班同学。不知道什么原因，班上那么多同学，他却只跟我过不去。阿荣身子壮，力气大，我根本打不过他。每次我受了欺负，只能去找老师告状，老师劈头盖脸痛骂他一顿，然后让他去教室外面罚站。每当我不经意瞄一眼窗外，看到他正透过窗户用恶狠狠的眼神瞪着我，就不寒而栗。我总是躲着他，他却能找到各种借口"修理"我，然后又被罚站，周而复始，恶性循环。为了防身，我省吃俭用去书店买了一本《少林武术》，在家勤学苦练，还特意将这本书带到学校，在他面前露出书名，表明我即将成为武林高手，希望对他产生震慑，不要再来招惹我。他却发出蔑视的冷笑，让我白费心机。

阿荣的成绩很差，每次考试都是在班上垫底。课堂上抄生字，他写得很慢，歪歪扭扭，被老师骂得面红耳赤。有一次放学后，我回教室拿书包，看到他独自在做黑板报，字写得很工整，但用的是左手。我不由得惊呼："啊，你是左撇子呀！"那个年代，我们对身边新鲜的事物充满了好奇，对自己与众不同的地方感到羞耻。在我们看来，"左撇子"就像怪物一样，足以让大家围观和嘲讽。所以，阿荣宁可被老师批评，也要努力用右手写字。

听到我的叫声，阿荣有些惊慌失措，扔下粉笔追赶我。我吓得魂飞魄散，拔腿就跑出教室，但没跑多远就被他追上。他像一头愤怒的野兽，将我拦腰抱住，摔倒在地，左手一记记铁拳打在我身上，我毫无还手之力。他站起来后，还模仿武打电影的画面，用脚踩着我的额头，问我服不服。我屈辱地闭上眼睛，一言不发，直到老师闻讯而来将他赶走。

妈妈来学校接我，看到我鼻青脸肿，嘴角有血，脸上还有鞋印，心疼得眼泪都掉了下来。她拉上我气冲冲地去阿荣家。县城很小，熟人很多，稍微打听一下，就知道他家在哪儿。

阿荣家在城中村一处低矮破败的房子里，墙根爬满了青苔，屋顶长着一尺多高的野草，角落里放着几个破破烂烂的坛坛罐罐。我们找过去的时候，天已经黑了，他家还没有亮灯。听到有人进门，床上躺着的一个老妇人艰难地起身，摸出火柴点着煤油灯。这时，阿荣提着满满一桶水，晃晃悠悠地走了进来。

妈妈指着阿荣，声色俱厉，一顿臭骂。老妇人一边数落阿荣，一边低三下四地向我们赔礼道歉，边说边抹眼泪。阿荣缩在墙角，低头不语。老妇人是他奶奶。听了她的哭诉，我才知道阿荣没有妈妈，爸爸是地主的儿子，家里成分不好，挣钱很少，每天都要在外面给人做农活，很晚才回家。

我突然想起，六一儿童节的时候，老师给我们发几块饼干或者几颗糖作为节日礼物，一个驼背男人扒着窗户向教室里张望。活动结束后，阿荣跑出教室，在校门口的马路边和驼背男人笑嘻嘻地分享零食，那个人应该就是阿荣的爸爸了。躺在床上的这个老妇人是地主婆，而阿荣就是地主家的孙子。如果不是时代变了，他应该过着衣食无忧的日子吧。

妈妈对阿荣发泄完怒火之后，气呼呼地牵着我的手回家。路上，妈妈对我说："他们家这个样子，把你打伤了也赔不起钱，你以后离他越远越好。"为了逃避他，妈妈将我转到离家很远的另一所小学读书。从那时起，我再也没有见过他。

同是天涯沦落人，相逢一笑泯恩仇。离家几千里，不可能还去计较小时候的恩怨。饭局上我和阿荣互留了联系方式，离别时他伸出左手和我相握，力气还是那么大。

过了几天，阿荣约我去他公司喝茶，特别提醒我早点到。我很想知道他在北京过得怎样，一大早就打车去北京郊区的一处文化园区找他。阿荣的公司在其中一栋楼里，面积不大，没看到几个员工。他的办公室里都是深红色的木质家具，还摆着一些难辨真假的古董和字画。

阿荣一边熟练地泡茶，一边安排女秘书去买早点。我说已经吃过了，阿荣说："陪我再吃点。"他的语气不容置疑，我只好答应。虽然已经过去了这么多年，我对他还是心存忌惮的。

我们喝着茶，吃着早点，聊着天。阿荣告诉我，他来北京已经二十多年了。小学毕业后他就没有再上学，先是在老家的建筑工地上做小工，后来跟着一帮人来北京做装修。"鸟巢""大裤衩"，在北京一些著名的高楼大厦，他都流下过汗水。现在他已经有了自己的装修公司，随时可以拉出几百人的队伍，承接全国各地任何档次的装修业务。

我问阿荣："多久回一次老家？"这是在外地的老乡见面时经常互相问起的话题。我们的老家有秀美的风景、丰富的物产，有庐山和鄱阳湖，每次说起家乡，我们都有强烈的自豪和淡淡的乡愁。

阿荣漠然地说："我现在很少回去，家里人都不在了，除了清明节去扫扫墓。北京就是我的家了。"

我沉默不语，脑海中浮现出当年那间昏暗的屋子里病恹恹的老妇人，还有教室窗外那个驼背男人。时代变了，曾经生活窘迫的少年过上了美好的生活。

吃完早点，阿荣抬起右手看了一眼手表，对我说："跟我去工地转转吧。"说着，他喊来女秘书，让她安排一下。

司机驾驶奥迪 A8 在郊区的公路上熟练地拐来拐去，十几分钟后车子开进一个园区，停在一栋楼的门口。后面跟着的两台别克商务车也停了下来，十几个农民工拿着各种工具下车，站在路边看着我们。

阿荣点上一根烟，笑着对我说："我们先在车里等等，他们还没上班呢。"我有点奇怪：这栋楼看起来已经装修好了，带这么多人过来干吗呢？阿荣看出我的疑问，解释说："这是一家韩国人开的网络购物公司，给他们装修完已经大半年了，还有上百万元的工程款没有结清。"原来我们是上门讨债啊!

过了一会儿,一个戴眼镜的中年男子低着头急匆匆地从我们的车边走过。阿荣拉开车门跟了过去,拦住那个中年男子说:"闵社长,给你打电话你怎么一直都不接呢?"

闵社长轻轻推开阿荣的手,用不太流利的汉语说道:"杨先生,我跟你说过很多次,我只是个打工的。我已经跟韩国老板汇报了你的事情,你就耐心等消息吧。"

阿荣一把薅住闵社长的衣领,瞪着眼睛说:"当初是你找我来装修的,签合同的也是你。我现在就找你了!"十几个农民工见状一拥而上,将闵社长团团围住。

我上前拍了拍阿荣的肩膀,说:"别冲动,好好说。"

闵社长说:"杨先生,你先让我进办公室,我再给韩国那边的老板打电话。"

阿荣松开手让闵社长进了办公室,我们带着工人站在大楼门口等着。陆陆续续有一些员工进楼上班。阿荣说:"这些韩国人开公司,总是打一枪换一个地方,没准哪天就人去楼空,已经有很多装修队吃过亏了。等他们跑回了韩国,上哪儿找人要钱啊!闵社长说自己是打工的,其实他很可能就是公司的股东。"

我们在寒风中等了一两个小时,闵社长终于派人把阿荣和我请进公司会议室,里面还坐着一个西装革履的年轻男子。

闵社长说:"我打了很久的电话,还是没有联系上韩国那边的老板。建议你们通过法律来解决这个事情。这是公司的法律顾问,有事可以跟他联系。"

阿荣一拍桌子站了起来："我们等了半天，你是去请律师了啊！闵社长，不管你能不能联系上韩国的老板，我只找你。今天我要是拿不到钱，你别想离开这里！"我心里一颤，似乎又看到了当年那个把我踩在脚下的阿荣。

闵社长边上的年轻男子严肃地说："杨先生，请你保持冷静。你可以向法院起诉，要求公司支付工程款。如果你采取违法手段，那恐怕就要在监狱里过年了。"

阿荣转头看了我一眼，我明白了他这次叫我过来的用意。他预见到韩国人会找律师来对付自己，所以让我来帮忙。对方律师说得很正确，但是不接地气，不近人情。有些时候，正确的东西未必是对的，法律应当有温度。

我从背包里掏出律师证递给闵社长，微笑着说："我也是律师。并不是所有的事情都需要去找法院，协商也是中国法律解决民事纠纷的途径之一。如果你们不给工程款，杨总就没钱给农民工发工资，这些人就回不了家，至于在哪里过年也就无所谓了。"

听我这么一说，阿荣立即掏出手机拨通一个电话，然后对着手机大声说："锁门！"外面顿时传来一阵激烈的吵闹声。过了一会儿，一个保安急匆匆地跑进来对闵社长说："他们用铁链把大门锁住了！"

年轻律师激动地说："杨先生，你们这是违法的！"我默不作声，阿荣也没有搭理他。闵社长站起来对保安说："马上报警。"然后带着律师离开，把我和阿荣留在了会议室。

阿荣低声问我："等会儿警察来了怎么办？"我说："交给我吧。"阿荣说："靠你了，兄弟。"我点点头。

每到年底，农民工讨薪就像春节联欢晚会一样准时上演，引发的社会纠纷让各级政府感到头疼。虽然有关部门高度重视，一再强调要保障农民工合法权益，落实起来却困难重重。政府部门当然是同情弱势群体的，对一些不算过激的讨薪行为，一般都会睁一只眼闭一只眼。我相信警察不会对这些讨薪的农民工采取强硬措施，但接下来怎么办呢？我也不知道，只能见机行事了。

十几分钟后，一辆警车停在楼下。我们走出会议室，门锁已经打开，大家正围着警察七嘴八舌。警察说："别急，一个个来。谁报的警？"

对方律师上前，跟警察说："是我报的警，我是公司的律师。我们双方有一些经济纠纷，他们来了很多人闹事，把公司的大门锁了，限制我们人身自由，影响我们办公。"

警察将视线转向我们，问道："是这么回事吗？"

我面带微笑地对警察说："我也是律师。我们之间可不是经济纠纷这么简单，他们恶意拖欠农民工工资大半年了，大家等着钱回家过年呢。"

警察说："您既然是律师，应该懂法啊。有什么事上法院说去，锁人家的门怎么行？"

闵社长和对方律师露出一脸得意的笑。阿荣面色凝重地看着我。

警察又转向闵社长说道："你们也不应该拖欠农民工工资。人家大老远地来北京，辛辛苦苦干了一年的活，就指望着这些钱养家呢，你们一直拖着不给，人家怎么回去过年啊？"闵社长收起笑容，点头称是。

办公区灯火通明，几十名公司员工在电脑前埋头工作。我突然灵机一动，问阿荣："你给他们装修，是包工包料的吗？"阿荣说："是啊，到现在一分钱都没给，材料商天天追着我要钱。"我指着前台边上的电表箱问："这些电表也是你们提供的？"阿荣说："对啊。"我说："既然他们不给钱，那就只能把电表退还给材料商了。"阿荣兴奋地说："我们现在就把电表退回去。"随后一招手，带着几个农民工走向电表箱。

闵社长急忙挡在阿荣跟前，对警察说："警察先生，你看你看，他们当着您的面还敢捣乱！"

警察看了我一眼，慢条斯理地说："我觉得吧，这位律师说得挺有道理。你们既然没给人家钱，电表就是人家的。人家现在要拿去退货，没什么不对吧。"

阿荣推开闵社长，打开电表箱。办公区顿时乱作一团，有人在大喊："等一等！我电脑里的文件还没有保存！"

我大声说道："给大家十分钟时间保存文件，时间一到就要停电了！"闵社长急得团团转，掏出手机开始打电话，叽里呱啦不知道说什么。他边上的年轻律师一脸无奈。

阿荣接着问警察："警察同志，这里的地板、灯具、管线也都是我们的，可以拆走吧？"

警察面无表情地说："别问我，你们双方都有律师在场，问你们的律师去，我们的任务就是维护现场秩序。"

阿荣兴奋地搓着手，大喊一声："兄弟们，准备开工了！"

闵社长急忙跑过来对阿荣说："杨先生，我打通韩国那边的电话了，我们去会议室聊聊。"

警察说："你们聊去吧，我们不参与。"

我担心这些农民工一时冲动闹出什么乱子，于是也留在办公区控制局面。没过多久，阿荣满脸笑容地走出会议室。我知道问题解决了。

送我回家的路上，阿荣兴奋地说个不停，不时向我竖起大拇指，发出嘎嘎的笑声。下车的时候，阿荣从手提包里拿出厚厚的一沓钞票塞给我，说道："今天辛苦你了，这点钱拿去喝茶吧。"我笑着说："我可不是帮你的忙，是帮你手下的那些农民工。这些钱你帮我发给他们，不要拖欠人家的工资啊。"

阿荣愣了一下，马上哈哈大笑，说道："你放心，我不会亏待手下的兄弟们的。"说完，举起左手捶了我一拳。虽然捶得不是很重，我还是感觉有点疼。

后来的日子里，阿荣经常让我给他处理一些法律事务，大多是工伤、工程款拖欠之类的。事情都比较简单，我一般都交给手下的年轻律师去办，阿荣也不拖欠律师费。童年的阴影还没有完全消散，我不想跟他走得太近。

转眼又到了年底，北京的老乡会开始换届，会长提名的接班人是一位开装修公司的老乡。我已经是老乡会的副会长兼秘书长了，但还是蠢蠢欲动。我如果担任会长，就能代表家乡商界在北京与领导和客户接触，可以为家乡的招商引资做更多事情。原本投票只是走个过场，由于我提出要竞选会长，形势就变得非常微妙。

我来北京之前，老乡会是一个很小的圈子，仅限于政府机关和国企的一些领导，与其他行业的老乡基本没有来往。这些年，我将各行各业在北京的老乡组织起来，搞过几次规模不小的聚会，还为老乡们解决了很多法律上的纠纷。凭借这些年我在老乡中积攒的人缘，对于当选会长，我信心满满。

这次的老乡聚会安排在四环边的一个度假酒店。天刚下过雪，我提前来到会场，但很多人来得比我更早，房间里热气腾腾。阿荣也来了，又是在和一帮人打牌。我和大家一一打过招呼，然后找个位置坐下。

老乡们差不多到齐了，有二三十人，绝大多数都是搞装修的包工头。庐山市在北京的老乡，百分之九十以上都是做装修的，今天开会的这些人，几乎都找我帮过忙，多多少少欠着我的人情。

主持人宣布开会，同时提出："两名会长候选人大家都很熟悉，为了节省时间，就不做介绍了，也不搞竞选演说，直接投票。"说完，他就将选票发了下来。我有点遗憾，准备了一个晚上的演说稿派不上用场了，本来想说说老乡会今后的发展规划呢。

选举结果让我大失所望，另一位候选人以绝对优势当选下任会长。二三十位老乡投票，我只得了两票，其中包括我投给自己的一票。这是小说里才有的情节，没想到发生在了我身上。我感到无地自容，哪怕是再多几票呢，也不至于如此尴尬。

选举结束之后是聚餐，但气氛有些沉闷，大家没有像以往那样吆五喝六地闹酒，都在埋头吃菜，没有眼神交流。如此悬殊的结果，可能出乎很多人的意料。谁表现得兴高采烈，就是存心让我难堪了。我硬着头皮把饭吃完，独自一人默默离开了会场。

我接受了这个结果。唯一投给我的那张票，一直没有人找我认领。我觉得挺没劲的，渐渐疏远了在北京的这些老乡，不再参加他们的聚会。我和阿荣也有很长时间没有联系，直到有一天他突然打来电话，约我见面。我想，不会又是让我帮他解决什么难事吧。

这次见面的地点是我家附近的一个茶室。阿荣戴着帽子，面容消瘦了很多，眼神也变得暗淡无光。我问他找我什么事，他说让我帮忙立个遗嘱。我手一哆嗦，一盏茶全洒在了桌上。

阿荣淡淡地说："兄弟啊，我快要死了，癌症晚期，已经扩散了。"

我凝视着他，一阵悲哀涌上心头。这些年来，很多长辈纷纷离开人世，就像秋风扫落叶。尤其让我伤感的是，一些同龄的朋友因为各种疾病和意外事件早早离世。几年前，一位好友去深圳出差，深夜里因为脑溢血在酒店房间猝然离去，第二天被人发现的时候满脸是血。从那以后，我对睡眠有一种恐惧，生怕自己一觉睡去再也不能醒来。阿荣是我童年时代切齿痛恨的仇人，得知他将不久于人世，我还是感到莫名的悲伤。

阿荣缓缓地说："这可能是我们最后一次见面了。立遗嘱是次要的，主要还是跟你聊聊天。"

我低下头默默地喝茶，不知道说什么好。

阿荣帮我倒上茶，说道："上次老乡会选举会长，我没有投你的票。真是不好意思啊！"

这本来是心照不宣的事情，他却主动提起来了。

阿荣说："我和他们经常在一起打牌，当然要投他们的人选。我本来以为你不缺我这一票，没想到投你票的人那么少。你在北

196

京已经相当可以了，做这个会长干吗，不发工资，还耽误时间。我爷爷当年也是个什么会长，后来倒了大霉。"

我笑笑说："那个事不提了。我一直搞不明白，小时候你怎么老欺负我啊？"

阿荣神秘地一笑，说道："杀鸡给猴看呗。我爸爸因为是地主崽，老受人欺负，遭了很多罪。在学校里大家也都歧视我，为了不受人欺负，我只能找个人先下手了。"

我委屈地问："那为什么是我？"

阿荣哈哈一笑："你小子嘴欠，而且不合群。其他人拉帮结伙的，不好惹啊。"

原来是这样，我心里的疑团终于解开了。几十年来，我这两个毛病一直没改，难怪总有人跟我作对。

我替阿荣拟好了遗嘱。这些年阿荣积攒了不少财富，光是在北京就有七八处房产，在其他城市也有住宅、店铺和写字楼，几辆豪车，不菲的存款，还有几家公司的股份。

阿荣苦笑着说："都是身外之物了。我这辈子吃了很多苦，自己没有享受到什么。这些东西现在都是负担，不知道会不会害了下一代。"他可能是想起了爷爷和父亲的命运，放心不下吧。

我和阿荣在昏黄的路灯下告别。他伸出左手与我相握，没有了以前的那种力度。阿荣清瘦的脸上挤出一丝微笑，捶了一下我的肩膀。我看着他步履迟缓地走上车，轻轻带上车门，汽车渐渐驶出我的视线。

我知道，这是永别。

第十四章

真　凶

但是，真凶逍遥法外，被害人死不瞑目，
我又有什么值得高兴的呢？

——易胜华

2015 年夏天的一个中午，我站在南方某市老城区一条街道的树荫下面。热辣辣的阳光照在路边的广告牌上，大街上车来人往，川流不息。汽笛声、叫卖声和树上悠长的蝉鸣混杂在一起，充满了生活气息。

我面前是一家鲜花盆栽店，开在临街一栋老旧居民楼的一层。店门外摆放着玫瑰、康乃馨、百合等，娇艳欲滴。我走进店内，年轻的老板娘笑容满面地迎上来，问我想买什么。我点头微笑说："随便看看。"

店内仍然是住宅的格局，每间房子里都摆着形态各异的盆栽和高高低低的绿植。我推开最里面的一扇房门，光线昏暗，空气潮湿，房间里摆满了大大小小的平安树、幸福树、发财树。我却似乎闻到空气中散发着浓烈的血腥味，感到一阵眩晕，于是默默离开。

走出鲜花店的时候，老板娘在我身后热情地道别。她也许不知道，十九年前，这间屋子里发生了一起轰动一时的命案，一位美丽的少妇躺在血泊中，衣衫不整，面容狰狞。时间过去了将近二十年，这起案件仍然疑云密布。

我从北京过来，是这个案子的二审辩护律师。

回到酒店房间，我打开电脑，再一次查阅这起强奸杀人案的材料。

十九年前，那家鲜花店还是一处普通的民宅。一个阴云密布、寒风呼啸的冬日，上午十一点多，区长助理余雄接儿子放学回到家，发现妻子死在卧室的床上，身体半裸，颈部几乎被刀割断。房间里散发出浓浓的液化气味道，床边放着一个液化气罐，床头柜上的烟灰缸里点着半截蜡烛。余雄报警后，警察赶到现场，做了认真仔细的勘验，并对周围的邻居进行走访、排查。

根据警方调查，案发之前余雄和妻子杨璐因外遇问题发生过多次激烈的争吵，因此他被列为重点嫌疑人。几天之后，警方将他刑拘。审讯的时候余雄承认自己杀妻，但在法庭上推翻了之前的供述，说因为刑讯逼供，被迫按照警方的要求供述。警方出具证明说，这起杀人案引起各级领导高度关注，基于余雄的"区长助理"这一特殊身份，审讯中没有、也不可能对他刑讯逼供。余雄在关押期间给看守所所长写了一封信，承认自己杀人，表示追悔莫及。他还试图通过看守所内部渠道给家里人捎信，让他们想办法疏通办案单位，将故意杀人的罪名改为"过失致人死亡"，以获得轻判。这些信件被办案单位截获，作为他杀人的有罪证据。经过几次开庭审理，余雄最终被判处无期徒刑。

余雄被投入监狱服刑后一直坚持申诉。他在申诉状里提到，司法机关回避了一个非常关键的事实：妻子体内有陌生人的精液。如果是他杀害了妻子，现场不可能会出现这种东西。

的确如此。杨璐体内的陌生人精液从何而来？此人极可能就是杀害杨璐的真凶。警方没有查清这个重要事实，是这起命案最大的漏洞，也是余雄没有被判处死刑立即执行的原因。在余雄申诉了十几年后，案件终于获得改判。因"事实不清，证据不足"，省高级人民法院宣告他无罪，并给付了高额的国家赔偿。

　　案件到这里并没有结束。余雄被宣告无罪后，警方重新启动对该案的侦查。随着时代的发展，科技水平的提高，侦破手段也有了很大的进步。警方对当年在死者体内提取的精液进行分析，根据得到的 DNA 图谱，在全国的数据库中进行广泛排查。经过一段时间的努力，侦查人员获悉，江苏某地一起盗窃案中，一位吴姓犯罪嫌疑人的 DNA 与样本比较接近。

　　警方以命案现场为中心，在周边地市排查与这名犯罪嫌疑人同一籍贯的吴姓男子。一周时间内，警方排查了近万人，最后目标缩小到一百人。在这个基础上，警方结合案发现场情况，确定其中六人为重点排查对象。警方以单位组织体检的名义，提取到了这六人的 DNA。经过认真比对，当地一名交警的 DNA 与从死者身上提取的精液 DNA 完全一致。

　　这位叫吴清远的警察被采取强制措施后，在最初的几次提审中否认作案，但后来还是承认了。在庭审中，他对犯罪事实供认不讳，表示愿意赔偿死者家属的损失。但是，当一审死刑判决的结果出来后，他立即提起上诉，坚称自己没有杀人，之前的供述是受到了诱导。

　　我是吴清远家属为他聘请的二审律师。

　　在看守所的会见室，我见到了吴清远。

昏暗的灯光下，我仔细打量着他。曾经意气风发的警察，戴着手铐和沉重的脚镣，被固定在铁栏杆后面的审讯椅上，两鬓苍苍，面容憔悴，眼神暗淡无光，看上去像某个工厂传达室的老头。我注视他的时候，他的眼神一直飘忽不定。

我问他："为什么承认自己杀人？"

他说："刚开始我没有承认，后来单位领导和更高级别的领导一起来找我做思想工作，说是只要承认了，保证不判死刑。我犹豫了很久，于是承认了。"

我问："办案人员有没有对你刑讯逼供？"

吴清远疲惫地摇摇头："这倒确实没有。"

我问："现在翻供，是因为判了死刑？"

吴清远默默点头。

我问："案发那天，你有没有和杨璐发生关系？"

吴清远说："这是有的，但我没有杀她。"

根据吴清远的讲述，他和杨璐保持了较长时间的情人关系。他每天执勤的交通岗亭离杨璐家很近，案发那天早上，他提前半个小时到了岗亭，就去了杨璐家里。两人发生完关系，他就匆匆离开了。

我问："你那天上班，有没有穿警服？"

吴清远说："那天我执勤，当然要穿警服的。"

无论吴清远与杨璐是什么关系，我都找不到他杀害杨璐的动机。在作为证据材料的被告人供述中，吴清远交代，他那天本来是去区长助理余雄家套近乎的，见到开门的杨璐穿着睡衣，衣衫不整，于是见色起意将杨璐强奸致死，并伪造盗窃杀人的现场。

　　这个杀人动机，听上去不可思议。原本是为了巴结领导，大清早地去领导家拍马屁，因为领导夫人穿得比较性感，就把她给强奸杀害了，这比脑筋急转弯转得还快。根据现场勘验笔录，死者当时上身穿的是高领毛线衣、线衣、半高领棉毛衫，下身穿的是弹力裤、棉毛裤两层裤子，并不是吴清远供述中说的"睡衣"。因为没有暖气，南方女人冬天的睡衣是臃肿的，何谈性感。如果这都会让吴清远大清早忘了自己的身份和来意，做出如此疯狂的举动，那他早就该出事了。

　　我问吴清远："你在当警察的时候，有没有接受过侦查方面的训练？"

　　吴清远一脸疑惑地说："单位经常有这方面的专门培训。"

　　根据一审判决书的表述，在杨璐被强奸致死后，吴清远为了掩盖强奸犯罪，制造盗窃杀人的假象，试图用菜刀割断杨璐的脖子，还从厨房搬出液化气罐，打开阀门后放在床边，点燃了一根蜡烛，想制造爆炸来毁灭现场。房间的血迹、脚印和桌柜上的指纹，都有毛巾擦拭的痕迹。但杨璐身体仍然是半裸的，遗留的精液也没有清洗和擦拭。一般的犯罪分子都不会出现这种失误，何况是学过侦查的警察。

　　吴清远小心翼翼地问我："易律师，您觉得这个案子还有希望吗？"

　　我看着他的眼睛，脑海里浮现出杨璐的尸体，于是淡淡地回答道："案子有不少的疑点，我还要仔细研究，现在还不好说。"

　　这是我在看守所与吴清远唯一的一次见面。我知道，没必要再来会见他了。

深夜，我坐上了回北京的火车。软卧车厢里只有我一个乘客，我关掉灯，斜靠在铺位上。车窗外的景色像黑白电影片断一幕幕闪过，远处绵延不断的黑黢黢的山脉，像是一具具躺着的女尸，充满了幽怨和悲伤。突然想起，这些年我办理的故意杀人案，绝大多数被害人都是年轻女性。每一次成功的辩护，并没有带给我喜悦，反而是一种落寞。吴清远虽然一审被判了死刑，我却预感他最终能活下来。我为什么没有告诉他呢？

我打开床头灯，从背包里拿出案卷，一页页翻阅。有一个细节引起了我的注意：尸检报告显示，杨璐的双手腕部有明显的环形索痕，说明她生前被绳索捆绑了双手。但吴清远的有罪供述中从未提及绳索之类的工具，现场也没有找到这样的绳索。用绳子捆绑被害人的双手，这是一个非常重要的行为，即使年代久远，也不至于遗忘。吴清远既然承认自己作案，为什么没有提及这一点呢？

现场没有提取到吴清远的指纹，可以理解为他戴着手套或者擦拭掉了。然而，为伪造盗窃现场而开启的柜子和抽屉上，以及为了盛放蜡烛而找出来的烟灰缸上，都有余雄或杨璐的指纹。难道吴清远在擦拭指纹的时候，可以用肉眼分辨出自己的指纹，有选择性地擦拭？如果吴清远在作案时戴了手套，为什么有些地方又有明显擦拭过的痕迹？

有一个细节耐人寻味。凶手将厨房里的液化气罐搬进卧室，打开阀门、点燃蜡烛的目的，是想引发火灾毁灭犯罪现场。然而，用烟灰缸盛放蜡烛的目的，却是避免蜡烛燃尽后引发火灾。这种自相矛盾的做法，是在一种怎样的心态支配下完成的呢？

我躺下来，闭上眼睛，脑子里却是犯罪现场的画面。一个模糊的身影在死者房间里晃动，施暴、割喉、翻动抽屉、擦拭地板、搬动液化气罐、点燃蜡烛……在蜡烛点燃的那一瞬间，我似乎看到了他的脸，但画面却突然消失了。这个人，到底是余雄，还是吴清远，或者另有其人？

我突然想到一个问题：案卷里为什么没有余雄的有罪供述？现在我所看到的，都是吴清远构成犯罪的证据，包括吴清远否认杀人和承认杀人的供述。如果将吴清远的有罪供述替换成余雄的有罪供述，又该是另外一个犯罪过程了。

虽然省高院宣告余雄无罪，但判决的理由是"事实不清，证据不足"，并没有完全排除余雄作案的嫌疑。余雄的有罪供述，没有被法院认定为非法证据而排除，那就仍然有效，这些供述恰恰是吴清远的无罪证据。按照法律规定，这些证据材料应当提供给辩护律师。只有将两个人的口供放在一起认真比对，才能更好地分析案情，判断出谁说的是真相，谁才是真凶。

回到北京之后，我立即给省高院的承办法官打电话，要求向我提供当年余雄被判有罪的卷宗材料。

法官很意外。他说："之前的案子与现在的案子无关，一审辩护律师从来没有提出过这个要求。"

我说："同一件杀人案，怎么会没有关系呢？根据法律规定，证明有罪、无罪的证据，都要提供给律师。之前案件中证明余雄有罪的证据，就是证明吴清远无罪的证据，我们有权查阅。"

法官迟疑了半天，然后说道："我现在无权答复你，要请示庭长。"

过了几天，法官给我回电话了，说庭长不同意向我提供这些材料，理由是：这些证据涉及当事人隐私，除余雄本人委托的律师以外，其他律师都不能查阅。

我愣住了。竟然还有这样荒唐的理由？我怀疑自己听错了，或者承办法官转达错了庭长的意见，要求直接跟庭长通话。不一会儿，我接到了庭长的电话。庭长仍然坚持，辩护律师无权查阅另一起案件的卷宗。

我说："吴清远与余雄是同一个案件，只是先后的被告人，余雄的供述对于查明案件事实非常重要。这是死刑案件，必须对事实高度负责，避免出现任何失误。所谓的当事人隐私关系到案件真相，我作为吴清远的二审辩护律师有权了解。"无论我怎么说，庭长都不为所动，坚持不给我那些证据。我愤怒地挂断了电话。

当我冷静下来之后，慢慢理解了法官的难处。十几年前省高院作出了余雄有罪的生效判决，两年前省高院撤销了当年的有罪判决，改判余雄无罪，这是一件非常尴尬的事。现在他们需要用吴清远的有罪，来为改判的正确性背书。如果将余雄的有罪证据放到这个案子里，会使得案情更加扑朔迷离，法院陷入自相矛盾、进退两难的境地。

无论法院出于怎样的考虑，我仍然要争取辩护律师的权益，必须看到余雄的有罪供述。如果只有吴清远的有罪供述，对案件的结果是极为不利的。我给法院寄了一份《调取证据申请书》，但是直到开庭，法院对我的申请都没有作出答复。

　　二审开庭的时候，已经是深秋。枯黄的落叶铺满了法院门口的人行道，增加了几分肃杀的气氛。走进高大庄严的审判大楼，承办法官已经在大厅里等着我。我提起调取证据的事情，法官笑而不答。我的神情顿时变得凝重。

　　在法警看押下，吴清远缓缓走进法庭，脚镣在地上摩擦出刺耳的声音。强奸杀人案不公开审理，偌大的法庭里，除法警之外，旁听席上空无一人。吴清远的脸上有一些落寞。

　　庭审中，吴清远一口咬定自己没有杀人，出庭检察员和法官也没有对他做太多的盘问。我当庭要求提供余雄的有罪证据，法官不予回应。我坚持让书记员将我的要求记入庭审笔录，这样的话，如果最高法院进行死刑复核，就可以注意到省高院没有充分保障辩护律师的合法权利。

　　在辩论阶段，我不否认吴清远存在重大作案嫌疑。毕竟在被害人身上提取到了他的 DNA，他没有受到刑讯逼供，主动承认自己作案，并且交代了详细的犯罪经过。但是要证明他杀人，现有的证据还是非常单薄。被害人身上的 DNA，只能说明两人发生过性关系，如果没有其他证据印证，连证明强奸都比较困难，更何况还有杀人。法院在审理死刑案件时必须"排除一切合理怀疑"，虽然吴清远在一审中承认自己作案，但他的供述存在大量无法解释的疑点，包括违背生活常识、违反其职业经验、与其他证据不能相互印证等。

　　从生活常识来说，吴清远到余雄家里去，如果本意是为了跟领导套近乎，却因为领导夫人穿着臃肿的睡衣突然产生邪念，将其强奸杀害并伪造盗窃现场，这种作案动机简直匪夷所思。

从职业经验来说，吴清远是受过训练的警察，他的反侦查能力应当强于一般的犯罪分子。杨璐家在临街的老式住宅楼一层，房子隔音效果不好，早上七八点的时候，上班、上学、买菜的邻居来来往往，吴清远又穿着引人注目的警服。这样的地点、时间、着装，绝对不适合实施强奸犯罪，作为警察，吴清远不可能不知道这一点。为掩盖强奸犯罪而费尽心机伪造现场，偏偏没有处理强奸犯罪最重要的物证，这也不符合警察的职业经验。

证据方面的问题还有很多。

比如作案时间。根据尸检报告，杨璐死亡时间为饭后一小时之内，说明杨璐是吃过早饭的。余雄说，当天早上他和孩子出门的时候大概是七点半，杨璐正在厨房做早饭，面条刚刚下锅。根据现场勘验笔录，厨房已经收拾干净，废纸篓的最上面是鸡蛋壳、骨头，说明杨璐已经吃完面条，还洗了锅碗。从时间上推算，杨璐做完这些事情，大概是八点左右，而吴清远到岗亭执勤的时间是八点。吴清远说自己"七点半左右"到杨璐家，与其发生关系并致其死亡，八点左右离开现场，肯定不是真实的，那个时候杨璐还没有吃饭。

除了精液，吴清远没有留下任何其他的痕迹。如果吴清远非常谨慎，从进门就戴了手套，为何又会如此大意，居然对死者身上的精液不做任何处理？一审判决认为，吴清远在实施强奸过程中致杨璐窒息死亡，为了掩饰强奸的犯罪事实，故意伪造盗窃杀人的现场。死者身上的精液未做处理，如何掩盖强奸犯罪？死者家中的贵重物品一件没丢，如何能伪装成盗窃现场？一审判决认定犯罪事实的逻辑根本不能成立。

警方在现场提取了二十八枚新鲜手印，其中一枚无鉴定价值，一枚没有比对结果，六枚是杨璐和读小学的孩子的，剩下二十枚都是余雄的。在共同生活的卧室里，夫妻两人留下的手印数量应该相差不会太大。余雄的新鲜手印数量，是妻子的五倍，这个差距就有点大了。在被撬梳妆台的三个抽屉，提取到了十二枚手印，只有一枚是杨璐的，剩下十一枚都是余雄的。女性使用梳妆台较多，余雄为什么会留下那么多手印？这可是为了伪造盗窃现场而撬开的梳妆台啊。

值得注意的是，放蜡烛的烟灰缸上只有杨璐和孩子的手印。凶手肯定碰过这个烟灰缸，却没有留下手印，说明他拿烟灰缸的时候戴着手套。如果是余雄拿了这个烟灰缸，他没有必要戴手套。因为这是自己家，他在其他地方已经留下了很多手印。而吴清远在口供中说，他作案的时候没有戴手套，否则就不会四处擦拭。烟灰缸上为什么没有留下凶手的指纹？

吴清远在口供中多次提到，他在作案以后为了擦掉自己的脚印，用毛巾擦拭了现场的地板。但是，根据现场勘验笔录，死者卧室里铺的是红色地毯。如果吴清远是真凶，对地毯和地板应该有较深的印象。而且，勘验笔录中并没有记载地板或者地毯有擦拭过的痕迹。

虽然我没有看到余雄的有罪供述，但从现有的证据来看，余雄的嫌疑也不小。与吴清远一样，余雄在到案后也供认了自己作案。虽然后来他主张是基于刑讯逼供而作出的虚假供述，但法院并未确认警方的审讯过程存在违法，而且他在写给看守所所长的信中，也承认自己杀害了妻子。

从作案动机来看，此前余雄与杨璐感情不和，存在猜疑和争吵。从作案时间来看，在自己家里不用担心突然有外人进来，有非常充足的时间可以伪造现场，进出家门不会引起邻居的注意。漏洞百出的作案手法，符合余雄这种缺乏犯罪经验和反侦查能力的人。

如果余雄是真凶，杨璐身上的精液作何解释？会不会是吴清远离开之后，余雄回到家中，发现杨璐神情异常，两人发生争吵，矛盾升级酿成悲剧呢？

还有一种可能，真凶另有其人。当年警察在现场提取到了一枚没有比对结果的陌生指纹，遗憾的是 2004 年清理了检材。这个陌生指纹，很可能就是真凶留下的。杨璐家是临街的一楼，人来人往，不排除存在流窜作案的可能。

庭审并不激烈，我发表完辩护意见后，出庭检察员没有做实质性的回应。也许他在审查案卷材料的时候，也发现了这些问题，只是基于检察官的立场不能说出来。

走出法院的时候，已经是华灯初放，街上车流如织，寒气逼人。吴清远的家属在法院门口等着我，向我打听开庭的情况，让我对判决结果做一个预测。我说："案件疑点很多，结果难以预料。"

法官如果支持我的观点，只能判吴清远无罪。但是，刚刚判了余雄无罪，现在如果再判吴清远无罪，怎么向被害人家属、公安机关和社会公众交代？

几个月后，省高院的二审裁定下来了："驳回上诉，维持原判。"我对这个结果并不意外，也不沮丧，毕竟后面还有最高法院的死刑复核。我婉拒了吴清远家属继续委托我的要求，推荐一位助手在死刑复核阶段为吴清远辩护。

这个案子在死刑复核阶段拖了很长时间。助手经常到我办公室来，惴惴不安地跟我讨论这个案子。我却很有把握。时间拖得越久，越说明最高法院对这个案子慎重。我在二审时提到的疑点，应该得到了复核法官的重视。

四年后的一天下午，助手拿着一份裁定书冲进我的办公室，兴奋地告诉我："结果出来了，不核准死刑！"最高法院对吴清远不予核准死刑的理由是"事实不清，证据不足"，与当年省高院改判余雄无罪的理由一模一样。案件发回重审后，如果没有新的证据，省高院同样应当判决吴清远无罪。这起案件几经波折，再次变成一件悬案。

无罪判决，是每个刑辩律师在执业过程中努力追求的目标。尤其是故意杀人案，无罪辩护获得成功的含金量更高。但是，真凶逍遥法外，被害人死不瞑目，我又有什么值得高兴的呢？

第十五章

电影天堂

我就是那个对电影痴迷的孩子，却从来不敢想，长大后可以去拍自己的电影。

——易胜华

　　2015 年，山西卫视筹划一档法律真人秀节目《顶级咨询》，邀请我担任主要的嘉宾律师之一。节目筹备期间，栏目组制片人多次来律所跟我交流，征求我对节目的构想，还希望我建议律所为这个节目提供赞助。当时律所正处于快速扩张阶段，企业文化和品牌宣传对于律所的战略布局有很大的推动作用，我认为这是一个非常难得的机会，于是去找律所执行主任商量。

　　执行主任听完我的来意后，头摇得像拨浪鼓一样。律所正在全国各地筹建分所，处处需要花钱，拿出这么大笔资金来赞助电视节目，看不到实实在在的回报，主任当然是不会同意的。我并不气馁，极力阐述企业文化和品牌宣传在律所发展战略中的重要性和巨大的无形价值，看着执行主任已经被我说得心动了，我又补了一句："这个节目有四个嘉宾律师的席位，作为赞助商可以要求节目组将这几个席位都给我们，然后在律所内部竞标，出价高的律师获得节目录制资格。这样一来，律所就可以少出点钱了。"

　　执行主任半信半疑地问："会有律师愿意花钱上电视节目吗？"

　　我笑着说："上电视是每个律师求之不得的事情，对于律师个人的品牌宣传有非常大的作用。很多律师找不到这样的机会，如果花钱就可以上电视，他们肯定是愿意的。"

执行主任默默地点头，向我伸出大拇指。

律所与电视台达成一致，冠名了这档法律真人秀节目。根据双方约定，电视节目中会多次出现律所咨询电话，由此带来的法律业务可以给律所创造直接的收入。《顶级咨询》第一季播出后，取得了非常好的收视效果。律所尝到了甜头，决定继续赞助第二季节目，还和山西卫视的其他栏目进行广泛合作，甚至不惜重金冠名中央电视台的法制节目和旅游节目。这样的大手笔，在全国律所的品牌宣传中都是绝无仅有的，也为律所后续的全国发展战略创造了巨大的无形价值。

在我的倡议和鼓动下，律所成立了一家影视公司，专门拿出一间大会议室，花巨资改建成演播室，机器设备的购置标准比照县级电视台，定期录制"律所新闻播报""深度观察""人物"等栏目。我在律所合伙人管委会分管企业文化和品牌，老板是出品人，我担任这些栏目的总导演、总编辑，负责选人、选题和审片，一副煞有介事的样子。这肯定是全国律所的第一间演播室，也是我们这家律所独有的特色，每当有重要客人来律所参观访问，演播室是必到的参观点，客人们都觉得耳目一新。影视公司后来还投资拍摄了大型网剧，并参与制作了大型电视连续剧，在央视8套播出。

《顶级咨询》第二季筹备的时候，栏目组继续邀请我担任嘉宾律师。律所向全所律师发布"竞标"通知，执行主任通知我参与竞标。我大吃一惊，问他："你的意思是，我也要出钱才能上这个节目？"执行主任笑着说："你也不能搞特殊嘛，必须一视同仁，要不怎么跟其他同事交代？"我顿时无话可说。我出的馊主意，结果把自己坑了，作茧自缚，咎由自取。我不能接受"花钱上电视"，这会让我对自己的能力产生怀疑，动摇我对自己的信心。执行主任说可以给我非常优惠的价位，我还是断然拒绝参与竞标，要上就凭本事上，花钱上的没意思。

我没有想到的是，这种"花钱上节目"的模式竟然推广开来，成为很多电视媒体的常规操作。之前律师上电视，可以从节目组领到"车马费""劳务费"，虽然只有几百元到几千元不等，但体现了对律师付出的劳动的尊重。从那以后，很少有律师能拿到这个钱，大多数律师都要花钱才能上电视了。如果是我的馊主意导致了这种状况出现，那可真是罪过不小。我也付出了很大的代价，后来上电视的机会就越来越少了。

上不了电视，那就玩电影吧。

小时候，我生活的县城有一家电影院。每到晚上，电影院里灯火通明，人声鼎沸，是整个县城最热闹的地方。哪怕是放映了无数遍的老电影，电影院也是场场爆满。那个年代，有电视机的人家很少，更没有游戏机和电脑，看电影是县城居民晚上唯一的娱乐活动。

舅舅在电影院工作，所以我看电影的机会比别的孩子稍微多一些。每次电影散场，我都是最后一个离开，不停地回头看着雪白的银幕，反复回味电影里的故事。电影院的放映室有一些报废的胶片，表弟偷偷把它们拿回家，到了晚上，我们打着手电筒，将胶片一格一格地投射在墙上，嘴里念念有词。我们还扮成电影里的角色，举着大刀、木头枪在田野里冲冲杀杀，最后捂着胸口缓缓躺在地上，仰望蓝天白云，"壮烈牺牲，死不瞑目"。

那个时候，电影离我很近，又非常遥远。我沉浸在一部部电影的情节中，经常对着镜子，幻想自己是电影中的某个人物，有时含情脉脉，有时悲痛欲绝，有时慷慨激昂，有时一脸奸笑。后来，我看到了意大利导演托纳多雷的《天堂电影院》，看了一遍又一遍，每一次都热泪盈眶。我就是那个对电影痴迷的孩子，却从来不敢想，长大后可以去拍自己的电影。

当我做了律师，尤其是到了北京，电影似乎离我越来越近了。我参加法制类电视节目的录制，刚开始面对镜头还很紧张，声音颤抖，语无伦次。随着录制节目的次数增多，我在镜头前越来越自信，口若悬河，妙语连珠，甚至会进入旁若无人的状态。我也逐渐有了一些影视圈的客户——编剧、导演、制片人、明星，跟他们聊起电影的时候，有一个想法蠢蠢欲动，呼之欲出。我必须努力克制自己。

2012年初，我看了美国律政剧《金牌律师》。这部剧每一集就是一个案件，从谈案到破案到开庭，展示律师办案的整个过程，充满了悬疑和智慧，我边看边摁下暂停键做笔记。看完第一季之后我热血沸腾，终于按捺不住了，内心的冲动就像火山即将喷发。我要拍电影，拍律政剧！

当时，用数码相机拍摄影视剧已经比较常见，影视创作的门槛大大降低，费用也不是特别高。微电影正在兴起，视频网站是主要播放平台，贴片广告和植入广告是盈利的重要途径。在一次活动中，我认识了一位姓刘的小伙子，他给我的名片上写着"导演、演员"，我跟他聊起了自己的想法，说起我想拍律政剧。刘导很感兴趣，向我介绍了拍摄的机器、流程和花费。大部分拍摄场地可以放在律所，法律类角色由我和小伙伴们来出演，拍摄周期为三四天，全部费用可以控制在十万元以内。

对于刚在北京站住脚跟的我，十万元可不是一个小数字。我住的房子不大，每个月要还几千元贷款。但电影是我童年时代的梦想，我一定要实现它。所需费用呢，就当是出国旅游了几次！电影带给我的巨大快乐，绝对是出国旅游无法相比的，我就疯一回吧！

我马上和刘导签订了拍摄合同，向他支付了大部分款项。我身兼数职，包括出品人、编剧、主演。我写过一篇办案手记《冲动的惩罚》，讲的是一起大学生强奸案，我将这篇手记改编成剧本，自己出演片中的辩护律师。被告人和被害人等角色由导演去找专业演员，法律类角色如法官、公诉人、律师助理等，都由我找同事来出演。拍摄之前，导演还特地给我们这些律师上了几节表演课，教我们这些新手如何释放自我。

影片中有一个非常重要的角色，是跟我演对手戏的女公诉人，台词多、戏份重。我本来选中了一位女律师，她是我参加北京市公诉人与律师电视辩论赛时的队友，形象和气质比较符合角色的要求。在影片开拍前一周，她通知我因为时间冲突无法参加拍摄。我顿时感到棘手，这个角色可不是随便抓一个人来就能演的。

我突然想起来，前段时间中国政法大学邀请我担任校外教练，指导校队的同学参加北京市高校模拟法庭比赛。校队的几位同学素质都很高，其中有位大一女生面容清秀、口齿流利、目光坚毅、反应敏捷，形象和气质俱佳，令人过目难忘。我马上联系中国政法大学的老师找到这位小朱同学。后来经过短暂的交流，决定由她来出演片中的公诉人。事实证明我的选择是正确的，虽然小朱同学是大一女生，而且是第一次拍戏，但她落落大方，与现实中的公诉人非常接近。后来，她成为校园"御姐"型的偶像，在学校举办的各项文体比赛中都是风光无限，拥有一大批校内外粉丝。硕士研究生毕业后，小朱同学选择了律师职业，在国内顶级的红圈所工作。

得到律所负责人批准后，剧组搬着一大堆机器设备进入了律所，摄像机、监视器、灯光器材、轨道等堆满了律所的走廊，引来了同事们好奇的目光，不知道是在拍什么大片。我们拍的第一场戏是当事人母亲到律所聘请律师，她满脸焦虑地从电梯里走出。可能是大家都还没进入状态，不到一分钟的戏拍了二十多遍，用了一上午时间。

中午的时候终于轮到我的戏，拍的是我在办公室接待当事人母亲的法律咨询，还有我认真研究案卷材料的场景。虽然早就习惯了面对镜头和观众，但是拍电影毕竟和做节目不一样。满满一屋子的工作人员，导演、摄像师、灯光师、录音师、化妆师都在围着我工作。我有我的想法，导演有导演的思路。语言、表情、动作必须流畅自然，符合人物的性格和情景的设置。尤其是说大段大段的台词，不能像背书一样面无表情，也不能像朗诵一样过度煽情，要控制节奏，收放自如。对我而言，初次"触电"的难度还是不小的，毕竟不是专业演员，只能边演边学了。

法庭戏在中国政法大学的模拟法庭拍摄。由于导演要拍几个校园里的场景，我们从早上八点开始一直在模拟法庭等候，大家聚在一起斗地主消磨时间。盒饭是剧组安排的，很难吃。直到晚上十二点才拍摄我们的镜头，这时已经人困马乏，腰酸背痛，头昏脑涨。为了加快进度，我们先把整个法庭流程从头到尾一口气演完，再针对每个人的发言和细节拍摄特写镜头，拍一两遍就过，不再像之前那样一遍遍打磨。

对我来说，法庭戏是驾轻就熟的，只要本色出演就行。为了庭审过程不至于沉闷，我一直站着发表辩护意见。一位外地的公诉人朋友看了这部微电影之后，好奇地问我："你们北京律师开庭都是站着发言吗？"言下之意，这是电影的一处硬伤。我回答道："法律从未禁止律师起立发言。法庭纪律是，未经审判人员许可，不得在法庭内随意走动。"

全部拍摄工作在拍法庭戏的第二天清晨七点多结束，我已经耗尽了最后一丝体力，浑身酸痛，脑子几乎停止转动，只想赶紧回家好好地睡上一觉。短短几天的拍摄过程，让我见证了影视拍摄工作的艰辛。剧组的每一个工作人员，既是演员又是勤杂工，灰头土脸，没日没夜，挥汗如雨，疲惫不堪。他们大多数人的收入，还不如货场里的搬运工。支撑他们的，是执着的电影梦想。我只是玩票，而他们却押上了自己全部的青春和未来。

微电影拍完，只是完成了一半的工作。后期的制作，需要在大量的拍摄素材中进行比较、选择、剪辑，还要有特效、字幕、配乐、渲染，工作量并不比拍摄小。拍摄结束之后很长一段时间，导演迟迟没有将样片交付，我心急如焚，一再催促。好不容易收到了样片，看完之后，我倒吸了一口冷气。十万块钱，就拍出这么个玩意儿？跟我想象的差距太大了。对于演技，我没有太高的期望，但是整个故事讲得乱七八糟，不知所云。导演在我写的剧本基础上，添加了很多无关的内容，四十多分钟的片长，东拉西扯，杂乱无章，冲淡了故事的主题。在拍摄过程中，我和导演产生了很多意见分歧，有些人物的台词和动作、表情，不是我要的效果，但导演要我尊重他的创作，我只好不再坚持。现在的作品让我很不满意，我跟导演大吵一架，要求他必须按照我的思路重新剪辑，否则不支付余款。由于我是出品人，导演最终还是按照我的要求做了修改，删掉了他擅自增加的大段大段的内容，片长缩减为二十多分钟。

对于影片最后的效果我仍然不满意，但是没办法，除非重拍，否则只能这样了。我本来的计划是，这部微电影作为一个样片，拿去给一些资金雄厚的客户看，如果他们觉得不错，以后就投资我拍摄的作品，或者植入广告。现在这个样子，我自己都看不下去。我厚着脸皮拿这部微电影去给一位大客户看，她给我面子看了一分钟，后来借口上洗手间离开了很久，再回来的时候就换了其他话题。

我很沮丧。十万元的投资，拍出来这么个东西。尽管这点钱肯定做不出大片的效果，大多数演员都是非常业余的，我过了一把戏瘾，也学到了不少东西，但我还是觉得遗憾。自己的第一部电影作品，没有拍成自己想要的样子。

这部片子在我手里压了将近一年，时不时给身边的朋友看一看。后来我觉得，如果不发布出来，对不住那些陪我一起熬夜拍戏的小伙伴们，于是将片子上传到了视频网站，并在微博和QQ空间转发。大家的评价比我预想的要好很多，对我们的演技给了挺高的评价。

这是中国第一部由律师投资、编剧、主演的法律微电影。几年后，微电影在法律圈流行起来，经常有人称自己拍的是"中国第一部律师微电影"，我总会忍不住站出来反驳："我拍的《冲动的惩罚》才是中国第一部律师微电影，别跟我争第一，我是花了大价钱的。"

尽管这部处女作的反响还凑合，但我仍然消沉了很长时间，"拍电影"成为我心里的隐痛。后来，手机镜头的像素越来越高，画质越来越好，拍摄门槛越来越低，我又蠢蠢欲动了。我带着团队的小伙伴们拍了一些MV，比如《干杯，朋友》《明天会更好》《童年》等，记录我们工作、学习、玩耍的过程，自娱自乐。

我觉得不过瘾，于是仿照电视剧《潜伏》编写了一个剧本，从网上买了一些服装和道具，打算拍一部谍战剧。我演打入国民党内部的红军战士，在传送机密情报的时候壮烈牺牲。拍摄过程中我发现，台词是我的弱项，手机的收音功能也很差，最后只好把片子改成MV，请了亲戚家的孩子来演唱《映山红》，让助理小艳帮我剪辑。MV制作出来后，大家都觉得还不错。紧接着我又拍了《大话西游之公审美猴王》《大话西游之三打白骨精》等片子，将古典名著结合法律元素进行改编，有一点搞笑的味道。后来我们越玩越大，带着小伙伴们去韩国、俄罗斯旅游的时候，还拍了微电影《有毒》和《雪在烧》。

2017 年夏天，我带着几十位"易辩"的同学来到我的家乡。短短的三天时间里，在庐山脚下、鄱阳湖畔，我们除了观摩庭审、举办律师技能比赛，还有一个非常重要的任务，就是拍摄抗日战争微电影《情书》。

虽然我此前拍过一些微电影，但这次拍摄的场景更多，演员也有几十人，我还身兼出品人、导演、编剧、演员数职。时间非常紧，只有三天，我们还安排了很多其他活动。这些演员都是年轻律师或者在校法科生，毫无表演经验，有些人还要参加比赛。更令人头疼的是，庐山连续几天下起了暴雨。

我们用最少的投资、最简陋的设备、最业余的演员，在最短的时间里完成了主要场景的拍摄。回到北京后，我们又在密云区古北水镇附近的一个小山村里，补拍了剩下的一些镜头。这些业余演员的表现令我感动。他们按照我的要求扮演抗日战士，在瓢泼大雨中光着上身操练，虽然一身肥胖的白肉令人不忍直视。扮演日本兵的同学，在雨里一遍遍重拍某个重要的镜头，拍完后浑身湿透。拍摄中弹身亡镜头的时候，他们结结实实倒在泥地里，一动不动，直到我喊 CUT 才爬起来……

片子拍完后，面对一大堆的素材，我无所适从，不知如何下手。我让助理尝试着进行剪辑，但是困难重重。由于拍摄仓促而且设备简陋，很多画面没有拍到，声音效果也很差，已经不可能补拍了。

我几欲放弃，但一想到这些同学冒雨拍下的珍贵画面，我无论如何也要给他们一个交代。我尝试让一些搞影视的朋友帮我做后期制作，他们看完素材后表示很难。我也担心他们不理解我的创作意图，做出来的片子不是我要的效果。我决定排除万难也要做出来，还特地新聘请了一位助理。她学的是影视专业编导，此前在婚庆公司做视频剪辑。我和小伙伴们在一起反复研究硬盘里的素材，不断修改，重新配音、配乐、渲染。最终呈现出来的效果，已经接近甚至在某些方面超出了我最初的期待。

我的家乡庐山，有秀美的风光和丰富的人文资源，值得向全国人民展示。庐山曾是抗日战争全面爆发后的前沿和指挥中心。我的母亲在日军轰炸庐山的炮火中出生，我姨奶奶在日军轰炸庐山时遇难，全家人尸骨无存。发生在庐山附近的"万家岭大捷"，是抗日战争全面爆发以后中国军队取得的一次重大胜利，这场战役不仅消灭了大量日军，有效地阻挡了日军的攻势，也极大地振奋了中国的军心、民心。我拍摄《情书》这部稚嫩的抗日战争微电影，是为了献给我美丽的家乡庐山，献给我饱受战争苦难的先辈，献给保卫国家、抵抗侵略的抗日志士。有生之年，我一定会不惜代价，以庐山为背景，拍一部抗日战争题材的大片。先辈遭受的苦难和付出的牺牲，必须永志不忘。

《别在异乡哭泣》出版后，经常有制片人和导演联系我，商讨如何将这本书影视化。某家影视公司一度跟我谈好了合作意向，将这个题材作为招商项目，在大会上向投资人推荐。遗憾的是，由于资金出现问题，一直没有进展。但我坚信，未来的日子里，我的作品一定会出现在电影院银幕、电视屏幕上，用光影讲述一个个故事，刻画出一个个鲜活的人物，去打动每一位观众。

在美国洛杉矶旅游的时候，我特地带小伙伴们一起登上了格里菲斯天文台。在夕阳的余晖中，我遥望远处好莱坞山上的HOLLYWOOD 标志，心潮澎湃，浮想联翩。在影视方面，我有很多的想法。有一次，我跟一位编剧朋友说，校园霸凌这个题材很好，写个电影剧本一定会火。几年之后，易烊千玺和周冬雨拍了《少年的你》。我跟小伙伴们总是念叨，要做一个"律师练习生"的综艺，让大家看看法科生是怎样一步步成长为优秀律师的，结果《令人心动的 offer》第一季做的就是这方面的内容。我跟央视的一位制片人朋友说，我们可以拍一个少年法官题材的连续剧，讲讲未成年人保护的故事，后来韩国推出了《少年法庭》这部剧。每次看到自己的创意被人抢先实现，我既难受又骄傲。我可能是被律师职业耽误了的影视人，有朝一日我不做律师了，影视圈大概也会有我的一席之地吧！

愿我们的每一个梦想，都不落空。

第十六章

律师的江湖

名与利就像烈酒，我一杯接一杯地痛饮。

——易胜华

律所的发展势头越来越迅猛，我刚来的时候，律师人数才百人上下，没几年就达到了几千人，同时还在外地开设了十几家分所。虽然其他律所也有在外地开分所的，但大多是加盟所，总部只收一些品牌使用费，对分所的财务和人事没有话语权。而我工作的这家律所却是直接投资办分所，分所的执行主任由总部派遣，接受老板的指令，财务也是由老板掌控。老板还开设了一系列的公司，例如移民公司、留学公司、金融公司、地产公司、旅游公司、咖啡店等。

如此脑洞大开，我不由得拍案叫绝。律师是高净值人群，本身就有很大的消费需求，老板开的公司哪怕只为本所律师提供服务，也有稳定的客源，毕竟"肥水不流外人田"。更何况每个律师的身后都有一大批客户，稍微带动一下，就是巨大的市场空间。律所像一棵大树，老板的这些公司就像大树的枝杈，依托于大树提供的养分，必然可以获得很大收益。老板每开一家新公司，都会邀请律所的同事们一起投资，我每次都是第一个站出来，积极响应，率先跟投。

有一天，律所执行主任突然来到我的办公室。他每天忙得不可开交，跟我虽然非常熟，却很少来我这里聊天。我知道必有大事相商。

执行主任说:"总部这边要实行权益高级合伙人制度,希望得到你的支持。"

所谓的"权益高级合伙人",是指出资购买律所股份,只享受股权分红收益,不享有其他权利的合伙人。虽然律所的备案合伙人有近百个,但都属于挂名性质,没有实际出资,什么事情都是几个创始合伙人说了算。现在老板要改变这种局面,虽然这种合伙人只有分红权益,也是向着实际合伙人迈进了一大步,我当然是要参与进来的。

我问:"方案是怎样的?"

执行主任说:"我们估算了一下,律所现在的股权价值是九千万元,每个百分点折价九十万元,购买至少一个点。"

我摇摇头说:"九十万元的单价太高了,很少有人买得起。"

执行主任默默地点了点头,说:"我知道,这不是找你来了,要你支持嘛。"

我想了一下,说:"是不是可以按照千分之一计算一股,每股九万元,这样大家买得起,参与的律师就多了。"

执行主任激动地一拍大腿:"好主意!就这么定了。你买多少?"

我说:"我最近想换个大房子,就买两股吧。"

执行主任笑了:"你别跟我哭穷啊,至少买四股。"

我笑着说:"那我就服从你的命令了。"

律所很快向全所律师发布了实施"权益高级合伙人"的公告,大家都在犹豫观望,毕竟这是要出钱的事情。我第一个表态支持,出资购买了千分之四的股份。我还跟律所一些创收较高的业务骨干私下沟通，鼓动他们加入进来。

　　我对这些同事说，买律所的股份就是买车票。律所的资源很多，但是律师的人数也越来越多，这些资源不可能均摊到每个律师那里，必然会集中在少数人身上。律所正处在快速发展阶段，谁能享受到发展的红利，就看谁先上车，占到一个好的座位，用上优质的资源。先上车的人会形成一个内部的圈子，在人数众多的律所里，少数人成为金字塔的顶端，既可以看到高处的风景，又有底层的支撑。这张车票虽然有点贵，但和后面的收益相比，必然是微不足道的。

　　在我的鼓动下，很多同事购买了律所的股份，权益高级合伙人制度顺利推进，我被任命为律所北京管委会的副主任，同时兼任律所全国刑委会主任。我还购买了几家外地分所的股份，委托当地同事代持。我极力推动律所在我老家江西开设分所，与当地的鞠晓钟律师接洽，共同促成南昌分所成立，我是南昌分所仅次于老板和鞠晓钟律师的第三大股东。没多久，我又成了律所的全球合伙人。

　　仅仅几年时间，我所在的这家律所已经发展成为全国规模最大的超级大所，并且形成了一个由总部高管、分所主任、权益高级合伙人组成的顶级圈子，而我置身其中，发挥着越来越重要的作用。借助这个快速扩张的律所平台，我的事业也突飞猛进，收入明显提高，在整个律所名列前茅。我代表律所参加很多社会活动，经常在各大新闻媒体抛头露面，各种奖项和荣誉纷至沓来，拿到手软。身上笼罩着耀眼光环的我，成为很多刚刚入行的年轻律师崇拜的偶像。我似乎已经实现了梦想，成了全国知名律师，真有点"春风得意马蹄疾，一日看尽长安花"的感觉。

刚开始的时候，我总是提醒自己：步子慢一点，慢一点，再慢一点，一定要保持清醒的头脑，不要眩晕，不要膨胀。我知道自己资质平庸，水平一般，即使是在这个律所里面，比我厉害的人也不可胜数。我取得的一点成绩，是因为站在了北京这个制高点，是依托了律所的大平台，跟我的能力没有多少关系。如果没有这样的平台，我什么都不是。

这种经常性的自我提醒，起到了一定的效果，让我在大的方向上没有跑偏，处理工作的时候非常慎重，不敢越雷池一步。尽管如此，我还是有了一些变化，脾气开始变得暴躁，对身边的助手不如以前那样体贴入微。在生活中，我也开始有些放纵自我，率性而为。有一次跟团队的小伙伴聚餐，酒劲上头之后，我突然想跟大家玩一个游戏。于是我让服务员撤掉碗碟，将刚从银行取出的几叠钞票摊开在桌面上，大家轮流用筷子夹起来，谁夹到了就归谁。我们玩得很嗨，还把照片发在网上。这种做法引起了一些同行的非议，认为有损律师形象。我认为他们是多管闲事。我用玩游戏的方式给小伙伴们发奖金，碍谁的事了？他们有什么权利对我说三道四？

我在互联网上的发言也变得口无遮拦。看到一些社会新闻，我喜欢另辟蹊径进行评论，以显出自己与众不同的视角。对律师同行的某些做法，我畅所欲言，毫不客气地公开提出批评。面对一些普通网友对我的批评，我针锋相对地回击，跟他们展开对骂。名与利就像烈酒，我一杯接一杯地痛饮。对于我这种酒量尚浅的人，饮下之后难免会飘飘然，做出一些令人侧目的事。

这个时候，某律所一年一度的"刑事论坛"要举办了。为了给论坛预热，这家律所组建了好几个微信群，每个群几乎都满员。他们不定期邀请一些资深律师在群里开办讲座，向年轻律师传授一些刑事辩护方面的经验。作为超级大所刑事部门负责人，我也接到了他们的邀请。

根据之前的惯例，该所微信群的群主给每位来讲课的律师安排一个星座封号，他们给我的封号是"南极星"。我虽然已经有点膨胀，但还是有自知之明的。尽管这个封号带有很大的戏谑成分，但"南极星"对应的是"北斗星"。"泰山北斗"是每个行业的最高峰，我就算再狂妄，也不敢接受与业内顶级律师比肩的封号。由于论坛微信群没有限定讲座的主题，群里绝大部分都是入行不久的年轻律师，我决定从这个封号入手，给年轻人讲一讲刑辩律师的"江湖"。

做律师这些年，尤其是到北京之后，我认识和接触了刑辩圈的很多知名律师，有些人还和我建立了不错的交情。在律师行业，民商律师和非诉律师讲究"闷声发大财"，刑辩律师则是个性鲜明，时不时掀起滔天巨浪。刑事辩护是律师业务中最吸引年轻人的领域，从宏观的角度向他们介绍这个圈子，有利于他们作出正确的判断，避免走弯路。这是我的初衷。

虽然只是在微信群里的语音讲座，我却非常重视，花了几天时间准备课件。到开讲前十分钟，我的讲稿已经准备了将近两万字，而且还没有写完。晚上讲课的时候，我没来得及吃饭，准备了几瓶啤酒和一些花生米，一边喝酒一边发言。我讲座的题目是《煮酒论英雄——戏说中国刑辩江湖》。既然是"戏说"，那就意味着带有开玩笑的成分。我知道，这个题目非常宏大，加上我的见识有限，必然不可能全面、权威，所以只能"戏说"，希望听众不要当成严肃的学术讲座。

我的讲座内容分为几个部分。

第一部分是"刑辩律师的派别"。我将刑辩律师分为"体制派""学者派""死磕派""勾兑派""两面派""偶像派""逍遥派"等。我还列举了有些派别的几个代表人物，分析了他们的优势和劣势，提出了自己的一些建议。这种分类当然是不严谨的，因为很多律师同时具有多个派别的特点，分类的更大意义在于区分不同的辩护风格。

第二部分是"刑事辩护的山头"。我根据各个刑辩团队的特点，用一些武林门派来称呼他们。例如"泰山北斗""少林派""武当派""峨眉派"等。在这部分内容中，我对自己熟悉的一些刑事律师做了介绍，讲述了他们的一些奇闻逸事。同时，我还不点名地批评了两位知名的刑事律师，其中一位自称为"大状"，另一位喜欢给领导打小报告。

第三部分是"刑辩江湖的未来"。这部分才是讲座的核心。我认为，由于交通便利、信息发达，刑辩江湖的版图已经打破，因此建议年轻的刑辩律师"仗剑走天涯"，舍弃小利、与人为善，获得更大的发展空间。

讲座没有引起什么反响。虽然我有一些比较犀利的话语，但毕竟是在微信群里发布的语音，听过了也就算了，未必有人听得那么认真、仔细。

一两天后，有一位热心的年轻律师将我当时的讲座语音整理成了文字稿，征得我同意后发布在他的公众号上。我发现他发布的稿子有很多的错漏，于是让助理根据我的书面稿再做一次梳理，并有一些增删和润色。整理完成之后，我将全文发布在我的微信公众号上。

当天晚上，我接到刘桂明老师的电话。他说他看了那篇文章，觉得写得不错，想转发在他的公众号上，希望得到我的授权。我当然是同意的。刘桂明老师又说："虽然文章写得不错，但我还是要严肃批评你。你将杨律师称为杨某某，这是很不礼貌的。不管你对他有什么看法，他毕竟是你的前辈，你还是要尊敬一些的。"我对刘桂明老师的批评表示虚心接受。

刘桂明老师的公众号影响很大，读者是他圈子里的朋友和粉丝，主要是各个司法机关的领导和律师界的大佬。文章发表之后，立即引起了轩然大波。

首先发难的，就是被我称为"杨某某"的律师。以前不管我怎么批评他，他都不闻不问，可能他受到的批评无数，将我这种小透明忽略不计了。但这次是刘桂明老师转发的文章，刘老师也指出了我的不妥之处，杨律师自然重视了起来。他开始在各个微信群里打听我是谁，有什么资格称他为"杨某某"，都不屑于提他的全名，发动他的弟子们召开对我的批斗大会。我闯了弥天大祸。

　　紧随而来的，是我在文章中不点名批评的两位大律师。虽然没有点名，但我说的是谁，圈内人一看就知道。这两位律师在律师界有很大号召力，旗下门徒众多，遍及全国各地。无数篇批判我的战斗檄文如雪片一样飞来，让我应接不暇。

　　以上三位律师的反应，我还不觉得意外。没有想到的是，我的文章引起了更大一个群体的不满，他们就是在全国刑辩圈有一定影响力、而我在文章里没有提及的那些刑辩律师。他们认为自己在圈内有较高的地位，但我的"刑辩江湖"一文竟然提都不提他们，这是对他们的轻视。他们聚集在一起，对我口诛笔伐，还专程举办各种讲座，挖我的"黑历史"，对我进行声讨。

　　墙倒众人推。一些刚刚入行的年轻律师或者为了跟上这个热点，或者为了向自己的师门表明心迹，纷纷加入这场刑辩界对我的大讨伐。其中有个郑州的实习律师，竟然用章回小说的方式虚构玄幻故事，将我描述成荒淫无耻的人间恶魔，在他写的故事中，正义人士联合起来，对我围剿、分尸、挫骨扬灰。这篇文章的点击量极高，获得无数喝彩。

　　面对如此汹涌的批评声浪，我目瞪口呆。虽然之前也因为写文章遭受过不少网络暴力，但那些毕竟是素不相识的陌生人，我可以把他们视为一大堆虚拟的符号。而这一次来势汹汹对我进行批斗的，都是我的律师同行，其中不乏成名已久、地位崇高的刑辩前辈、律界大咖，更有那些稚气未脱、杀气腾腾的律师新人。

　　为了避免连累自己的小伙伴，我一再叮嘱他们务必在这次风浪中保持沉默，不要卷进来，伤及自身。刚开始的时候，我还孤军奋战，试图与攻击我的人展开辩论，说明我的本意。但我的声音太微弱，很快被一波接一波的声浪淹没。我成了整个律师行业的公敌，一些同事和朋友对我唯恐避之不及，有些以前似乎对我比较友善的人也加入声讨我的阵营，令我一脸茫然，心似冰冻。有些资深律师还给我们律所的老板打电话，要求他驱逐我，以免影响律所的声誉。老板严厉地告诫我闭嘴，不许再就这个话题发表观点。

有领导也给我的老板打来电话，说是有人向律协投诉我之前没有给助理缴社保，要求我说明情况。我应湖南省律协的邀请前去举办讲座，杨律师带着几个人赶到讲座现场踢馆，当面训斥我，还将主席台上我的水杯扔得远远的。我当场向他鞠躬三次，表达我的歉意，他还是不依不饶。现场视频传到网上后，再也没有哪个机构敢邀请我参加活动、举办讲座。已经确定下来的一些活动安排，主办方纷纷以各种理由取消了对我的邀请。

以前我有个自恋的习惯，每隔一段时间会在百度上搜索自己的名字，找一找与我有关的新闻报道和刊登的作品。这场风波发生后，我再也没这么做。当时，只要在搜索引擎中输入我的名字，扑面而来的全都是对我的谩骂、诽谤和攻击，惨不忍睹。心理素质再强大的人都无法承受，我更是如坐针毡、如临深渊。

这场风波令我猝不及防。在铺天盖地的声浪中，我四面受敌，满腔委屈。我到底做错了什么呢？作为一名律师，我只是跟年轻律师们谈了我对行业的一些看法，提出了我的一些建议。我没有什么恶意，为什么会引起这么多人的敌对？我一向认为素质很高的律师队伍，竟然如此不讲道理，只讲阵营？就算我有什么说得不对的地方，不可以平心静气地讨论吗？这样一拥而上、不择手段、痛打落水狗的做法，哪有一点律师职业的法治精神啊。

在十几天的时间里，我神情恍惚，躲在家里闭门不出，不敢上网，怕看到那些熟悉的名字对我进行指责和谩骂。后来，几位业内的老朋友开导我说："你已经不是刚来北京的时候了。既然改变不了别人的看法，那就从自己身上找问题。"我恍然大悟。既然改变不了这个世界，那就改变自己吧。

来北京的这几年，由于走得比较顺利，我确实变得有点自以为是了。我不过是一个无门无派、野蛮生长的草根律师，因为平台大、运气好、冲劲足，获得了一些小小的成绩。即便如此，在律师圈里，我仍然是毫无根基的野小子。可我竟然不知天高地厚地去招惹那些根深叶茂、桃李满天下的名家大腕，得罪了律师圈，真是自作孽，不可活。

有人的地方，就有江湖。每个律师的情况不一样，当然有自己发展的路径和办案风格。江湖之上波诡云谲，有德高望重的宗师，也有阴险狡诈的鼠辈，有锄强扶弱的大侠，也有趁火打劫的强盗，有埋头苦练的少年，也有渴望一夜成名的新手。面对他人的指指点点，不是每个人都能淡然处之。既然我可以妄议别人，别人自然也可以对我进行回击。他们采取的回击方式和手段，也不会考虑我是否能接受。我有什么好委屈的呢？

我突然醍醐灌顶，写下一篇《道歉书》，发表在微博上。内容如下：

各位前辈，各位同仁，各位同学。

写下"道歉书"三个字，我的内心一片空灵。

上午，与圈内的几位老友喝茶、聊天，说起这半个多月的风波。老友们推心置腹，给了我很多的建议和忠告。而我这段时间也一直在反思。

此次"戏说"风波，看似偶然、不可理解，实则必然。这是我长期以来骄傲自大、任性而为，积蓄下来的种种矛盾的总爆发。

我曾经简单地认为，律师是个自由奔放的职业，只要不触犯法律、纪律和道德，就可以畅所欲言，无所畏惧。被我忽视的是，除此之外，还有一些说不清道不明的规则，还有受众的观感，还有身边人的利益、集体的目标。

为了自己说得痛快，玩得开心，我忽视了一些潜在的、重要的规则，忽视了他人的利益与感受。这其实是一种自私，所以才引起轩然大波。而我，现在才明白。

每个人，在不同的发展阶段，在不同的位置，应当有不同的处世态度，不同的行为准则。除了心灵的内核必须坚守，其他的都应当有所改变。

我已经深刻认识到自身的问题。已有的收获，不过是侥幸，上天眷顾，我应当感恩并珍惜。已遭受的波折，是自己应得的教训，必须认真总结，思过改进。

在此，我向所有人诚挚道歉。虽然之前多次公开道歉，今天仍然要正式地、郑重地道歉：被我言语伤害过的所有前辈、同仁、同学，向你们道歉。无论我的出发点如何，但是我未分场合、未斟酌措辞，给你们造成了不快、不适，在这里，我向你们道歉，请你们原谅。

············

这段时间以来，无论以何种方式向我表达不满的各位前辈、同仁、同学，我也向你们道歉。我主动挑事，有错在先，你们的批评无论正确与否，都是我应当承担的后果。我应当虚心接受，有则改之，无则加勉。奋起反抗，那是一错再错。对不起！

各位关心、爱护、支持我的师长、兄弟、小伙伴，我也要向你们道歉。我有今天的收获，都是你们的给予。在这次风波中，你们或是挺身而出，或是给我开导，或是默默支持。言语太无力，难以表达我对你们的感谢与歉意。我原本可以做得更好，却让你们操心、焦虑、失望了。请你们相信，我会吸取教训，重新出发。

向给予我成长舞台的律所、律所的领导及同事们道歉。我个人的任性，让律所置身风口浪尖，给律所带来了很大的负面影响，给同事们造成极大困扰。对不起！

我希望，我这一次的经历，不仅给我，也给其他同仁、尤其是年轻律师上了生动的一课。律师职业虽然自由，更需要自律。

接下来的一段时间，我将在公开场合保持静默，继续反省错误，获得提升。用一段较长的时间深入钻研业务，思考未来的道路。如果继续有批评的声音，我会认真听取，对照检讨。但是，我可能不会作出回应。

中秋将至，皓月当空。祝愿所有人，事业进步，家庭和美。并且，希望律师行业内部从此不再有纷争，齐心协力，薪火相传，共度时艰。

愿岁月安好，犹如满月清辉。

易胜华

2016 年 9 月 12 日

《道歉书》发布的同时，我托朋友带话给那些对我充满敌意的律师同行，再次表达我的歉意。除杨律师外，其他人也都偃旗息鼓。这场江湖风波，就这样渐渐平息了。

对我来说，这是一个非常深刻的教训，让我认清了自己，也对自己所处的律师圈有了更深刻的了解。病从口入，祸从口出。要想在律师这个行业里平平安安，除了在工作中认真负责、脚踏实地，在与同行相处时也要谨慎，不可妄言。律师的江湖并非风平浪静、阳光普照，无论爬得多高，我们都是没有靠山、没有根基的小律师。

第十七章

纸 老 虎

一切违法者都是纸老虎。

——易胜华

多年以后，如果有人要写一部"中国律师史"，无论如何都绕不过去三个字："死磕派"。我在北京执业的这些年，见证了"死磕派"形成、壮大、衰落、转型的整个过程，与其中几位代表性律师有过协作、争论、对阵。我遭到过他们的围攻，也收到过他们的声援。一直以来，我都想记录自己与这个群体的恩恩怨怨，但一不小心就会带有主观色彩，从而招来是非，惹上麻烦。回顾我的律师职业生涯，如果略过这些重要的人物和事件，必然是极大的缺憾。那就尽量站在客观的角度，讲述我与他们的交往和我的一些看法吧。

我第一次听到"死磕派"律师这个说法，是因为贵州的"小河案"。2011年前后，以周泽律师为首的一些刑辩律师承办某刑事案件的过程中，律师的辩护权利受到了侵害。周泽律师是记者出身，有敏锐的感觉和很强的文字表达能力，他将这件事情在网络曝光后，引起了社会各界尤其是全国律师的广泛关注。当时"李庄案"余波未平，律师界空前团结，纷纷自费前往小河观战助威。在第一拨律师被法院取消辩护资格后，周泽律师在博客发出号召，征集第二拨律师参与。我和一位律师朋友也报了名，但周泽律师很长时间没有回复我们。

　　在一次小范围的律师聚会中，我与一位前辈大哥谈到了这件事。前辈大哥说，周泽律师专门向他发出了邀请，他本来也打算参与的，后来觉得不太对劲，群情激愤之下难以保持独立思考，容易受其他人裹挟，考虑再三，他还是退出了。但在精神层面，他始终坚定地支持且由衷地敬佩这些为了争取权利而奋不顾身的律师。前辈大哥的话给了我很大触动。不久，周泽律师给我回复，欢迎我加入这个案子的辩护团队。在向律所领导请示之后，我很抱歉地告诉周律师："律所考虑到案件的复杂性，不同意出具办案手续，我无法参与其中。"

　　"小河案"的影响力巨大，很多当时已经成名的律师以及后来脱颖而出的律师纷纷出场，大家热情高涨，各显神通，是律师界空前的盛会。在律师们的共同努力下，案件的辩护取得了较好的效果。而最大的成果，是来自五湖四海的律师们形成了凝聚力，抱团取暖，不再形单影只，他们在一个个重大案件中互相支持，摇旗呐喊，争取权利，推动法治的进程。没能参加这个案件的辩护，是我职业生涯中不小的遗憾。如果当时参与了"小河案"辩护，我的律师职业发展轨迹可能就会截然不同了。

　　"小河案"之后，这些律师又转战北海、常熟等地。他们辩护的每个案子，必然会掀起滔天巨浪，引起法律界和舆论的广泛关注。在一次次实战磨炼下，"死磕派"的辩护技术越来越纯熟，领军人物和骨干成员也趋于稳定，这些律师的名气也越来越大。他们的巨大影响力开始引起有关方面的重视，他们的一些极端做法也让司法机关头疼。没多久，"死磕派"内部开始出现分歧，曾经并肩作战的律师公开决裂，在网络上掀起长时间的论战。某知名餐饮企业民事案件中，原被告双方分别高价聘请了"死磕派"的两位代表人物，以至于出现了刀刃向内、同室操戈的景象，令人痛心疾首。

我和"死磕派"律师接触不多，但我知道其中有不少理想主义者，他们为了捍卫法律，不惜头破血流，与违法者作坚决斗争。虽然他们的名字和事迹没有广为人知，但他们是真正的勇者，是我心目中的大英雄。但是不得不说，这个群体也是鱼龙混杂，很多投机者号称是"死磕派"律师，做出来的事情却是低级、不入流的。他们将"抱团取暖"变成了"党同伐异"，遇到跟他们意见不一致的同行，立即一拥而上，口诛笔伐，势必要将不同意见者批倒、批臭。

我曾经多次遭到来自"死磕派"律师的围攻。有一次我在网上对某些律师在办案中的极端做法提出了异议，说起当年有位律师在某省高级人民法院门口给院长摆了几天灵堂，最终受到处罚的事，建议律师同行引以为戒。这句话捅了马蜂窝，有位"死磕派"代表律师发起声势浩大的"刑辩打假"活动，矛头直接指向我。我不明白他们打我什么"假"，是说我律师身份是假的，还是我在法庭上的辩护虚张声势？一些我崇敬的大牌律师也加入了对我的指责，我一一私下回复，诚恳地解释、道歉，他们明白我的立场后，很快退出了对我的"围剿"，但有些人还是不依不饶，盯着我不放。他们抓住我发言中的一个失误——当年摆灵堂的不是律师，而是"助理"。我确实记错了，但这个失误也不至于用这么大规模的"打假"行动来报复吧？在我公开道歉后这件事才渐渐平息，我从此尽量不去招惹他们。

某些律师的做法实在过于激进，引起了相关部门领导的震怒，主管部门遂开始进行整治。一些"死磕派"律师受到严厉处罚，多名律师被司法行政部门吊销了执业证。我没有感到幸灾乐祸，反倒有点兔死狐悲的凄凉。这些受到处罚的律师确实存在一些问题，但谁又是完美的呢？有血性的人，身上的毛病也会比较明显。这些律师闹得越厉害，越说明他们不搞阴谋诡计，不会暗中使坏。真金不怕火炼，真相不怕质疑，真理越辩越明。他们再怎么"兴风作浪"，也胜过暗流汹涌。即使每个律师都变成了温顺的小绵羊，没有了法律案件中的对抗和冲突，社会矛盾也并不会随之消失。如果不是这些有个性的律师站出来呐喊，中国的律师队伍就会失去活力，某些部门就意识不到自己存在的各种问题。在我看来，吊销执业证的处罚过于严厉。

当然，有些律师的做法确实令人厌恶和不齿。为了个人私利，博取眼球，他们是非不分，颠倒黑白，信口雌黄，毫无底线，搞坏了"死磕派"律师的名声，也让律师的执业环境变得越来越艰难。

我曾经作为被害人亲属委托的诉讼代理人，办理过湖南某地的一起"杀童案"。案情并不复杂，因为邻里纠纷，一个六岁的小男孩被同村六十多岁的老头用砍柴刀连砍三刀致死，监控设备清晰地拍下了老头行凶的过程，视频画面惨不忍睹。被害人亲属找到我们团队。我看了材料愤怒不已，立即决定提供法律援助，与王小艳律师一起代理被害人，追究凶手的刑事责任。凶手家属原本打算聘请"死磕派"某位领军人物来辩护，但这位大律师没有同意，于是他们不惜重金聘请了一男一女两位赫赫有名的"死磕派"大将出马。我是第一次跟"死磕派"对阵，很想近距离观察和学习，取长补短，提高我的业务水平。

对方律师出的第一招是申请精神病鉴定。这一招并不新鲜，在事实清楚、证据充分的杀人案辩护中，一些律师经常用这个办法。然而，除非有极为明显的精神病症状，并且凶手在作案前已经被确诊为精神病人，否则，实践中很难得到司法机关支持。即使鉴定机构作出了"患有精神病"的结论，法院仍然可以认定被告人作案时神志清醒，从而作出有罪判决。有些律师在死刑案件的辩护中，不研究证据细节，不寻求刑事和解，把所有筹码都押在精神病鉴定上，似乎这是免死金牌，有了它就胜券在握。这其实是很不负责任的做法，他们的目的也不可能实现。虽然法院同意了对方提出的鉴定申请，但我们并不担心。

令我们感到意外的是，凶手在湖南关押，这个鉴定却放在广州做，而且要将凶手带到现场去做。湖南也有鉴定机构，为什么选择广州的？由广州的机构来做鉴定也行，为什么非要把人带过去？难道做这种鉴定需要非常多的仪器设备，鉴定人员不方便携带？被鉴定者是有严重暴力倾向的杀人凶手，如果在押送途中和鉴定过程中出现攻击他人和脱逃的情况，谁来担负这个责任？根据被害人亲属提供的情况，凶手的子女在广东工作，这就更让我们产生了疑虑。我们向法院表达了担忧，主审法官回复说，鉴定机构要求法院将被告人带过去做鉴定，被害人一方如果不放心，可以去现场监督。我和被害人亲属仔细讨论之后，决定在鉴定日之前赶到广州那家鉴定机构实地勘查，了解安全保障情况。

在当地执业的几个小伙伴得知我到了广州，特地开车接我，约好了中午一起吃饭。为了多一点时间跟我聊天，同时近距离观察我如何工作，他们要求陪我一起去鉴定中心。

鉴定中心在广州市区的一所大学办公，校园里人来人往，热闹非凡。我不由得担心，如果凶手在鉴定的时候突然挟持人质，后果将不堪设想。我们找到相关科室，刚介绍完身份和来意，工作人员就冷漠地表示拒绝接待。我很奇怪。我们只是想了解两个问题：第一，为什么要将凶手押到这里来，而不是安排医生去湖南的看守所做鉴定？第二，凶手是严重暴力犯罪分子，具有很大的人身危险性，鉴定过程的安全保障如何？这两个问题不难回答，也是被害人一方关切的。

不管我们怎么沟通，鉴定中心的工作人员都是一脸冷漠，对我们不予理睬。后来工作人员索性进入另一间办公室，关上房门，把我们晾在空荡荡的走廊上。我和小伙伴们商量了一下，决定找鉴定机构的领导沟通，但所有的工作人员都拒绝告知领导是谁，办公室是哪一间。我们根据过道的宣传栏海报，推测哪个人可能是领导，然后找到领导办公室。领导不在，值班人员说自己是临时工，不管事。我们留下一份书面意见后离开，出门时遇到之前接待的工作人员正准备进电梯。我们拦下她，要求她解答我们的疑问，可她始终一言不发。因为第二天就要做鉴定，如果安全保障存在漏洞，导致凶手在鉴定过程中脱逃，被害人家属将面临极大的人身危险。我们百思不得其解：为什么鉴定机构对我们如此冷漠，回避我们提出的安全保障问题？难道真的如被害人家属担心的，其中有猫腻？

表达完意见后，我们只好无奈地离开了鉴定机构。第二天正式鉴定的时候，我们没有再过去。对于鉴定过程和结果，法院拒绝透露，我们一无所知。直到开庭前几天我们才知道，法院后来决定更换鉴定机构，由湖南本地医院对凶手进行鉴定。

开庭那天，我们早早赶到了法院。庭审刚开始，被告人就提出拒绝律师为其辩护，要另行委托律师，庭审被迫中止。根据我们了解的情况，被告人早就更换了律师，为什么这次开庭两位大律师没来？如果是为了争取时间精心准备辩护意见，可以提前跟法院申请延期，没必要采取突然袭击的方式。这么多人都白来了一趟，不仅造成了司法资源的浪费，也让人有一种受到戏弄的感觉。这样做合适吗？

过了一段时间，法院通知第二次开庭。那天早上，被害人家属开车送我们去法院。在法院门口，我和王小艳律师先下车，家属去找地方停车。我们朝法院入口走过去，路上被一大群人团团围住。一名中年男子拽着我的衣领，朝我肩膀重重地捶了一拳，嘴里还用方言大声说着什么。我心想，凶手家属真嚣张啊，居然敢在法院门口打律师。王小艳律师一脸茫然地看着我，也不知道赶紧逃跑，我只好挡在她的面前，避免她受到这群人的攻击。被害人家属停好车，走过来看到这一幕，大声喊道："这是我们的律师！"这群人才散开。刚才打我的那个人一个劲地向我道歉，我摆摆手，苦笑了几声。做律师这么多年，从来没有挨过打，今天总算填补了空白，还是被自己一方的人误伤。

我们在法庭等了一会儿,看到一位男律师狼狈不堪地跑进来,坐在辩护席上。他把材料摆放整齐之后,对法官说,他刚才在法庭门口挨打了,另一位女律师现在还被人围着呢。法官立即安排法警去门口维护秩序,没多久,女辩护律师也进入了法庭,神情比较镇定,看来被害人亲属没有太为难她。

庭审刚开始,辩护律师就提出回避申请,理由是:本案被害人的父亲是当地基层检察院的工作人员,本案由市检察院提起公诉、中级法院审理,可能有碍司法公正,所以他们申请主审法官和本地司法系统所有人员回避。

"申请回避"也是某些律师在庭审中常用的一招。辩护律师提出回避申请勉强说得过去,但显然不可能得到支持。被害人家属只是县检察院的一般行政人员,本案由市检察院提起公诉,中级法院审理,显然他的影响力达不到这个层级。按照辩护人的这个逻辑,全国所有的检察院都不适合担任这个案子的公诉机关,全国所有的法院也不能审理这个案子。此前,被告人家属四处告状,举报被害人家属违反计划生育政策,举报本案检察官和法官违纪,甚至向北京市司法局投诉我"围堵鉴定中心",导致鉴定机构不敢鉴定,要求对我作出处罚。这些套路我早有耳闻,这次有了亲身体验,才知道如此令人恶心。

法庭当场驳回了辩护人的回避申请。庭审中,辩护律师又对湖南当地鉴定机构的鉴定意见提出质疑,要求法庭对我"围堵鉴定中心"的行为作出处罚,并申请有专门知识的人出庭作证。我大失所望。原本还期待着能向对手学习,现在看来,他们孤注一掷，将所有的宝都押在了"精神病鉴定"上，没有别的招了。

无论法庭上出示的精神病鉴定结论存在怎样的问题，被告人就站在法庭上，神情自若，对答如流。说他有精神病的人，要么是眼瞎，要么是脸皮厚。凶案发生时，被害人一方有数名大人在场，但凶手绕过大人，拿着砍柴刀直接追着六岁孩子砍，在孩子被砍倒在地后还上去补刀。目的如此明确，怎么可能是精神病？司法机关越来越重视对未成年人合法权益的保障，辩护律师想从"精神病"角度为杀害未成年人的凶手脱罪，简直是异想天开。

这个案子不是没有辩护空间。邻里纠纷引发的凶案属于"宽严相济"刑事政策中可以从宽的情节，只要能得到被害人家属的谅解，被告人不被判处死刑立即执行的可能性是很大的。被告人已经六十多岁，在监狱服刑几年之后，大概率会因为健康原因获得保外就医，从而与家人团聚。虽然被害人家属不会轻易谅解被告人，但只要被告人家属拿出十足的诚意，通过司法机关和村里的长辈耐心做工作，等到被害人家属的伤痛渐渐平复，也不是没有可能松口。这个辩护思路不复杂，刚入行的律师都能想到。对方聘请的两位辩护人都是执业时间很长的资深律师，应该知道怎样才能保住被告人的命，实现最佳的辩护效果。他们非要采取这种剑走偏锋的极端打法，从一开始就注定了失败。

一审判决毫无悬念，被告人被判处死刑立即执行。我们原以为对方会认清形势，迅速调整辩护策略，从"对抗"转为"求情"。没想到的是，对方反而变本加厉，全线出击，开足火力对一审公诉人、主审法官、被害人家属进行控告。我和王小艳律师作为被害人家属聘请的代理律师，更是成为他们攻击的重点。他们不仅向北京市司法局、律协举报我们，还发动舆论机器对我进行攻击，试图将我批倒、搞臭。一位著名媒体人在网上公开谴责我"围堵鉴定中心"，干预司法鉴定结果。对方辩护律师也在微博上说，我把鉴定中心的人吓得"肝胆俱裂"。某大报的一位著名记者电话采访我"围堵"之事。我知道他来者不善，仍然表达了我对他早有耳闻，充满敬意，希望他这篇报道客观中立，坚守新闻伦理。然而，这家报纸发布出来的深度调查文章，还是明显偏袒凶手一方。

我不只是失望了，更多的是深深的悲哀。辩护律师为自己的当事人说话，就算颠倒黑白、夸大其词来攻击同行，虽然违反了律师职业道德，但还可以说是忠于自己的当事人。几十年来，这家报纸一直是我的精神食粮，我经常看得热血沸腾、心潮澎湃，但这次的表现让我失望。那几位攻击我的记者在媒体圈素有盛名，他们以新闻界的"良心"自居，但在这件事情上，他们的立场让我震惊。六岁孩子被一个成年人活活砍死，这个血淋淋的事实他们看不到，更没有为无辜的孩子发声。即使我详细说明了事情经过，广州那边的鉴定中心也向法院和北京市律师协会提供了当天的监控视频，他们仍然盯着我"围堵"的事不放，说我导致凶手失去了获得鉴定的机会，影响了判决结果。我以后还要不要相信这些媒体的报道呢？

经过二审和死刑复核程序，凶手最终被执行了死刑，为自己残忍杀害幼童的行为付出了生命的代价。原本他还有一线生机，但在自己亲属、辩护律师和某些记者的努力下，彻底断送了希望。得知

256

对方向北京市律协投诉我"围堵鉴定中心",被害人家属非常气愤,多次要向凶手辩护律师所在地律协投诉其法庭内外的不当言论,都被我拦下来了。虽然我对这两位律师的业务水平和为人感到失望,但律师职业已经如此艰难,何必对每个同行都要求太高呢?

当权利受到不法侵害的时候,我们必须坚决斗争,决不退缩。从这个角度来说,"死磕"是对每一个法律工作者,尤其是对律师的基本要求。"死磕"的基础应当是维护正义和公理,不是个人私利。接受委托后,为丧尽天良的犯罪分子进行辩护,是律师的工作职责,但是采取歪门邪道的斗争方式,就说明自己和犯罪分子是一丘之貉。"死磕"是临危不惧、光明正大,不是颠倒黑白、胡搅蛮缠,令人鄙视和厌恶。"死磕"必须注意质量,追求效果,而不是无价值、无意义的作秀,否则就只是成就了律师的知名度,而让当事人失去了最后的机会。

我担任过某省会城市一起金融犯罪案件被告人的辩护律师。庭审中我感觉极度无力,法官态度蛮横,数次打断律师的正常发言。后来我在卷宗证据材料中发现了该省某领导就案件作的批示,这才恍然大悟。于是,我公开向中央有关部门检举这位领导插手干预案件的违规行为,气氛一下子变得极度紧张。该地司法部门给北京市司法局发函,说我诋毁领导,要求对我作出处罚。据悉,当地有关部门已经对我采取技术手段,工作人员也已经到达北京,可能会对我采取后续行动。

听到这些消息,我的内心非常平静。身正不怕影子歪,我所做的一切都是合规合法的,他们没有处罚我的理由,必然不敢动我。只要我被采取措施，该领导干预司法的事情就会扩散出去，形成更大的舆论。

过了几天，当事人亲属打来电话，说法院同意对当事人取保候审并判处缓刑，前提是必须解除对我的委托，他们想听听我的意见。我表示尊重当事人的选择。在具体案件中，当事人的利益是律师最大的工作目标，与之相比，律师自身的安危荣辱并不重要。没多久，这起案件再次开庭，当事人更换了辩护律师。庭审只进行了半个多小时就结束，法院当庭宣判，当事人获得了自由。

在办理案件过程中，我不赞成"飞蛾扑火"般的打法。虽然悲壮，却是昙花一现，难以为继。我更赞同"韧性的战斗"，知深浅，懂进退，审时度势，能屈能伸。律师拼的是勇气和智慧，不是蛮干，不能动不动就以命相搏。在强大的对手面前，除非是准备好了牺牲，否则还是要精心筹划，坚韧不拔。

我曾经和吉林长春的姚卫国律师共同为一起职务侵占罪案件被告人辩护，因为该案涉及跨国承包经营的法律问题，北京的一位记者非常感兴趣，开庭的时候也去旁听。庭审过程中，记者忘了将手机调成静音，铃声影响了庭审，法警暂时扣了他的手机。休庭的时候，记者找法官要回手机，法官态度比较傲慢，记者情绪有点激动。法官一声令下，几名法警一拥而上，当即将这名记者摁在地上，还给他戴上了背铐。旁听席的观众见状顿时作鸟兽散，只听见记者在地上发出困兽一般的怒吼。我从辩护席冲过去，大声喝止法警对记者造成更大的伤害，要求法官立即释放这位记者，避免事态进一步恶化。法官没有搭理我，径直回了自己的办公室，记者被法警关进法庭隔壁的候审室，面如死灰。

这个时候，我如果转身离去，应该没有问题。我的任务是为被告人辩护，记者与法官之间发生的冲突，是他个人行为导致，与案件没有关系，不在我的工作职责之内。如果我留下来交涉，法官恼羞成怒之下，可能把我也关进去，到时候同样无法脱身。但这位记者是跟我一起来的，我如果不闻不问，他很可能被司法拘留。我不能置身事外，必须抓紧时间从中斡旋，让这位记者尽快获得自由。

火烧眉毛了，我来不及想太多，赶紧叮嘱关在候审室的记者务必保持冷静，不要再跟法警发生冲突，记者默默地点头。随后，我立即赶往法官办公室，向他讲述这件事情处理不当可能造成的严重后果，法官沉默不语。我知道他现在左右为难，如果对记者作出司法拘留的决定，必然引发重大舆情，他要向上级领导和公众作无数解释说明。但是，如果把人放了，记者出去后告他滥用职权怎么办？我向法官建议，让这位记者写一封道歉信放在法院，如果记者今后拿这件事情做文章，法院可以向媒体公开这份材料，以正视听。法官听了我的建议默默点头，让法警将记者带到他办公室里来。

我知道这位记者现在也是惴惴不安，如果被司法拘留，他的职业生涯可能就此彻底完结，即使不被拘留，如果法院给他工作单位发函说明此事，他也会受到严肃处理。他拿不准能不能写道歉信，让我帮他把握。我向法官提出，道歉信只是起制约作用，如果记者没有主动披露今天发生的事情，这份材料就必须保密，不能透露给记者的供职单位，否则事情搞大了，大家都不好办。

法官表示同意。记者说现在脑子很乱，让我帮他起草道歉信，他照抄一遍。

法官拿到记者誊抄好的道歉信后，双方握手言和，事情顺利解决。这起突发事件没有造成不利后果，还对我正在承办的案子起到了积极推动作用。没过多久，检察院撤回了起诉，最终作出不起诉决定，当事人被无罪释放，还拿到了国家赔偿。那位记者没有受到任何影响，后来报道了很多重大案件，表现十分活跃。有了那次的深刻教训，他应该不会再跟法官发生冲突了。

关于"死磕"，我的经验是"三磕三不磕"：第一，"磕程序，不磕实体"。一个案件实体上的内容太多，每个人的认识也存在差异，公开讲述这些事实，可能会泄露案件机密。第二，"磕个体，不磕整体"。如果"磕"司法机关，不但有失公允，而且律师的力量相对也是弱小的。司法机关不可能允许违规行为，违规的只是具体办事的人。我们的目标是清除害群之马，不能不分青红皂白，自不量力，挑战整个群体。第三，"磕要害，不磕屁股"。在不痛不痒的小问题上纠缠，毫无意义，我们要找到对方的痛点，精准打击，取得效果。

一切违法者都是纸老虎，他们看上去面目狰狞，张牙舞爪，实际上都是色厉内荏，不堪一击。只要有违法者，就会有勇敢的护法者。"死磕"是法律职业的精神内核，不是某个群体的专利，更不能被少数人的极端行为污名化。"死磕派"律师这个群体，汇聚了中国最优秀的刑辩律师，他们是中国律师不畏艰险、敢于担当的代表，他们为法治进程作出的贡献，必将载入中国法制史册。

第十八章

后　　浪

他们精力充沛，思路活跃，学习能力强，虽然还有很多不足，但谁不是这么走过来的呢？

——易胜华

　　2012 年初夏的某个深夜，我接到来自武汉的一个陌生电话。对方嗓音低沉："请问是易胜华律师吗？"这种套路一般都是电信诈骗或者广告推销电话，但这个人的普通话很标准，嗓音很有磁性。他自我介绍道："我是中南民族大学法学院副教授陈虎。"虽然没有听说过这位陈老师，我还是礼貌地回应："您好，请问有什么事吗？"

　　陈老师说，他组织了一个"日知为智"的学习群，群里都是些年轻的法律人，在某网络平台有语音教室，想邀请我给大家做个讲座。陈老师特别强调："之前张青松律师他们也来讲过课。"这句话点中了我的要害，能和张青松律师成为一个咖位的讲师，我当然是非常愿意的，于是欣然接受了邀请。我在"日知为智"学习群的讲座很成功，那个晚上我的微博涨了几百粉丝，这才知道陈老师的真名叫陈少文，业余时间经常举办免费的法律实务讲座，深受年轻法科生的爱戴。

　　每年春天，陈老师都会带着学生们去九华山游学。有一回陈老师向我发出邀请，我推掉几个工作安排，冒着大雨上了九华山。在这次聚会上，为了激励年轻人写作，我对着摄像机承诺："年轻律师如果每周写一篇两千字的原创文章，坚持三年后，年收入一定会达到三十万元以上；如果没达到，可以找我补齐，还可以扇我！"陈老师凑过来对着摄像机说："除了易律师，再算上我一个！"

陈老师关注年轻法律人成长的精神感染了我，我和陈老师以及他的学生们从此结下了不解之缘。

和很多同龄人一样，我小时候也有一个当老师的梦想。少年时代的一些梦想伴随着时光的流逝渐行渐远，来北京做律师以后，"老师"这个梦想的火苗又在我内心深处被引燃。

经验丰富的律师有机会走上高校讲台，向法学院的学生讲授律师实务。还有一些律师在专业论坛、网络平台上开办讲座，分享自己的办案经验。这样的体验我都有过。我在北京一些著名的院校给法科研究生讲课，课后学生们给我的评分非常高。我在点睛网的"法律咨询四步法"讲座，点击率长期排在前三位，远远超过一些前辈律师。但我仍然觉得不过瘾，似乎还缺少了些什么。

师者，所以传道授业解惑也。当前的律师培训，重点大多放在"授业"（传授业务技能）上。"传道"是人生观、价值观的熏陶，需要润物无声的长期相处。"解惑"不限于业务方面的解答疑问，还包含对学生人生道路的指引与帮助。三者结合在一起，才是一位真正的老师。我想成为这样的老师。

中国的法科教育与司法实践有点脱节。近些年，一些法学院校开始注重为学生提供实践机会，聘请法律实务工作者走进课堂，情况有所改观，但仍未达到律师业务对新人的要求。刚刚走出校门的法科生眼高手低，对收入有着不切实际的期望，对工作却一无所知，必须从零开始重新学习。刚刚进入律师行业的新人如何快速进入角色，获得业务技能的提升？线上线下的律师培训虽然很多，大部分是针对已经执业数年的律师，自我推销的色彩比较浓厚，培训中真正的干货非常有限。除了律师协会组织的侧重于警示教育的岗前培训外，律师新人很难得到全面、系统的执业技能训练。

"教会徒弟，饿死师父"，这种思想在律师行业普遍存在。尤其是在一些经济欠发达地区，法律服务市场不大，竞争比较激烈。资深律师都很忙，没时间也不太愿意向助理传授自己的办案经验。大多数刚刚进入律师行业的年轻人，只能拿着微薄的助理工资（甚至没有），做一些枯燥的、没有太多技术含量的事，在工作中慢慢摸索经验。师父心情好的时候，还可以请教几个问题。平日里，师父总是一脸严肃，来去匆匆，请教问题的机会不多。也有运气好的年轻人，师父倾尽全力传授业务技能，把全部资源提供给徒弟，他们很快就能独当一面，处理各种复杂的法律事务。翅膀硬了之后，年轻人总是要单飞，留下来继续和师父一起工作的并不多见。呕心沥血教出来的学生，最终还是要离开，甚至成为竞争对手。这是一件令人伤感的事情。

刚刚进入律师行业的时候，我很希望自己有天赋、有奇遇，在业务上无师自通，或者一个世外高人收我为徒，耐心教导，悉心培养，将毕生功力灌入我的体内，我不费吹灰之力就拥有一身本领，从此独步天下，笑看风云。可惜我没有武侠小说中的新人那么幸运，律师江湖对我这个无名小辈非常冷淡。无论是刚起步做律师，还是初到北京，我都是两眼一抹黑，没有可以凭借的资源，只能慢慢地摸索和积累。

我天性愚钝，除了脚踏实地，还需要博采众长，向更多前辈学习。在老家的时候，无论是谨小慎微的陈律师，器宇轩昂的胡律师，左右逢源的杨律师，仗义疏财的黄律师，风流倜傥的简律师，还是儒雅温和的钱律师，我从他们身上汲取不同的长处。来北京后，我有机会接触国内很多顶级律师，研究他们的案例，分析他们的辩护思路，揣摩他们的办案策略，融会贯通，受益良多。所有给予我经验、教训、机会的前辈们，我都铭记在心。

有些前辈没有专门传授我律师业务技能，我主动替他们跑腿打杂，通过这种方式偷师学艺。每当在饭桌上，这些老律师进入醉酒模式，开始高谈阔论，我洗耳恭听，在他们兴致高昂的时候提出一两个小问题，请他们解惑。遇到一些质量好的案子，我推荐给老律师办理，自己参与其中，承担主要工作，遇到问题就查资料，或者向他们请教。

独立执业后，我的业务慢慢多了起来，需要助手替我分担一些基础工作，比如查资料、写材料等。我教给他们一些基本的技能，他们完成交办的工作任务后，我再用几倍时间逐字逐句修改，再给他们讲解，为什么这样修改，存在哪些问题。我小心翼翼地斟酌自己的措辞，照顾他们敏感的自尊心，避免刺激到他们，影响他们对职业的信心。

即便这样，有些年轻的助手还是漫不经心，同样的错误能犯三五次。委婉地批评他，他会嘿嘿傻笑，下次还是同样出错。有个助手在外出办案时弄丢了案件卷宗，害怕被当事人责怪，当即不辞而别，再也联系不上。我只好一再向当事人赔礼道歉，求得他的谅解。好在卷宗里的证据材料都是复印件，还可以想办法补救，否则真不知道怎么收场。

有一年暑假前夕，律所领导给我打电话，说北京某高校安排法科生暑期过来实习，希望我接收几名学生，作为他们的指导老师。非诉律师团队的实习生可以帮忙打杂，复印材料、整理卷宗，刑事业务中如果实习生没有律师证，很多事情都做不了，何况我已经有了好几个助理。既然律所有安排，我只能答应抽空教教他们。律所领导又提出，学校要求律所每天给实习生一两百块钱补贴，这个钱由指导老师来承担。我有点想不通，他们既然是来学习的，为什么指导老师还要给钱？我去新东方学英语，培训班的老师也不会给我钱啊！

我在微博上发了几句牢骚，原以为会引起大家的共鸣。始料未及的是，这条微博引来很多法科生的围攻，说我压榨实习生，没有公德心。我的倔脾气被激发了出来，于是在网上发出招聘实习生公告，开出的条件是：实习两个月，学费三千元，没有任何补贴；实习期满通过考核后，退还全部学费并给予五千元奖学金；期满后愿意留下来工作的，月薪五千元起（当时的市场行情是新入职的律师助理每月两千五百至三千元）。

这则招聘公告再次激怒了年轻的法科生们，他们在网上对我进行连篇累牍的谩骂，还有人举报我违反劳动法、没有办学资质，要求有关部门对我作出处罚。同时，我也收到了几十封应聘的电子邮件。我精心挑选了两名同学来实习，并一再叮嘱助理，绝不允许实习生替我做任何杂事，他们的任务就是专心学习。我在办公室的时候，如果没有重要的工作安排，就给实习生讲解律师实务经验，回答他们的提问。有些适当的场合，我会让他们旁听，事后跟他们一起复盘，分析其中的一些关键点。

我还专门为他们设置了培训课程。他们的文字功底比较差，写的东西语病、错字多得令人难以忍受。为了提高他们的写作语感，我要求他们每天抄写一篇报纸上的社论（后来又增加了每天一篇《古文观止》文章），每周必须写一篇两千字的实习手记。为了让他们养成工作细致的习惯，如果他们撰写的文字材料出现错别字，必须按每个错字一百元的标准在工作群发红包。为了锻炼他们的胆量，我还安排了演讲训练，要求他们每周做一次街头即兴演讲。我临时指定演讲主题，让他们带着扩音器站在人来人往的马路边，对着麦克风旁若无人地说上五分钟。他们都坚持了下来。

两个月后，这两位实习生都通过了考核，每人从我这里领到了退回的三千元学费和五千元奖学金。两位同学都愿意留下来继续工作，除了月薪五千元，他们还有租房、交通、通讯补贴。经过我的指导，研究生尚未毕业的王小艳同学在"尚权杯青年律师征文大奖赛"中脱颖而出，获得唯一的一等奖，奖金十万元，年底还获得律所"十佳新人"称号。王小艳同学在校期间获得的工作收入，比某些执业两三年的律师还要高。她现在是北京勇者律师事务所主任、朝阳区律师协会律师代表，办理了很多影响重大的案件。

考虑到两个月的时间太短，第二年招聘的时候，我将学习期调整为六个月，学费提高到一万元。根据前一年的经验，我制订了更详细的学习计划。我从上百封应聘邮件中筛选出 10 人来北京面试，最终录取了两名学生。没有被录取的面试同学，我给他们报销了往返路费。录取的两位同学中，张有为同学在学习期满、考核通过之后成为我的合作伙伴。由于各方面能力突出，他很快被律所管理层看中，转到行政岗位重点培养，现在担任大所的分所执行主任，每年的收入相当不错。

我认为，这些年轻人既然是来律所学习，交学费就是天经地义的。"带薪学习"的后果，是这些实习生无所事事，虚度光阴。言者谆谆，听者邈邈，我不想在他们身上浪费时间。愿意交学费的，那就是下了决心来学习，他们有了压力，就懂得珍惜。我收了学费，也有了义务，必须拿出时间手把手地教他们。

我当然不是想赚他们这点学费。如果将指导学生的时间用在工作上，我可以获得很多倍的回报。更何况，考核通过后这些学费悉数退还，我还提供五千元奖学金；如果考核没有通过，我则会把学费以他们的名义全部捐献给公益项目。这些学生不需要为我做任何事情，我给他们进行研究分析的业务案例，都是已经办结的案件。如果真的有需要，让他们为我做了事，我会给他们报酬，还请他们吃饭。我希望他们能真正学到东西，不要浪费我的时间和心血。

两期实习培训的效果非常明显。很多年轻法科生在网上给我留言，表示愿意花更多的钱来我这里实习，我都婉拒了。这样带学生太累，压力太大，责任太重。我不得不向传统的法科生实习模式屈服。朋友、领导推荐过来的实习生，我都接收下来，按照律所的要求，每天给一两百元的补贴。至于能不能学到东西，那就看他们自己了。

　　我还是忍不住想把自己的办案经验传授给年轻人，让他们在最短的时间内得到系统训练，快速掌握律师实务技能。我与一家国际性的法律公益机构合作，面向全国年轻律师，举办为期两个月的周末刑辩训练营，免费招募四十名学员。为了提高学习的实用性，我对之前的培训模式进行大刀阔斧的改革，根据律师工作实际需要，重新制定教学大纲，培训内容包括市场营销、接待客户咨询、律师会见、阅卷、法律文书写作、与办案人员沟通、模拟法庭等十个科目。为了让学习更有趣、更刺激，我还将学员分成几个小组，开展小组内讨论，让组与组竞争，并让学员们进行角色扮演、现场模拟，沉浸式体验办案。这种全新的线下培训方式深受年轻人欢迎，很快推广开来并不断升级，成为律师业务培训的主流形式。这四十位来自全国各地的年轻律师，现在都成为当地的律师业务骨干。

　　这种培训虽然实用、新鲜、刺激，但时间太短、效果有限。年轻律师需要的是长期跟进，不断巩固提升。早在2013年，我就建立了不收取任何费用的"易辩网校"，最初是一千人左右的两个QQ群，来自全国各地的年轻律师们聚集在一起，交流心得、听讲座。后来，我将这个学习群转移到了微信，形成了五个预备班、一个核心班（人数控制在一百人以内）、若干个片区小班，总数约两千人。他们大多是执业三年以下的律师，还有一些是在校法科生和有意从事律师职业的公检法人员。

　　从2015年开始，我的培训逐渐走向正轨。我从预备班挑选发言积极、素质不错的学员进入核心班，按照教学大纲进行培训，要求他们按期提交作业。超过三次未能提交作业的学员，将被淘汰出群。除了在微信群根据学习大纲讲授律师业务技能、组织学员们交流，我还挤出时间批改学员提交的作业。我推出了一系列专题计划，让这些年轻律师进行强化训练，如 2016 年"偶像律师计划"、2017 年"实战演练计划"、2018 年"写手计划"、2019 年"辩手计划"、2020 年"杀手锏计划"。每个专项训练结束之前，我将表现优秀的学员组织在一起，进行线下集中培训。我们在北京、庐山以及韩国、俄罗斯等地开展了多次活动，包括技能比赛、拍摄微电影，大部分费用都由我承担。

在和这些年轻律师的交流中，我发现了很多优秀人才。批改作业的过程，对我而言也是在向这些年轻人学习。他们朝气蓬勃、思维活跃，虽然在某些方面火候未到、略显稚嫩，但那只是时间问题。我从这些年轻人身上学到了很多东西，更被他们的朝气所感染，似乎自己也回到了青年时期，充满了力量和斗志。

我关注着每一位学员的优点和短处，在他们迷茫和沮丧的时候，给予鼓励，为他们的特长提供展示的平台；对他们在工作和生活中一些未必妥当的做法，畅谈我作为过来人的经验，供他们参考。为了鼓励他们不被眼前的困难束缚，失去远大理想，我出资设立了"青年律师成长基金"。生活遇到困难的学员，可以向我申请无息、无抵押的借款，最高额十万元，期限一年。我不但是他们律师业务的导师，更是他们坚强有力的后盾。

在 2018 年新浪微博"法律创新大会"上，有五名"易辩网校"的同学分别获得"影响力大 V""新星大 V""公益大 V"的奖项。看到他们获奖，我比自己获奖还要高兴。有的学员在网络平台的粉丝数量已经远远超过我，出镜机会也比我多，还有一些学员已经成为律师事务所的主任、合伙人或者专业领域拔尖的律师。我为此感到骄傲。如果学生一直不能超越我，我的付出也就失去了意义。

　　有人问我："既然你为年轻律师的成长付出了很多时间、精力和费用，那为什么还有那么多人骂你？"我的回答是："因为他们没看到我做了什么，对我存在误解。如果明知道我做了很多事情，还说我压榨年轻人，那就无所谓了。"做律师以后，我就是一路挨着骂走过来的。最初是前辈骂我，现在是后辈骂我。被人误解的滋味当然不好受，尤其是被年轻人误解。我对年轻律师充满了期待，他们精力充沛，思维活跃，学习能力强，虽然还有很多不足，但谁不是这么走过来的呢？

　　不知不觉，我已经成了老律师，就像一部用了多年的手机，安装了很多程序，处理过大量工作，存储了很多珍贵的资料。虽然它现在用起来还比较顺手，但有些部件已经开始失灵，反应也越来越迟钝。就算系统不断升级，凑合着还能使用，最终它还是要被替换的。与其恋恋不舍，不如主动将旧手机里的程序和资料转到新手机里。

　　律师是脑力和体力结合的职业，冲浪、破浪，紧张刺激、扣人心弦，这是属于年轻人的事业。我的浪头已经快要奔向沙滩，接下来就是后浪们的舞台。一浪接一浪，永无休止，构成了波澜壮阔的中国法治进程。有幸参与其中并作出自己的贡献，我的职业生涯也就没有什么缺憾了。

第十九章

坠　　落

有人成为公众心目中的英雄，而我是自己心目中的英雄。

——易胜华

2017 年 9 月中旬的一个周末，像以往的假日一样，我和媳妇带着孩子在家附近的公园玩。碧空如洗，绿草如茵，阳光明媚，秋风送爽。我们在草坪上支起了帐篷，躺在里面看书、聊天，孩子拿着风车，在树林里欢快地奔跑。一切都是那么美好、惬意。

中午，我带着孩子在湖边散步，接到了一个陌生来电。当时并不知道，从这个电话开始，我的律师职业生涯会出现断崖式的坠落，平静舒适的生活一去不返，前面将会出现无数的明枪暗箭、激流险滩。

打电话来的是一位中年男子。确认我的身份后，他说自己是台星星的亲友，想和我约个时间见面聊。类似的电话我接过很多，因为经常在网上评论热点事件，我时不时会接到一些莫名其妙的电话，或者是破口大骂，或者是挖坑套话，我已经知道如何应对。既然要见面聊，那就见吧，反正这个周末没有其他安排。

"舒新民跳楼自杀"事件刚刚发生的时候，我没太在意。自杀的人每天都有，原因各种各样，大多归结于抑郁症或者情感纠纷。这件事在网上越炒越热，关于死者前妻台星星的负面传闻也越来越多，我感觉有些不对劲。当看到曾经代理某明星离婚案的律师接受死者亲属委托的新闻，我恍然大悟。难怪有一种熟悉的味道！先发制人，开动舆论机器将对手搞臭，使其永世不得翻身，随后动用刑事手段将其送进监狱，民事方面的诉求就如探囊取物了。在民事纠纷中，这种"运动式"打法非常有效，对法治环境的伤害却是巨大的。我对这个事件产生了浓厚的兴趣。

当时，我正在指导"易辩网校"的学员进行法律评论写作训练。我要求他们围绕这起事件发表评论，并带头写了一篇文章发在微博上。我的观点是：在某明星离婚案中，他的律师团队采取"以刑促民"的策略，将对手之一的经纪人送进了看守所；在台星星案件中，他们很可能会重演这一幕。我从"隐瞒婚史不等于诈骗""女方不具有非法占有目的"等角度，得出"台星星不构成犯罪"的初步结论。那几天，网上对这个事件的评论铺天盖地，很多人都参与讨论，我的文章没有引起什么反响。在文章发布的第二天，我却接到了这个电话。

我和电话中的男子约定，下午六点在我办公室见面。我立即赶往律所，并通知助理小艳加班。过了约定时间差不多半个小时，那个人还没到，也没有电话打来。我想可能被耍了，收拾东西准备离开时，一位五十岁左右的男子出现在我办公室门口。他一坐下就直奔主题，说认真看了我写的文章，觉得很有道理，问我是否愿意接受台星星的委托，代理这个案子。

我半信半疑，对他说："如果要聘请律师代理案件，必须当事人亲自委托。"

他向我了解收费情况，我报了自己的收费标准。他说："很多著名律师愿意免费代理这个案子，但我们还是觉得您更合适。

您的收费能不能低一些？"他拿出手机，给我看某些律师和他的微信聊天记录。这些律师我大部分认识，他们表示愿意免费代理这个案子，而且说成功率一定会很高。

我顿时精神一振，看来这事是真的。我做律师挺长时间了，虽然办过不少疑难复杂案件，总觉得不过瘾。这些案子的难度没有突破我的心理阈值，不能带给我更大的挑战，激发我的潜能。今天这个案子可以满足我的愿望，舆情汹涌，杀声震天，如果站在有利的一方，顺风顺水反而没有意思，逆流而上，才是对我最大的挑战。

男子提出了一个很低的收费，我表示接受。与我将要面对的挑战相比，收费高低没有太大的意义。我已经过了缺钱的时期，更期待一种全新的体验。

男子走出去打电话。几分钟后，他领着一个瘦弱女子再次走进我的办公室。在跟我交流的过程中，这个女孩一直戴着棒球帽和口罩。我建议她露出脸来，以便我们进行沟通。她看了边上的男子一眼，男子点了点头，她犹犹豫豫地摘下了帽子和口罩。我终于看到了网上千夫所指、万人唾骂的台星星。跟照片相比，她脸色苍白，眼神慌乱，声音微弱，就像一只惊弓之鸟。

我就网上传播很广的一些消息对她进行询问。她一一回答，并拿出一些证据材料给我看。据她讲述，婚后两人发生争吵时，男方对她有较为严重的家暴。我这才知道，网上那些对她不利的消息，可能大部分是谣言。一些媒体为了流量，没有经过核实就争相报道、大肆传播，她已经臭名远扬、百口莫辩。我提出自己的代理思路：必须尽快对相关事实进行澄清，制止谣言进一步扩

277

散，否则司法机关有可能被舆论裹挟，对她采取刑事强制措施，以平息民愤。

台星星对我的观点表示赞同，当场签署了委托书和代理协议。她要我立即发布"律师声明"，因为对方律师在网上放出消息，明天将接受各大媒体采访，就"台星星涉嫌刑事犯罪"召开新闻发布会。对方的目的是制造舆论向警方施压，形势迫在眉睫，必须采取快速、有效的措施阻断他们的行动，否则后果非常严重。

连夜发布"律师声明"肯定是不行的。当事人与律师签订的委托代理协议，必须律所盖章后才能生效。现在是周日晚上，律所行政人员还在休假。在委托手续完善之前，我不能以当事人代理律师的身份开展任何业务活动。我向台星星说明了情况，约定：他们立即将律师代理费转入律所账户，明天一早我安排助理去律所给代理协议盖章。

送走他们，我回到家里，顾不上吃饭，迅速写好了"律师声明"，反复推敲措辞，发给当事人确认后，存在微博的草稿箱。只要代理协议一盖章，我就可以发布了。

第二天一早，我按照原定计划去外地出差。坐在高铁上，我有些惴惴不安。这个案件影响非常大，当事人处在极为不利的舆论旋涡中。如果律所考虑到案件的负面影响，不同意在代理协议上盖章，我就无法参与这个案子了。我反复叮嘱助理小艳："拿委托协议去律所盖章的时候，要装作若无其事的样子，不要走漏消息，盖好章立即告诉我。"当小艳将盖好章的委托协议拍照发给我，我这才放下心来，在手机上打开微博，将草稿箱里的"律师声明"点击发送。

"律师声明"的主要内容一共有八点：

1. 在代理本案过程中，我将严格遵守律师执业纪律和职业道德；

2. 基于"死者为大"的风俗，台星星迄今为止没有对外界的误解和人身攻击作出解释；

3. 绝大部分网友出于朴素的正义感而发表的看法，我们表示理解；

4. 少数网友的人肉搜索，严重干扰了台星星及其家人的正常生活，部分媒体捏造和散布虚假事实，这些行为都构成了侵权，甚至涉嫌犯罪；

5. 建议侵权者限期自动删除违法信息，我们不再追究责任；

6. 我们将于第二天零时开始搜集固定有关证据，追究侵权者责任；

7. 我们不接受媒体采访；

8. 希望双方律师共同努力，妥善解决纠纷。

第八点的完整表述是："我们了解到：舒新民家属委托的代理人，是我们尊重和信任的优秀律师同行。我们愿意虚心请教、充分沟通，帮助双方当事人及其家属消除误会、化解敌意。我们相信，通过双方律师的共同努力，本案一定会回归到理性和法律的层面，最终得到妥善的解决。"

死者家属委托的两位律师都是我的熟人，虽然双方当事人势同水火、不共戴天，律师同行之间还是要互相尊重、加强沟通。

这个案子因感情纠纷引发，对方最终的目的还是夺回财产。既然双方律师比较熟悉，完全可以坐下来协商解决，没必要打口水战，搞得血雨腥风。我首先释放出友善的信号，也是为后面的谈判做铺垫，对这一点事先征求了台星星的意见。

声明发出去不到一个小时，我就收到了对方律师发来的消息。我们在微信上简单沟通了一下，说好等我出差回来，大家一起聊聊这件事情。我对案件的前景充满了信心。

然而，我对形势的估计太乐观了。

我的"律师声明"发布后，立即引起了轩然大波。最开始有些人在微博上留言骂我，我没当回事，对于网络暴力，我已经是见怪不怪了。很快，我就接到了来自各个方面的电话。

首先是嗅觉灵敏的各路媒体记者打来的电话。虽然我声明不接受媒体采访，他们还是联系我，拐弯抹角向我打听案件情况，我一一婉言回绝。紧接着律所主任打来电话，命令我立即将盖了章的代理协议退回律所，办理解除委托手续。我说自己在出差的路上，等我回来再说。助理小艳发消息告诉我，因为审核不严，律所主任暴跳如雷，将负责盖章的行政小妹骂哭了。一些老朋友也打来电话，他们对我代理这个案子感到不解和担忧，问我为什么要这么做，是不是台星星支付了巨额的律师费，以至于我难以拒绝。我告诉他们，有机会我会当面解释。

随后，无数个骚扰电话和巨量的垃圾短信如同海啸一般向我席卷而来。我只好将手机设置为静音模式，即便如此，手机还是死机了。我干脆关机，切断跟外界的一切联系。由于我在网上留的是助理小艳的联系电话，她接到了无数辱骂的短信和电话，都快被骂抑郁了。

当我走出高铁站，接站的朋友已经得知了消息，一路上不停地告诉我网上的最新进展。我不想听，还是先处理手里的工作吧。

当天下午，我处理完手里的工作，在酒店房间里打开电脑和手机，不计其数的消息扑面而来，让我感到窒息。

除了对我进行指责和谩骂的，还有一些人向我提出质疑："前两天有一位女律师在微博上写文章为台星星辩解，你在转发评论的时候，羞辱人家是大龄单身女律师，还说她收了钱为台星星洗白，为什么自己又来代理这个案子？"台星星也发来消息，提出类似的问题。

我确实说过这样的话，那位女律师是我发起的"年轻律师写作培训"的学员，文章是她提交的作业。由于她的微博粉丝比较少，我特地转发帮她提高阅读量。当时我没想到自己会参与这个案件，所以转发时用了调侃的语气。平时我在微博上经常这样调侃自己的学员，没有出现任何问题，但现在的情况不一样了。

我把相关的截图发给台星星，她接受了我的解释，但我的辩解对其他人毫无作用。微博留言区几万条评论，绝大部分都是不堪入目的辱骂和诅咒。骚扰电话和垃圾短信犹如洪水猛兽一般，张牙舞爪，几乎要把我吞噬。我遭遇过多次网络暴力，在接受台星星委托的时候，对可能面临的情况有一定的预判，但这一次的攻击力度和量级远远超出我的想象。乌云翻滚，电闪雷鸣，恶浪滔天，我陷入无边的黑暗中，难以抗拒，无法自拔，就像汪洋大海里的一片树叶。他们无孔不入、万箭齐发，而我无处可逃，几近崩溃。当看到微博上一条评论恶毒诅咒我的父母，我怒火攻心，终于爆发了，用颤抖的手打出了一句脏话。

于是，我被人抓住了把柄。有人将我的回复和转发学生文章时的调侃话语作为罪证，投诉到律协，要求对我的不当言论作出处罚。令我诧异的是，律协居然对我立案了。收到《立案通知书》，我顿时火冒三丈。这叫什么事啊？因为这个就要对我立案调查？那就来吧，我不怕！

我把《立案通知书》发布在网上，公开表达我的不满，结果再次引起轰动。媒体纷纷报道我因办理此案被调查，有传言我已经被处罚，甚至有人说我的律师证被吊销了。网络上众人奔走相告，一片欢呼。

我渐渐冷静下来。我的激烈反应正中对手下怀，这样下去，我要么彻底崩溃，要么只能退出。接受当事人的委托，是我自愿的选择。我不是要挑战极限吗？现在挑战来了，我怎能轻易输掉？

这个案子并不复杂。在我看来，我的当事人是一个普普通通的女孩，她希望嫁给有钱人，过上幸福安逸的生活。在恋爱期间向对方隐瞒自己的劣势，也不应被过度斥责。两人结婚登记之前，男方已经知道她有过短暂婚史。她是冲着男方的钱结婚的，男方也是冲着她年轻貌美来的，两人各取所需。为了弥补自己在年龄和相貌上的不足，男方在恋爱期间出手阔绰地赠送礼物给女方，想必大多数人也不会拒绝。

基于金钱和美貌的婚姻，必然是不牢固的。婚后两人很快产生了矛盾，不单是哪一方的责任。协议离婚的时候，男方同意向女方支付一大笔费用。网友之所以愤怒，主要是因为结婚只有短短几十天，女方离婚时却获得了巨额的财产，网友认为女方蓄谋已久，居心不良。

钱多钱少只是相对而言。在普通人看来，一千万元是遥不可及的巨款；在富豪眼里，一个亿也不过是小目标。男方愿意用一年的收入来结束一段糟糕的婚姻，有什么不可以呢？

离婚之后，男方事业受挫，不能按照约定支付剩余费用，台星星认为男方赖账，愤怒之下口不择言，声称要举报男方的各种违法行为。很多人认为女方这是敲诈勒索，但敲诈勒索以"非法占有"为目的，女方讨要的是离婚协议中约定支付的费用，是女方的合法债权。夫妻在离婚前后闹得不可开交，说话比这个难听、过分的，我见得太多了。台星星的一些言语确实不合适，但我认为台星星肯定不构成犯罪。

男方跳楼自杀，是多种原因促成的。据女方讲述，男方有较为严重的躁郁症，经常服药。我点开男方的微博，发现他留言、点赞的文章和关注的账号，有很多与躁郁症有关，说明男方存在一定的精神困扰。国家大力打击电信诈骗，据台星星说，男方经营的通话软件项目正在被司法机关调查，警方多次找他进行询问，公司很有可能破产，身为负责人的他还可能被追究法律责任。在这个内忧外患的时候，女方追债时的口不择言，就像一根火柴点燃了他积蓄已久的负面情绪，让他觉得生无可恋，决定结束自己的生命。

事情就是这么简单。但是人死为大，在网络的推波助澜下，台星星被推到了风口浪尖。随着谣言的传播和扩散，网民的正义感被激发，怒火被点燃，台星星成了人人喊打的过街老鼠。我站出来为她发声，必然成为公众发泄情绪的标靶。作为她的代理律师，我能将自己隐藏起来吗？某明星离婚案，男方先声夺人，始终牢牢掌握着媒体话语权，舆论的天平完全倾斜，几乎听不到另一方的声音。后期女方开始发声，但为时已晚，声音微弱，缺乏公信力。女方的律师始终没有在公开场合出现，公众不知道她的律师是谁。我能理解这种做法，却并不认可。律师是当事人的法律保镖。既然是保镖，除了遮风挡雨拎包，还要替当事人挡子弹。哪怕是被对手的枪弹打成马蜂窝，被舆论的脏水泼得臭不可闻，那也是职责所在。

在具有社会影响力的案件中，律师的战场不只是在法庭。除了法庭上对抗，还要在舆论场上制衡。如果舆论的天平严重倾斜，毫无疑问会波及法庭上的天平。"发声"和"炒作"的出发点是不一样的。炒作是为了提升个人知名度，获取个人私利，或者是制造舆论，引导公众作出错误判断，影响案件的公正审理。发声是走投无路之后的呼救，是谣言已经严重伤害到自身权益和法律公正后的防卫。对方已经磨刀霍霍，难道我们只能引颈就戮？面对完全失控的泰山压顶一般的"谣言"，挺身而出、力挽狂澜需要更大的勇气！这些年来，我一直期望着极限挑战，现在挑战来了，求仁得仁又何怨？！

我在微博发出"律师声明"之后，另一家著名网络平台邀请我入驻。他们开出的条件是：我在该平台发布与案件有关的消息，他们会支付每条数千元的报酬，而且上不封顶。如果我接受他们的邀请，每天发上十条八条与案件有关的消息，一年下来，我可以获得近千万元的额外收入。这个条件非常诱人，但我一口回绝了。我介入这个案子不是为名，更不是为利。如果为了获取报酬而发声，我就没有了跟强大的对手作战的底气。

我开始调整自己的心态。无论网上对我的攻击如何猛烈，我都淡然处之。我的任务是保护当事人的合法权益，不是展示自己的个性。我是律师，不是普通网民，我在网上发出的声音，应当展示律师这个职业的专业、理性和负责。

助理小艳告诉我，律所以及全国各分所的客服电话都被网民打爆了，都在质问律所为什么接受台星星的委托，要求律所将我开除。可想而知，律协也接到了很多这样的电话投诉。律协对这件事情立案调查，虽然在某种程度上是迫于舆论压力，但也可以说是对我的一种保护。

在律协对我召开的听证会上，我一方面表示自己没有任何违纪行为，同时也反思了自己在网上的一些轻浮言论，决定改正。律协最终的处理结论是：向我提出规范执业的建议，没有作出任何处罚。

但是，更猛烈的暴风雨还在后面。

我出差回到北京。跟以前相比，律所的气氛变得沉重压抑。很多同事对我敬而远之，之前对我笑脸相迎的行政小妹，现在对我的态度非常冷淡。

律所执行主任找我谈话。当年，我们差不多同时进入这家律所，他最开始还是坐工位的实习律师，后来转到行政岗位当上了执行主任。我们不仅是同事关系，还是私交不错的朋友，每次见面都很随意。这次他一反常态，阴沉着脸，开门见山，要求我解除委托。

我笑着说："代理协议已经签了，律师费也交了，当事人没有提出任何违法的要求，不符合解除委托的条件啊！"

他板着脸说："每天都有无数个骚扰电话打过来，还有好多上门来告状的。律所声誉受到很大影响，同事们对这件事情有极大意见，老板非常恼火。"

我说："因为这些压力就解除委托，外界会说，咱们这么大的律所，一点担当都没有，以后怎么面对客户啊？"

他说："不管怎样，必须解除。"

我坚定地说："我不同意。"

他瞪起眼睛说："如果你不解除，律所就不给你出代理手续。"停了一下，他又补充道："包括其他案件的代理手续。"

我站起来一拍桌子，怒吼道："你敢！"

他惊讶地看着我。在律所，他是一人之下，万人之上，手中的权力仅次于老板。无论资历多深、创收多高的律师，在他面前都是服服帖帖的。我从未用这种声调跟他说过话。

我对他怒目而视，大声说道："我办这个案子没有任何违规的地方，你们要是敢跟我玩阴的，我就把你们做的事情放到网上去。把我逼急了，我也去跳楼，留下遗书，就说是你把我逼死的！"

286

他目瞪口呆地看着我，半天说不出话来。我怒气冲冲地离开了他的办公室。

第二天，律所党委书记兼名誉主任找我谈话。老太太跟我关系不错，我们一起合作办过几个案子。每次见到我，她都是眉开眼笑，拉着我的手问长问短，对别人介绍的时候，都说我是她的爱徒。但这次见到我，她板着脸，冷若冰霜。

会议室不大，除了我俩，还有律所行政部、风险控制部的几位负责人。老太太向我详细询问案件的情况和委托过程，我如实做了汇报。

老太太慢条斯理地说："接这个案子之前，也不跟我通个气儿，你可真是胆大包天啊！"

我嬉皮笑脸地说："如果跟您说了，您就不会同意我接这个案子了。"

老太太说："你明知道我不会同意你接这个案子，还瞒着我这么做，眼里还有我吗？"

我低下头说："我觉得这个案子很有挑战性，所以想试一试。"

老太太缓缓说道："看来，我们这里已经容不下你了。你还是另谋高就吧！"

我猛地抬起头，看着老太太，强颜欢笑地问她："您刚才说的，是真的吗？"

老太太跟我四目相对，说："是真的。"

我不死心，追问道："这是他们的意见，还是您的意见？"

老太太严肃地说："这既是大家的意见，也是我的意见。"

会议室的空气顿时凝固一般，我觉得呼吸困难，手脚冰凉。

我不知道怎么接她的话。我在这家律所执业已经八年，一直担任业务部门的负责人，还担任律所其他的重要职务，律所的各位创始合伙人对我大力扶持、高度信任。尤其是老太太，这些年与我亲密无间，情同师徒。因为我代理了这个案子，他们就要将我扫地出门，不留情面。我有万箭穿心的感觉。

我慢慢地站起来，装作若无其事地说："我偏不走，看你们能拿我怎样。"

说完，我头也不回地离开了会议室，不让他们看到我脸上奔涌而出的泪水。

回到办公室，我独自发呆。为了这个案子与律所管理层决裂，八年来辛辛苦苦建立的良好关系毁于一旦，这是我始料未及的。我到底值不值得？

律所的同事们也在微信工作群里对我进行指责，说我损害了律所声誉，影响了他们的业务。一开始是不太熟悉的同事在群里责骂我，我装聋作哑。渐渐地，一些跟我关系不错的同事也参与进来。有些人发言貌似公允，实则旁敲侧击，语带讥讽。有一位律师干脆指名道姓地对我进行谩骂，说我是"搅屎棍"，还说我把律所"搞怀孕"了。

这位律师是做公司法律业务的，跟我没有竞争关系。我们都是这家律所最早的业务部门主任，经常一起参加律所的高层会议和小范围活动，时不时还相互串个门，到各自的办公室喝茶聊天。我的客户如果有公司法律方面的需求，我总是引荐给他，我认为我们的关系还不错。律所的合伙人管委会马上要换届了，我俩都是北京分所管委会副主任，我明确表态不参与竞争管委会主任，但他很想得到这个职位。他已经知道律所管理层对我极度不满，借此机会替老板发声，也许是为职位晋升做铺垫。

话说到这个分上了，如果不还击，我的脸上挂不住。于是，我在群里回复："你还真没资格说我。你干的那些缺德事，要不要我跟大家详细讲讲？"我这话一说，这位律师马上闭嘴了。律所执行主任给我发私信，以朋友的身份建议我不要在群里说这个事，他已经批评了这位律师。我也是点到即止，不想把事情搞大。这位律师后来多次到我办公室登门道歉，我避而不见。

不仅仅是律所的同事，一些交往多年的老朋友也开始对我没有好脸色。有几位朋友，我给他们发消息的时候才知道，他们已经把我拉黑了。拉黑就拉黑吧，既然不理解我的选择，轻信外界的谣言，我又何必在意他们。

让我觉得荒唐可笑的是，某位有名的律师曾经迫不及待跟当事人表示愿意免费代理这个案子，在我介入案件后却掉转枪口，公开站在对方立场向我发难，还骄傲地说："当初我基于正义感拒绝了女方的委托。"如果不是看过他与当事人亲友的聊天记录，我可能相信了他的道貌岸然。偏偏是始终观点一致的我，因为转发学员文章时语带调侃，反而被大家认为是反复无常、前后不一、品德败坏的讼棍。

我已经精疲力尽，不想再解释了。有些正在洽谈中的客户，因为我代理了这个案子，不再联系我；有些已经委托我的客户，以各种理由终止了跟我的合作；一些已经定好时间的讲座和节目录制也突然取消。直到现在，因为我代理过这个案子，网上对我的负评如潮，很多优质客户对我望而却步。我的声誉一落千丈，律师生涯似乎已经山穷水尽。

我感觉自己就像《天龙八部》里孤身一人站在雁门关外的萧峰，乌云压城，寒风凛冽，众叛亲离，内心的悲怆无处诉说，真想一死以明心志。我已经无路可退，只能咬紧牙关，低头前行。

我的"律师声明"发布之后，对方律师原定在当天进行的"揭露女方犯罪行为"的新闻发布会取消了，网上对我和台星星进行辱骂、诅咒的声音更加猛烈、疯狂，但谣言的出现和传播得到了有效控制。对一些有影响力的大 V 传播的谣言，我通过私信的方式单独与他们友好沟通，在我的建议下，他们大多删除了相关内容。对一些侵权严重的网站和媒体，我通过发函的方式提出建议。一些发布谣言的网站和媒体，为了避免承担法律责任，主动删除了侵权信息。

对方律师还在不断接受媒体采访，公开发表没有根据的不实言论。我只好再次发布"律师声明"，指出"律师协会要求我不得就本案接受媒体采访，不得在自媒体上发表有关言论"，而且反复强调：这不是建议，是纪律。本人服从律协对我宣布的纪律，而且提议这一纪律适用于所有参与本案的律师，而不是仅仅适用于台星星的代理人。在声明中，我要求司法部门和各级律师协会对本案中律师的执业行为进行监督，发现违规违纪行为，及时约谈，督促改正，并作出处理；同时要求媒体从权威渠道获取信息，不轻信某一方的不实之词，不发布未经核实的消息。

虽然付出了极其惨重的代价，但在我的努力下，"遏制谣言、平息舆论"的工作取得了一定的效果。我的态度是：大家可以表达情绪，但不能造谣，不能违法。谣言会歪曲事实真相，让公众陷入错误的认识。这个事件的是非，应当由法律来判断。

跟我预料的一样，男方家属委托律师向公安部门报案，要求追究台星星敲诈勒索罪的刑事责任。警方多次传唤台星星进行仔细询问，调取了大量的证据。我从"婚前赠与""离婚财产分割""离婚后追讨债务"等方面，对涉案事实进行了详细分析，撰写了《律师意见书》，让台星星提交给警方。警方经过认真研究，顶住重重压力，根据查明的事实和法律规定，最终作出了"不予立案"决定。虽然男方家属不断向上级公安机关和检察院提出申诉和控告，上级部门仍然维持不予立案的结论。台星星的刑事风险解除，我打赢了最关键的一仗。

接下来是漫长而复杂的民事诉讼。男方家属以"侵权责任纠纷"和"赠与合同纠纷"为案由，提起了三起诉讼，法院决定合并审理。审理这起案子的恰好是审理某明星离婚案的法官。由于案件复杂，法院决定组织双方当事人和律师召开庭前会议。我根据以往经验，担心原被告双方发生冲突，一再建议台星星不要参加庭前会议。但台星星为了当面向法庭说明情况，没有听从我的建议。

虽然我认为对方的诉求没有法律依据，男方赠与的财物和离婚分割的财产属于女方的合法收入，但鉴于舆论非常不利，我向台星星提议：为了挽回个人形象，赢得公众的理解，开启新的人生，可以考虑将自己在恋爱和婚姻中获得的财物，全部捐献给保护妇女儿童权益的公益机构。

我说："你还年轻，未来的路还很长。这些钱也不是很多，你以后完全有可能挣得到，没必要被这些钱拖累，一生都活在黑暗和恐惧中。"

台星星婉言拒绝了我的提议。她说："这些钱本来就是我应得的，我已经付出了巨大的代价，甚至因此失去了工作，现在没有生活来源，我需要这笔钱。"

我只能尊重她的选择。

召开庭前会议的那天，为了避免被各路媒体围堵，我们早早地进入法庭等待。我和另一代理人韩冬平律师商定：如果发生冲突，我们挡在前面，保护好当事人。果然，男方亲属进入法庭后，冲到被告席追打台星星。我和韩冬平律师挺身而出，让她躲在我们身后。在场的书记员对男方亲属进行了喝止和警告，对方这才罢休。

庭前会议快要开始的时候，两名年轻女孩步调一致地进入法庭，走向原告席。她俩身高、体型近似，都是披肩发，穿着同款的黑色西装，拉着同款的行李箱，按照同样的节奏打开箱子，取出案卷材料，摆放在原告席上，然后又同时离开法庭，一整套动作行云流水，就像排练过无数次，比电影里的律师出庭还要正式。我和韩冬平律师面面相觑：难道对方更换了代理律师？没听说啊。几分钟后，原告代理人缓缓走进法庭，还是我认识的那两位律师。之前的两名黑衣女孩跟进来，坐在旁听席上。我不由得默默赞叹：真有范儿！相比之下，我们自惭形秽。

庭前会议中，因男方亲属在法院门口拉横幅、喊口号，主审法官对他们进行了口头训诫，警告他们遵守法律、尊重法庭、保障双方享有平等的诉讼权利。男方亲属表示接受批评、不再违规。法官还把对他们的训诫制作了笔录。

庭前会议从上午一直开到下午三四点钟，中间没有休息。庭前会议结束后，法官为安全起见，让双方代理人及我方当事人在法警陪同下从法官通道下楼。经过沟通，法警同意我方当事人将车开进法院。由于台星星有两名法警陪同，加上男方亲属在法庭上作出了承诺，我和韩冬平律师在法院门口观察了一下，认为不会发生冲突，所以打车离开，去找地方吃饭。

吃饭的时候，我们接到台星星发来的消息，说法院门卫不让车开进院子，她和父亲在法院大门口上车时被男方亲属追打受伤，正在住院治疗。为了保护她，父亲的胸部多次中拳，此前的心脏支架受损，出现心梗，她本人也有多处软组织挫伤和脑外伤。在场的记者拍下了追打的全部经过，但发布在网上的视频，只是其中不够暴力的一小部分。这次的事件不是新闻里说的"围堵"，而是明目张胆的追打。我们申请法院调取大门的监控录像作为证据，并要求对相关人员作出严肃处理。法院回复说："已经对他们作出了严厉的批评和训诫，如果再发生类似情况，一定会从严惩处。"

我只能摇头苦笑。这种打人事件如果出现在其他案件的审理过程中，参与围堵和殴打的人员早就被法院拘留，甚至被刑事立案了。因为我的当事人已是许多人眼中的"恶人"，她挨打的消息传出后，网上一片叫好声。如果将打人者拘留，法院必然会成为众矢之的，引发更大的舆论风波，所以就只能批评教育了。

我突然觉得累了。台星星当初选择我做代理律师，主要是为了防范刑事风险。现在刑事风险已经解除了，谣言也渐渐平息，我的任务圆满完成。民事案件由韩冬平律师接手，以我对他的了解，他是完全能够胜任工作的。

介入这个案子前后有一年时间，我付出了极为惨重的代价，这个案子对我的负面影响将会一直持续下去。哪怕我离开人世，行业内外的人提到我，也绕不开我代理过这个案子的"黑历史"。我本希望能通过自己的努力来化解双方的矛盾，取得最好的社会效果，使之成为处理婚姻家庭纠纷的经典案例。只有这样，我的巨大付出才有意义。然而，台星星有她的考虑，我只是代理律师，不能替她作决定。既然我的建议不被采纳，主要任务也基本完成了，那就结束代理吧。

还有一个原因，我打算更换律所执业。新律所的合伙人是我的几个好朋友，如果我继续代理这个案子，会给朋友的律所带来很大麻烦。我不能只顾自己追求挑战难度的刺激，给朋友造成损失。

我向台星星说明了情况，她同意我退出案件代理，对我的付出表示感谢。我们的委托代理关系就此终止，但我仍然关注着这个案子，毕竟我为它付出了太多，希望它有一个好的结果。

庭前会议结束后，民事案件迟迟没有进展。两年多后，案件才正式开庭，中途更换了法官，原告也更换了代理律师。据说，男方亲属向律协投诉之前的两位代理律师，其中一位律师因为工作不够规范，受到了律协的行业处罚。我感到很意外。虽然我不认同对方律师在代理这个案件中的某些做法，但他们对委托事项确实是尽心尽力的。到底是什么原因闹翻，我不知道，两位律师的心里肯定也是拔凉拔凉的。

开庭之后又过去了两年多时间，这个案子一直没有宣判。根据法律规定，民事案件一审审限为六个月，特殊情况可以延长六个月，还需要延长的，必须报请上级法院批准。这个案子经过了五年多的时间没有作出一审判决，是我经历的最漫长的民事诉讼。

2023 年上半年，法院对该案作出一审判决：台星星向死者家属返还所有婚前接受赠与的财产，同时返还离婚时获得的全部财产。法院将这个案子搁置了五年，最终作出对女方完全不利的判决。我对这个结果持不同意见，如果有充分的证据和法律依据，法院早就应该作出结论，而不会拖这么久。这五年里，相关的法律没有发生变化，证据也没有变化，只是外部环境改变了。

台星星接受返还财产的判决结果，但对判决书中"胁迫男方妥协"和"婚姻经济属性"的表述不服，提起了上诉，并在微博上发布多篇文章自我辩解。没多久，她主动联系法院，将涉案款项支付给了对方，并撤回了上诉。

案件不但没有就此尘埃落定，反而急转直下。民事案件判决刚生效没几天，北京警方对台星星刑事拘留。看到这则新闻，我呆若木鸡。台星星和她的家属后来一直没有联系过我，可能是她很清楚我不会再介入。不知道她在看守所监室里发呆的时候，有没有想起我对她说的那些话，会不会后悔没有听从我的建议。如果她当年将所有涉案财产捐献给公益机构，或者接受法院建议的调解方案，向死者亲属退回部分涉案财产，结局很可能不会是这个样子。

我用自己十几年来在律师职业里的全部积累，以自己的声誉和前途为代价，忍受着朋友、同事的误解和公众的责骂、诅咒，完成了这次极限挑战。任务结束了，我头破血流、遍体鳞伤，久久未能恢复，我的全部努力也都付之东流。很多事情不是我能预见的，也无法决定它的走向。就算明知徒劳无功，我也必须奋不顾身，虽败犹荣。只要将这场纠纷从舆论场拉回到法律层面，我就赢了。

在办理这个案子的过程中，我没有使用任何技巧，没有说过一句谎话。用卑鄙手段取得胜利，不会带给我一星半点的成就感，我付出的巨大牺牲，就会变得毫无意义、毫无价值。我用自己的血肉之躯，去制止谣言，抵挡网络暴力和来自各方的无端指责。在很多人眼里，我就像周星驰电影里的讼棍一样面目可憎。

有人成为公众心目中的英雄，而我是自己心目中的英雄。为维护当事人的合法权益挺身而出，我是称职的律师。为了让案件回归法律层面，大战舆论风车，我是优秀的法律人。对于法律，对于公义，我问心无愧。即使被万人唾骂，穷途末路，我也可以坦然面对。哪怕全身被泼满了脏水，臭不可闻，我也知道自己是干净的，经得起时间的检验。那美好的仗我已经打完了，当跑的路我已经跑尽了，所信的道我已经守住了。

　　如果时光倒流，我还是会接受委托，代理这个案子。作为律师，没有一次这样的体验，就像登山者没有爬过珠峰，士兵没有上过战场。金钱，名誉，地位，友情，失去了当然可惜，这个案子带给我的极限体验，让我的律师生涯乃至整个人生，变得更加饱满、厚重。就像战士身上的伤疤，受伤时固然鲜血淋漓、痛不欲生，很多年以后，却是永不磨灭的勋章。

第二十章

浴火重生

我以你为耻。

——前老板

　　这些年，我看着律所从百人规模发展到近万名员工、近百家分所的超级大所，自己也从一名挂名合伙人，做到了高级合伙人、权益合伙人、股权合伙人、全球合伙人，担任了北京总部刑事部主任、北京管委会副主任、全国刑事业务委员会主任等重要职务。律所的一些重大决策，我都有参与讨论，各地分所开业，大多会邀请我过去举办讲座。各部门、各分所负责人和团队骨干，基本上都是我的好朋友。我们一起办案，一起开讲座，把酒言欢，其乐融融。

　　自从代理了台星星的案件，我在律所内外的地位一落千丈。虽然还保留着那些职务，但是实际上我已经被边缘化了。律所的一些重要会议和重大活动，不再通知我出席。我从律所开出的每一份手续，行政小妹都要反复审查，请示汇报。一些关系特别好的同事，虽然跟我还有私下接触，但公开场合都跟我保持一定的距离。我就像病毒携带者，被人疏远和厌恶，只能默默待在一旁。以前我的办公室人来人往，热闹非凡，很多同事来串门、闲聊，现在却是冷冷清清，门可罗雀，就像我刚到北京的时候一样。

　　在律所管理层和同事们眼里，我是麻烦制造者，为了炒作自己，绑架了律所的声誉。他们巴不得我离开，我却不想走。这里有我熟悉的环境和无数的回忆，是我在北京的另一个家。还是让时间来冲刷这一切吧！等大家淡忘了那个案子，也许一切就会恢复原状了。

我开始静下心来写一些小文章，发表在自己的微信公众号和微博上，自娱自乐。其中有一篇《夜店里的小律师》：

那时，我还是刚刚入行的小律师，性格腼腆而又倔强。师父对我说：想做律师，要学的东西很多。先学点菜，学喝酒，还要学唱歌。我很不理解，这些吃喝玩乐的事情，与律师业务有关吗？师父说：以为司法考试考得好，你就可以做律师了？不会这些，就回你的小县城去吧！

我不想回到小县城，我只有勤奋刻苦地学习。

师父在业务上对我的指点很少，交际场合的一些规矩教得很多。师父常说：点菜也是一门艺术。请客吃饭，选择怎样的饭馆就要考虑很多因素，包括装修风格、路途远近、停车是否方便、菜的味道等等。点菜的时候，不仅仅是价格、荤素搭配，还要考虑宾客的性别、职业、年龄、籍贯。每一道菜的寓意也是要思考的，可以为整个饭局烘托气氛，增加情趣。举个简单的例子，酒酣耳热之际，让服务员端上一盆清汤挂面。这时候师父就可以对客人说：咱们的感情就像这面条，天长地久。客人哈哈一笑，其乐融融。

最难学的是喝酒。上什么酒，先给谁倒，倒多少，先敬谁的酒，喝多少，喝的时候说什么……学问太多、太深，比司法考试难多了。初出茅庐的我，一不小心就让客人不高兴了，被师父当众一顿臭骂，只好端着酒杯、赔着笑脸，痛心疾首地向客人赔罪，一直喝到客人大度地摆摆手，表示大人不记小人过。

喝酒的场合不仅仅是饭桌上，还有酒吧和KTV的包间里。喝酒的对象不仅是律师前辈等工作圈里的各色人等，还有丰乳翘臀的妖艳女郎。这些美女不仅酒量巨大，而且眼光老到。走入KTV包间的那一刻，目光一扫，就能准确分辨出我们这些客人中谁是金主，谁是贵宾，谁是随从。我们这样的小律师，最好不要随便和她们搭讪。轻则自讨没趣，重则让客人恼火。

有一次，客人拿着话筒一本正经地引吭高歌，师父站在一边，满脸陶醉地拍打节奏。我闲着无聊找陪坐的姑娘喝酒。我一饮而尽，姑娘却只是象征性地浅浅喝了一口。我有些不开心了。姑娘很诚实地说：你就是个划子嘛，我的任务是陪好领导。我听了一楞。这个比喻很形象，划子就是划船的人，比马仔更苦。

夜店里，音乐震耳欲聋，灯光闪烁刺眼，空气令人窒息，姑娘令人心动。然而，热闹是他们的，我什么也没有。我必须明白自己的身份：我是一个划子，要控制自己的身体和想法，努力划桨。

客人的身份各异，性格各异，喜好也有差别。有的客人喜欢玩牌，我们的任务就是端茶倒水，递烟点火，默默围观，闭上嘴巴。如果自作聪明地指指点点，客人就算赢了牌也不高兴。三缺一的时候，师父要你上桌顶替，那更是"大难临头"。输是肯定输不起的，一把牌就是一个月的生活费，师父才不会给你报销呢。赢也是不敢赢的，师父好不容易凑个局，你竟然来砸场子？所以，这种打牌的局，我宁可事先被师父骂一顿，也是决不参加的。

更可怕的是，在某些场合下，客人有吸K的爱好。这东西挺贵的，客人很豪爽地拿出来，与身边的姑娘一起分享。有时会叫上我们，说这玩意儿没事的，别怕。看到这种场面，我能做的，就是借口去接电话或上厕所，一去不返。无论第二天面临怎样的后果，哪怕是回到我的小县城，哪怕是不做律师了，也决不动摇。

在灯红酒绿的夜店，在车水马龙的城市，像我们这样的划子有很多，也不仅仅是小律师才有这样的命运。把握好方向，是我们从划子到船长的唯一选择。

这篇文章发布后，很多人都觉得写出了律师新人的苦闷和坚持，没想到在律所内部却给我带来了很大的麻烦。律所老板在微信工作群里质问我："文章插图使用了南京分所某位同事的照片，是否经过了本人同意？"这篇文章确实使用了几张照片，其中有两张是某次出差讲课，在南京律协组织的饭局上，我拍了分所一位同事的照片。

那位同事跟我关系相当不错，我们经常在一起喝酒，还一起办案、拍微电影。在我办理台星星案件期间，他私下跟我联系，向我了解案件情况，并在分所内部替我做一些解释，甚至对外宣称，接案之前我跟他商量过了。这篇《夜店里的小律师》发表之后他看过，对我在文章中使用他的照片，他没有表示反对。

于是，我在群里回复老板："征得了他的同意。"

那位同事马上在群里发言："易律师，你来南京出差，我好心请你吃饭，你不但不感谢我，反而把我喝醉酒的照片公开发布。你这样做太不应该了！"

我愣住了。明明是我在南京律协讲课，律协请我吃工作餐，我喊他过来一起聚聚，怎么变成他请我吃饭了？就算不同意我使用这张照片，以我俩的交情，完全可以私下让我删除。在这样的语境下当众指责我，这不是给老板递刀子吗？

果然，老板当着大家的面对我说："我以你为耻！"

这个五百人的微信工作群是整个律所最高端的圈子，成员是全国各地的股权合伙人和高级管理人员。之前律所对我的态度是心照不宣的冷落和流放，老板当着大家说出"以你为耻"四个字，就是公开宣判我在律所的死刑立即执行。因这篇文章配图的发难不过是鸡蛋里挑骨头，老板也许一直在寻找机会当众羞辱我，让我在这家律所待不下去，主动滚蛋。

士可杀，不可辱。"以你为耻"这四个字让我热血上涌，如果在线下的会场上听到这句话，我一定会冲上去跟老板打起来。但这是律所的微信群，打嘴仗毫无意义，而且会中老板的圈套。关系那么好的朋友，都会给老板递刀子，更何况其他同事。为了不让更多的人看笑话，为了正在办理的业务不受影响，我只能忍辱负重，在群里向老板低头认错，将微博和公众号上的这篇文章删除。

恶语伤人六月寒。"以你为耻"这四个字就像一根锋利坚硬的钢锥，深深地扎在我的心上，我血如泉涌，奄奄一息。很显然，我在这家律所没法继续工作了。这些年，很多朋友建议我开律所，都被我断然拒绝，还有一些朋友邀请我去他们律所执业，我也婉言谢绝。我很懒散，但凡日子还过得去，就不想挪窝，就像是一棵树，根须扎进了这片土地，挪个地方必然会伤筋动骨。现在是风刀霜剑严相逼，不走不行了。

我开始联系一位前同事。他当年也是这家律所的执行主任，跟老板闹翻之后收购了一家老牌所，经过几年时间迅速发展壮大，律所规模已经可以跟老东家平起平坐。我跟他交情不错，这些年他一直关注我的动态。我问他是否还愿意接收我，他当即表示热烈欢迎，承诺给我安排相应的职位。我随即开始办理转所手续。

我来到执行主任的办公室，跟他说明了来意，他并不感到意外。大家都知道，老板那句话就是逐客令，以我的性格是一定会走的。

他说："兄弟，我就不假惺惺地劝你别走了。有什么要求，你尽管说。"

我首先提出我在律所的股份如何折价回购。他稍微坚持了一下，就同意了我的要求。我暗暗后悔，早知道这么顺利，应该狮子大开口。只要我肯走，哪怕条件开得高一些，老板也会同意。

其次是人事安排问题。我只带跟随我多年的助理小艳离开，团队其他成员散落在律所的各个部门和分所，离开之前我要帮他们争取一些待遇。执行主任感到比较为难，但我的态度很强硬，他还是接受了我提出的条件。

所有的离职手续都办好了，我让几位助手帮我将办公室的东西清理出来，搬到新律所去。和刚来时那间空空荡荡的小办公室相比，我的办公室已经大了几倍，可仍然是满满当当，除了堆积如山的书和资料，还有大大小小的奖杯、相框和朋友们送我的各种礼物。很多东西没什么实用价值，但我舍不得丢弃，都是一段一段的记忆。我离职的消息很快在律所传开了，从我办公室门口经过的同事，大多是目不斜视地朝前走，偶尔有熟悉的同事路过，也只是偷偷地跟我眼神交流，轻轻点个头就匆匆离去。

小伙伴们终于满头大汗地将办公室搬空了，只剩下律所配置的桌椅、柜子和沙发。等他们抱着最后几个纸箱离开，我在办公室的沙发上独自坐了很久。我在这家律所先后有过五个办公室，这间办公室用的时间最短，只有一两年，我还是有点恋恋不舍。这里曾经高朋满座、笑语喧哗，我也曾在这里挑灯夜战、奋笔疾书，但现在要永远告别这间办公室，告别这家律所了。

柜子底下有一份掉落的材料，我弯腰去捡，起身的时候，看到办公室门口出现一张笑眯眯的脸。这种时候还有人来我办公室？定神一看，是之前的一位同事，他的创收业绩多年排在律所第一，曾经离开律所一段时间，最近又转回来了。

同事笑嘻嘻地问："老易，听说你要调出去了？"

我笑着回答："听说你调回来了，我吓得赶紧跑啊。"

同事笑着拍拍我的肩膀，问道："我刚回来，在找办公室，行政告诉我，你这间正好空了，我就过来看看。这间办公室风水怎样啊？"

我说："这间办公室原本是律所财务部，财务部现在搬到了斜对面。你离开之后，对门那位律师的创收现在是律所第一，我边上这两位律师也都是律所的创收大户。你说风水怎样呢？"

同事点点头说："你看上的肯定不会错，那我就要了。"

我离开这家律所不到一年，就听说这位律师出了事，紧接着对面那位创收第一的律师也出了事，还都不是小事。这么说来，我还算幸运的。办公室风水，莫非真要注意一些？

媳妇看出来我的心情不好，提议全家出去旅游散散心。外甥在内蒙古一所大学读书，马上就要开学了，我们正好带着他一起出游，顺便送他去学校，于是我们选择了鄂尔多斯的响沙湾。

响沙湾的大漠风光很符合我的心境，我们在那里住了几天。返程的那天，外面下起了大雨，我站在酒店的露台上，看着远处苍茫的沙漠，听着淅淅沥沥的雨声，不由得想起蒋捷的《虞美人》："壮年听雨客舟中，江阔云低，断雁叫西风。"人到中年，世事沧桑，顺流逆流，兜兜转转。每个雨滴都是一段往事，一段刻骨铭心的记忆。

我们带着两个孩子，冒着大雨赶到火车站。来的时候买的是软卧车票，火车上空间还很宽松，返程票只买到了几张硬卧上铺，还不在一起，我们计划上车之后找乘务员补软卧票。看到火车上拥挤不堪，这才醒悟过来，正是各大高校开学的时候，我们遇上了暑运高峰。

在火车上，我们换铺很不顺利。我有感而发，写了一篇小文章，发布在微博上：

火车换铺有感

我们带着两个孩子（六岁、半岁）坐火车回北京。买的票都是上铺，而且还不在一块儿。上火车后，我们就跟周围的人商量着换一下。

最开始跟下铺的一位大学生模样的男孩商量。他犹豫了一下，答应了。我们开始放行李的时候，男生说：我不换了，我的腿受过伤。

好吧，接着找人商量。一位年轻的女孩同意从她的中铺换到我们的上铺。

隔壁的下铺又来了一位像是大学生的男生，我们跟他说，带着孩子睡上铺不方便，能不能换一下？

男生毫不犹豫地说：我只要下铺。

我们一时语塞，几乎要放弃再找人换铺了。但是边上有个下铺一直空着，我们还是决定最后尝试一下。

火车开动后，上来一个戴眼镜的女孩。我们迟疑着向她提出换铺的请求，她马上同意了。我们给她差价，她坚决不要，说：我也有孩子的！

嗯，我们的问题解决了，谢谢两位好心的女孩。

至于那两位男生，你们的做法也没错。只是有朝一日，你们也会为人父，也有带着孩子出行的时候。希望你们不会遇到当年的自己，遇到的都是乐于助人的女孩。

　　万万没想到，这篇微博再次将我卷入风口浪尖，我成为全网瞩目的焦点、人人喊打的过街老鼠。第二天，这篇微博上了热搜，无数人指责我"道德绑架"，众多的媒体参与评论。"帮你是情分，不帮是本分"成为主流观点，一些官方媒体对我提出了尖锐的批评。我再次被铺天盖地的骚扰电话和垃圾短信吞没，无法呼吸。甚至有人将我两个孩子的照片做成遗像发布在网上，如此恶毒的诅咒，令我几乎崩溃。"换铺事件"还选入全国高考作文模拟题库，每年都有成百上千的各地高中生跑到微博来骂我。

　　暴风骤雨般的口诛笔伐之下，我卑微如蝼蚁，低贱如粪土。我开始深深地怀疑自己，整夜整夜失眠，躺在床上瞪着眼睛看着天花板，脑子一片空白。我好像不认识这个世界了。从什么时候开始，冷漠自私成为理直气壮的"本分"，热心助人成为高高在上的施舍了？我只是想表达对那两位帮助我的女孩的感谢，对冷漠者的无奈，就算我的观点错了，也不至于遭受这种量级的网络暴力吧？我一直信奉的"助人乃快乐之本"，难道是错的？这个社会开始提倡"各人自扫门前雪"了？是不是我的价值观出现了严重问题，需要推倒重建？

　　我对网络暴力已经麻木了，现在要面对的是自己的内心。我的解释，只会引来更加猛烈的攻击和唾骂。我就像陷入了荒无人烟的沼泽地，四周笼罩着一片灰蒙蒙的雾气，身体在泥浆里渐渐沉没，让我呼吸困难，魂不守舍，一天到晚就像在梦游。好几次，汽车在我面前紧急刹车，司机指着我破口大骂，我这才意识到，自己不知不觉走在了马路中间。

我接到了新律所另一位朋友的电话。他委婉地告诉我，由于其他合伙人的强烈反对，加上主管部门某些领导的善意提醒，新律所的管理层希望我"暂缓"入职，等这一阵的风头过去再做考虑。

我蒙了。转所手续已经提交到司法局，我不再是原律所的人。我在新律所已经租下了办公室，充了饭卡，还在附近的写字楼租了房子做休息室。等拿到新的律师证，我就开始工作。万事俱备，现在让我"暂缓入职"，岂不是悬在了半空中？

我理解新律所这几位朋友的难处。经过几次风波之后，我成了律师界唯恐避之不及的"麻烦制造者"。新律所家大业大，发展势头迅猛，需要良好的口碑和主管部门的支持，我加入之后，确实会给律所带来负面影响。为了不让好朋友为难，我接受了他们的提议，先去一位朋友开的小律所"过渡"。朋友希望我担任这家小律所的主任，我有点心动，深度沟通之后才知道，所谓的"主任"只是挂名，没有股份，更没有权力。如果是这样，我为什么不自己开律所？

开律所的念头一旦冒了出来，就遏制不住了。这些年，我坚持不出来开律所，因为我知道开律所非常麻烦，不如在大所组建团队省心。现在没有哪个大所愿意收留我，小律所也给不了我发展的空间，反而有可能给朋友添乱。如果自己开所，惹出麻烦也是自己担着，如果闯出一片新天地，那就可以扬眉吐气了。

我的身边只有三个伙伴。一个是跟了我多年的助理王小艳，她是实习律师，工作关系还挂在以前的律所；另外还有一个中国政法大学大三的学生小陈和一个行政助理，他俩都没有律师资格。我约谈了之前团队的几个合作律师，邀请他们加入我即将成立的律所，他们都婉言拒绝了。我有些失落，但也能理解。律师和律所，就像树和土地的关系。在一家律所工作的时间越长，律师的根系就越发达，获得的养分就越多。对于律师而言，更换律所就像将一棵树移植。如果不是脚下这块土地的养分枯竭，如果不是新的去处土地更肥沃，谁都不愿意挪窝。我之所以在原律所一待就是九年，拒绝了很多前辈和朋友的邀请，正是出于这个考虑。即将成立的律所还是一片不毛之地，前途未卜，人家凭什么舍弃稳定安逸的工作环境，跟我一道披荆斩棘、破土开荒呢？

我只能单枪匹马成立律所了。我也不孤单，跟随我多年的助理王小艳和大学生小陈支持我开律所。他们还不具备合伙人的资质，我们约定，先以我的名义申请个人律师事务所，等到条件成熟，他们就是我的合伙人。

我成立律所的消息传出去后，陆续有一些年轻人来投奔我，但他们或者持外地的律师证，或者还是实习律师，又或者是刚刚毕业的大学生。对于那些不熟悉的人，我采取保守态度，暂时不考虑接收。毕竟是要组建创业团队，彼此知根知底，才能减少信任成本。一艘小船刚刚下水，不知会面临多少的风浪，我们经不起折腾。

开律所果然是一件特别麻烦的事情，租写字楼、装修办公室、买家具，都是费神又费力的，好在小伙伴很给力，让我少操了很多心。但律所的名字和 LOGO，还是让我大伤脑筋。

律所名称审核非常严格，不能与现有律所的名称同音，也不能是包含和被包含关系。我用自己和孩子的名字申报律所名称，结果全部被驳回。全国有几万家律所，要想不重名、不重音，还要有特殊含义，实在太难了。接连几天，我茶饭不思，绞尽脑汁，做梦都在琢磨取名。有天晚上躺在床上，我突然想起前段时间看过的一部美国电影，斯皮尔伯格导演的《勇者无惧》。这部电影讲的是 19 世纪中期美国黑奴杀死贩奴船船员被起诉，律师为他们做无罪辩护，遭到来自各方的巨大压力，最终律师的辩护获得了成功，从而推动了"废奴运动"的进程。这是一起真实的历史事件，也是一部伟大的电影。在我深陷舆论旋涡、身处无边黑暗的时候，这部电影给了我莫大的勇气。

"勇者无惧"出自《论语·子罕》，原文是："知者不惑，仁者不忧，勇者不惧。"知者、仁者、勇者，不惑、不忧、不惧，层层递进，意境深远，非常符合律师职业的特点，也与我的价值观完全匹配。勇者不是莽夫，他拥有的是建立在广博知识、宽广胸怀之上的一往无前的勇气。我太喜欢这个名字了，就是它了！

在小伙伴的提议下，我为"勇者"写了一则 Slogan（标语）：No fear in my heart but law.（除了法律，我无所畏惧。）律所的 LOGO（标志）也是我亲自设计的：剑与盾，象征着打击违法犯罪和保障合法权益；红和蓝，象征着热情和理智。这绝对是中国律所里最好的所名、最好的标语、最好的标志。我太牛了！

我终于释怀，内心积郁多时的阴霾一扫而空。我打开一罐啤酒，光着脚走到露台上，对着北京城灯火辉煌的夜色一饮而尽："北京，勇者来啦！"

第二十一章

奶　爸

我本锋利，为父则柔。

———易胜华

"养儿方知父母恩。"只有自己体验了生孩子、养育孩子，才知道这是多么痛苦、艰辛和漫长的过程，才知道父母的不易和伟大，才会发自内心地感谢父母。开律所也是一样。我就像初为人父的奶爸，除了兴奋和期待，更多的是在一堆琐碎的事情面前手忙脚乱、担惊受怕。

取好了律所的名字，接下来就是给律所选址。我们确定了三个原则：第一，律所的位置不能离家太远，北京交通拥堵，不能把宝贵的时间浪费在路上。我在东三环的双井生活了十年，对这一带的环境非常熟悉，这里生活十分便利，就在这一片找写字楼。第二，刚创业不能有太大的投入，免得包袱太重，律所面积控制在两百平方米左右。第三，交通一定要方便，尽量选择在地铁口附近，客户容易找到我们。

我们看了几处写字楼，很快就确定下来。律所办公室在劲松地铁站的富顿中心，离我家只有一站地铁的距离，虽然写字楼环境一般，但我喜欢它的英文名 FREE TOWN。我还在自己住的小区里租了一套大房子，取名"律狗屋"（LEGAL HOUSE），供单身的小伙伴居住。我们可以在这里聚会，招待外地来的朋友。

如何给律所的业务定位，也是一个难题。我的几位好朋友离开大所后大多开了律所，他们给律所定位都选择了自己的专业方向。易轶律师的家理律师事务所专做婚姻家事案件，成立三年后已经在全国各地开设分所。王军律师的韬安律师事务所专做娱乐法业务，在影视圈拥有很高的声誉和广泛的资源。我在大所是刑事部主任，这些年主做刑事业务，很多朋友认为勇者必然是刑事律所。

反复权衡之后，我决定将律所定位在综合业务，原因很简单：吃饱饭比理想更重要。北京的法律市场虽然很大，可以辐射全国，但对律所来说，刑事业务的口子还是太窄了。勇者律所的小伙伴们还很嫩，办理刑事案件的经验不够丰富，我单枪匹马撑不起一家专业的刑事律所。这些年我一直关注尚权律师事务所，有张青松律师这样的行业大咖领头，律所还有多位业内知名的资深刑事律师，他们在刑事专业领域深耕了十几年，为刑事辩护做了大量基础性和前瞻性的工作。尚权在全国各地开办了几家分所，但我感觉张青松律师日渐清瘦。无论在哪方面，我都比张律师差得很远，何必自讨苦吃。"中国刑辩第一人"田文昌老师的京都律师事务所也在做综合业务，我就不要那么执着了。

刑辩律师是我的标签，也是勇者律所的特色，我可以继续主做刑事业务，但不能将自己的兴趣和特长强加给小伙伴。他们需要更多业务领域的实践锻炼，也需要更多的业务收入来负担在北京的生活开支。无论他们喜欢或者擅长哪个领域，我都应当提供条件、创造机会，不能画地为牢、作茧自缚。

开业的时候，我们没有大张旗鼓，只通知了外地的一些小伙伴过来热闹一下。如果发出邀请，圈内外的一些朋友想必会过来捧场。但律所的场地有点小，没法接待那么多人，租场地搞庆典要花不少钱，还是先省省。钱要花在刀刃上，后面的路还长着呢。

律所开业后，摆在第一位的是开拓业务。自从进入律师行业，我很少为案源发愁。我的生活开销不大，物质欲望不强，没有什么经济压力。以前在大所，同事之间有很多合作，有大所平台也容易谈成业务。现在不一样了，律所办公室租金、行政人员工资、日常各项开支，加在一起是不小的数额。虽然这些年我有了一些积蓄，但如果没有新的收入，撑不了多久就会坐吃山空。我不缺少办案机会，但身边的小伙伴们嗷嗷待哺，我必须让他们有活干、有饭吃。

一夜之间，我又回到了刚来北京时状态，一无所有，两手空空。我每天坐在电脑前，联系通讯录里的各位朋友、客户，告诉他们我开了律所，请他们多多关照，有需要的时候联系我。连续几个星期，我从早到晚不停地敲电脑键盘，几个手指头都肿了，每次敲键盘手指就像针扎一样疼。朋友和客户们都表示会帮忙，但律所不是饭馆，业务不是说来就来的。我只能采用最常见的营销方式，通过网络推广来获得案源。

我是网络推广的受益者。在九江做律师的时候，我喜欢写一些办案手记发表在网上，以满足自己的创作欲。无心插柳柳成荫，当事人在网上搜索"九江律师"，前几页出来的都是我的文章，我成了互联网上最知名的九江律师，获得了很多案源。时代变了，现在靠写东西获得网络搜索排名优势，已经非常艰难。无论选哪种搜索引擎，大都是靠关键词竞价获得排名。这种方式竞争非常激烈，不但费用高昂，还可能存在大量恶意点击，投入再多的推广费，也会瞬间消失得无影无踪。根据网络信息打来的电话，咨询的大多是鸡毛蒜皮的小事，很难接到高质量的咨询电话。律所花了大价钱做推广，还要免费给人解答一些家长里短的小事，也是挺无奈的。

还有一种费用较低的推广方案：交钱给专门从事法律业务推广的网站，它们在搜索引擎买关键词，将有需求的客户引流到网站上，律师通过在网站的排位来获得咨询。成单之后，网站还要收取一定比例的费用。为了节省开支，我们采用的是这种推广方式。但律师需要通过在线解答网友的提问，让自己在网站排位靠前。我专门安排两位助理负责解答网友的提问，即便如此，效果也非常差，我们接到的大多是广告推销电话，咨询的问题也没有成单价值。

小伙伴们告诉我，现在是视频时代，有些律师通过在网上做直播、发短视频，获得了很多案源。正好这时一家头部视频网站的工作人员联系我，邀请我入驻这家视频平台，每年发布一百个法律类短视频，做十二场直播，平台向我支付二十万元酬劳，还提供流量和涨粉。这么好的事情，我当然求之不得，看来能产出高质量内容的法律博主还是有很大价值的。后来我又得知，一位小伙伴也接到了邀请，平台给他的酬劳是每年三十万元。我有点不服气，跟这家视频平台商量，我的酬劳怎么着也得比自己的学生高点吧。平台工作人员的回答是，小伙伴在微博的粉丝量比我多几倍，按照他们的规则，酬劳就是高一些。小伙伴替我打抱不平，说如果不给我涨价，他就不跟他们合作。我赶紧制止他，让他别赌气，学生比老师挣得多，才是老师最大的面子。尽管如此，我还是有点小小的沮丧，属于我的时代快要过去了，现在是年轻人的天下。

我们开始做短视频和直播。跟别人不一样的是，我已经有了偶像包袱，担心做出来的东西质量不高或者存在法律硬伤，会辜负观众的期待，损害自己的专业形象。我需要花时间做选题，认真写文字稿并反复修改，如果对语速语调不满意，还要重新录制。做直播也是这样，确定选题后，要查阅大量资料，对法条和案例做认真筛选，每场直播的文字素材多达几万字，还要提前做好应变准备，以免网友的问题点中我的盲区。这样一来，我的效率非常低，做完一场直播累得不行，每天最多只能录制两三个短视频。很多年轻律师的短视频是外包给法律服务公司的，有人提前准备好文稿，可以一次性录制几十个视频。他们做直播也是张嘴就来，不用考虑会不会说错。年轻人出点错也正常，没人会取笑他们，盯着不放，我就不一样了。

时代不一样了。虽然我有丰富的办案经验，有一定的影响力，能产出质量较高的内容，各方面条件过得去，反应还算敏捷，但在这个短视频和直播的时代，面对年轻一代律师咄咄逼人的势头，我感觉有点力不从心。拥有千万粉丝的法律视频博主层出不穷，即使他们的视频内容在我看来技术含量不高，但获取的流量和案源是我望尘莫及的。难道我跟不上这个时代的变化？我当然不会认输，姜是老的辣，我还是要跟年轻人比一比的，就算输给他们，我也不觉得丢人。

　　一位在外地执业的小伙伴想调到北京，加入我的勇者律所。我认识他几年了，对他比较了解，他无论形象谈吐还是业务能力都没有问题。但他在律协组织的进京考核中居然被刷了下来，这让我感到非常意外。紧接着，勇者律所的一名实习律师也没通过律协考核，需要延长半年实习期。他的业务能力不差，不应该被淘汰。我怀疑问题出在我身上，是不是我这些年树敌太多，那些人整不到我，就故意整我的律所呢？没有真凭实据，我只能胡思乱想。

　　我曾经是百炼成钢的战士，在一次次的枪林弹雨中奋力冲杀，勇往直前。但现在我有了软肋，勇者律所就是我的孩子，让我牵肠挂肚。我可以承受所有的磨难和委屈，但决不能让我的孩子受到一丁点儿伤害。我必须收敛起个性和锋芒，让我的孩子有一个安全、友善的成长环境。勇者律所是我的责任，小伙伴们就像一只只雏鸟，需要我的羽翼保护。对那些明枪暗箭，我毫不畏惧，勇敢面对，但如果波及我身边的人，我怎能不管不顾？

　　"女本柔弱，为母则刚"，而我本锋利，为父则柔。自从有了勇者律所，我一改往日的火暴脾气，开始变得温暖、柔和、慈祥、友善。勇者律所是一棵刚刚破土而出的嫩苗，经不起烈日炙烤和狂风暴雨。我不再有事没事跟人吵架，受欺负的时候，只要对方不过分，能忍就忍了。对于可能引发舆论风暴的一些案件，我尽量回避。在网上对一些事件发表观点，也是字斟句酌，反复推敲，以免引发争论。

　　我顿觉今是而昨非，醒悟了大所管理层当年为什么对我那么绝情。从事律师职业的人大多崇尚自由、个性张扬，既渴望律所给自己提供更多的机会和资源，又盼着律所少收一些管理费，对自己少一些束缚。律所管理者则希望自己旗下的律师们业务精湛、服从大局。我们在青少年时期总是希望无拘无束，嫌弃父母给得太少、管得太多。做了父母以后才知道，孩子每一个超出寻常的举动，都让我们心惊肉跳、寝食不安。怎么可能不管，怎么会不恼火？如果勇者律所也有那种到处惹是生非的律师，我会非常头疼，既担心他的个人安危和职业前途，又怕他影响律所的品牌和发展战略。如果他不听劝说，我只能想办法让他早点离开，不要给律所添乱。

想起自己这些年从大所获得的发展和给大所带来的麻烦，我对大所的满腹怨气也就烟消云散了。

几个月后，勇者律所的业务渐渐有了一些起色。我虽然离开了大所，但与以前积累下来的一些客户还保持着联系，他们对我一直很认可，需要律师的时候还是会来找我。一些老同事、老朋友也给了我很大的支持，将他们不适合办的案件推送过来。勇者律所开业半年，已经做到了收支平衡且略有盈余。我终于松了口气，对未来充满了信心。我是从大所出来的律师，也有开大所的想法，我的学生和朋友遍布全国各地，他们希望我将勇者律所开到其他城市。开设分所的前提条件是本所成立三年以上，律师人数达到一定规模。我计划用三年时间来夯实基础，打造勇者品牌，等律所符合开设分所的条件了，再将勇者律所推向全国。

年底的时候，我组织各地"易辩网校"的学生在北京举办了"辩手计划"总决赛，前三名选手获得的奖励是去俄罗斯旅游，其他学生如果参加这次旅游，勇者律所承担一半费用。我们一行二十人乘坐 K3 列车，浩浩荡荡地向俄罗斯进发。我们在火车上度过了六天五夜，横跨冰天雪地的欧亚大陆，畅游莫斯科和圣彼得堡。我们喝伏特加，拍微电影，在俄罗斯迎接新年，对未来充满了期待。

回到国内的时候，外部环境已经发生了重大改变。我们虽然有点紧张，但也没有特别在意。渐渐地，出行变得非常困难。勇者律所的业务主要在外地，客户也以外地的居多。正在办理的案件难以推进，有些外地客户本来已经有委托意愿，甚至连费用都支付了，但由于我们无法及时介入，客户纷纷要求解约退费。勇者律所成立刚刚半年，本来就举步维艰，现在连到嘴的肉都飞了。看着窗外阴云密布的天空和匆匆而过的行人，我坐在办公室里心烦意乱、一筹莫展。

尽管处境非常艰难，但大家都认为这种情况不会持续太久，最多几个月，咬咬牙就挺过去了。谁都没想到，困难竟然持续了几年，很多律所开始裁员、降薪。勇者律所就像一个出生就遭遇天灾的孩子，没有充足的养分，更别说发育了。刚开始，我还组织大家在一起学习业务知识，以提高办案能力。到后面，我越来越烦躁不安，每天都在家里待着，快要疯了。

我的心也渐渐沉向了海底。律所虽然有一些业务，但也只是勉强没有饿死。为了让律所活下去，我硬着头皮出差，每次离家都像诀别，不知道什么时候能回来。有时候，我已经到了火车站，马上就要发车了，却进不了检票口，只能长叹一声，灰溜溜地打道回府。

无论多么困难，都阻挡不了我回到北京跟家人团聚的脚步。在这几年里，我最大的收获是有了充足的时间陪伴媳妇和孩子，弥补以前对他们的亏欠。孩子们跟我在一起玩得兴高采烈，不亦乐乎，我却是强颜欢笑，忧心忡忡。

律所也有一堆乱七八糟的事情。勇者是个人所，所有的收入都记在我一个人名下，所得税高得离谱，交税的时候比割肉还疼。由于没有案源，律所的小伙伴们非常焦虑，情绪波动很大，我要想方设法地安抚他们，给他们打气。司法局和律协三天两头组织开会，还要提交学习心得。当事人经常催我们出差。我每天都焦头烂额，有时候会暗暗地骂自己：你有病吧，为什么要开律所？如果不开律所，就算几年不办案子，也有足够的积蓄维持现在的生活质量，不至于如此忐忑，开律所就是找罪受啊。既然已经走上了这条道，只能咬紧牙关坚持下去，抱怨也没用啊。

经过漫长的煎熬，外部环境终于好转。但律师业务环境似乎更加糟糕，我已经心如止水，干脆回老家休息几天。

在老家休假的时候，我接到一位老同学的求助电话。他说父亲八十八岁，感染了病毒，病情非常严重，医生告诉他只有进口药才有效。他问了很多人都买不到，想起我在北京，于是找我想想办法。

我马上发朋友圈打听购药途径，收到了很多反馈。问了几个朋友，结果正品要么暂时缺货，要么价格贵得离谱，还有一个选项是仿制药。我知道老同学肯定非常着急，于是决定购买仿制药，并安排助理马上送到江西，亲手交给老同学。

助理问我："这个同学对您是不是很重要的人？"我没有直接回答。在我心里当然有很重要的人，这位同学毕业后跟我只见过两三回，平时也没怎么聊过，说实话，他不是很重要的人，但救命是很重要的事。

助理又说："这个药未必有那么好的效果，送过去也不一定来得及。"

我说："这不是药，是老同学对父亲的一片孝心，是我们同学之间的情义。"

我让助理拿到药后马上启程，买不到火车票就坐飞机过去。我还特地叮嘱他，在飞机上把药盒和说明书上的英文翻译成中文，免得老同学看不懂，到时候手忙脚乱，而且一定不要收他的钱。

当天晚上，助理将药交到老同学的手里。从北京到老同学工作的县城，将近两千公里路程；从老同学给我打电话，到助理把药交给他，一共花了八个小时。我一直惴惴不安，怕药送晚了，老人没等到，又怕仿制药有问题，反而加重了老人的病情。后来实在忍不住了，我给老同学发消息询问情况。老同学回复说，老人当晚就服用了那个药，状态已经好了很多，这个药来得太及时了，非常感谢。

我这才松了一口气。送人玫瑰，手有余香，而送人药品，就怕好心办坏了事啊。

第二十二章

人间烟火

他们说对了，我就是要自降身价，打破律师职业的神秘感。

——易胜华

为了让小伙伴们享受勇者律所发展的红利，获得更多的机会和资源，我决定辞去勇者律所主任一职，让王小艳律师接替。小艳从读研究生的时候就在我身边实习，后来成为我重要的合作伙伴，也是勇者律所的创始人之一。无论业务能力还是为人处世，她在年轻律师中都是出类拔萃的。一些抛头露面的机会，比如接受媒体采访、到高校去讲课、担任律师协会代表等，我也安排给律所的小伙伴们。这些职务和荣誉对我只是锦上添花，对年轻人却是雪中送炭，能发挥很大的作用，为他们创造更大的成长空间。

在我面前又出现了一个新问题：律所办公室的三年租约快要到期了，是继续租下去，还是换个地方办公？

在高档写字楼里办公，是绝大多数律师事务所的选择。律师职业给人的感觉是"高大上"，西装革履的律师应当出现在窗明几净的写字楼里，办公室面积要大，装修要豪华，这样显得高端，律师也能向客户报出高价。有一些律所在临街的底层办公，基本上都是集中在看守所、法院附近，面积不大，装修简单。到这里，老百姓图的是方便，而且觉得这里的律师应该有点"关系"，可以跟办案人员说上话。在很多律师眼里，这种临街的律所即使业务量很大、收入也还不错，也仍是不入流的，上不了台面。

勇者律所在写字楼里办公有三年了，除了网络推广，我们还买了地铁口的指示牌，引导客户上门咨询，但是收效甚微。尤其在特殊时期进入写字楼非常麻烦，必须出示身份证，有的客户干脆就不来了。小伙伴们都很年轻，几乎没有个人案源，所有的业务都依赖我来提供。如果是以前大所里的小团队，我给小伙伴们提供一些业务是没问题的。现在开律所了，团队的人比以前多，小伙伴们的胃口在不断增大，法律服务市场却在急剧萎缩，我自己都不一定能吃饱，拿什么"喂"给他们呢？收入只是一方面，年轻律师更需要一些案件来练手，不断提高自己的业务水平，但是天上不会掉馅饼，案子在哪里呢？看到他们无所事事、等米下锅的样子，我非常头疼。

我萌发出一个大胆的想法，将律所搬到街边的商铺里办公，直接面对有需求的客户，让他们快速找到律师。许多人有法律需求，只是在事情的轻重缓急、有没有付费能力方面存在差异。律所在写字楼办公，过门禁、等电梯都不方便，老百姓觉得麻烦，很多需求没有被激发出来。尤其是写字楼里的律所办公时间有限制，本来是服务行业，却跟行政机关一样，到了晚上就关门，周末也没人上班，导致有紧急法律需求的客户很难临时找到律师。如果律所像街边的便利店那样二十四小时营业，是不是可以获得更多的机会？我越想越兴奋，迫不及待地跟小伙伴们商量。

小伙伴们听完我的设想后，大多沉默不语。有些小伙伴心直口快，明确表示不赞同。他们认为，把律所开到大街上，那是自降身价，打破了律师在客户面前的神秘感，没办法给客户报出高价；二十四小时值班更是毫无意义，夜晚时段基本上没人会找律师，还搞得律师疲惫不堪，白天没有精力处理工作。他们说对了，我就是要"自降身价"，打破律师职业的神秘感。

巧妇难为无米之炊，特殊时期很多律所撑不下去关门停业，很多律师待在家里没事干，再不降价就违反了经济规律。律师的"神秘感"这个说法，更让我觉得荒唐。律师本来就是提供服务的，要满足客户的各种需求；律师要靠精湛的专业能力和服务意识去赢得客户，摆出个高冷范儿是什么意思啊！我在北京这些年，除了上电视和其他重要场合穿西装打领带，平时都是牛仔裤、运动鞋，我的西装挂在衣柜里几年没穿了。律师当然需要包装，需要注意仪表，但不能本末倒置，用神秘感来掩饰自己在专业方面的欠缺，用距离感来逃避自己作为服务者的职责。缺乏专业能力的律师，包装得再华丽也是"伪劣商品"啊。别把客户当成傻子，把做律师搞成了做骗子。

服务行业就应该提供二十四小时服务。医院的急诊室二十四小时收治病人，律所为什么不能有"法律急诊室"呢？之所以夜晚时段找律师的当事人很少，那是因为律所晚上不营业，当事人的紧急法律需求被迫压制了。我经常晚上接到当事人的咨询电话，有时候还得半夜从床上爬起来出差，说明这个时段的法律需求是存在的。很多律师一边哭着喊着吃不饱、没饭吃，一边端坐在写字楼的空调房里"摸鱼"，不肯放下身段主动寻找机会，这种律师活该饿死。至于值班，完全可以自愿。值班有加班费，值班律师可以优先办理上门的业务。助理或者行政人员值班的时候促成接单，可以获得提成奖励，还可以参与办案，获得学习锻炼的机会。

我在九江刚刚入行时所在的那家律所，主任为了开展业务，在临街的一楼设置了接待室，律所的同事们都抢着值班，即使不是自己值班，也会找各种借口待在值班室。我们心知肚明，只要在那里接待咨询，就有可能获得办案机会。想挣钱就要抓住机会，机会就像游来游去的鱼儿一样，想把它钓上来，是需要时间成本的。

小伙伴们都不言语了。我知道他们还有保留意见，但我决定了的事情必须推进。勇者律所还很小，势单力薄，在硬件设施方面没法跟规模大所相比，没法照搬它们的成功经验，只能另辟蹊径，探索一条适合自己的发展道路。在重大决策上，带头人必须有坚定的意志和足够的魄力，不能优柔寡断，否则就会错失良机，一事无成。小伙伴们还很年轻，没有太多的人生经验，不能站在我的高度来看问题，很难理解我的思路。总有一天，他们会知道我今天的决定是正确的。

我们又开始找房子。看了几处之后，我对广渠门外富力城 19 街的一处商铺非常满意。这里位于东二环和东三环之间，号称"CBD 后花园"，周边有不少高端住宅小区，房价在北京属于中上水平，居住人群大多是富商和白领。商铺门前是贯通北京东西的两广大街，与长安街平行，旁边是地铁七号线广渠门外站。我们经过实地考察，发现短短的一两百米的街上有好几家口腔医院，说明附近人群的消费水平不低。他们有看牙医的需求，就一定有大量的法律需求，而且潜在客户有不错的支付能力。

我们通过中介跟房东谈好了租金和租期。签约那天，房东老太太过来了，看完合同，她说要跟家里商量一下，然后头也不回就走了。我们莫名其妙，猜她看出来我们非常中意这个商铺，想趁机抬高租金。中介问过老太太之后告诉我们，老太太不同意出租了，因为我们是律师事务所。她以前被某个律师坑得很苦，对这个行业有很大的偏见。中介沟通了很久，老太太都不松口。我给老太太写了一封很长的信试图说服她，但一直没有回音。看来老太太被我的某位律师同行伤得很深，态度很坚决，我们只能找别的商铺了。

好在这条街上还有一家刚歇业的饭馆，虽然面积稍微小一些，但对我们来说也够用，这家商铺还有面向地铁 B 出口的一个大橱窗，我们如果用来做广告灯箱，一年可以省几十万元的广告费。我们立即跟房东签了租赁合同，找了装修公司入场施工。我的想法是，我们这家临街的律所既要接地气，直接面向有法律需求的老百姓，让他们有勇气走进门来，又要在装修方面体现自己的品位，区别于法院、看守所门口的那些律所。我将律所的大部分场地都用作开放式的接待区，设计成书吧和茶座，让上门的客户在放松的状态下跟律师沟通。我把家里所有的书都搬过来，放到律所接待区的书架上，又从网上买了近千本法律类、文学类图书。我还花不少钱，买了大大小小的各种摆件，放在接待区的各处，增添律所的文化气息。

装修进行到一小半，外部环境又发生了变化。我们接到通知，所有的装修必须停止，复工时间另行通知。我顿时呆若木鸡。商铺租金比同等面积的写字楼要贵两三倍，每天要好几千块钱的开销，这样下去我怎么扛得住？本想着大展拳脚干一场，这下子律所不但没有了收入，账面上剩余的那点资金很快就要耗尽，我可能要卖房卖车来支付租金了。我每天骑着共享单车从家里到律所的装修场地，看着室内一片狼藉，脑袋里一团乱麻，内心一片漆黑。后来干脆不去看了，一个人坐在家里发呆，哪儿也不去。

在这个非常时期，律所一位小伙伴向我提出了辞职，说是跟我"性格不合"。他是勇者刚成立的时候加入的，多年前我在大所工作的时候招收实习生，他就提交过简历。当时我陷入舆论旋涡，为了避免连累尚未入行的年轻人，取消了那次实习计划。但助理告诉我，有个应聘者挺不错的，以后有机会可以录用。他得知勇者律所成立的消息后，第一时间发来邮件报名应聘勇者律所助理，说愿意放弃自己现有的六十万元年薪，跟随勇者律所一起成长。

最初，我不知道应该怎么给他开工资，于是跟他商量采取无底薪的"提成制"实习方式。勇者律所刚开始的业务很少，他也没有自己的案源。我不忍心，很快改变了薪酬方式，每月给他五千元底薪，如果协助律师办理案件，还可以获得数额不等的补贴。我经常带着他参加重要活动，让他可以获得资源，还带着他办理一些重大案件，这样他不但可以学到更多东西，还可以拿到一些补贴。他在业务方面的悟性不错，稍微指导一下，很快就找到了感觉，协助我办理案件，分担了不少案头工作。为了表示对他工作的肯定，我给他预留了勇者律所的股份作为激励，等他满足法定条件之后，就可以转为律所合伙人。虽然给他的股份比例很小，但他在我这里工作时间不长，刚刚开始实习，就已经是律所未来的合伙人了。后面的路还长，慢慢来吧。不能一次给太多，要不我以后就没什么可以给他的了。

实习律师面试考核的时候，他信心十足，我对他也很有把握。没想到考官提出的问题他没有回答全面，而且临场表现有点轻浮。我想尽办法去跟律协的朋友做解释说明，他还是没有通过考核，延期几个月才能转正。他剃了个光头，情绪消沉，闷闷不乐，愤愤不平。我以亲身经历给他打气，告诉他："做律师要经历很多的磨难，挫折来得越早，我们付出的代价越小。考核没有通过，说明你确实存在问题，基本功不扎实，一些常用法条不熟练，以后还要努力。"

几个月后，他通过了第二次考核面试，开始正式执业。按照惯例，每个徒弟正式执业的时候，我都会送一单业务作为"开业"贺礼。我送给他的业务是一起共同犯罪案件，当事人是第一被告人。为了让他有独立办理的案件，同时我又能在场压阵，我费尽口舌说服同案被告人家属委托他。开庭前我们一起研究案卷，讨论辩护思路，庭审中我们互相配合、协同作战，开庭后我们一起复盘，检讨庭审的得失。

他独立承办的律所指派案件，我给的业务提成是百分之五十，而同期其他律师只有百分之十，他协助我做一些案头工作，我也尽可能多给一些补贴。为了让他在勇者律所尽快恢复到之前"年收入六十万元"的水平，我经常给客户们推荐"性价比更高"的方案，建议他们没必要委托我，而是以相对较低的费用委托他代理，我免费参与其中的重要环节，包括与公检法机关沟通和开庭。

客户委托他后，仍然把我当主办律师，什么事情都跟我联系，打起电话来经常是一两个小时，重要的工作也要求我亲自出面办理。虽然我的收入减少了很多，但只要小伙伴们的收入增加，我也是高兴的。他拿到正式执业证后的半年多时间里，纯收入有三十多万元。在这样的外部环境下，在刚成立不久的小律所，新律师半年时间有这样的收入，虽然不算多，但我真的是尽力了。

对于一家企业来说，不但要用收入留人，还要用感情留人，用事业留人。当他请假去老家给奶奶奔丧时，我特地叮嘱他以"北京勇者律师事务所"的名义买一个花圈献上。我知道，来自北京、来自工作单位的祭礼，会让家属在乡里乡亲面前有面子，我还让财务人员给他转了礼金以示慰问。从此，勇者律所在这方面形成了制度，祖父母、外祖父母也视同家属，如果去世，律所要进行慰问。

在他还是实习律师的时候，我和小伙伴们聚会，除了对他的业务能力给予高度评价，同时表示，等他正式执业，律所人数达到一定规模，他就是刑事部主任。勇者律所成立党支部，我提议由他担任书记，最终他当选勇者第一任党支部书记。在王小艳接替我担任勇者律所主任的时候，我郑重地提出，等他符合法律规定的合伙人条件，由他接替王小艳担任勇者律所下一任主任。我的任务是发挥余热，把勇者律所的基础打好，等到律所兵强马壮，我就可以彻底退休了。

现在，我需要的不仅仅是资金，更需要能做事的人。律所新址确定后，我不惜重金招聘律师和律师助理，但符合要求的很少。我很担心律所在新址开业之后，人手应付不过来。在这个关键的时候，他突然向我提出辞职，就像是在伤口上撒盐。

谁要辞职，我都不意外。我的脾气不好，批评人很直接。律所有个小姑娘挨批最多，每次都哭得稀里哗啦。另一位小伙伴更惨，由于工作中的理念冲突，经常处于被我拉黑的状态。但我从来没有批评过他，无论公开场合还是私底下，我对他只有表扬和肯定。他跟我去某地出差，在法院旁听庭审时，因为在旁听席抽烟，跟维持秩序的法警发生争吵，我担心对他不利，当众向法警再三鞠躬道歉，求得了法警的谅解，化解了纠纷。即便如此，我也只是轻描淡写地跟他说："以后千万不要再跟司法人员发生冲突了。"这么严重的事情，如果发生在其他人身上，我必然会暴跳如雷，但是我对他从没有说过一句重话，以至于其他小伙伴多次说我"重男轻女"，尺度不一。

对于"性格不合"，他的解释是："您要求我们电话铃响三声之内必须接听，还要求我们必须写文章。写文章当然是件好事，但自愿写和被您逼着写，感觉是不一样的。"

我要求他们快速接听电话，是因为律师应该随时处于待命状态，尤其是刚刚入行的新人。电话一响，黄金万两。如果正好有什么业务要让你去办，你没有接到电话，机会就是别人的了。铃响三声之内接电话，是希望他们面对机会、面对工作有积极主动的态度，我怕他们错过重要的机会。要求他们写文章，我强调过很多次，我们要做体面的律师，想赢得他人的尊重，就必须扎扎实实学习，还要有"输出"。写作，是我们输出自己思想、展示自己能力的最佳途径。我不希望他们成为"勾兑派"律师，对司法人员点头哈腰，还有巨大的刑事风险。我也不希望他们是默默无闻的律师，面对司法人员的刁难面红耳赤，敢怒不敢言。写作虽然辛苦，却是草根律师唯一的出路，我们的尊严、我们的实力、我们的体面，都靠写作来实现，这是我的人生经验。我一直强调写作的重要性，但是这三年来他很少自觉自愿地写过。

前段时间，他有意无意地跟我提起：在一次聚会中，他认识了一位同时执业的律师，能力很一般，远不如他，那个律师说自己年收入有两百多万元，令大家惊叹不已。当时我淡淡一笑说："这个律师或者是吹牛，或者是'勾兑'，或者是命好。你既然没有那么好的命，如果不想'勾兑'，那就踏踏实实地做业务，两百多万元的年收入，你以后肯定能挣到。"

所谓"性格不合"不过是托词，"年收入两百多万元"带给他的强烈冲击，才是他离开我的真正原因，只是他不好意思说出来。两百多万元的年收入确实诱人，我希望小伙伴们用体面、安全的方式得到它，我也会朝着这个方向培养他们。他想走捷径，我无力阻拦。对他的辞职申请，我一秒钟就作出同意的决定。不同意又能怎么办？即使设置一些障碍，他终究还是要走，弄得两败俱伤，我又何苦。

只是他如果想辞职，之前不应该同意担任勇者的党支部书记。勇者律所的微信公众号 3 月 1 日公开宣布律所管理层变动，3 月 11 日我和小伙伴们开始居家。一上班，他就告诉我要辞职。他才当了不到一个月的党支部书记，我怎么跟司法局和律协交代，怎么跟朋友们解释？不知情的人还以为我和党支部书记发生了激烈冲突，他迫于我的压力而辞职。

　　党支部书记不仅仅是一个职务，更是一份责任，不是小孩子"过家家"。担任党支部书记的律师，如果想一出是一出，说不干就不干，这么没有责任感，那律所今后怎么能得到别人的信任呢？在勇者党支部成立会上，我说："以后勇者律师事务所任何重大决定，都要听取党支部的意见；勇者的所有公益活动，都在党支部领导下进行。"我还说，要集中全所资源，让勇者的党建工作在朝阳区乃至北京市和全国的律所中，处于领先地位，争取更大的光荣。

　　他这样突然离开，让我目瞪口呆，有苦难言。勇者律所正处在成立以来最关键的时刻，他在这个时间节点离职，就像一巴掌扇在了我的脸上，打了我一个措手不及，打得我太疼了。几天之前，我老乡介绍一个客户过来，我还帮他谈成了委托。既然要离职，干吗还高高兴兴地接下这个案子？如果是对勇者律所的发展前景感到悲观，可以早点跟我提出离职，到了用人之际突然离去，这是存心要拆我的台啊。

　　从进入律师行业的第一天起，我就没有阻拦过身边任何人离开。有些小伙伴做了对不起我的事情，我也是打碎牙齿和血吞，装作若无其事，最多在喝酒的时候小范围发发牢骚。我不是不生气，但"水至清则无鱼"，我尽量包容这些年轻人，理解他们的难处。对他也一样，我们迟早要分开的，只是时间早晚。但他选择这个时机离开，给我造成了巨大的困扰。他不可能不知道，这个时候辞职会给我带来多大的麻烦，只是他不会考虑我的感受。

　　离职是每个人的自由，这些年来从我身边离开的小伙伴有很多，离开的原因各种各样，我都能坦然接受并自我反省，改正自己的不足之处。对别的小伙伴，我可能抠门，可能粗暴，可能冷漠，但是对他，我找不到自己可以改进提升的空间。业务方面我倾囊相授，适合的机会我毫无保留。能给的我全给了，该做的事情我全为他做过。做到这个份上，还是这样的结局，我不知道以后该如何对待其他小伙伴和新加入的成员。我很难再信任身边的年轻人，无论怎么对待这些年轻人，给他们安排什么工作岗位，我还是怕他们哪天突然心情不好就撂挑子走人，留下一堆烂摊子让我收拾。这种缺乏信任感的工作关系，让我痛苦不堪。

这位小伙伴提出辞职后的很长一段时间里，我每天晚上辗转反侧，难以入眠，只能借酒浇愁。我的胸口经常一阵阵撕裂般的剧痛，不敢深呼吸，感觉自己随时有可能猝死。我有了严重的"密接恐惧症"，不敢与身边的小伙伴有密切接触，怕最后还是落得"性格不合"的结论。当我指导、帮助某个年轻人的时候，如何能不想起他的突然离开！我还有多少时间和精力，能像对他一样对待别人！

某法科高校的两位师徒关系的教授，曾经为了争夺副会长一职公开决裂，闹得沸沸扬扬。有小伙伴问我："这种事情如果发生在您身上，您会怎么办？"我说："这种事绝对不会发生在我身上，我不会跟自己的学生争权夺利。学生混得好，比我自己混得好，让我更有成就感。"我是这么想的，也是这么做的。我愿意成就身边的年轻人，让他们发展得更快、更好。尽管外界对我有很多的误解和恶评，但在培养、造就优秀的年轻人方面，我真的是问心无愧。

年轻律师为什么很难获得前辈的倾力培养？老律师为什么不愿意花时间精力去对新人"传帮带"？因为伤透了心啊。律师行业之所以很难发展壮大，年轻律师之所以处境艰难，原因在于培养新人的机制很不合理。在律师行业，师父教会一个新手，要付出很多时间和心血，还有感情投入。一旦教会了徒弟，什么都给了徒弟，师父也差不多油尽灯枯了。徒弟羽翼丰满了，却不愿意帮师父分担工作压力，转身离去，而且毫无愧疚，认为理所当然。既然如此，哪个师父愿意真心实意地去教新人呢？既然教会了很快就要走的，不如当作廉价劳动力使用，就让新人自己去摸索吧。如此一来陷入恶性循环，除了少数命好的和有天赋的，大部分年轻律师出道都异常艰难。

我本来认为，只要真心付出，有悉心的指导，有不错的收入，有上升的空间，有暖心的关怀，一定能留住人，一起开创共同的事业。这位小伙伴用实际行动证明，我的想法还是太天真了。在世俗的规律面前，一切都是徒劳。我们喊不醒装睡的人，也留不住想走的人。人与人之间的缘分，就像大浪淘沙。电视剧《繁花》有一句台词："人长了两条腿，总归是要走来走去的嘛。"不管是律所，还是人，都是流动的。无论走到哪里，无论外壳变成怎样，只要初心还在，情怀未变，那就可以了。与其伤感，不如放下；与其怨恨，不如祝福！

大街上车辆和行人慢慢多了起来，北京城逐渐恢复了往日的烟火气。我们迁入富力城 19 街的新址办公，开启了一段新的征程。勇者律所主动承担社会责任，向往来的路人提供免费茶

341

水、免费口罩、免费打印、免费充电宝等。天寒地冻的清晨，我们带着新买的棉袄、保温杯和红包，去慰问一线环卫工人。天气突变，下起暴雨的时候，我们在地铁口给躲雨的人们发放免费雨具。每年的平安夜，我们会向行人赠送苹果，给在异乡漂泊的人们带去一缕温情。这些公益项目虽然花费不少人力、物力，但能帮助到他人，我们也从中收获了很大的快乐。勇者不仅仅是一家律师事务所，我们也不仅仅是律师。

勇者成立三周年时，我们定制了限量版的银吊坠作为纪念品，吊坠背面的十六个字是我对自己的要求，也是对年轻人的期许："有勇有谋，有理有节，有情有义，有始有终。"

第二十三章

少女的你

看着落日余晖下的滚滚车流，我对北京的

司法机关充满了信心。

——易胜华

9 月的一个下午，我在勇者律所的办公室接待外地过来的一对母女。

几天前，我的微信收到一条新的好友申请，说是性侵案件被害人想委托律师。添加好友之后，对方说自己是被害人的姐姐。案件发生在山东烟台。一名未成年女孩被一个中年男子强奸。受害人报警，但警方立案后嫌疑人找关系把案件撤了。受害人一方要求重新立案，派出所民警却都躲着不见，电话也不接。由于案件在山东，我推荐了当地的杨士传律师，让他先接待当事人，了解情况之后我再考虑是否介入。

杨律师是我的学生，做事很认真，我带着他办过多起重大案件。他接待完当事人马上给我打来电话，说情况非常严重，特地整理了一份文字材料向我介绍案情。杨律师说，他跟当事人聊了几个小时，没收咨询费，中午给她们买了盒饭，还给她们买了回程车票。性侵者是一名资深律师，同时还是某知名大公司的法务总裁，几年前以收养的名义将小女孩带走，从小女孩十四岁开始对她施暴，总共持续了三年多时间。期间小女孩多次报警，警方只是将性侵者叫过去问话，问完之后就把人放了，一直没有采取任何强制措施。

看完材料，我怒火中烧。很显然，这是一起性质极其恶劣的

345

侵害未成年人权益的案件，从警方的态度来看，犯罪嫌疑人的来头非常大，杨律师恐怕不能独自胜任这项工作。我立即给杨律师回电话，表明两个态度：第一，我参与进来，跟他共同办理这个案子；第二，我们免收小女孩的一切费用，差旅费也由我们自己承担。杨律师在电话里高兴地说，他也是这个想法，嫌疑人太坏了，我们要帮帮这个可怜的小姑娘。

为了了解更多情况，我约了小女孩和她妈妈在北京见面。乍一见面，我有点迟疑。小女孩的妈妈一看就是普通的农村妇女，讲着一口我几乎听不懂的方言，但这个女孩跟我想象的不一样。我原以为是个瘦瘦小小的女孩子，眼前的这个姑娘个头高挑，中等身体。也许是现在的孩子营养比较好，发育得早吧。

虽然杨律师给我发来的材料非常详细，我还是仔细向她们询问有关情况。大多数时候是女孩的妈妈在回答我的问题，我听着很费劲，基本靠猜。女孩一直在边上听着，不怎么说话。后来我要求她回答我的问题，她口齿清楚，普通话也算标准，只是脸色苍白，一副病恹恹的样子。

我问她："为什么第一次被强暴后又回到那个男人身边？"女孩说："自己不懂事，而且心里很害怕。"我问她："有没有跟家里人说过？"女孩妈妈说："后来才知道是怎么回事，所以去报警了。"我问女孩妈妈："为什么要把自己的孩子给别人收养呢？"女孩妈妈愁眉苦脸地说："还不是因为家里穷嘛。"

我对女孩说："这个案子既然有这么大的阻力，恐怕要借助媒体的力量来曝光，你愿意吗？"女孩迟疑了一下说："我还是想通过律师来追究对方的责任，暂时不想通过媒体。"我问她为什么，她说："我怕他会报复我，他手里可能有我的一些照片、视频。"我说："他敢在网上发布这些东西来报复你，情节就更恶劣了。"女孩说："如果有记者采访的话，我希望是文字稿，不要给我拍照和录像，要拍也只能拍背面。"我说："那是肯定的。"

在交流过程中，我有一种说不出来的感觉。女孩虽然面容憔悴，但是反应很敏捷，而且思想有着超越她实际年龄的成熟。办理委托手续的时候，我看了她的身份证，她叫桃桃，明天恰好是她 18 周岁的生日。

桃桃说，那个男的在好几个大企业里担任高管，曾经把她带到北京的一个小区里住了一段时间，在这个住处也强奸过她。她在北京某派出所报过案，也是一直没有下文。

我觉得奇怪，对方到底是什么大人物，竟然能一手遮天，连北京警方也不立案。我立即上网查找资料。这个男的叫包雨明，年龄跟我相仿，是一名海归律师，专业领域是金融、公司业务，挂靠在北京一家律所。从网上的资料看，他经常参加一些金融、企业管理类的高峰论坛。他到底有多么强大的背景？这种严重侵害未成年人权益的案件，北京警方还有人敢徇私枉法？我很想会一会那个胆大包天的幕后大佬。

考虑到工作便利，主要是为了避免山东那边案外因素的干扰，我决定将主战场放在北京，从桃桃在北京被强奸过入手，在北京立上刑事案件。为了扫清可能存在的障碍，我还要申请检察院未成年人检察部提前介入，对这起性质极其恶劣的案件进行侦查监督。

确定好了工作思路，我让助手李映红送走桃桃母女，安排她们住下来。我马上联系区检察院未成年人检察部。未成年人检察部负责人和我在其他案件中接触过，听我简单介绍案情后，负责人说马上向领导汇报，并让我尽快到检察院提交书面材料。在骑单车下班回家的路上，我接到了区检察院领导打来的电话，她听完汇报后对这个案子非常重视，表示一定会认真审查我们的材料，督促公安机关依法办案。我扶着单车站在马路边接完电话，看着落日余晖下的滚滚车流，对北京的司法机关充满了信心。

第二天，我和助手李映红兵分两路，她负责陪母女俩去公安局了解案件的进展情况，我去检察院提交材料，申请侦查监督。检察官收到我们的控告材料之后，当即联系辖区警方，要求调取这个案件的卷宗材料。回到律所之后，映红告诉我，她带着桃桃母女两人去公安局，警方也很重视这个事情，由于承办人正在出差，他们了解情况后会尽快处理。

映红还讲到一个细节：从区公安局出来之后，她带着母女俩在马路边等车。当有陌生男人从她们身边经过，桃桃总是下意识地躲到映红身后。其实映红的个头比她矮，她的这个举动让映红非常心疼。她还向映红展示了自己手腕上的伤痕，那一道道伤疤都是自杀时留下的。头一天晚上，她们住酒店的房费是映红掏的，映红还特地给桃桃买了生日蛋糕，祝贺她的十八周岁生日。

接下来的几天，我们又去了几次区公安局和区检察院，了解案件的进展。反馈的消息是：北京警方已经向山东警方发函，要求他们将收集的证据移送过来，同时也让我们补充一些新的证据材料。国庆假期刚刚结束，从山东传来消息，当地警方对这起案件重新立案。我们松了一口气，只要立案了，接下来的事情就比较好办了。

由于侦查工作处于保密状态，山东警方重新立案后，我们无法得知案件进展情况。桃桃和她的妈妈有时候给我打电话，问我警方怎么还不抓人，能不能快点。我说："多给警方一点时间去调查取证吧，他们会根据办案需要决定是否抓人，如果没有特殊情况，律师不能干预警方办案。"后来她们不再联系我了，转而联系李映红。映红经常在深夜和桃桃微信语音通话，一聊就是一两个小时，桃桃在通话中充满了悲伤、焦虑和愤怒，映红陪着她一起流泪，安慰她。映红刚大学毕业没多久，还是实习律师，桃桃的遭遇让她感同身受。每次接完桃桃的电话，映红总会忧伤很长一段时间。

转眼到了冬天，自称是桃桃姐姐的人又联系了我。她说以桃桃本人的口气，写了篇跟这个案子有关的微博，希望我能帮她转发。我看了一下她的文章，讲述的是桃桃受侵害的过程，写得很文艺，画面制作也很精美，不像是出自她的手笔。由于律师执业纪律的限制，我没有转发她的这篇文章。经过比对，桃桃联系映红的微信号与联系我的微信号是同一个，也就是说，一开始联系我的就是桃桃本人，不是所谓的姐姐。她为什么要这样呢？那个发布文章的微博账号自称是"性侵案被害人姐姐"，应该也是桃桃本人在操作吧。

349

　　一个多月后，映红告诉我，桃桃跟她说有记者采访她了，可能很快就要上新闻了。没多久新闻报道就出来了，出乎意料的是，桃桃很快又联系了另一家媒体，重新发布了长篇报道。桃桃在微博上指责第一家媒体发布的内容失实，没有经过她的同意，还说要起诉那家媒体。映红问我："桃桃要我们给第一家媒体发律师函，怎么办？"我回答说："我们提供法律援助的委托事项里，没有这一项内容。"

　　由于桃桃的抗议，我还没来得及看，网上的第一篇报道就已经被删除。第二家媒体的报道一出来，立即把舆论引爆，这在我的意料之中。报道的内容与桃桃跟我们讲的差不多，显然记者是根据她的自述写的，报道中还提到为桃桃提供法律援助的是山东的律师。映红不解，问桃桃是怎么回事。桃桃说，帮助她的律师有很多，记者想知道最初报案的经过，她就给了山东律师的联系方式。这个解释说得过去，我们也不是奔着出名才提供援助的，新闻没有我们的名字无所谓。

　　报道出来之后，网上的舆论迅速发酵、扩散、燃烧。对未成年女孩多年性侵，施暴者又是大公司高管、资深海归律师，公众的怒火一下子就被点燃了。一些明星大Ｖ纷纷表态，谴责包律师的无耻行径。包律师供职的几家大公司纷纷和他解约，最高人民检察院和司法部宣布组成联合调查组，对这起案件进行督导。新闻里还写道，北京一位以保护妇女儿童权益著称的大律师接受桃桃的委托，作为她的代理律师介入案件。我知道，我们的援助任务已经完成了，接下来桃桃不需要我们做什么了。

　　但我有一种隐隐的担忧。一夜之间，桃桃站在了舆论的风口浪尖，没有经历过多少世事的小女孩，能把持得住吗？包律师一方没有坐以待毙，他也开始在网上发出声音。一家大型媒体采访了他，将他的辩解发布了出来，虽然辩解很快就被删除，但其中的内容已经流传开来。网上形成了针锋相对的两派意见，虽然支持和同情桃桃的占大多数，但是面对一些恶毒的语言，她能挺得住吗？

原以为有了著名公益律师的介入，桃桃不会再找我们了。但她还是和映红保持着非常密切的联系。每隔几天，她们就会有一次很长时间的通话，有时候会聊到天亮。桃桃说，在专案组的安排下，她住进山东当地的一家宾馆配合调查。外面有很多记者在找她，为了安全，她不敢外出，成天待在宾馆里上网。

一些消息灵通的记者找到了我们。我们非常谨慎，毕竟这是一起涉及个人隐私的案件，被害人又是未成年人，稍有不慎，就可能违反律师执业纪律和职业道德。这起案件的关注度极高，各种真真假假的消息满天飞。我不想卷入其中，以免对勇者律所的发展造成影响。

随着时间的推移，网上舆论的风向渐渐发生变化，开始出现一些对桃桃不利的证据。我原以为包律师会公布一些不雅图片和视频作为报复，但他公开的是聊天截图和通话录音。从这些证据可以看出，两人的关系非常亲密、融洽，似乎没有暴力或者胁迫，而是你情我愿。有人说，这是"斯德哥尔摩综合征"，被害者对犯罪者产生了情感。无论如何，根据法律规定，如果双方是养父女关系，包律师就是监护人，即使桃桃自愿，基于她当时还是未成年人，包律师的行为仍然构成强奸。

映红说，桃桃想委托我们起诉那些对她造谣中伤的微博账号，我淡淡一笑，摇摇头，还是同样的理由："我们只是性侵案的代理人，委托事项不包括名誉权纠纷。"我感到奇怪，从新闻报道来看，已经有很多律师在帮助桃桃，她为什么非要找我们来处理这些事呢？

桃桃告诉映红，专案组的人跟她说，案子马上就有结论了，这几天就要拘留包律师。听到这个消息，我们有一些兴奋。虽然我们没有做太多工作，也没有在新闻里出现，但我们的当事人总算要看到曙光了。

然而，结论迟迟没有出来。有一次和一位记者朋友聊天，提到这个案子，消息灵通的记者朋友说，案子的结论对桃桃非常不利。我大吃一惊，说我从受害人那里得到的消息，性侵者马上就要被抓捕啊。两个人的消息完全相反，我顿时一片茫然。到底谁的消息更可靠呢？

没多久，我看到一位资深媒体人的文章，他们调查发现，桃桃的年龄是假的。记者根据桃桃的学籍号查到了她的真实年龄，比身份证上的年龄大四岁，而且，桃桃老家有十几名公职人员因为帮她伪造户籍年龄受到了党纪政纪处分。我目瞪口呆。虽然官方还没有确认，但我的直觉告诉我这篇文章的内容是真实的。第一次见面的时候，我就觉得有点怪怪的，桃桃的个头不像刚满十八岁的小女孩，她的思想更不像是刚刚成年的孩子，连我在她面前都有一种紧张、局促的感觉。

这样一来，整个案件的事实基础被颠覆了。如果桃桃的实际年龄比身份证上的年龄大四岁，那么她在认识包律师的时候已经年满十八周岁，不是未成年人，不适用"监护关系下性侵"的规定。而且从包律师发布的那些聊天截图和通话录音来看，两人之间也是自愿发生的关系，强奸罪肯定是不成立的。

在我与桃桃初次见面整整一年后，最高人民检察院、公安部联合督导组就这起案件发布通报，整个事情水落石出。

根据警方的调查，包律师从 2014 年开始多次发布"收养"信息，2015 年桃桃在网上看到这些信息后，主动联系包律师。两人见面后，以"收养"为名开始交往并发生了性关系。相处期间，两人经常发生矛盾，桃桃多次向公安机关报案，和好之后又否认报警或者要求公安机关撤案。2019 年 6 月，两人关系完全破裂，桃桃又一次向公安机关报案，当地警方已经麻木了，不再搭理她。我们 9 月份介入这个案子后，山东警方在 10 月 9 日重新立案调查。

有意思的是，包律师始终不知道桃桃的真实年龄。实际上，桃桃在与包律师初次见面时就已经年满十八周岁，她通过派出所的熟人将身份证年龄改小了四岁，相关渎职人员都被追究了责任。难怪桃桃之前对我说，如果接受采访，记者只能拍她的背面，可能是怕被以前的同学认出来，露出马脚。

有关部门的最后处理结论是：包雨明的行为不构成犯罪，但严重违背社会伦理道德和公序良俗，应当受到社会谴责。由于其取得外国国籍之后隐瞒不报，继续以中国律师身份执业，因此吊销其律师执业证书，公安机关对其驱逐出境。

看完这则通报，我长叹一声。桃桃真的是太厉害了，把我们这些见多识广的律师、记者耍得团团转，掀起了舆论风暴。如果她只是想报复，那么她的目的实现了一部分，但自己也付出了很大的代价。很长一段时间里，身边的人都会躲得远远的，不敢接近她，更不敢招惹她。有关部门没有追究她诬告陷害的法律责任，已经是手下留情了。但愿她今后不会故技重演，否则不会再有这么好的事了。

在这个案子里，我们还好没有陷得太深。基于内心里的直觉，我们拒绝了桃桃提出的一些要求。如果当时答应了她，真相大白之后就很尴尬了。现在想来，新闻报道中没有体现我们是桃桃的律师，还真是幸运的事。

第二十四章

野百合没有春天

担子越重，胆子越小。

——易胜华

有一个故事，埋在我心里很久很久，我不知道该怎么写。我怕自己终究还是会遗忘，那就写出来，当小说看吧。

那天早上，我拎着包刚走进办公室，还没来得及坐下，律所财务室的会计小倩就悄无声息地跟了进来，随手把门带上了。

我愣住了，瞪大眼睛看着小倩，我跟她不太熟，不知道她想干吗。光天化日，和一个风姿绰约的少妇独处一室，万一她突然大声呼救，我岂不是有口难辩？

小倩挪步走到我办公桌前，坐在椅子上，身体前倾，柔声对我说："易律师，我有件私事想请您帮忙。"

我警惕地问："是不是要借钱？我的钱都交给媳妇了。"

小倩妩媚地一笑，说道："您想多了。要借钱也不找您，我认识的有钱老板排着长队呢。"

我松了口气，坐下来说："那是什么事啊？"

小倩皱着眉说："我有个很好的朋友，算是闺蜜吧，她现在遇到了特别麻烦的事情。我觉得咱们律所只有您能帮得上她。"

我好奇地问："什么麻烦事，搞得这么神秘呀？"

小倩说："我一说您就懂了。我这闺蜜是一个大老板的'二奶'，还给他生了两个孩子，是双胞胎。"

我笑了："你闺蜜现在是想上位？"

小倩撇着嘴说："上什么位啊，这个老板得了癌症，都快死了，我闺蜜想争取分到一些遗产。"

我摇摇头："'二奶'分遗产？想都不要想，写在遗嘱里也没有法律效力。违背公序良俗，法院肯定不会支持的。"

我想了想，又问："她的两个孩子多大了？"

小倩笑着说："要不怎么说您厉害呢。她自己肯定是不敢要遗产的，就想给两个孩子要点财产，否则老板死后，孩子连吃饭、读书的钱都没有。孩子现在才两岁，户口还没上呢。"

我点了点头，说："这个倒不用争，私生子跟婚生子一样，有同等的继承权。有证据证明孩子的父亲是这个老板吗？"

小倩说："还用什么证据啊，我闺蜜带着孩子，跟她老板同居都两三年了，大家都知道的。"

我说："如果没有出生证明或者亲子鉴定，那就要让老板在遗嘱里确认这两个孩子是自己亲生的。否则老板一死，其他亲属不承认孩子的身份，那就麻烦了。"

小倩对我竖起大拇指，说："易律师果然厉害。可事情要是这么简单，就用不着易大律师亲自出马了。"

我问："还有更麻烦的事吗？"

小倩点点头，说："还是让我闺蜜当面跟您聊吧。她是个老实人，您可别凶巴巴的啊。"

晚上，小倩安排我和她的闺蜜小兰在郊外一家茶楼的包间里见面。一路上，我看着车窗外流光溢彩的高楼大厦，想象着小兰的样子：妖艳迷人，或者清纯可人；高大丰满，或者小巧玲珑。能被大老板包养的女人，必然是风情万种，貌若天仙，暗香袭人，她们将自己的青春和姿色明码标价，批发给有钱有权的男人，换取奢华舒适的生活。

我们来到茶楼，走进订好的包间，里面坐着一位胖乎乎的短发中年妇女。她看到我们进来，立即站起身。我不由得大失所望。这是"二奶"，还是茶楼的保洁阿姨啊，怎么长得虎背熊腰的？也许是"二奶"的妈妈？

小倩似乎看出了我的疑惑，笑着给我介绍说："易律师，这是小兰，我最好的闺蜜。"

小兰腼腆地冲我点点头，说："易律师，您好。"

坐下来之后，小倩替我们泡茶，小兰开始讲述她和朱老板的故事。

朱老板是外地某市的一位农民企业家，做中药材加工，小兰是他公司的出纳。朱老板很少回家，常年住在公司，小兰负责照顾他的生活起居。时间久了，小兰就怀上了朱老板的孩子。朱老板的妻子是地地道道的农民，跟朱老板育有一儿一女，孩子都已经长大成人，参加工作了，朱老板很少跟他们来往。他周围的亲朋好友都知道小兰和两个孩子的存在，因为朱老板脾气暴躁，没人敢说什么。

我问："朱老板还有多少日子啊？"

小兰叹了口气："医生说，就这一个月，随时可能去世。"

我又问："他的意识还清醒吗？"

359

小兰说："有时候会昏迷，醒来的时候表现得跟正常人差不多。"

我喝了一口茶，问道："朱老板立了遗嘱吗？"

小兰说："我们不知道这个遗嘱该怎么写。他也担心，自己死后，我和两个孩子没有了依靠，到时候会很可怜。"

我问："朱老板有哪些财产？"

小兰苦笑着说："他现在身无分文，穷光蛋一个。"

看到我一脸愕然，小倩插话了："易律师的意思，不只是现金和存款，还包括房子、车子、股票、收藏之类的。"

小兰摇摇头，说："我明白。他确实什么都没有了。知道自己得了癌症以后，为了给我和孩子留下一点钱，他发了疯似地买彩票，钱用光了就找朋友借，现在还欠了一屁股债呢。"

我好奇地问："他应该给你买过什么东西吧？"

小兰点点头，说："两个孩子出生的时候，他在省城给我买了一套八十多平方米的房子，我父母住在那里帮我带孩子。他还给我买过一条金项链，大概花了几千块钱。"

我问："朱老板公司的经营情况怎么样？"

小兰叹了口气："朱总很有野心，不停地扩张，想把厂子做到全国知名。厂里的资金不够，他就跟省城一家民营制药公司的老板合作，转让了公司百分之四十股份。但人家的资金迟迟不到位，他急得跳脚，几次在办公室晕倒，后来去医院查出了癌症。"

我精神一振，问道："他还有百分之六十的股份？公司资产价值多少呢？"

小兰说："听他说，土地、厂房、机器设备加上原材料，总共应该值两三个亿，但厂里还欠银行很多贷款，他自己也欠亲朋好友很多钱呢。"

我端起杯子喝了一口茶，问小兰："你俩感情怎样啊？"

小兰沉默了一会儿，缓缓说道："这些年都是我在照顾他，做饭、洗衣服。他要做的事情，我不懂，他也很少跟我说什么。知道自己得了癌症以后，他的脾气变得更暴躁，破罐子破摔，见谁都骂，甚至动手打人。没人敢靠近他，都躲得远远的，只有我陪在他身边。他也想让我和两个孩子今后能活下去。"

我沉思了一下，说："如果我只是作为你的律师，今后会非常被动。要想争取你和两个孩子的利益，必须是朱老板委托我，让我做他的遗嘱执行人和遗产管理人。如果他的遗产掌握在其他人手里，你的两个孩子很有可能被排挤掉，最终一分钱都拿不到。"

小倩端起茶杯，笑着对我说："易律师，还是您有办法，我闺蜜的事情，就拜托了。"

小兰小心翼翼地问："易律师，您明天有没有时间去一趟医院？我们把委托手续办好，他的时间不多了。"

我放下茶杯，板着脸说道："小兰，我说话有点直，你别介意啊。你现在的处境，都是自己造成的。我可以参与这件事情，但我不是在帮你，是在帮朱老板的两个小孩。"

小兰低着头说："我知道。"

我连夜准备材料，包括遗嘱、授权委托书、委托协议。起草遗嘱的时候，我非常谨慎，逐字逐句反复推敲，避免出现疏漏导致遗嘱无效。遗嘱中需要明确朱老板跟两个小孩的血缘关系，同时还要授权我负责遗嘱执行和遗产管理。朱老板撒手西去之后，他的摊子就全部交给我了。

如果遗产在继承人（父母、配偶、子女）中按比例分配，那对两个未成年的孩子是不公平的，因为他们比同父异母的兄姐要多出十几年的抚养费、教育费等开支。另外，由于朱老板负债累累，如果遗产扣除债务后的净值很少，在继承人之间按比例分配，两个小孩分到的遗产可能微乎其微，还不够他们的抚养费。

为了确保这两个小孩的利益，我跟小兰商量了很久，决定在遗嘱中将这两个小孩的继承数额固定为六百万元。小兰说，如果孩子本应继承的遗产数额比六百万元多，她愿意放弃超出的那部分，只要够用就行了。

第二天上午，在医院的病房里，我见到了传说中的朱老板。他盘腿坐在病床上，穿着白背心、大裤衩，手里拿着一把蒲扇，灰白的头发稀疏蓬乱，胡子拉碴，满脸皱纹，皮肤粗糙，两眼暗淡无光。从外形上看，小兰配他还是绰绰有余的。

医生提醒我，朱老板身体很虚弱，不能长时间说话。于是，我拿出打印好的遗嘱，开门见山地跟他讲解每句话的意思。朱老板很痛快地说："好，我知道了。"看都不看一眼，龙飞凤舞地在遗嘱上签上了名字，按上手印。我又拿出委托协议和授权委托书，他一一签名。小兰拿出一张湿巾，帮他擦掉手指上的红色印泥。事情办得很顺利，前后不到半个小时。

我坐了下来，向朱老板了解公司的经营状况和债务情况。他摇摇头，不耐烦地说："这些事情，小兰比我清楚，你今后可以慢慢问她。"小兰默默地点头。

我起身向他道别。他抬起头来看着我，眼睛里发出犀利的光，但很快就暗淡下去。他朝我摆了摆手，什么都没说。

一个马上就要死的人，还能说什么呢？说了也没用，还不如听天由命。他曾经是一头威风凛凛的狮子，在自己的王国里说一不二。他有满腹的雄心壮志，想开拓自己的事业版图，建立庞大的商业帝国。但在病魔面前，他毫无反抗之力，只能束手就擒，扔下自己的事业和家庭。他唯一能做的，就是强作镇定，保持最后的尊严。

小兰送我出病房，将朱老板的身份证复印件递给我，说："其实，我也不知道公司的经营情况，更不清楚他到底欠了哪些人的钱，欠了多少钱。"我愣住了。朱老板不愿意告诉我具体情况，小兰又什么都不知道，两眼一抹黑，我这个遗产管理人该怎么管，又管得到什么遗产呢？

我在走廊里不停地踱步，终于想到了一个办法。我对小兰说："那我们就主动出击，引蛇出洞。我去他的公司贴公告，那些人看了公告，一定会主动找我，这样我就可以掌握很多情况了。"

小兰说："易律师，您这个办法好。但我不敢去公司，怕遇到他家的人。我给您公司地址和蒋总的手机号码。老朱生病住院后，公司委托给蒋总管理，您到那边跟他联系就行。"

时间很紧迫，我必须赶在朱老板归天之前，摸清楚公司的基本情况，接手他的资产和债务。否则，那些人可能不买我的账，我的工作无法推进。

我写好公告，打印了几份。大致内容是：因朱老板身患重病，生命垂危，为妥善处理公司资产及债权债务，特委托本律师作为其遗嘱执行人和遗产管理人，请公司管理人员及债权人及时与律师取得联系，提供相关材料。我在公告上留下了自己的手机号码和律所地址。我带着助理前往朱老板的大地公司，事先没有联系那边的蒋总。情况很复杂，我想先摸摸底，不受任何人的干扰。

按照小兰提供的地址，我们的车停在市郊工业园的一处厂房前，上面挂着大地公司的牌子。斑驳的铁皮大门虚掩着，里面很安静。我们在大门上贴好公告，然后推门进去。

厂区很大，但空无一人。生产车间门口停着一辆生锈的叉车，边上散落着一些包装箱。一只猫在屋檐下晒太阳，几只鸡在草丛里觅食。我摇头叹息：朱老板要是看到这一切，大概会瞪起眼睛破口大骂。但他快要死了，还是眼不见心不烦吧。

这时，我听到一个尖细的声音："你们是干什么的？"一个秃顶、瘦高的中年男人悄无声息地出现在我们身后，他的嘴里叼着一根牙签，满脸狐疑，估计观察我们有好一阵子了。

我赶紧掏出律师证，说："我们是律师，来这里找人的。"

秃顶男人接过我的律师证，眯缝着眼睛，一边仔细核对上面的照片是不是我本人，一边问道："你找谁啊？"

我说："我找蒋总。"

秃顶男人警惕地问道："你找他有什么事？"

我说："我是朱老板的律师，小兰让我跟蒋总联系。我有他的手机号码，要不我给他打个电话吧。"

秃顶男人摆摆手说："不用打了，我就是。"

虽然有预感，我还是有点失望。眼前的这个男人，实在是太丑了，贼眉鼠眼，尖嘴猴腮。尽管男人丑点无所谓，但太丑了还是让人不舒服，今后我还要跟他打很多交道呢。朱老板的审美，似乎有问题啊，身边人怎么都长这样？

蒋总带我上二楼，进了一间大办公室。办公室的墙上挂满了朱老板和前来视察的省市领导的合影。照片里的朱老板西装革履，笑容灿烂，神采飞扬。陈列柜里摆满了各种获奖证书、奖杯和公司的产品，包括中草药制成的牙膏、爽肤露、风湿膏、消毒剂等。可以想象，这家公司曾经多么辉煌，未来也有很大的发展空间。如果朱老板没病倒，公司大概不会像现在这么萧条了。

蒋总坐在硕大的办公桌后面，背靠椅子，转动着身体，若有所思地看着我。我从提包里拿出朱老板的遗嘱和授权委托书递给他。蒋总看得非常认真，几百字的遗嘱，他看了差不多半个小时，似乎要一字不落地背下来。委托书上的朱老板签名，他也研究了很长时间。然后，他出门打了几个电话。

没多久，办公室里陆陆续续进来了七八个人，高矮胖瘦、男女老少都有。蒋总向大家介绍了我的身份，然后一一介绍来的这些人，某局长，某乡长，某总，还有朱老板的儿子小朱。除了小朱，其他人都是朱老板的债主。他们向我打听朱老板的病情，说想去看望一下。我说，朱老板的精神还好，但没几天了，这么多人过去，医生恐怕不会同意。

蒋总说："那我们就推选一个代表，过去看望他一下吧。"说着，他的眼光瞄向一个年长的胖墩墩的男子。

这位男子清了清嗓子，说："易律师，我跟朱总是发小，一个村子里长大的。这些年我在乡政府工作，给他的厂子帮过一些忙，他欠我的钱也是最多的。现在他病危，于情于理，我都该去看望一下。其他人都很忙，我退休了没什么事，就代表大家去看看吧。"

蒋总说："那就定下来了，黄乡长代表我们去看望朱总。易律师跟朱总说一声吧。"

奇怪的是，小朱一言不发，在角落里默默地坐着，似乎命在旦夕的朱老板跟他没有任何关系。

当天晚上，我的手机差不多被打爆了，来电者都自称是朱老板的债主，问我下一步该怎么办。我让这些债主梳理一下手里的借条、欠条，同时提供自己的身份证明，以便我们统计、核实。

小朱也打来了电话，想约我出去坐坐。他是朱老板的嫡亲长子，也是第一顺序的法定继承人之一，我当然要跟他聊聊。

第二天晚上，我们在律所附近的一家烧烤店见面，边吃边聊。小朱身上没有一丝富二代的气质，完全是一个普通的乡镇公务员，在我面前显得有点局促和拘谨。几杯啤酒下肚之后，他的脸就变得通红，话也开始多了起来。

小朱说，爸爸的脾气非常暴躁，他小时候经常被揍得鼻青脸肿，每次看见爸爸，他就两腿发软。爸爸开工厂后基本不回家，也没给过家里钱。他和姐姐很少有新衣服，也很少吃肉。他宁可苦一点，也不要见到爸爸。现在爸爸快要死了，他一点都不难过，只是不想让别的女人霸占自己家里的财产。

小朱越说越激动，我打断他，问道："你还有两个弟弟，知道吗？"

小朱说："我知道，但听说不是我爸亲生的。"

我笑着说："两个孩子的出生证上有你爸爸的名字，他在遗嘱里也确认是自己的孩子。"

小朱恶狠狠地说："不管怎样，我们家是不会承认这两个孩子的。"

我冷冷地说："但法律认可你爸爸跟这两个孩子的血缘关系。"

小朱瞪起眼睛问："易律师，您是我爸爸的律师，还是那个女人的律师？我是家里的长子，他的财产应该由我来继承。"

我说："我是你爸爸委托的律师，我要按照他的意愿来处置遗产。如果你爸爸没有遗嘱，他的遗产在你爷爷奶奶、你妈妈、你们姐弟四人之间平均分配。现在，他已经立下了遗嘱，要先扣除你两个弟弟的抚养费，其他人分配剩余部分。"

小朱灌下一大口酒，重重地放下酒杯："我恨我爸爸！他欠我妈和我们姐弟的太多了，现在他要死了，还是先顾着别人！"

我平静地说："不是别人，是你亲弟弟。"

小朱激动地说："我不管什么弟弟不弟弟，他就是欠着我妈和我们姐弟俩的。听别人说，我爸爸在省城给那个不要脸的女人买了别墅，买了豪车，还有很多贵重首饰。我妈妈气得都病倒了。"

我问："你说的这些别墅、豪车，都有证据吗？朱老板欠了一屁股债，哪有那么多钱啊！"

小朱激动地捶着桌子说："都是听人家传的，我上哪去找证据啊？我爸爸要是没给她好处，她为什么要给我爸生两个孩子？不是冲着钱，那是冲什么啊？现在我爸要死了，她还想挖走一大块，真不要脸啊！"

我笑着说："你爸能不能给你们留下财产，还不一定呢。他欠了一屁股债，现在那些债主都在虎视眈眈。不管怎样，你们是一家人，还是先团结对外，再来处理家事吧。要不然，你们争了半天，最终大家什么都没落着，都便宜了那些外人。"

小朱摇摇头说："我宁可什么都不要，也绝不让那个女人再从我家里拿走一分钱！"

我收起笑容，说："既然你是这样想的，那你找我是干吗来了？"

小朱涨红着脸，说："易律师，那个女人给您多少律师费？我给您两倍、三倍都行，您站到我一边！"

我笑着说："好啊，你拿钱来啊！"

小朱低下头："我现在没有，但我爸一死，他的钱就都是我的了。那时候，我就可以给您了。"

我笑了，说道："小朱，就算你爸爸死了，他的钱也不全是你的。你还有爷爷奶奶，有妈妈，有姐姐和弟弟。而且，你爸爸外面还欠了那么多债。"

小朱说："我爷爷奶奶、我妈、我姐，他们的都是我的。现在跟我争夺遗产的，就是那个不要脸的女人和她的两个孩子。"

我说："那个女人没有权利跟你争夺遗产，你两个弟弟的地位跟你一样，肯定有权分遗产，你承不承认都没用。另外，你爸爸有没有遗产还不好说，看那些债主的样子，你爸一死，他们就会像饿虎扑食一样扑上来，到时候你可能连渣渣都吃不到。"

小朱怔怔地看着我，说不出话来。

我一脸严肃地说："小朱，我是你爸爸的律师。他每一个继承人的权利，我都要保护好，不管是你妈、你姐还是你们三兄弟。你想要分到遗产，就必须先解决外部的'敌人'。如果你决定放弃继承遗产，我尊重你的意见。我们没有什么好聊的了。"

我站起来准备走，小朱一把拽住我的手："易律师，我听您的，先把外面的事处理好，再来解决家里的事。"

我坐了下来。

小朱问："易律师，我现在能做什么？"

我说："首先，你们家里人要认可我的遗嘱执行人和遗产管理人身份，授权我处置你爸爸的债务和公司股份，这样就更有利于我去跟那些债主谈判，跟公司的其他股东交涉。"

清官难断家务事。在婚姻家事案件中，有时候宗族势力会阻碍事务的依法推进。尤其是朱老板的家庭关系复杂，外部债主众多，我的工作推进必然困难重重。虽然我有朱老板的授权，但他的公司股份是夫妻共同财产，必须取得他妻子（其实就是小朱）同意，我才能处置。联合所有继承人一致对外，我才不至于孤军奋战，腹背受敌。

小朱点点头说："这个我可以做到。"

我接着说："另外，你还要摸清你爸爸的债务，你的身份比我更容易掌握真实情况。这关系到你的切身利益。"

小朱说："好。"

谈得差不多了，小朱送我到马路边，从背包里拿出两条香烟硬要塞给我。我本想拒绝，转念一想，那样可能会破坏今晚的气氛，于是收了下来。

我问小朱："你不去看看你爸爸吗？"

他坚定地摇摇头，什么都没说。

我和黄乡长按照约定的时间来到医院，小兰正在病房给朱老板擦背。

黄乡长热情地跟朱老板打招呼："老朱，你还好吧？听说你身体不舒服，我特地来看看你啊！"

朱老板瞄了他一眼，说："好什么好，我马上就要去见阎王了！"

黄乡长笑着说："别瞎说，我看你精神很好啊。配合医生治疗，你很快就会康复的！"

朱老板淡淡地哼了一声，没有接话。

黄乡长对小兰说："小兰，真是辛苦你了，这么用心照顾老朱。"

小兰笑笑说："还能怎么办啊，这就是我的命。"

黄乡长关心地问："两个孩子都好吧？现在谁带着呢？"

小兰说："我爸妈帮我带着呢。"

黄乡长说："那就好啊，老人家肯定把孩子照顾得很好。你们请的这个律师不错啊，很负责任。"说着，黄乡长看了我一眼。我微微一笑。

小兰给朱老板擦完背，端着水盆出了病房。黄乡长坐到朱老板的身边，搂着他的肩膀说："老伙计，有件事情要跟你商量一下。前年你找我借钱，借条都没打，我回家后被老婆骂了好几天。现在能不能给我补一下啊？"

朱老板面无表情地点了点头。黄乡长立即从手提包里拿出笔和一张打印好的借条，递给朱老板。朱老板看都不看，大笔一挥，签上了自己的名字。我在一旁暗暗叫苦，他真是不管自己死后洪水滔天啊！

黄乡长心满意足地将借条放回包里，然后说："老朱，我就不打扰你休息了。多保重身体，等你出院以后，我们好好喝几杯酒！"

朱老板闭着眼睛躺在病床上，对他摆了摆手。

我送黄乡长出门。在走廊里，我对他说："刚才那个借条，能不能给我一个复印件？我要统计一下朱老板的债务。"

黄乡长说："当然要给您一份，您是他的遗嘱执行人，以后还要您多关照啊。等会儿我们一起去喝个茶吧。"

在茶楼里，黄乡长给了我一份借条复印件。我打开一看，不由得吓出一身冷汗：三百万元！我的天啊。

黄乡长笑眯眯地看着我，说："易律师，您帮我拿到这个钱，我私下给您三十万元。我是说话算数的人。"

我淡淡地说："我就怕有命挣，没命花。"

黄乡长说："您放心，我不会跟任何人说的。天知地知，你知我知。"

我问黄乡长："您是乡政府退休的公职人员，哪来这么多钱借给朱老板？"

黄乡长哈哈一笑，说道："我是没有这么多钱，都是亲戚朋友凑的啊。"

我追问道："您借钱给朱老板，有银行的转账凭证吗？都是哪些亲戚朋友给您凑的，可以说说吗？"

黄乡长收起笑容，对我说："我们走的全是现金。老朱自己都认可，您还有什么怀疑的，是吧，小兄弟？"

我沉默不语。朱老板应该是真的欠黄乡长钱，但数额绝对不会这么大，三百万元远远超出黄乡长的经济实力。朱老板现在是破罐子破摔，我不能眼睁睁地看着他糟践所剩无几的这点遗产，否则两个孩子的抚养费必然落空。但是，我刚刚介入这个案件，后面还有无数的硬仗要打，过早树敌不利于工作的推进。必须灵活应对，借力打力，争取更多的人和我站在一个阵营，才能实现委托目标。

我淡淡一笑，说："黄乡长，您不担心这张借条最后成为一张废纸吗？"

黄乡长一脸疑惑地问："易律师，您这话是什么意思？"

我说："朱老板剩下多少资产，您应该比我清楚。如果每个人都像您这么搞，借条跟废纸有什么区别啊？"

黄乡长瞪大眼睛说："有道理。那您说说，我应该怎么办呢？"

我说："第一，要防止其他债主跟朱老板见面；第二，要把公司卖个好价钱。"

黄乡长为难地说："这两点都超出了我的能力范围啊。"

我说："您回去之后，跟其他人说：您到医院的时候，朱老板已经陷入昏迷，医生不让外人探视，您只是隔着玻璃看了一眼。这样一来，其他人觉得找朱老板也没用，就不会再来了。"

黄乡长对我竖起大拇指："高，实在是高。"

我接着说："您还要帮我联系公司的另一个股东，我去找他谈谈，看看能不能让他收购朱老板那部分股份。"

黄乡长说："这个没问题，老朱和孙总谈合作的那段时间，我跟他们一起吃过几顿饭，有他的联系电话。"

我说："那您就尽快安排吧。"

临别时，黄乡长紧紧握着我的手，说："易律师，看出来您是一个聪明人，请您相信，我一定不会亏待您。"我微微一笑。

第二天一早，我刚到律所，助理告诉我：有位客人等我半天了。我走进会客室，原来是蒋总。他今天穿了西装，系着领带，为数不多的几根头发精心整理过，纹丝不乱，但还是辣眼睛，我忍不住皱了皱眉。

蒋总说："怎么啦，易律师，不欢迎我吗？"

我强笑着说："这几天被朱老板的事弄得烦透了，吃不下，睡不好。"

蒋总哈哈一笑，说："多亏有你易律师啊，要不然这些债主就天天盯着我了。"

373

我问蒋总："公司现在的情况怎样？"

蒋总说："那天你也看到了，自从朱老板生病住院以后，厂子停工停产，工人工资已经拖欠了半年多，天天都有债主上门讨债，厂房、土地和机器设备，都被法院查封了，公司的账户也被冻结了。"

我问："公司其他的股东就不管这个事吗？"

蒋总笑着说："我不是在管吗？"

我心里一惊。大地公司原本是朱老板一个人的，后来为了扩张，他将百分之四十的股份转让给省城的大海公司，但大海公司承诺的资金迟迟没有到位，以至于朱老板急火攻心，一下子病倒。怎么又冒出来个股东，而且是他？

蒋总说："朱老板没有告诉你吗？"见我摇头不语，他从提包里拿出一份协议，是朱老板和他签订的，协议约定：朱老板无偿向他赠送百分之十五的公司股份，落款时间是一年前。

我顿时两眼一黑，想死的心都有了。朱老板是疯了吗？就算自己快要死了，也不能这样败家啊。辛辛苦苦几十年攒下的家业，自己还有几个孩子，他怎么忍心这样糟践呢？我担忧的是，后面还有多少这种意想不到的惊吓……

我问蒋总："朱老板为什么要无偿转让股份给你啊？"

蒋总得意地笑着说："他这个烂摊子，除了我，还有谁能替他收拾啊。更何况，他也欠着我几十万元的债呢。"

我长叹一声，低头不语，心乱如麻。照这样下去，我这个遗产管理人，除了一堆烂债，什么也管不了。我不是自寻烦恼吗？

蒋总似乎看穿了我的心思，坐在沙发上轻轻抖动着二郎腿，悠闲地说道："易律师，你这个案子不太好办啊。"

我哪能轻易认输。我面带微笑地问蒋总："你和朱老板的这份股权转让协议，大海公司的孙总知道吗？股东会通过了吗？办理了工商变更登记吗？"

蒋总脸色一变，神情严肃了起来。

我说："按照公司法的规定，股东对外转让股份，应当通知其他股东，其他股东在同等条件下有优先购买权。如果孙总不同意朱老板和你之间的股权转让，甚至他对此根本不知情，这份转让协议就是无效的。"

蒋总激动地敲着茶几说："白纸黑字的东西，怎么是无效的呢？你以为我是三岁小孩，几句话就能吓到我？"

我笑着说："蒋总，法律不是我制定的，世上也不是只有我这一个律师。你如果不相信，就去咨询别的律师吧。我也不是三岁孩子，你别跟我敲桌子、瞪眼睛，这一套对我没用。"

蒋总愣了半天，将协议放回提包，默默地看着我。

为了缓和气氛，我安慰蒋总说："股份转让协议无效，只是对外无效，在你和朱老板之间，这份协议还是有效的。你也是朱老板的债主，还是大债主啊。"

蒋总弯下身子对我说："易律师，刚才我情绪有点激动，您不要介意啊。都怪我不懂法律，所以出了这样的问题，要是早点认识您就好了。"

我笑着说："现在也不晚啊。虽然朱老板委托我作为他的遗产管理人，但遗产分配完毕之后，就没我什么事了。大地公司如果继续经营下去，显然还是要靠蒋总的。"

蒋总说："那倒是。朱老板生病之后，公司大大小小的事情都是我在管，里里外外的情况，没有人比我更熟悉了。"

我问："以您看来，这个公司还有没有得救啊？"

蒋总说："在朱总生病之前，公司已经有几千亩药材种植基地，现在库房里还有价值几百万元的药材。公司推出了十几个产品，包括牙膏、爽肤露、消毒剂等，在全省设了几个直销门店，效益非常好，各级政府也是重点扶持，很多领导前来视察。可朱老板太着急，想快速扩张，跟大海公司合作之后，大海公司给了第一笔资金，后来就一直拖着不给，导致资金链断裂，工厂停产。如果有大额资金注入，公司就能起死回生。"

我问："您跟大海公司的孙总见过吗？他是什么态度？"

蒋总说："我找过他很多次，他的意思是，朱老板违约在先，没有将第一笔投资款用在约定用途，所以后面的钱他暂时不付了。朱老板都拿他没办法，我就更不好说什么了。"

我沉思了片刻，对蒋总说："您联系一下孙总，我们一起会会他。"

深夜，小兰打来电话，告诉我：朱老板死了。

虽然在意料之中，我还是有些遗憾。朱老板是一个商业强人，将小小的药材铺做成了大公司、明星企业，但他又是一个不称职的男人，无论作为丈夫还是父亲，他都是一个失败者，给亲人带来了巨大的麻烦和无尽的痛苦。英年早逝，壮志未酬，留下事业和家庭两个烂摊子，他的结局也算是凄凉的了。

小兰约我在上次的茶楼见面，脸色凝重。因为没名没分，医生电话通知朱老板的家属后，她立即收拾东西离开了。朱老板的葬礼，她和两个孩子是没有资格参加的。

小兰无奈地说："他是彻底解脱了，我和两个孩子怎么办？"

小兰把我当作倾诉对象，讲起她和朱老板的一些事情。她告诉我，朱老板是个非常霸道的人，无论是工作上还是生活中，都是说一不二，听不进一点反对意见，身边的人都怕他。在外人眼里，她是朱老板的"二奶"，但她非常清楚，自己实际上就是他的保姆，免费照顾他的生活起居，解决他的生理需求，召之即来，挥之即去。小兰家庭条件一般，性格内向，不善言谈。对朱老板，她很崇拜，但更多的是服从。她喜欢这种暴君式的男人，愿意伺候他，服从他的命令，接受他的安排，生下他的孩子。她宁愿为他背着坏名声，遭受鄙视和唾骂。现在，这个男人死了，她突然失去了方向和力量，不知道未来要面对什么，不知该怎么办。

我摇头叹息。

小兰问："易律师，两个孩子的抚养费有希望吗？"

我向她讲述了这些天发生的事情。

小兰说："法律上的事情，我不懂。小倩说，您水平高，为人正直。朱总见过您两次，他也说您跟其他律师不一样，值得信赖。我相信他俩的眼光。"没想到朱老板对我评价还挺高，可惜他已经死了，要不然我和他也许可以碰撞出很多的火花。

小兰告诉我，小朱有天晚上去医院看他爸爸了，他没有进病房，只是在门口远远地瞅了几眼。朱老板当时已经睡着了，她在整理床铺的时候，无意中看到小朱站在门口，正准备打招呼，小朱转身就走了。

尽管小朱对父亲充满了恐惧和怨恨，还是去医院看了父亲最后一眼。虽然两人没有交流，朱老板如果知道，也算是一点安慰吧。

我试探着问小兰："据说，朱老板给你买了别墅？"

小兰苦笑着说："他如果对我真有那么好，我陪他去死都甘心了。他有钱也不会给我的，都投到了厂里，后来都买了彩票。我上次跟您说过，两个孩子出生的时候，他在省城买了个八九十平方米的房子。"

我问："房子登记在谁的名下？"

小兰说："是用我的名字登记的。"

我皱着眉说："糟糕。"

小兰问："怎么了？"

我解释说："朱老板买房花的钱，属于夫妻共同财产，他不能独自决定。送给你的房子，他老婆可以要回去。"

小兰面如死灰地问我："那我该怎么办？两个孩子以后住哪里啊？"

我苦笑着说："如果房本上的名字是朱老板，反而好些，两个孩子可以直接继承。不过，他在外面欠了那么多钱，肯定不敢登记在自己名下。但愿小朱对两个弟弟不会那么狠。"

小兰低下头抽泣，我说："你回去赶紧将房子卖了，这样他们就查不到。就算他们找上来，这些钱也可以折抵两个孩子的抚养费。"小兰点点头。

这个女人真命苦，顶着"二奶"的名，干着保姆的活。别的"二奶"锦衣玉食，香车豪宅，她却要为一所小房子提心吊胆，真不值啊！

朱老板一死，我的麻烦就来了。债主们一天到晚给我打电话，我应接不暇，说得口干舌燥，嗓子直冒烟，直到手机因为没电自动关机。

但他们找到律师事务所来了，乌泱泱二三十个人把我的办公室挤得满满当当。他们就像到了自己家，拿起我的香烟就抽，端起我的水杯就喝，拆开我的饼干就吃，还把我柜子里的书和文件资料翻得乱七八糟。他们七嘴八舌，一个个冲着我横眉怒目、张牙舞爪，似乎是我欠了他们钱。这群人中，有几张我熟悉的面孔，蒋总，黄乡长，小朱。

我坐在办公桌后面，默默地看着他们，一言不发。等他们闹够了，我缓缓地说："你们如果是来商量事情，就派个代表跟我谈，这样你一句他一句的，我们没法交流。如果是来讨债的，就去找朱老板，欠钱的是他，不是我。"

我的话激怒了一个高高壮壮的年轻人，他握着拳头冲到我面前，怒吼道："朱老板已经死了，你让我们去找他，什么意思！"

我站了起来，对他说："朱老板没死的时候，你们干吗去了？"

年轻人说："你是朱老板的律师，管理他的财产，他死了，我们当然来找你，有什么问题？你要是没有能力管，就别做他的律师啊！"

我恍然大悟。原来有人撺掇这些人来我这里闹事，是想让我退出这个案子。这说明我的存在对他构成了障碍，我出局，他才

379

能获利。是谁呢？除了我，谁能成为这笔遗产的主导，谁就会是最大的赢家。蒋总、黄乡长、小朱，还有我不知道的人，都有可能。也许他们达成了共识：我退出了，意味着少了两个孩子的份额，他们的钱就更有保障了。

我大声说："这件事，我管定了！朱老板委托了我，我就要对他负责任。他死了，我就要对你们每一个人负责任！你们说，除了我，还有谁比我更合适？朱老板欠你们每个人的钱，谁可以保证，其他人没有自己的私心？"

这群人既然联起手来对付我，我就必须把他们拆散，让他们互相猜忌，变成一盘散沙，否则接下来我没一天好日子过。我要让每个人都明白，只有我才能公正地对待这件事情，不偏不倚地管理朱老板的遗产。

听了我的这番话，大家慢慢安静了下来。这时，蒋总阴阳怪气地说："易律师，你说你会维护我们大家的利益，那你给大家表个态：你是不是朱老板的'二奶'小兰请的律师？你会不会站在她那一边？"

我面无表情地说："你们看过朱老板给我的授权委托书，上面是朱老板的签名，按了他的手印。我说过，按照法律规定，小兰没有权利分得任何遗产。"

蒋总追问道："那小兰的两个孩子呢？"

我忍无可忍了，必须给他一点颜色，否则他会继续挑动大家来攻击我。我用力一拍桌子，怒喝道："蒋总，你有完没完？我还没说清楚吗？我是律师，我所做的事情，一定是按照法律来的，如果我有违法的地方，你们可以去举报我！如果你们哪个人得了便宜还卖乖，我绝不会手下留情！"

蒋总一脸无辜地说："易律师，您这句话是什么意思啊？"

我压住火气，缓缓说道："你们的真实债权是多少，是不是合法，每个人心里都有数，我也很清楚。如果能将朱老板的股份卖个好价钱，我就睁一只眼闭一只眼。谁要跟我胡搅蛮缠、无理取闹，我就跟他坐下来，认认真真把账算清楚，绝不让步！"

我这话一说出来，顿时鸦雀无声，没人再敢说话了。

这时，黄乡长满脸堆笑地说："易律师，您别生气，他们都是着急。朱老板在的时候，他们还有指望。朱老板一死，他们都慌了神，有失礼的地方，您别往心里去。您今天这么一说，大家心里就有底了。我们绝对相信您，支持您！"

小朱也说："易律师，大家没有针对您的意思，就是想知道下一步怎么办。"

我说："大家都到会议室，我安排人登记名字和债务数额，你们手里有借条欠条的，也复印一下给我们。"

大家散去之后，蒋总仍然坐在我办公室的沙发上，闷闷不乐。

我关上房门，对他说："蒋总，我是个痛快人，你今天的做法很不地道啊！"

蒋总说："这帮人自己要来的，我拦不住。"

我说："不管是谁让他们来的，咱们有事可以私下沟通，你当众提出那些问题，是想干吗？你下次要再跟我来这一手，我可就翻脸了。"

蒋总讪讪地说："我没有别的意思，就是替大家问了句话。您这么一说，确实是我考虑不周。"

我见好就收，问他："孙总那边联系好了吗？"

蒋总说："联系好了，他在国外，要过几天才回来，到时候我们一起去见他。"

黄乡长推开门，站在门口说："易律师，我的债权已经登记好了，我先回家，您就多费心了。"我点点头。

这时，小朱走进办公室，说："易律师，我想跟您单独聊几句。"等蒋总离开，他关上房门，走到我身边，从背包里拿出一个盒子，说："这是我家珍藏多年的人参，本来是我爸爸留着泡酒喝的，现在他走了，送给您吧。"

我笑着推辞："这么贵重的东西，您还是留着以后送给老丈人吧。有什么事情直接说，别跟我客气。"

小朱说："我咨询您一个问题。这些年，我爸爸不顾家，家里翻修房子，还有我和姐姐读书，我妈妈找亲戚朋友借了不少钱。这些亲戚是不是也可以在您这里登记债权啊？"

我清楚，小朱这是想浑水摸鱼，于是对他说："如果是因为家庭生活需要，对外借的钱属于夫妻共同债务，需要从你爸爸的遗产里扣除。但我要提醒你，生活开支是有限度的，超出合理范围，就不属于夫妻共同债务了。"

小朱点点头，说："明白。那就不打扰您了。"

人都走了，总算清静了。我一个人坐在办公室发呆，想着这一团乱麻该如何解开。这时听到有人敲门，我不耐烦地问：

"谁呀？"

门被轻轻推开了，小倩走到我面前，将一杯咖啡放在我桌上。

小倩说："易律师，喝杯咖啡润润嗓子。刚才可把我吓死了，我在外面听着，心扑腾扑腾跳，一直在想要不要打电话报警呢。"

我说："这种事，报警也没用。"

小倩说："您太厉害了，一张嘴就把他们震住了，要不说这个案子必须得是您啊，换成别的律师，话都说不出来，还可能挨揍，咱们律所都可能被砸了。"

我叹了口气说："小倩，你可把我坑苦了。"

小倩妩媚地说："经过这件事，我对您更是刮目相看，无比崇拜啊。对了，我闺蜜的钱有希望吗？"

我说："你也看到了，这些债主一个个如狼似虎，恨不得把我吃了。小兰要拿到两个孩子的抚养费，还有很长的路要走啊。"

小倩说："我这闺蜜太可怜了。从小家里就穷，我原以为她跟着朱老板会享点福，没想到是这个样子。您就多费心帮帮她吧。"

我默默地点头。经过这些事，我对小兰产生了同情。做"二奶"确实是不道德的，但她已经作出了错误的选择，也没有从中得到什么好处，反而东躲西藏，担惊受怕。现在，朱老板死了，她要独自拉扯两个年幼的孩子，如果不给孩子争取一点抚养费，她怎么活下去啊？

我的计划是：先摸清朱老板的财产和债务情况，再找到合适的买家收购他的资产，尽可能卖出高价，然后对朱老板的债务进行甄别，挤干里面的水分。扣除银行贷款和真实债务的剩余部分，就是朱老板的净资产，可以在继承人中分配。但他能剩下多少钱，还是一个未知数。对我来说，每一步都是艰难的战斗，不但需要智慧，还需要耐心和勇气。

大海公司的孙总终于回国了，我和蒋总、黄乡长一道去省城跟他见面。一路上，黄乡长兴致勃勃地说起朱老板如何把小药材铺发展壮大，蒋总却是沉着脸，心事重重的样子。

大海公司是省城最大的民营制药公司，据说正在筹划上市。三年前，孙总与朱老板签订协议，以五千万元的价格收购大地公司百分之四十的股份。孙总支付第一笔两百万元后，朱老板办理了公司股权变更，大海公司成为大地公司的第二大股东。此后，孙总以朱老板没有按照约定将两百万元投入公司经营为由，拖欠剩余股权转让款至今。这几乎是空手套白狼，花两百万元锁定了价值五千万元的股权，让人不得不佩服孙总的精明。朱老板病情急剧恶化，有一多半是被孙总气的。

大海公司的办公区非常气派，院子里绿树成荫，碧波荡漾，亭台楼榭相映成趣，假山奇石点缀其中，如果不是矗立着一座高大的办公楼，这院子简直就是一个公园。

年轻漂亮的女秘书带着我们走进孙总的办公室，说孙总正在开会，让我们先坐一会儿。蒋总说，孙总在这栋楼里有好几间办公室，在不同风格的办公室接待不同层次的客人，他到过其中三间。我们所处的这间办公室，墙上挂着各级领导的题词。墙上挂跟领导的合影还是题词，是有很大差别的。领导题个词要花费较多时间，还要考虑题词挂出之后的各种影响。领导要给某个企业题词，一定经过了深思熟虑，可以体现领导的高度重视和特别信任。

等了一会儿，孙总大步走了进来。他穿着白衬衫，戴着一副眼镜，五十岁上下的年纪，温文尔雅，像是大学里的教授。蒋总向孙总介绍了我的身份，孙总伸出手来跟我握了握，我感觉他的手绵软、冰凉。

孙总坐在沙发上，皱着眉头说："我在国外的时候就听说老朱死了。照说他已经死了，我不该说他什么。但他之前真是胡来，把大家害得不轻，我们公司的上市计划也被他耽误了。想到这个，我就生气啊。"蒋总和黄乡长顺着孙总的话风，数落起朱老板的种种不是。

我这趟过来的目的，是替朱老板讨债。大海公司还欠朱老板四千八百万元的股份转让款，如果孙总拿出这笔钱，很多难题就迎刃而解了。孙总一见面就先发制人，将我讨债的路封死了。

我笑着说："朱老板已经死了，我们就不议论他了，要不然他在天之灵也会不安的。还是研究一下怎么解决遗留问题吧。"

孙总端起茶杯看了我一眼，说："我也正想找你们，看看你们有什么好办法。"

我说："作为朱老板的遗嘱执行人和遗产管理人，我的主要任务是清理他的债权债务，然后根据实际情况进行偿付和分配。据我所知，大海公司还有四千八百万元的款项没有给朱老板，孙总您看，什么时候方便支付呢？"

孙总将手中的茶杯重重地放在茶几上，说道："我们欠老朱的钱？笑话！他的违约行为，给我造成了巨大的损失，我本打算向他索赔的，因为他生病住院，我们出于人道才没有启动。你来得正好，我让秘书把损失统计出来，我们商量一下怎么办吧。"

我被噎得说不出话来。岂有此理啊，不但不还钱，反而倒打一耙，要朱老板赔偿他的损失。这也太欺负人了吧？看上去斯斯文文的，做起事来比流氓还流氓。朱老板之所以陷入困境，就因为当初瞎了眼，找到这家公司合作。如果五千万元及时到账，他也不至于四处举债，疯狂买彩票。

我克制了一下情绪，笑着说："孙总，我参与这个案子的时间不长，不知道朱老板做错了什么事情，给你们造成了巨大的损失？"

孙总盯着我说："你是律师，明白遵守合同约定的重要性吧？我们在合同里约定，所有的转让款必须用于公司的生产经营，用于购买机器设备和原材料。但老朱拿到第一笔钱后，就去给'二奶'买房子、买彩票，这样不遵守承诺，谁还敢跟他合作啊！"

我说："朱老板转让的是自己的股份，花的是自己的钱，有什么不可以呢？你们在合同里作出那样的约定，本来就是不合理的。花自己的钱，会给你们造成什么损失呢？"

孙总愣了一下，说："易律师，既然你这么说，那我就让公司的法律顾问过来跟你谈了。"

看来孙总根本没打算给钱，那我必须亮明态度。我态度强硬地说："孙总，朱老板的债主天天找我要钱，他的遗产也马上要分配，大地公司不可能这么耗下去。如果您没有支付股权转让款的意向，那我就只能解除股份转让协议，去找其他买家了。您可以咨询公司法律顾问，我们的做法是不是符合法律规定。"

我们的交谈有点火药味儿了。这时，黄乡长站起来笑着说："易律师，不要那么着急嘛，孙总刚回国就安排时间接待我们，看得出来，孙总对朱老板的事情还是非常重视的。朱老板生前呢，也确实是我行我素，听不进别人的意见，留下了一个烂摊子，易律师处理起来也不容易，这些天都憔悴了很多。"

孙总说："我这次去国外，是跟美国的几家大公司谈合作，他们对我们的中药产品很有兴趣，可能过两个月派人来中国考察。我们公司刚才开会，谈的就是这件事。"

黄乡长高兴地拍着手说："那可太好了，能把我们的产品推向世界，多亏了孙总啊。朱老板在天有灵，也会感谢孙总的。"

大地公司的发展前景，我心里是有数的，否则朱老板也不会下这么大的血本。即使没有孙总，也会有其他的企业愿意跟大地公司合作，将产品推向更大的市场。但是，如果不争取到朱老板的利益，钱都被别人挣去了，我有什么可高兴的呢？大海公司想以最小的投入，获取最大的收益，这是商人的本性。他们没有在购买朱老板的股份上花费太多钱，但对这个项目还是很重视的，可能也投入了不少相关资金。我是律师，不是企业家，只需要维护当事人的利益，不需要考虑公司未来的发展。我不能等待，而是要趁这个机会亮牌。

我微笑着说："孙总，朱老板欠了外面不少钱。如果您对朱老板剩余的股份有兴趣的话，我们可以优先转让给您。"

孙总斩钉截铁地说："没有兴趣。"这在我的意料之中。孙总很清楚，我介入了进来，他不可能再做到以小博大。

我说:"既然如此,那我就另外找买家了。"

我起身告辞。这时,蒋总凑到孙总身边,拿出几张纸说:"孙总,朱老板之前欠了我不少钱,后来就用股份抵债,我们有一个协议,您是不是签个字见证一下?"

我暗自发笑。蒋总果然不死心,想把自己和朱老板之间的股份转让手续补齐,名正言顺地成为公司第三大股东。但孙总怎么可能会让桌子上多一双筷子,给自己增加麻烦呢?

孙总仔细看完协议,然后还给了蒋总,说道:"这个事先放一放,等其他事情处理好了再说吧。"

孙总既没有同意,也没有回绝,这一招很高明。目前,他需要有人管理大地公司这个烂摊子,蒋总是最合适的人选,如果回绝,蒋总很可能甩手不管,还得安排人过去。给蒋总留一点希望,还可以利用他来牵制我。不愧是老狐狸啊,难怪能做出这么大的产业。

返程的车上,蒋总不停地埋怨,说我把事情闹僵了。我本来不想搭理他,但考虑到他有可能跟孙总联手来对付我,于是问他:"你拿这个协议给孙总看,有没有考虑过他的感受啊?"

蒋总瞪着眼睛问:"怎么了?"

我说:"他花五千万元买朱老板百分之四十的股份,虽然一直在赖账,好歹也花了两百万元的真金白银出去。你这百分之十五的股份,花了多少钱?同等条件下,他是有优先购买权的。他会同意让你捡这么大的便宜吗?"

黄乡长面无表情地接话:"这笔账谁都会算。"

蒋总愣住了，呆呆地看着我。我笑着拍了拍他的手，什么都没说。

回到办公室，我立即起草写给孙总的两份文件。

第一份是律师函，正式通知大海公司：必须在一周之内付清剩余的股权转让款四千八百万元，否则我们将解除之前的转让协议，收回股权。

这封律师函相当于最后通牒。大海公司以极少的出资，将大地公司纳入自己的商业版图，也将朱老板拖下了水。由于孙总的失信，原本生机勃勃的大地公司，现在已经是奄奄一息。如果孙总不兑现诺言，我只有快刀斩乱麻，去寻找其他买家，让大地公司尽快上岸。再拖下去，朱老板的股份就一文不值了。

第二份是告知函，通知大海公司：朱老板在大地公司的百分之六十股份即将对外转让，价格为七千万元，如果大海公司收件后三十日内没有出资购买，则视为弃权。

在股权转让协议解除之前，大海公司仍然是大地公司的股东，对朱老板拟转让的股份享有优先权。在会面的时候，我征询了孙总的意见，但还需要用书面通知来完善法律上的手续，否则就和蒋总的错误一样，不过是五十步笑一百步。

这两份文件一发出，我就正式迎来了最强大的对手：大海公司。蒋总、小朱、黄乡长，还有其他债主，不过是开胃小菜。大海公司实力强劲，背景深厚，才是真正的对手。我不知道接下来会遭遇什么，但是我别无选择。

函件发出去后，大海公司没有任何反应。我开始联系一些医药和日化行业的客户，询问他们是否有意购买大地公司的股份。在我介绍大地公司的生产经营情况后，他们都流露出非常浓厚的兴趣。但是，当他们得知另一股东是大海公司，又纷纷退缩了，他们都知道跟大海公司合作有巨大风险。难怪孙总那么淡定和坚决，看来他很清楚，叼在自己嘴里的肉，一般人是不敢去争的。

我不信这个邪，总有不怕大海公司的吧，我开始扩大范围在全国寻找买家。经过一两个月的寻找，终于，沿海一家大型制药公司的副总跟我接上线，他们安排律师过来，对大地公司做尽职调查，为收购做前期的准备工作，希望得到我的协助。我当时正在外地出差，没有办法陪同，就将这个消息通知蒋总，让他好好招待一下，这是大地公司难得的翻身机会。

外地两位律师到达大地公司的当天深夜，我在睡梦中被电话铃声惊醒，是沿海那家公司的副总打来的。他告诉我，他们派来的律师在大地公司挨打了，衣服被撕破，手机被摔坏，身上多处淤青，此刻正在派出所报案，希望我了解情况，确保两位律师的人身安全。我顿时睡意全无，立即给蒋总打电话。

蒋总不慌不忙地告诉我，他此刻就在派出所里陪着两位律师，没什么大事，一些债主知道律师来了，在公司办公室双方发生言语冲突，情绪激动下有一些撕扯。在派出所民警的主持下，双方已经和解了。蒋总说，他一定会将两位律师安全地送上火车，不会再发生这种事情了。

多么熟悉的一幕。那天，在我的办公室，如果哪句话说错了，我也会被打得鼻青脸肿。上次他们包围律所，是为了让我退出，而这次他们围攻律师，是为了让沿海那家公司知难而退。很显然，有人在后面操纵指挥。

果然，那位副总给我打电话说：鉴于目前的情况，他们决定放弃这个项目的收购。前功尽弃，我只能仰天长叹。

几天后，蒋总和小朱一起来到我的律所。我正准备斥责小朱存心破坏我的收购计划，他却笑嘻嘻地拿出三份材料摆在我的面前。

第一份材料，是一份联名信，向有关部门举报我伪造遗嘱，侵害债权人利益，落款是几十位债权人，摁着鲜红的手印。

我轻蔑地一笑，将这份材料扔到一边。我早就知道可能会发生这种事情，在朱老板签遗嘱的时候，让助手做了全程录音录像。我给小朱看过视频，他们还要告，就是为了让我闹心。我才不上当呢。

第二份材料是小兰签署的《声明》，她代表两个孩子表示放弃继承朱老板的所有遗产。我顿时惊呆了，半天说不出话来。这份《声明》措辞严谨，显然出自律师之手，他们是精心策划、有备而来啊。

第三份材料是全体继承人签署的《声明》，说我未尽职工作，导致部分遗产流失，损害了继承人的利益，因此一致决定解除对我的遗嘱执行人和遗产管理人的授权委托。这又是莫须有的罪名。除了朱老板父母、妻子、小朱姐弟的名字，我在落款中还看到了小兰代表两个孩子的签名。

小朱说："我们全家决定了，不要你参与这件事情。"

我强笑着说："除了你爸爸，任何人都没有权利解除对我的委托。当然，你可以去法院起诉我。你们控告我的内容，都是假的，法院会查清楚。"

小朱狡黠地笑着说："你收了我两条香烟，这总不是假的吧？"

我愣住了。律师执业纪律规定：不得私自收受当事人给予的财物。这主要是为了防止律师私下收费或者收受贵重礼物，损害律师的社会形象。两条香烟价值不高，我当时是为了不让小朱难堪，便于今后的沟通，所以收了下来，随手放在办公室的柜子里。没想到我百密一疏，竟然被小朱算计了。幸好后来没有收他送的人参，否则我的过错更大。

有些律师同行以为，只要踏踏实实给当事人办事，收点烟酒、茶叶、水果，没什么问题。但是，收再少的东西也违纪了，当事人一旦翻脸，死咬着不放，那就麻烦了。有不少律师在这点小事上栽了跟头，受到了纪律处分。我这根弦一直绷得很紧，没想到也有阴沟里翻船的时候。我哈哈一笑。

蒋总说："易律师，你已经是孤家寡人了，再掺和进来有什么意思？"

我问蒋总："把我赶走，你们能落着什么好处呢？"

蒋总得意地说："这还得谢谢你写给孙总的两封信啊。看了你的信，孙总知道我的重要性了，他找过来跟我签了协议，认可我在大地公司有百分之十五的分红权益，哪天我要卖这个股份，他以一千万元的价格收购。他还同意由我担任大地公司的总经理。"

我转过头问小朱："那你又得到什么好处了？"

小朱说："孙总说，我爸爸在公司的股份全部归我，并由我接替我爸爸担任大地公司董事长、法定代表人。"

我再问："其他债权人能答应吗？"

蒋总说："孙总同意所有债权都由大地公司提供担保，在全额偿还之前，大地公司按年息三分支付利息。这么好的条件，谁会不接受啊！"

我差点从椅子上跳起来。孙总果然是老狐狸，没花一分钱，只是随手画了几个饼，就把所有人搞定了。他承诺的东西即使无法兑现，也不关大海公司和自己什么事。兜底的是大地公司，是朱老板的那点股份。

这样的招数，我是无论如何都想不出来的，因为我代表了朱老板，一切以他和继承人的利益为重。凡是有损于当事人利益的事情，我都不会去想，只有孙总才能想到这些。我不由得摇头苦笑。

蒋总问："易律师，你笑什么呢？"

我说："你们走吧，我要睡觉了。"

有道难行不如醉，有口难言不如睡。傍晚，我坐在律所边上的一家小饭馆里，独自喝闷酒，一杯接一杯。

小倩陪着一个裹得严严实实的女人进来。不用猜，肯定是小兰。

小兰脱下帽子，摘下墨镜和口罩，吓了我一跳。她的脸上青一块紫一块，嘴角肿得老高，整个人都变形了。我瞬间明白小兰为什么会在材料上签名，他们对女人也能下这样的狠手，天理何在啊。

小倩心疼地搂着闺蜜，默默无语。小兰低着头羞愧地说："易律师，我对不起您。"

我摇摇头，问道："这是什么时候的事？"

小兰告诉我，该给朱老板做"七七"祭奠的那天，她实在没忍住，带着两个孩子一起去他坟上祭奠。刚摆好香烛，还没来得及点着，她们就被一帮人围住了。两个孩子被人拉到一边，其他人拥上前对她破口大骂，拳打脚踢。后来，她被带到公司办公室，一堆人守着她，有蒋总、小朱，还有很多债主。他们拿出几张纸，要她签字，她怎么都不答应。但是，蒋总说出了她在省城的住址。小朱说，如果签了字，省城那套房子就算是两个孩子的抚养费，他们不要了。否则这套房子就要收回，两个孩子也要带走，送到外地亲戚家养，她一辈子都别想见到。两个孩子在隔壁房间吓得哇哇大哭，她万般无奈，只好在那几份材料上签字。

我问："你后来报警了吗？"

小兰说："报什么警啊。我这个身份，走到哪里都被人瞧不起，何必去派出所丢人呢。再说，报警又能怎样，他们知道我住在哪里，我不想他们把我的两个孩子带走。"

我还想说什么，小兰说："算了，易律师，这就是我的命。"

小倩看着我，为难地说："易律师，还是尊重她的意见吧。真的很不好意思，您辛苦了这么久。"我默默地点头。

送走她俩，我一个人走在马路上。夜风吹来，寒意阵阵。我一直都是个不服输的人，但这些年我也慢慢学会了妥协。不是因为害怕，而是为了保护。保护家人，保护朋友，保护当事人，保护自己的内心。担子越重，胆子越小。

在世人的眼里，小兰是不知羞耻的女人，她承受的一切，都是活该，罪有应得。然而，这一切不是男人造成的吗？朱老板活着的时候，大家不敢对他说什么，只敢在柔弱的女人面前表现自己所谓的正义。欺软怕硬，算哪门子的正义啊？

小兰的悲剧远远没有结束。带着两个年幼的孩子，在这个冰冷的世界如何生存下去？也许有一天，她会再来找我，为两个孩子讨回本应属于自己的东西。那时，我也许已经不做律师了。

仰望夜空，繁星点点。马路边的流浪歌手正在唱罗大佑的《野百合也有春天》：

> 从来未曾拥有的
> 总难陷入哀伤和欢愉
> 从来未曾属于真情的
> 是空幻的物语
> 而今当你说你将会离去
> 忽然间我开始失去我自己
> …………

开在山谷里的野百合，纵然寂寞，也能拥有春天。如果被人摘了下来，谁又会珍惜？她们还有春天吗？

第二十五章

不见不散

我是律师，当然不能犯这种低级错误。

——易胜华

　　刚刚入冬，东北就下了一场暴雪，新闻里说黑龙江一所学校的体育馆屋顶都被大雪压塌了，有人员伤亡。雪还没停，我带着助手连夜从北京坐火车赶往哈尔滨某县，要去看守所会见在押的当事人。几个月前我们曾经去过一次，但没有会见成功，因为当事人被办案单位关到别的地方去调查另一起案件了。这两天得到消息，当事人已经被押回本地看守所，我们抓紧时间过去会见，了解案件情况。

　　由于天气原因，我们乘坐的火车晚点了一个多小时，到达哈尔滨火车站已经是早上八点多了。我们原计划是：从火车站开车过去两个多小时，上午十点多就可以会见，中午原路返回，晚上坐火车回北京。但是火车晚点，高速公路也因大雪封闭了，我们只能开车从国道走，路途时间将近六个小时。如果抓紧点时间，我们有可能晚上赶回哈尔滨，北京还有一大堆事等着我。

　　为了节省时间，我们让接站的当事人家属买了早餐在车上填填肚子。国道上的积雪很厚，道路两旁堆成了一座座小雪山。我们的车子一路颠簸，艰难前行。中午的时候，家属提议停车在路边找个地方吃饭，我担心时间来不及，决定先忍一忍，等到会见结束后再吃顿好的。终于，我们在下午两点赶到了看守所，今晚有希望返回北京了。

　　看守所的警察看了一眼我们提交的手续，马上退了回来，说："这个人见不着。"我询问原因，警察说专案组在提审。我说："那我们等提审结束之后再会见吧。"警察说："你们回去等通知，专案组要提审好几天，不知道什么时候结束。"我们冒着这么大的风雪千里迢迢赶过来，一句话就想把我们打发了，那怎么行。我说："我们是专程从北京过来的，大冷的天来一趟不容易，能不能在专案组提审的空当，抽出半个小时给我们会见一下。"警察面无表情地摇摇头，说："必须等到专案组全部提审完，律师才能会见。"

　　必须等专案组提审完才给律师会见？哪有这样的道理？专案组什么时候提审完还是个未知数，岂不是要我们没完没了地等下去？更何况不见得是专案组在提审，可能是看守所不让律师会见，专案组提审不过是托词。除三类案件外，律师会见不需要经过办案单位同意，看守所应当及时安排会见。某些地方的办案单位无视法律规定，仍然在侦查阶段限制甚至变相剥夺律师会见在押当事人的权利，不但侵害了在押人员和律师的权利，也是对自己工作能力的不自信。

　　我知道没法跟看守所沟通，就算磨破嘴皮子、说尽好话也没用。按照法律规定，遇到这种侵害律师会见权利的事情，可以找检察院控告，要求进行监督。于是我们立即前往检察院。

　　在我之前，家属委托的另一位律师申请会见当事人，看守所拒绝安排会见，那位律师书面申请检察院监督，检察院发出检察建议，要求看守所纠正违法行为，但没有得到任何反馈。我们上次过来申请会见也没有成功，到检察院沟通了很长时间。由于当事人被关到其他地方去了，超出检察院的监督范围，我们只能放弃。分管监所的杨副检察长向我承诺，只要嫌疑人押回看守所，保证我一定能见到。现在是他兑现承诺的时候了。

杨检得知我的来意，当即跟看守所联系，打完电话后对我说："已经沟通好了，你现在可以去会见。"我将信将疑，要求他陪同我去看守所，当面落实这个事情。杨检有点不情愿，但我态度很坚决，他只好开车和我一起前往。

坐在杨检的车里，为了缓和气氛，我跟他聊起了天。杨检吐槽说，自从前几年反贪部门转隶出去，检察院的处境有点尴尬，有些工作推进没有力度。我笑着说，确实如此，司法界很多人调侃，现在检察院就像拔了牙的老虎，甚至有人说，检察院变成了粮食局。我话锋一转，说："不管怎样，法律有规定就要不折不扣地执行，检察院既然有法律监督的职能，就要拿出魄力来，让人家不敢小看。"

果然不出我所料，即使是分管监所的杨检亲自到场沟通，看守所的态度仍然是"等等"。他们当然不会说不让律师会见，那是明显违法的，但也不说什么时候可以安排律师会见。杨检跟看守所所长聊了半天也没有结果，只好返回车上。我跟着他一起上了车，杨检说："我要回单位处理一些工作上的事情，你还是去酒店等等吧。"我说："我跟您一起回检察院。您向我保证过的，只要人回到了看守所，一定让我见上。"杨检说："我都陪你过来跟他们交涉了，他们还是不给我面子啊。"我说："我上您办公室

401

等着，您继续交涉。"杨检眼睛一瞪，说道："怎么着，易律师，你这是想绑架我不成？"我笑着说："我现在坐在您的车上，您边上还有司机，我们两个律师跟您谈工作上的事情，怎么是绑架呢？"杨检气呼呼地对司机说："开车，回单位。"

回到检察院，杨检大步流星地朝电梯走去，我紧随其后。在电梯口，杨检停下脚步对我说："楼上是办公区域，你不能上去，有事去接待大厅。"我说："我找您就是工作上的事，到您办公室坐坐。"杨检转脸冲着大厅的保安说："马上报警，就说有人扰乱我们办公秩序。"我叹了口气，对杨检说道："您觉得我会怕吗？上回您也报警了，这次又报警。我是来找您维权的，怎么就成了扰乱办公秩序呢？"杨检一言不发，进了电梯。我跟着他一起上楼，进了办公室。

杨检坐在办公桌后面的椅子上，默默地看了我好一会儿，缓缓说道："易律师，刚才我们单位开会，我的职务刚刚调整，不再分管监所和控申了。"我说："在您岗位调整之前我就找您了，不能新官不理旧账啊。"杨检点了点头说："我再给你联系联系公安局的领导吧。"

杨检打电话的时候，110的接警警察来了。我向他们出示了律师证，说明我是过来跟检察院协调工作的。杨检一边打电话，一边请他们去楼下传达室歇会儿。杨检打完电话，一脸无奈地看着我说："你也听见了，我说了这么久，他们还是那个态度。"我说："您要想想办法啊。"杨检说："那你教教我，我该怎么做？"我说："我知道您是个好人，跟谁说话都很和气，没有一点威严，所以人家才不买您的账。检察院的反贪部门转隶后，你们的监督工作就硬不起来了吗？"杨检板起脸说道："什么时候轮到你们律师来教我们检察院怎么工作了？"我笑着说："刚才您还说，让我教教您怎么做，转眼就不认账了。我当然不敢教检察官怎么工作，我只是建议而已。您对他们的违法行为太和善，所以他们不当回事呢。"

杨检低着头说："该做的我都做了，我实在是没招了。"我试探着说："从工作的角度来说，您确实该做的都做了。但以您的身份，如果一定要让我实现会见的目的，不可能做不到。我有一个建议，您能不能以私人名义找找公安局的领导，让他们帮帮您的忙，就说我现在赖您办公室不走了，非要您落实会见的事。您跟他们说，算您欠他们一个人情，他们以后也有找您帮忙协调工作的时候啊。"杨检沉吟了一会儿，缓缓地摇了摇头："我是外县派到这里工作的干部，跟他们没什么很深的私交。我还是给检察长汇报一下这个事，让她跟公安局的领导说说吧。"我突然眼前一亮。

杨检出去打完电话，回来跟我说："我跟检察长汇报了，她会跟公安局沟通好的。"我说："好的，那我等检察长回信儿。"杨检说："你先回酒店休息一会儿吧，有消息我通知你。"我说："没事，我就在这等着。"杨检说："都到了下班的点儿了，咱们没必要在办公室干耗着，我请你吃饭，咱们喝喝酒，唠唠嗑。"我对杨检说："见不到当事人，我哪有心情吃饭啊。我今天一大早就从哈尔滨过来，几顿饭都没吃呢。"我停顿了一下，接着说："见不到当事人，我就不吃饭了。"杨检说："工作归工作，不吃饭怎么行呢？身体是自己的，要好好爱惜。"我说："您跟检察长说，我想见见她。"

杨检瞪起眼睛大声说道："易律师，我告诉你，我们检察长是个女的，无论是从工作角度还是从其他角度，我这大老爷们都不可能让她来面对这件麻烦事。"我不紧不慢地说："如果您能解决好这件事，我当然也不会去麻烦检察长了。现在的问题是，您想了很多办法，打了很多电话，都没有效果。我只能找她来解决了。请您转告检察长，我要见她。如果她不过来，我就不离开检察院。而且我从现在开始绝食，直到可以会见我的当事人。"

走到这一步，我已经黔驴技穷。好话歹话都已经说尽，我说得口干舌燥、头晕目眩，也无法撼动他们一丝一毫，只能通过这种极端方式来寻求突破。天寒地冻，寸步难行，我不可能遥遥无期地在这里守着，北京还有案子在等我开庭。这是我第二次过来申请会见，如果仍然铩羽而归，就算再来十次也见不到我的当事人。无论如何，这一次必须见到，而且是要尽快见到，我无路可退，别无选择。头天晚上为了赶火车，我吃得很早，今天也只是在过来的路上喝了杯豆浆，吃了个小面包。我的肚子已经空空如也，但一点食欲都没有。事情没有办好，怎么吃得下东西呢？"绝食"和"不吃饭"虽然表达的是同一个意思，但前者的分量更重，意味更深，威慑更大。我今天的遭遇如果经过网络传播，必然会激起了强烈的反响。

杨检皱着眉头在椅子上坐了一会儿，看了看手表，然后起身离开了办公室，从此再也没有出现。几分钟后，先前来过的两位110警察又走进了办公室。警察对我说："现在已经下班了，有事明天再来吧。"我说："下班了还可以加班啊。工作还没处理完，怎么能说走就走呢？"警察说："你想加班我们管不着，但这里是别人的办公室。他已经下班了，现在请你离开。"我说："我在这里等检察长，她不来，我就不走。"一名警察一脸严肃地对我说："我现在正式警告你，请你马上离开，否则我们将对你采取强制带离的措施。"

房间里的气氛瞬间变得紧张起来。在执法过程中，当警察说出"正式警告你"这几个字时，如果不服从警察的命令，他们接下来就可以动手，如果稍有反抗，那就是妨碍执行公务，拘留是跑不掉的。对于律师来说，如果被拘留，就面临着严厉的纪律处分，甚至被吊销律师执业证，那样的话饭碗就砸了。但是如果我走出这间办公室，就很难再实现会见的诉求了。我的脑子飞速运转，但脸上仍然保持波澜不惊的表情。

首先可以肯定，如果警察强行将我带离，我不会有任何反抗的行为。这么多年来，绝对不和执法人员（尤其是警察）发生任何肢体冲突，是我秉持的原则。无论谁对谁错，只要有了肢体冲突，执法人员就可以名正言顺地将手段升级。这种后果是任何人都承担不起的，我是律师，当然不能犯这种低级错误。如果我被强制带离，最多就是这次会见受挫，还可以"卷土重来"。如果我有反抗行为，那就万劫不复了。

有了这个底线，我的心态平稳了很多。我不是无理取闹的刁民，是来寻求检察院保障合法权益的律师。我赖在杨检办公室不走的行为确实不妥，某种意义上算是违法了，但与看守所剥夺我的会见权利相比，也是不值一提的。如果我被强制带离，尤其是在带离过程中出现一点冲突，事情就闹大了。办案单位阻挠律师会见，检察院沟通无果的事就会暴露在公众视野之中，办案单位和检察院也会置身舆论漩涡，这必然是他们不想看到的结果，也会尽力防止这样的结果发生。他们之所以叫来警察，是想将我吓退。我既不是莽夫，也不是懦夫，想看看他们到底能把我弄到什么地步。

想到这里，我的心里有底了。两位警察站在我的身边，虎视眈眈地看着我。我注意到他俩肩上是协警标志，我更有把握了。按照规定，必须有一名正式民警才能出警，他俩的出警是不规范的。但我不着急指出来，等到必要的时候再说破吧。一位警察试探着过来拽我，我有气无力地对他说："别碰我，我几顿饭没吃，现在身体非常难受，随时可能晕倒。你别给自己惹麻烦。"那位警察闪电般地缩回手，悻悻地说："你还跟我们要起赖了。"

我倒不是吓唬他们。经过几个小时高强度的斗智斗勇，我确实有点透支了，身体就像飘浮在空中，头痛欲裂。支撑着我的，只有一个信念：必须完成会见当事人的任务。不达目的，决不收兵。

我们就这样僵持着。过了一会儿，办公室里又来了几位警察，看警衔这次是正式民警了。他们的态度要和缓很多，还是希望我离开这间办公室。我知道这么耗下去也不是办法，来了这么多警察，万一他们某个人失去了耐心，言语上擦枪走火，我体力不支，做不到快速应对，有可能产生严重后果。于是，我提出了两个条件：第一，我再等半个小时，如果检察长还不过来，我就离开这间办公室；第二，我出去后在检察院接待室继续等着，你们不能再撵我走。警察感到有点意外，非常爽快地接受了我的条件。

半个小时到了，检察长还没有出现。我遵守承诺，离开了杨检的办公室。几位警察乐呵呵地将我们送到大厅的传达室，然后开着警车走了。总算没把事情搞大，他们也松了一口气。

外面的天已经黑了，又下起了雪。传达室的老大爷对我一肚子怨气，我的到来影响了他看电视里转播的球赛。传达室不断有人进进出出，工作人员知道我几顿没吃，特地送来了水和面包，向我传递出善意。检察院工作人员该做的都做了，他们很无奈。我也没办法，法律规定了检察院要保障律师的会见权利，我只能盯着他们了。跟我一起来的年轻助手忍不住饥饿，从背包里拿出汉堡津津有味地吃了起来。他没有加入我的绝食行动，当然可以吃东西。但是坐在我边上吃，还吧唧吧唧吃得那么香，太过分了，这不是故意馋我吗？我很想把他赶出去吃，可外面很冷，我只好闭目养神，用顽强的意志来抵制食物的诱惑。

一位中年男子走进传达室，自称是刚上任的负责监所和控申工作的吕副检察长。看来，之前那位杨检实在顶不住了，干脆甩手不管，让新任副检察长来接手这个烫手山芋。吕检跟我说了一大堆，无非是他们已经做了大量工作，也向办案单位发出了纠正违法通知书，负责安排律师会见的是别的机关，不应该针对检察院。我实在没有力气跟他展开辩论，于是打断他的话，直截了当地提出两点要求：第一，你们副检察长解决不了这个事，还是让检察长来解决，我要跟检察长当面沟通，见不到她我就不离开检察院；第二，如果见不到当事人，我会一直绝食下去，不必劝我吃东西了。吕检还想说什么，我马上制止，告诉他："您不要再说了，您一说话，我脑子里的血管嘣嘣直跳，搞不好真会倒在这里。"吕检马上不说话了。

刚才那几名警察又出现在传达室里。我好奇地问："咱们不是说好了吗？我离开办公室在大厅坐着，你们不撵我。"警察笑着说："我们能有什么办法，他们报警了，我们就必须出警。"我说："他们不能这样浪费警力资源啊，今天都报警三回了。我不是社会闲散人员，也没有任何危险性，就是坐在这里等检察长给我一个说法，折腾你们警察干吗呢。"警察说："我们理解您的工作，您也理解理解我们的难处。"我说："说实话，我倒希望你们把我带走，关到看守所去。这样我很快就可以见到我的当事人了。"警察笑着说："您这个事儿不至于到那个地步。"警察这么一说，我就彻底踏实了。不到万不得已，哪个律师愿意去看守所体验在押人员的生活呢？

吕检在外面打了挺长时间电话，回到传达室对我说："检察长在哈尔滨出差，没法当面交流，她跟您通电话行不行？"虽然我对检察长不在本地存有疑问，但并不是非要见她不可。只要能解决问题，通电话也行。在电话里，检察长解释了不能到场的原因，希望我注意身体，吃点东西。我告诉她，副检察长跟办案单位沟通没有取得效果，只能麻烦她跟办案单位领导沟通，落实安排我会见当事人。检察长说现在就给公安局长打电话。

半个小时后，检察长的电话又打了过来，说已经跟办案单位

408

领导沟通过了，那边明确表示，一定会保障律师的会见权利。我不由得大失所望。这句话我今天听到过好几次，没有任何实质意义。我要求检察长明确一下安排我会见的时间，我不接受这句空洞的表态。检察长说，她再去跟办案单位领导明确一下时间。很快，检察长的电话又打了过来，她告诉我，那边不接她电话了。

我陷入了两难境地，会见时间还是不能确定，我该怎么做？检察院确确实实已经做出了最大努力，检察长都出面去跟办案单位沟通，如果我还坚持，那就过分了。我问检察长："如果明天还是不安排我会见，你们会怎么办？"检察长说："我们给办案单位下正式文件，要求他们纠正违法行为。"我淡淡地说："你们早就给他们下过这样的通知，他们并没有理睬啊。"检察长说："如果明天中午之前还没有安排你会见，我们就向上级检察院汇报，要求市检介入处理。"

话都说到这个份上了，已经是检察院能做的极限。他们总不能强行将我送入看守所的律师会见室，再强行将在押人员带过来给我见吧。我要再纠缠下去，那就真是蛮不讲理了。于是，我提出一个条件：明天由吕检陪同我去看守所落实会见的事情，如果看守所仍然推脱，那就立即向上级部门汇报。吕检痛快地答应下来，而且表示亲自开车送我去看守所。

将我送出检察院大门的时候，吕检说："易律师，您赶紧去吃点东西吧，饿坏了身子也影响工作啊。"我说："在见到当事人之前我不会进食，请你们相信我的决心。"

走出检察院已经是深夜，寒风凛冽，白雪茫茫。当事人家属对我说："易律师辛苦了，我们赶紧找家饭馆吃点东西。"我说：

"不吃了，直接回酒店休息。"家属说："没必要那么认真，反正他们也看不见。"我说："说到就要做到，就算他们认为我吃过了东西，我也不吃。"

第二天一早，吕检接我们到了看守所，跟所长当面交流。吕检新官上任，一脸严肃，要求他们尽快安排我会见当事人。所长频频点头，表示一定会安排，但专案组正在提审，这会儿肯定见不上，还是得等等。我早有思想准备，一言不发，就看吕检怎么办。吕检说："从昨天下午开始起算，如果你们48小时内不安排会见，我们马上开出纠正违法通知书。"我暗暗苦笑。转来转去，还是这个套路啊。所长说："我们今天尽量安排，你先等等，留个电话给我们，到时候通知你。"我在会见手续上留下自己的电话。

就在这时，所长嘟哝了一句："你那个当事人，他的律师今天早上八点就过来会见了。"我愣住了。家属确实委托了好几位律师，但这怎么可能？我都闹成这样了也见不着当事人，他哪来的本事？家属也没跟我说起这个事情啊。

我们决定先回酒店休息，等候看守所通知。今天应该能安排我会见，不必着急。这时我的胃已经痛得火烧火燎，目的即将达成，我也不必过于执着了。已经是上午十点多，我让家属找一家粥店，这么长时间没有进食，还是吃点容易消化的东西吧。吃饭的时候，我跟家属说起另外有一位律师正在会见，他们感到莫名其妙，没有哪个律师跟他们说今天来会见啊。我想，可能是所长搞错了吧。

　　我简单地吃了点东西，总算恢复了一点体力。回到酒店房间，刚想躺下来休息一会儿，我就先后接到看守所所长和吕检打来的电话，让我马上过去会见当事人。我顿时精神一振，立即通知家属。家属出门办事去了，我们等不及他们回来，迅速打车前往看守所。在路上，我们接到家属的电话，说刚刚得到消息，确实有一位律师已经会见过了，具体情况还不清楚。我觉得有点奇怪，但来不及细想，先见到当事人再说吧。

　　来到看守所，吕检和办案单位的一堆人在等着我。吕检说，经过他们的认真调查，办案单位确实是在提审，也没有超出法律规定的 48 小时内安排会见，所以办案单位不存在违法的问题。我点头说行。哪有心思计较这些事情啊，只要让我会见就行。吕检又说："刚才当事人的律师已经会见过了，现在让你再会见一次。"由于提前得到了消息，我也不感到意外了。

　　办完手续后，我踩着厚厚的积雪走进律师会见室。很快，管教民警就把当事人带了进来。他面容清瘦，精神状态尚可。家属跟我说过，他的身体不好，办案单位迟迟不让律师会见，就怕出了什么事情。现在看来，家属的担心是多余的。

　　我详细介绍了自己的身份，又将他妻子和两个孩子写给他的话读给他听。当事人不停地抹眼泪。按照律师会见的工作流程，我需要跟他确认委托关系。因为之前是家属委托的，还需要本人在委托书上签字。我问他："您是否愿意我担任您的辩护律师？"

　　当事人犹豫了一下，说："刚才那位律师会见我的时候告诉我，说你跟办案单位闹掰了。"我说："倒也不是闹掰，是他们一

411

直不安排会见，如果不盯紧点，不知道什么时候能见到您。家里人有点担心。"当事人说："刚才在你会见之前，检察院的人也过来找我谈话了，问我办案单位有没有违规行为，我说没有。他们还问我，你现在有两个律师，是不是都要委托？我说暂时不考虑委托你。"说着，当事人朝我挤了挤眼睛。

我一下子愣住了，来不及捋清里面的头绪，只能抓紧时间先了解一些情况。我问当事人："办案单位提审过几次？都问了哪些事情？"当事人摇了摇头，说："这个不重要。"说着，他又朝我挤了挤眼睛。我告诉当事人，这些情况对案子很重要。当事人一边挤眼睛，一边对我说："先缓一缓，以后再说。"

不到半小时的时间，管教民警进来几次，催促我结束会见。已经到了中午时分，按照看守所的规定，在押人员也该吃中午饭了。当事人不配合，也问不出来什么东西。那就这样吧。

走出会见室，来到雪地里，我的头脑瞬间清醒了。既然当事人不愿意签委托书，我就没办法再介入这个案子。这种情况在我办理的案件中极为罕见，毫无疑问，是我过早地暴露了火力，办案单位的人不希望我参与进来，免得我继续找他们的麻烦。所以，他们安排另外一位律师在我前面会见，做好了铺垫。

但另一位律师是怎么赶在我前面的呢？看守所一上班我们就到了，这就意味着，在看守所还没上班的时候，这位律师就进去会见了。正常情况下，律师会见之前需要跟家属通报一声，询问是不是要带什么话。他在会见结束之后才通知家属，这就很反常了。他是哈尔滨市区的律师，最早的一班高铁也要早上八九点才到这里。高速封路，从市区到这里只能走国道，我们昨天白天开车过来，司机对路况很熟，也开了将近六个小时。晚上国道都结冰了，路更难走，他开车过来至少要八个小时，估计开了整整一晚上，都没时间睡觉。这说明，昨天晚上我在检察院争取会见权利的时候，这位律师已经得到通知，让他连夜开车赶过来会见当事人。我如此抗争好不容易才争取到的权利，他为什么可以坐享其成呢？

想到这里，我不由得打了个冷战。这位律师将我跟某些办案人员"闹掰了"的消息告诉了当事人，至于还说了别的什么，也就可想而知了。当事人在会见中一直冲我挤眉弄眼，似乎有难言之隐。检察院在我会见之前特地先提审他，跟他确认不再委托我。这一切做得严丝合缝，真是细思极恐啊。

不管怎么说，我的会见任务已经达成，在这场交锋中，我赢得了自己的权利，见到了我的当事人。但是，在各方力量的博弈下，当事人产生了顾虑，没有继续委托我，出师未捷身先退，我也算是输掉了。于我而言，个人的输赢、荣辱倒也没那么重要，只是希望在这个案子里，法律一定不要输掉，法律的尊严能得到维护。

第二十六章

余 生

做错的事，要努力补救。心爱的人，要加倍珍惜。没有实现的心愿，要抓紧完成。

——易胜华

　　2022 年夏天的一个晚上，我在朋友家参加一个饭局，边上坐着一个外科医生，大家聊起生病住院开刀的事。我端起酒杯，得意地说："我身体底子还是挺好的，虽然偶尔会感冒发烧，但几十年了都没做过手术。"朋友赶紧打断我："可不能乱说。"我哈哈一笑。

　　没想到打脸来得这么快。几天后我在南昌出差，突然感到腰背特别难受，到了晚上疼得难以入睡。回到北京后，媳妇陪我去医院检查身体。我强忍疼痛在各个科室门口排队，看着门诊大厅像菜市场一样人来人往，我心生感慨：如果律师事务所也这么热闹，那该多好啊。

　　医疗服务是刚需，法律服务何尝不是？为什么医院的人这么多，律师事务所却人很少呢？我们总说医疗费太贵，老百姓看不起病，但一般也就是几十、几百块钱的医药费，如果花了几千、几万块，那就是了不得的大病，医保还会报销一部分。然而，即使是在偏远的小地方，最简单的案子也要收几千块钱律师费，复杂的案子要收几万、几十万块，甚至更多。多少人出得起这个钱？

　　很多律师苦于没有案源。其实不是没有案源，是收费太高，很多有需求的人消费不起。如果生孩子要花五十万块，治感冒十万块，割肿瘤二百万块，医院也会空空荡荡，不用排队挂号。如果律师收费比照医院，几百、几千块钱可以解决小问题，几万、十几万块就能解决人命关天的事，律师业务量一定会爆发式增长。

有人说，律师是个高尚的职业，收费当然要高一些。可是，哪个职业不高尚？军人、教师、医生，都是高尚的职业，他们的收入也不怎么高。有人说，律师之所以收费高，是因为每个案子的情况不一样，制订个性化解决方案需要耗费大量时间和精力。可是，每个病人的情况也是千差万别，医生也需要根据患者的年龄、性别、身体素质等情况，制订不同的诊疗方案。部分律师业务已经有了标准化流程，收费还是没降下来。还有人说，律师之所以收费高，是因为司法考试非常难，经常要更新知识。学医读书的时间更长，医师资格考试也不容易吧。

随着律师人数增多和人工智能出现，法律服务的收费必然会大幅降低，律师的收入也会逐渐下降，处境越来越艰难，这是大势所趋。那时我应该已经退休了，年轻律师要未雨绸缪，早做规划啊！

我眉头紧锁，思考着律师行业未来的发展趋势，腰也没有那么疼了，排的队也轮到我了。医生看了我的检查报告，说结石卡在输尿管口子上导致肾积水，必须做碎石手术。医生给我开了单子，一周后可以做手术，预交费用一万五千元，不用住院。除非去郊区的医院做手术，否则我还要忍受一周的病痛折磨。

媳妇说："咱们之前买了保险，可以去私立医院做手术。"根据保险条款，如果住院治疗，一万元以下免赔，一万元到两百万元部分可以由保险公司支付，我最多出一万块钱。如果走公立医院的社保，我要按比例支付几千块钱。保险公司合作的私立医院可以马上做手术，主刀医生都是从大医院外聘的专家。既然不用排队，那我就去保险公司推荐的医院吧。

保险公司很快给我联系好了某中美合资医院。我们过去一看，环境确实挺好，有点像度假村。病人少，医院很安静，单人病房还带独立卫生间。我兴致勃勃地拍照发给小伙伴们看，鼓励大家努力工作，等勇者律所有了资金实力，买这个保险作为员工福利，让大家享受最好的医疗服务，不用顾虑医疗费太贵。

万万没想到，我又被打脸了，而且被打得头破血流。

我原本只是左肾疼痛，医生看完我拍的片子后，说我的右肾也有结石，迟早会发作，建议我这次一起做掉。我同意了。医生说，左右肾必须分成两次手术，间隔一个月的时间，否则身体吃不消。我也同意了。医生又说，左肾的石头有点大，要分作两次手术。这我就不同意了。我哪有那么多时间耗在医院啊，外面一大堆的事情等着我。第二次右肾手术之前，医生再次建议对右肾的结石也分作两次来做手术，我仍然反对。最后一次住院是取出之前放在左右肾的支架，医生仍然建议分两次手术。

支架取出是非常小的手术，几分钟时间就能搞定，大多数医院在门诊就做了，这家医院居然要分两次做，实在是太过分了。我毫不客气地对医生说："你们不能这样玩命地薅保险公司羊毛吧！虽然我不考虑医疗费的问题，但住院也耽误我的时间啊！"

我进入手术室的时间是下午五点半，医生说半个小时就能结束。因为手术前不能进食，我已经饿了一天，打算做完手术后叫点外卖。第二天的工作也安排好了，约了重要客户在律所见面。一位胖胖的女护士给我打麻醉药，我提醒他们一会儿手术的时候温柔点，上次手术后我的右小腿肌肉疼了很长时间，估计是被压伤了。我调侃道："我是律师，打过不少医疗官司，你们这次再把我弄伤了，我可要告你们的。"胖护士笑着说："那可不敢啊。"

没想到我一语成谶。

我迷迷糊糊醒来的时候，感觉浑身难受，脑袋晕晕乎乎的，身上插了好多管子。我看了一眼手术室墙上的挂钟，已经快八点了，导尿管还没有拔掉。我问边上的护士："手术做完了吗？怎么还没拔掉管子？"护士赶紧说："这就拔。"

回到病房之后，我躺在床上问媳妇："手术怎么做了这么长时间？不是说半小时就可以出来吗？"媳妇说："算你命大，你在手术室的时候，很多医生护士急匆匆跑进去。主刀医生出来告诉我，你心跳骤停一分半钟，好在抢救回来了。"我惊呆了。难怪我浑身疼，身上还插了这么多管子，原来是在鬼门关打了个转，太可怕了。不就是取个输尿管支架吗，怎么还差点把命丢了呢？媳妇说："听医生讲，你是麻醉药过敏。"怎么可能啊，我这是第三次手术，前两次没有任何过敏反应。难道是麻醉药过量，或者给药的速度过快？

这一夜，我根本无法入睡。哪怕只是轻轻咳嗽，胸口都会剧痛。两只手的手背上都是针眼，青紫肿胀。输液管插在我右脚踝，周围皮肤也是青紫的。肉体疼痛还是次要的，想到几个小时前自己死了一回，我不由得毛骨悚然，冷汗直冒。我还有很多心愿没有完成，还有那么多牵挂的人，怎么舍得离开这个世界呢！

第二天早上医生来查房，我问负责这个病区的老太太李医生："我昨天晚上手术时心跳骤停，是什么原因？"老太太面不改色地说："有这么回事吗？我怎么没听说？"我问她身边的主治大夫卢医生："你昨天在手术室，到底是怎么回事？"卢医生吞吞吐吐地说："没有心跳骤停，是过敏性休克。"我说："主刀医生亲口跟我媳妇说的，心跳骤停一分半钟。"卢医生沉默不语。

我当即要求出院。卢医生说："您的身体很虚弱，还需要住院观察两三天。"我忍无可忍，冲他们大吼："我还敢在你们这里住院吗？取个支架就差点要我的命！你们想方设法挣钱就算了，把我折磨成这个样子，下手也太狠了吧！"

我让护士马上给我拔掉输液管。护士拔出针头的时候，脚踝的鲜血立即喷溅出来。我看着地上的一大摊血，心想这是什么医院啊，拔个针头都搞得跟凶案现场一样。我这哪是来治病，简直是找死。

出院之前，我要求见医院负责人。过了半个多小时，一位女院长在病房跟我见面。我提到自己昨晚差点死在手术台上，她说："我刚刚了解了一下情况，您在麻醉过程中出现了过敏性休克，好在我们举全院之力，发扬救死扶伤的精神，总算把您抢救了回来。"我强压着火气问她："您的意思是，我还得送一面锦旗，谢谢你们救了我的命？"女院长笑而不语。

我很想跳起来劈头盖脸地骂她一顿，但律师的职业素养提醒我，发脾气没有任何意义，必须赶在医院反应过来之前，先固定所有证据，查明事故真相，否则很难追究他们的责任。于是，我要求医院向我提供所有病历资料和手术室录像。女院长说："病历可以提供给您，但手术室没有录像，只有教学的时候我们才会开启手术室监控。"我知道她在说谎，但也没办法，只能退而求其次，要求她提供门诊大厅和手术室门口的监控视频。女院长同意了。

出院后很长时间，我的脑子还是昏昏沉沉的，工作时无法集中注意力，就像喝醉酒了一样。以前跟同事或客户交流的时候，我可以很快梳理出对方的诉求，找到问题的关键点，提出我的解决思路。现在我总是一脸茫然，无言以对。我查了医学资料，"心跳骤停"意味着心脏停止向大脑和身体其他器官供血和供氧，会对这些器官造成不可逆的损伤。如果停跳超过五分钟，会导致大脑严重损伤乃至死亡。看到这些，我手脚冰凉，浑身颤抖。

我仔细回忆自己在这家医院的治疗过程。如此简单的肾结石碎石手术，我先后住院三次总计六天，花费了二十八万多元（这还是保险公司客户享有七五折优惠，原价三十七万多元）。如果我听从医生的建议，至少要住院六次，花费七八十万元。在北京公立三甲医院，这种手术的费用也就三万元左右。我花了十倍的代价，却差点变成挂在墙上的一张照片。

每次手术之前，护士都会给我做"备皮"，剃掉某些部位的毛发。第一次我很配合，但毛发重新长出来的时候特别不舒服，裤子里就像塞了个仙人球，毛发硬茬扎得我坐立不安，哭笑不得。好不容易毛发变柔软了，第二次手术前又要剃掉。我问护士："能不能不剃？它还不够长，不影响手术。"护士说必须剃，我只好不再坚持。第三次手术是取支架，我想这回总该不用备皮了，但护士说："医生交代了，如果不备皮，上了手术台都得拉回病房。"我只能妥协。后来我查了资料，询问了很多医生朋友，他们都说肾结石碎石手术根本无须备皮。

输液是常见的诊疗措施。我在很多医院输过液，从未有过在这家医院的痛苦体验。每次扎针和封针都痛得我龇牙咧嘴，多次出现"滚针"和静脉刺穿，令我苦不堪言。我身上那些扎过针的地方，出院十几天后仍然淤青、肿胀、酸痛。

第一次住院时，刚输上液，我就痛得哇哇大叫，护士放慢滴速也不能缓解我的痛苦。我问护士这是什么药，她说是百分之十五氯化钾注射液，用来补充营养的。我痛得不行，让她赶紧撤掉。科室主任听了我的要求后，对主治大夫张医生说："患者能吃能喝，没必要补充营养，既然不适应，就别给他输氯化钾了。"张医生点头同意。第二次住院时，护士又给我输了氯化钾注射液，让我再次遭受痛苦。我问张医生："科室主任不是说了别给我用这个药吗？"张医生笑嘻嘻地回答："但您没跟我说啊。"我无言以对，只能强烈要求更换主治医生。

第一次手术后，我的血尿持续了二十几天，双肾疼痛难忍，每次上厕所对我来说都是酷刑。肾结石患者术后血尿一般两三天，最多持续一周，我持续的时间如此长，还以为是个人身体素质原因。第二次手术后，我的血尿只有两三天，但右小腿肌肉在手术过程中受伤，痛了一两周才恢复。医生说，可能是因为右小腿在手术台放久了。手术必然会导致小腿肌肉受伤？很明显，在

423

手术过程中有人将身体长时间压在我小腿上了。

通过那天傍晚手术室外的监控视频可以看到，里面的人进进出出，手术开始几分钟后，能清晰地听到一个女人说："啊？心跳没有了？"过了一分半钟，那个女的又说："有了。"在整个手术过程中，都是这个女人的声音在指挥。我的主刀医生、主治医生、麻醉医生都是男的，这个女的到底是谁，为什么她在手术过程中占主导位置？这次手术中出现的意外，跟她有没有关系？

查看视频的时候，我听到自己在恢复心跳后发出一声声野兽般的嚎叫，顿时头皮发麻，浑身颤抖。我当时到底经历了什么，遭受了怎样的痛苦？

我找到医院协商，要求退回全部医疗费。基于心跳骤停会造成不可逆的器官损伤，我要求五年内出现的身体器官问题，由这家医院承担全部治疗费用。我同时强调，这些钱都不用给我，你们如数捐给公益机构。院方在听了我的要求后，淡淡地回应："你既然是律师，那就走法律程序吧。"

我明白医院的意思。在医患纠纷中，由于患者不具备医学专业知识，证据也掌握在医院手里，要证明医院存在过错是非常困难的。医疗事故鉴定委员会的专家本身就是各个医院的医生，他们同病相怜且有着千丝万缕的联系。如果没造成严重后果且没有强有力的证据，很难追究医院的责任，所以他们底气十足。

无论如何，我都不放弃。即使对方同意赔偿，我也会将全部赔款捐献出去，不给自己留一分钱。这个钱是拿我的命换来的，捐给公益事业更有意义。我的目的在于查清差点送命的原因，让这家不负责任的医院受到惩罚，让更多患者不再有我同样的遭遇。即使一分钱都拿不到，我的努力也值得。

我特地请来我的学生章李律师跟我一起研究这个案子。他以前做过医生，现在的专业领域是医事法律，几年来办理过大量医疗纠纷案件。我虽然也办理过一些医疗案件，但章李律师这方面的专业水平还是比我高很多的。

认真研究材料之后，我们发现了很多问题。我第一次手术是左肾碎石，但左肾里面居然留了一颗 13mm 的石头。这意味着，要不了几年，我还得再做一次左肾碎石手术。最令我震惊的是，肾结石手术是泌尿外科手术，而我三次住院的主治医生，居然都是跨范围执业的内科医生，每天查房的科室主任居然是骨外科的！难怪他们每次都让我"备皮"、给我输氯化钾，除了想多挣钱，更重要的是他们根本不懂泌尿外科的临床知识。《医师法》明确规定，医师必须按照注册的范围执业，这是为了确保患者得到专业的诊疗，避免出现诊疗失误。这家医院居然让内科医生担任泌尿外科患者的主治医生，还收了十倍于公立医院的钱。我顿时火冒三丈！

这家医院的管理也非常混乱。我的主刀医生是某著名公立三甲医院的胡某，他没有这家医院的执业备案，我的经治医生、麻醉师也存在没有执业注册的情况。医院的病历书写存在大量问题，包括：没有完整、客观、真实记录手术过程，手术记录没有主刀医生签名，住院病历中的麻醉医生与手术记录的麻醉医生不一致，等等。本以为这家医院是中美合资，环境好、病人不多，管理方面会比公立医院更规范，没想到是"金玉其外，败絮其中"，管理方面还不如乡镇卫生院。我在手术室遭遇的惊魂一幕，是必然会出现的。

我们还发现，这家医院存在严重的逃税行为。医院给我开具的医疗费发票，税率为零。收取这么高的费用，居然一分钱的税都不缴？我们查找到了相关规定，医疗机构免征增值税的范围，是"不高于医疗服务指导价"的各项服务。这就意味着，超出医保价格的部分，医疗机构需要按照规定缴纳增值税。这家医院的各项收费，是指导价的几倍乃至十几倍，超额部分必然要缴税。

这个发现让我感到震惊。如果我们的推断正确，这就是一个巨大的税收漏洞，不仅这家医院要补缴多年来偷逃的税款和滞纳金，恐怕全国类似民营医院都要补缴历年的税款，这将是非常惊人的数字，可能几十亿元，几百亿元，甚至更多。迄今为止，没有哪位律师能为国家挽回这么大的损失。父亲生前在税务系统工作了几十年，我是在税务局宿舍大院长大的。能为国家税收作出如此之大的贡献，作为税务子弟，我这条命值了。

我和章李律师讨论了诉讼思路，最终决定多管齐下：先向某区卫健委举报这家医院存在的违规执业、偷逃税款等违法行为，要求作出行政处罚；拿到卫健委的行政处罚决定书后，向法院提起"医疗服务合同纠纷"之诉，以该院提供劣质服务并因此受到行政机关处罚为由，要求其退还收取的巨额医疗费用并赔偿精神损失。

2023年春节假期结束后的第一个工作日，我来到北京市某区卫健委卫生监督所，提交了举报材料。没多久我们得到消息，卫生监督所执法人员去医院调取了资料，对有关人员制作了谈话笔录。据说医院方面在动用一些社会关系，试图逃避法律责任。为此，我多次致电卫生监督所，表达我坚决的态度。执法人员表示，涉税问题已经移送相关部门，医疗违法的事项一定会调查清楚，给双方一个交代。

半年后，行政处罚结果出来了。区卫健委根据我们的举报，对这家医院处以警告，罚款三万八千元，并作扣分处理；对主刀医生、主治医生和麻醉医生，分别处以警告，罚款一万五千元至三万元。卫健委一次性作出了五份行政处罚决定。

虽然行政处罚结果确认这家医院存在大量违规行为，我们仍然很不满意，卫健委对我们举报的"内科医生跨范围执业"和"医生多点执业未备案"这两起行为没有作出处罚。卫健委认为：这两名内科医生在我患病住院期间从事的是"辅助性工作"，不属于"跨范围执业"。然而我的住院病历"主治医生"一栏是这两位内科医生签名，我住院期间的检查单、用药单都是这两位医生开具的。如果不是内科医生坚持要我备皮、给我输氯化钾注射液，我会遭受那些痛苦吗？这叫"辅助性工作"，那么医生的"主要工作"内容是做什么？

卫健委还认为："执业医师的执业地点为北京市"，不属于"多点执业"。我的主刀医生和麻醉医生都有自己的工作单位，在这家医院是临时客串，他们没办理备案登记。《执业医师注册管理办法》第十条规定得很清楚："在同一执业地点多个机构执业的医师，应当确定一个机构作为其主要执业机构……；对于拟执业的其他机构，应当……分别申请备案……。"执法人员是不知道这个规定，还是故意视而不见呢？

我们向某区政府提出行政复议，但复议还是维持之前的处罚决定。我们并不气馁，继续提起行政诉讼，一定要讨回公道。

税务机关迟迟没有作出反馈，也许是内部材料移送出了问题，我们直接向某区税务局举报这家医院偷逃税款。这是我最主要的目标，就看税务机关是不是重视。如果它对相关规定的理解也出了问题，我会一直告到国家税务总局。如果收费如此昂贵的私立医院都不用缴税，起早摸黑搬砖的打工族、个体户就更没有缴税的道理了。

拿到行政处罚决定书后，我们开始启动民事诉讼，受理案件的是被告所在地的某区法院。万万没有想到，被告收到诉状后居然提出管辖权异议。在民事诉讼中，除"专属管辖"和"约定管辖"外，"被告所在地"是没有任何争议的管辖地，这是基本的法律常识。被告聘请了专业律师应诉，仍然提出这么无知的申请，显然是为了拖延时间，增加我的诉讼成本。在法院驳回被告的管辖权异议申请后，他们又提起了上诉。

二审法院实在看不下去了，在驳回上诉的裁定书中明确表述："××××医院滥用管辖异议程序的行为违背诚实信用原则，逾越了权利行使的正当界限和合理范围，不仅浪费司法资源，妨碍诉讼效率，更损害了易胜华的合法权益。因此，对于××××医院滥用管辖权异议权利的行为，本院给予否定性评价。"法院在裁定书中对一方当事人作出如此严厉的批评，在民事诉讼中是比较少见的。

　　医者仁心，医生是救死扶伤的白衣天使，医院是拯救生命、消除痛苦的圣洁之地。如果医生和医院对患者失去了仁爱之心，对自己从事的职业失去了敬畏之心，变得唯利是图，那就堕落成了魔鬼，对患者和社会是巨大的灾难。这家医院和一些医生的严重违规行为，玷污了这个崇高的职业，必须付出相应代价。律师职业何尝不是如此。我们每个人都代表了自己的职业，在为当事人提供法律服务的过程中，如果没有尽心尽责，不但会给当事人造成损害，也会让整个律师行业蒙受羞辱。

　　我与这家医院之间的战斗没有结束，后面还有很长的路要走。无论最后结果怎样，都是我对自己、对社会的一个交代。在手术室醒来的那一刻，我开启了自己的第二段人生。对做错的事，要努力补救。对心爱的人，要加倍珍惜。对没有实现的心愿，要抓紧完成。人生不留遗憾，余生仍要精彩。

后记

江湖再会

　　我的家乡在江西九江，庐山脚下、鄱阳湖边的一个小县城。那里有秀美的湖光山色，深厚的人文底蕴，丰富的自然资源。那里还有我至爱的亲人，一起长大的伙伴，有我终生难忘的记忆，无处安放的青春。

　　十五年前，我离开了家乡，虽有万般不舍，却是义无反顾。家乡虽然美丽且温暖，终究还是太小了，装不下我的雄心壮志，容不下我的锋芒和梦想。我在异乡的这些年，有过披荆斩棘，有过春风得意，有过电闪雷鸣，有过激流险滩。无论是怎样的境遇，家乡始终像一块磁石，吸引我的目光，牵扯我的思绪。每年的春节和清明节我都会回去，坐火车经过的时候，也会在站台上落个脚，证明自己来过。庐山脚下、鄱阳湖边，是我心底最纯净、最柔软的地方。我爱家乡，就像爱我的父亲母亲一样，油然而生，发自肺腑，魂牵梦萦。

　　当我的律师职业稍有起色，就想为家乡做一些事。在九江的时候，我成立了资助农村贫困女童的"小丫基金"，带着小伙伴给家乡的孩子送去衣服、学习用品和生活费。来北京后，我推出"阳光助学计划"，为家乡考取大学的贫困学生提供学费。我所有的稿费、讲座收入捐献给"免费午餐"项目，指定投放到家乡的小学。当洪水侵袭我的家乡，我忧心如焚，夜不能寐，捐款十万元用于救助灾民，还带着近万元的物资回到家乡，慰问抗洪抢险的子弟兵。为了感谢家乡教师的辛勤付出，我捐款二十万元给母校庐山市一中，用于奖励一线教师。

人生如战场，爱书才会赢。2017 年 5 月，"庐山市小人物公益图书馆"正式开业，这是我送给家乡孩子们的一份礼物。当年，我是爱看书的孩子，经常流连在县城的新华书店和图书馆，可那里没有多少好看的书。就是有好看的书，我也买不起、借不到。在我的小人物图书馆，家乡的孩子不花钱就可以看到好书，不用押金就可以将书借走。如果他们喜欢这本书，舍不得归还，那就当送给他们了。爱书的孩子不会变坏，我盼望家乡有更多的人走出狭小的天地，实现人生的梦想，做出宏伟的事业。在他们的起点，有书陪伴，一定是美好的记忆。

有一次在律所边上的火锅店招待家乡来的客人，一位朋友突然问起："你也不年轻了，退休之后有什么打算？应该是回家乡养老吧？"我沉默了。

刚来北京的时候，我很多次这么想过。当我老了，在庐山脚下租一小片地，种菜浇花，养鸡钓鱼，读书写诗。偶尔叫上几位朋友小聚，把酒言欢，采菊东篱下，悠然见庐山。最美夕阳红，温馨又从容。

离开家乡的时间久了，这种想法就淡了。我已经不适应家乡的气候，夏天闷热，冬天阴冷。曾经最爱吃的家乡菜，现在觉得太辣太油，望而生畏。离开家乡的这些年，长辈们一个个离去，就像秋风刮过树梢，黄叶纷纷飘落。最初我总是星夜兼程，赶回家乡送别。渐渐地，我来不及悲伤，也抽不出时间。熟悉的伙伴大多散居各地，留在家乡的都在忙自己的，很难找到共同的话题。晚辈的孩子们长大了，见了面也认不出来。我的乡音未改，头发依然茂密，但家乡早已面目全非，住过的老房子都拆了，大街上都是素不相识的面孔。家乡变得更美了，对我却是一座陌生的新城。当漂泊异乡的游子成了荣归故里的乡贤，家乡就变得越来越远了。

送别朋友，我一个人步履蹒跚地回家。眼前是熟悉的街景，就算醉眼迷离，也能找到回家的路。

来北京十几年，我在这里有了房子、车子和孩子，有了自己的律所。工作忙忙碌碌，心情起起落落。我厌恶这里春天漫天飞舞的杨絮和冬天令人毛骨悚然的静电，但我还是深爱着北京。这里已经是我的家，有很多我牵挂的人，有很多还没做完的事。每次去外地出差，走出家门进入电梯，我都有点依依不舍，跟当年离别家乡的感觉一样。

我的孩子在北京出生，有自己的同学和玩伴。他们是土生土长的北京人，长城、故宫、环球影城是他们的童年记忆。对他们来说，老家只是一个常去的度假地，那里的长辈经常给他们买礼物、发红包，那里的风景美丽但遥远，就像三亚和马尔代夫。我在这里也有自己的圈子，谆谆教诲的前辈，肝胆相照的朋友，风雨同舟的伙伴。我们都是异乡人，来自五湖四海，为梦想千里行，相聚在北京。我们一起经历磨难，拥抱取暖。我们在这里扎根，在这里开花结果。我们在这里欢笑，在这里哭泣，无论什么时候，都舍不得离开。

不知不觉，我从事律师职业已经整整二十年。从刚入行时的披荆斩棘，到现在的如履薄冰，我见证了中国法治的曲折进步。我入行时中国律师的数量只有十余万人，现在已经接近七十万人，很快就会突破一百万人，我见证了律师队伍的发展壮大。越来越多的新鲜血液涌入，律师这个职业也变得越来越年轻，充满了生机和活力。律师是属于年轻人的职业，我经历过的那些磨难和喜悦，年轻的同行们未来也会有类似的经历，只要心存敬畏，勇往直前，他们一定会比我们这一代做得更好，取得不平凡的成就。

十多年前，我和一位美国律师在一起座谈，问及他对中国司法制度及司法环境的看法，原以为会听到很多批评的话，没想到他居然赞不绝口。他说："中国司法用短短几十年的时间走过了美国几百年的路程，令人惊讶。几十年前，美国的法律制度里还保存着很多歧视性规定，例如种族歧视和性别歧视，你们没看到这个漫长和艰难的过程。中国司法现在的成就，已经很不简单了。"后来，我在其他美国律师那里也听到了同样的观点，他们对中国司法的进步都持正面评价。当我在美国旅游的时候，特地去美国的法庭旁听了一次庭审，觉得确实不过如此。看来好莱坞电影也是美化现实的。每当我在工作中感到心灰意冷，总会想起这些美国律师说的话。现在他们有些地方可能要好一些，但只要不走回头路，我们就会追上并且超越他们。在失望和抱怨之后，我们仍然要振奋精神，投入下一场战斗。

《别在异乡哭泣》出版十年多，重印了十几次。我收到了很多读者的反馈，有些同学读了我的书之后，决定学法律，做律师，去大城市。有的同学在准备司法考试的时候，将这本书放在枕边，疲倦了就读几页，给自己打打鸡血。有的读者说，这本书陪伴他度过了最艰难的时期。这本书的效果，远远超出我的预期，读者的评价，是对我最大的鼓励。

很多人催我写《别在异乡哭泣》的续篇，我尝试过几次，但都搁置了下来。这些年我经历得太多太多，有些案子不能讲，有些事不能说，有些人不想提，只能埋在心里，夜深人静的时候，酒酣耳热的时候，独自品味，默默感受。这一次呈现出来的，只是冰山一角。如果说第一部是成长史，那么第二部就是忏悔录。很多事，我原本可以做得更完美；很多人，我原本可以对他更好。一桩桩往事，无论快乐伤悲，无论是对是错，就像一双双眼睛，我凝视着它们，它们也在注视着我。

在我的心里，还装着无数的梦想。在我的面前，还有无尽的长路。在我的未来，还会遇到很多人，经历很多事。我不再迷惑，不再焦虑，不会害怕。我相信真诚会让我赢得信任，敬畏会让我保持初心，勇气会让我排除万难。

我喜欢一首老歌《再向虎山行》，每次听到它，都会热血沸腾。我将这首歌作为结尾，和这本书一起，送给所有关注我的人。

后记 江湖再会

勇者不惧

平生勇猛怎会轻就范
如今再上虎山
人皆惊呼 人皆赞叹
人谓满身是胆

何必劝我不要招麻烦
明知我要闯关
为心所痴 为心厌恶
难让猛虎为患

但莫问此去哪时还
分离难说短暂
若日后大家再见面
必回赠一双虎眼

明知要去此际不平凡
行者笑带傲慢
头上朗月 明灯一盏
何惧无路往返

朋友们，江湖再会。

2023 年 12 月 31 日 北京

图书在版编目（CIP）数据

勇者不惧 / 易胜华著 . —— 北京：中国人民大学出
版社，2024.4

ISBN 978-7-300-32715-0

Ⅰ.①勇… Ⅱ.①易… Ⅲ.①报告文学—中国—当代
Ⅳ.① I25

中国国家版本馆 CIP 数据核字（2024）第 067953 号

勇者不惧

易胜华　著

Yongzhe Bu Ju

出版发行	中国人民大学出版社		
社　　址	北京中关村大街31号	**邮政编码**	100080
电　　话	010-62511242（总编室）	010-62511770（质管部）	
	010-82501766（邮购部）	010-62514148（门市部）	
	010-62515195（发行公司）	010-62515275（盗版举报）	
网　　址	http://www.crup.com.cn		
经　　销	新华书店		
印　　刷	涿州市星河印刷有限公司		
开　　本	890 mm × 1240 mm　1/32	**版　　次**	2024年4月第1版
印　　张	14 插页2	**印　　次**	2024年4月第1次印刷
字　　数	280 000	**定　　价**	69.00元